两帝三朝全传

明英宗　明代宗合传

景泰朝实录②

戊戌桂秋王之锋题

廖心一　著

金城出版社·北京
GOLD WALL PRESS BEIJING

第二部

景泰朝实录

第五十七章

正统十四年八月十六日，官军败绩、皇帝被俘的消息传到京师，沉寂一个月的左顺门朝房，陡然变得喧闹起来。沉寂一个月，是因为郕王朱祁钰居守，留守大臣辅政，不过是个形式；凡有重要的奏章，重大军情政务，都由司礼监呈报行在，由皇帝和王振处置，朱祁钰与留守大臣们议与不议，无关紧要。因此，他们虽然紧张地关注着北征的点滴信息，在处置朝政方面反而懈怠，到左顺门朝房议事的次数反而减少。

现在，发生天大的变故，无论平时愿不愿意到左顺门朝堂坐一坐的官员都拥来，其中包括许多明知没有自己座位的官员也要来站一站；无论平日愿不愿意议论政事的官员都在议，其中包括许多就常规而言没有资格议政的官员。

曾预言大祸将临的翰林院侍讲徐珵，话比平日多，嗓门比平日高，胆子也比平日大，平日不一定敢说的话今日敢说，平日要再三斟酌的话今日轻易就说出口。当然，不少官员知道他善观天象天文，特别是有些官员模模糊糊听到他预言此次祸事的传闻，也都有意无意地问他福祸，愿意听他议论朝廷大政。

"元玉，星象如何？"陈循问他。

"不好。"徐珵道。

"怎么个不好？"陈循再问。

"验之星象，稽之历数，天命已去。"徐珵道。

"天命已去"，可以理解为大明朝天命已去，也可以理解为大明天子天命已去。无论怎么理解，这话都非同小可，要是王振在朝，单凭这几个字，也会治以重罪。现在，王振不在，江山好像塌陷半边，谁也没心思计较他的诽谤狂妄之言。即便如此，陈循也觉得不能再问下去。他背着手，向一边走去。

"德遵先生，朝廷得早做决断呀！"徐珵追着他说。

陈循咿咿呀呀，不正面应对。

"德遵先生，不早做决断，恐怕就由不得朝廷决断了！"徐珵又说。

陈循躲不过，只得问："依着元玉，当如何决断？"

“迁都！”徐珵果断地说。

“迁都？”陈循不由大声叫道。这一叫，把不少官员吸引出来。

面对大家或是期待或是惊讶或是责难的眼神，徐珵坦然地说：“不错，迁都。验之星象，稽之历数，唯国都南迁，方得以纾难。”

在朝会时已很少开口说话的礼部尚书胡濙咳嗽一声，表示自己有话说。他历经五朝（如果把建文朝也算在内的话），是宣德、正统两朝尚书，谁有话说，也得让一让他。

“徐翰林，恕我耳背，你方才说的什么？”胡濙问。

“国都南迁，方得以纾难。”徐珵重复自己的话。

“国都南迁，迁往何处？”胡濙问。

“我大明曾都南京，理所当然再迁回南京。”徐珵说。

“后生宜三思而言！”胡濙道，徐珵已经四十开外，唤他一声“后生”，既有奚落之意，又表明要教训他，“理，不可随意说；理所当然，更不可随意说。国初曾建都南京，不能作为今日迁都南京的理由。”

“南京虎踞龙盘，故国初太祖高皇帝选为都城，且高皇帝孝陵亦在南京。源公看，这些理由够不够？”徐珵没把老朽的胡濙放在眼里。

“说起虎踞龙盘，太宗文皇帝当年决意国都北迁，就不是因为北平虎踞龙盘？说起祖宗陵寝，太宗文皇帝长陵、仁宗昭皇帝献陵、宣宗章皇帝景陵，皆在天寿山，就不是国都不可迁的理由？徐翰林不说陵寝还好，说起陵寝，文皇帝始葬徐皇后、复建长陵于天寿山，正是昭示子孙：定都北京，不可摇动。”胡濙驳道。

“源洁先生说得好！”有人为他喝彩。

徐珵放弃胡濙，而试图说服陈循：“德遵先生，事急从权，千万不可囿于成见。”

“事急从权，这句话不错；但元玉把迁都看作是可以从权之事，某不敢苟同。”陈循从另一个角度驳他。

“且囿于成见云云，也荒唐之极。”大理寺卿俞士悦道，“成见并非源洁先生说出来的，而是众人心中固有的：这就是为朝廷计，为国家计，为江山社稷计。这个成见是须臾不能抛开的。”

“仕朝先生说得好！”又有人为他喝彩。

俞士悦字仕朝，南直隶长洲人，永乐十三年进士。他的资格不如胡濙，地位不如陈循，但他和徐珵是苏州同乡。他态度明朗的表态，让徐珵感到沮丧，以至不想再辩论下去。

然而，忽见兵部左侍郎于谦在一旁冷笑，徐珵心里又升起希望。

“廷益先生，你是知兵的。他等议论，你也不以为然吧？”他问。

“诚是。”于谦道。

“廷益先生肯不肯为我反驳他等之论？”徐理态度颇显倨傲，不像是对地位比自己高的人说话，而像是对属下说话。

“多是无用之言，不必反驳。”于谦说。

俞士悦听这话，心里不舒服。他说：“请廷益先生说句有用的话吧！”

“言南迁者，可斩也！”于谦厉声道，他这句话并没有对着徐理说，但徐理不由自主地脖子一缩，好似真有一把刀子朝他砍过来。于谦又说：“京师乃天下根本，一动则大事去矣。读史者难道能忘宋人南渡事吗！”

“说得好！”有人第三次喝彩。

在这次喝彩的人中，多了才从外面走进来的司礼太监金英、兴安。金英道：“奉郕王殿下谕，与廷臣议安邦定国之计。言迁者斩，我一万个赞成。既往不咎；再有言迁者，绝不客气。”

“言迁者，不足与议国事。来人，将他逐出！”兴安补充一句。

徐理灰溜溜地离开朝房。

宋人南渡，终不免亡国，朱祁钰也在思索着这段历史。他说：“于谦虽非文学之臣，但真正懂得以史为鉴的，只有他。不然，拿南宋这面镜子，照一照今时政事的，怎么不是翰林们，却是他呢？金大伴，我看此人真是社稷之臣。”

“千岁爷说的是。”金英应道，“奴才听说，他少年时吟过一首诗，其中两句：大造乾坤手，重扶社稷时，正应千岁今日之品鉴。”

“金大伴，土木堡阵亡大臣都查实否？”朱祁钰忽然换个话题。

“尚未完全查实，但英国公张辅、成国公朱勇等勋臣，内阁曹鼐、张益等大学士，六部王佐、邝埜等尚书，于土木之变都罹难，则是有确报的。”金英回答。

“兵部不可一日无主事之人呀！”朱祁钰道，“我朝以吏部尚书为廷臣之首；我却以为，值此国家危亡之际，大司马一职才是至关重要的。”

“殿下说的是，而今大司马殉国，兵部左侍郎署理兵部事务，名正言顺。”金英揣摩着他的心思。

“不，署理不如以正卿掌兵部。”朱祁钰道。

“是，奴才这就去请皇太后懿旨。”金英说。

“好！”朱祁钰点头，金英才要退下，忽然又被他叫住，“等等！”朱祁钰不知是觉得不该问，还是怕听到答案，迟疑好一阵才问出来：“金大伴，有皇上的消息吗？”

“有。”金英应道，“千户梁贵，偕虏使一人至京。”

“战事至此，还有虏使敢来？”皇帝觉得奇怪。

“他等持有皇上手谕。”金英说。

“是皇上亲笔写的吗？”朱祁钰问。

“不，听梁贵讲，是锦衣卫校尉袁彬代皇上书写。”金英说罢，又补充一句，“梁贵还说，皇上身边只有袁彬一个知书之人。”

“唉，贵为天子，落到这等地步，令人心酸。”朱祁钰叹道，又问，“皇上手谕，写的何事？”

“命于库中取九龙蟒缎一匹，珍珠六粒，黄金二百两，白银四百两，以赐也先。”金英回答。

“此事已处置？”朱祁钰问。

“是。”金英应道，“奉皇太后懿旨，已如数交与梁贵。”

“皇上行前交代，军国之事，禀我而行；宫内之事，则禀皇太后而行。拿取库藏，是宫内之事，我本不该过问的；不过——”朱祁钰说到这里，戛然而止，但对此事的关注，仍挂在脸上。

“殿下若以为不妥，奴才顺便禀明皇太后。”金英说。

“不！库藏除日常使用，就是用来应急的。皇上今有急用，多取少取，都不在话下。我只是有点儿担心。”朱祁钰说。

“殿下是不是担心有人假传圣旨，掠取库藏？”金英道问。

“这是其一。”朱祁钰说。

“殿下还担心什么？”金英问。

“也先以皇上逼迫，今日要钱财，明日说不定会要粮谷，后日要土地，大后日说不定会要江山。没完没了，难应难拒。”朱祁钰说。

“殿下所虑甚是，要不，我让大臣们议一议此事？”金英道。

“不！大臣们要议，是大臣们的事，你不可交代下去；我的这些话，出我之口，入尔之耳，也不可传出去。”朱祁钰吩咐。

“是，奴才心里有数。”金英应道。

大臣们聚集在左顺门朝房，无论内阁眼下排名首位的陈循，或是被尊为廷臣领袖的吏部尚书王直，都知道他们主持不了今日的会议。金英、兴安一到，也不客气，金英往正中的位置坐去，兴安坐在他身边。

“郕王殿下命传谕文武群臣。”金英道，“国家为政，莫急于听言用人；人臣为国，莫先于输忠荐士。尔等国之股肱耳目，凡有治国安民，除邪辅正，御灾捍患，及备贼方略等，并许直言，毋得徒事虚文。古人有言：忠厚者举老成之士。凡智勇廉能而位在下僚、不得展布其蕴者，并许举荐擢用，毋避亲故。”言罢，他站起来说，“谕旨传宣毕，德遵先生，行俭先生，这位置还是你二位来坐。”

日前，内臣宣皇太后懿旨，以朱祁钰总摄百官。这等于暂摄皇帝职权，所以，金英把他的话称为谕旨，并没错。

“金公公别动。我等议过，还须你二位入禀；郕王殿下谕旨，还须你二位传宣。今日廷议，理当你二位主持。”陈循说着，问王直，“行俭先生，你说呢？”

“郕王殿下谕旨，不是他二位传宣，也是你德遵先生传宣，我还敢抢那个位置坐吗！”王直道。

“二公固辞，我也无可奈何。”金英不再推辞，一屁股坐下去，“我看这样吧：今日之主角，我不来唱；德遵先生、行俭先生也不要唱。殿下命议两件事，一是议备贼方略，一是举荐人才。其实，殿下说的举荐人才，眼下也是举荐可以备贼的人才，举荐可以应对危局的人才。故今日之主角，当由于大司马来唱。二位看，使得使不得？”

“正当如此。”陈循、王直道。

“廷益先生，请吧。”说着，他又要起身。

“金公公，别动！”于谦止住他，“你那把椅子，不是唱戏的人坐的，是听戏的人坐的。让我坐那里不妨，但戏我就不唱；我随便点一人，譬如金公公或德遵先生来唱。”

“好，好，都不动。”金英道，又对陈循说，“同是推辞，德遵先生，我看廷益先生比你高明。”

“岂止廷益先生比我高明，行俭先生也比我高明。总之，我是最不高明。”陈循做个滑稽的动作，众人皆笑，他接着说，“咱们就看一看，廷益先生这个主角是不是唱得高明。”

“备贼之事，”于谦转入正题，不再言笑，“我私下里想过，和同僚们也议过。有几件事，须马上着手去做。第一件事，是充实军伍。北虏于土木得志，势必挟驾南下，旦夕之间，或至京城之外。而我京营六军消耗，武库兵器殆尽，亟待充实。”

“兵器者，五府及在京各卫所尚可收拢支用，而士卒缺乏，非在京城内外想些法子。”和于谦一起得到升迁的右都御史俞士悦说。

“仕朝先生说的是。”于谦应道。

“廷益先生想出些什么法子？”金英问，这句话是俞士悦说的，也该问一问，于是他又转向俞士悦，“仕朝先生想必也想到一些法子吧？”

“廷益先生唱主角，我不过敲敲边鼓。”俞士悦说。

“有三策可行，”于谦道，“一是募军：京城内可募市民，京城外可募乡民。大同兵败，前参将石亨被责以募军自效，听说很快建立一军。大同募得到兵，京城内外一定也募得到兵。二是漕军。漕军护送漕粮，陆续有到达通州张家湾者。可差文武官员及内臣，前往张家湾，将其截留下来，编成一军，开赴京师备用。三是请朝廷降诏，命各镇集结京师勤王。所谓各镇，远的，恐怕远水不解近渴；近处，却不是都可以抽调。如宣府、大同之兵，若抽调一空，就真成釜底抽薪。我以为，差人往蓟州、保定、山东、河南等处筹勤王之师为宜。”

“充实军伍一事，廷益先生说得既详尽，又实用。就请兵部拟个章程，依章而行，如何？”王直问。

众官员，凡有资格开口的，都说好；不宜开口的，也在点头。

“第二件事，责在工部。”于谦往下说，“京师城墙高且坚固，但有残破处。我想，瓦剌军即使兵临城下，也不一定有攻城的机会。不过，城墙残破处，仍宜尽快修缮。这不但为备万一，也是长我气势。”

“延龄先生，有难处吗？”陈循问工部右侍郎王永寿。

王永寿字延龄，山西太原人，正统三年举人。他挠挠头，回答：“说到难处，却有一些。”

“难在砖石，还是难在夫役？”陈循问。

“砖石有备用的，夫役可由在京各卫轮充，这些都不难；难在工部缺个当家的。”王永寿说。他指的是，工部尚书石璞，今年五月被差往浙江剿叶宗留，尚未回朝。

“这个难题别人帮不上忙，你得告于行俭先生。”陈循说。言外之意，石璞回不来，另选一名工部尚书不是不可能的。

“仲玉先生不在，延龄先生署理工部事，就是当家的。切不可因佐卿名分而敷衍！”王直不苟言笑地说。仲玉是石璞的字。

“这却不敢。”王永寿道。

“大司马说第三件事吧。”金英把众人的注意力又吸引到于谦身上。

“第三件事，是选将帅。”于谦道，“京城九门，须大将镇守，各都督府将佐中，孙镗、卫颖、雷通、张軏等，皆经历战事，有大将才，可委以守城之责。至于统帅之才，则难寻。”

“廷益先生所谓统帅之才，指的什么？”金英问。

“知谋略，能运筹，可与敌决胜于疆场者。”于谦说。

“我中华之大，竟无这等人才？”金英问。

“不是没有，我看中二将，皆有统帅之才。但二人现是戴罪之身，不知朝廷能不能用。”于谦道。

“廷益先生说的是谁？”金英问。

“一人是杨洪，一人是石亨。”于谦道。

“杨洪可是虏贼称为杨王者？”金英问。

“正是他。”于谦道。

“虏贼惧他，朝廷为什么不用！”金英之意是可用。

“其实，以勇武论，石亨不在杨洪之下。”于谦说。

“既如此，当然也要用。”金英道。

“杨、石二人皆可用；但用为主帅，恐有不妥。”陈循说。

“这我想到，”于谦说，“我朝向以勋臣为主帅，这次也不该例外。”

“廷益先生想把哪位爵爷请出来？”陈循问。

“安远侯如何？”于谦道。

柳溥是第二代安远侯。他和他父亲、第一代安远侯柳升，成也在西南，败也在西南。不过，柳升是在交阯扬名，在交阯丧命；柳溥则是在广西建功，在广西遭物议。

“安远侯不守成法，治军过于宽弛，朝廷有不少议论。”王直说。

“那么，行俭先生想想，还有更适当的人选吗？”于谦问。

王直想了想，眼下还真找不出更适当的人选。在张辅、朱勇等死难后，京师勋臣中，还有谁具有统军的才干呢？就不说统军才干，还有谁真正统领过大军呢？

“安远侯适当是适当，却远在广西。”金英提出另一个问题。

“郕王殿下可以把他召回呀！”于谦道，“反正我等议的是京师城下之战，运筹在庙堂。再者，杨洪、石亨等一被宣召，数日间可抵达京城，安远侯迟来早来，无碍大局。”

听得出，他对杨洪、石亨，比对柳溥要重视得多。

见无人再发议论，金英说：“主角唱够，锣鼓也歇，议下一事吧。”

“第四件事，是部署。”于谦道。

“是军力的部署吗？”金英问。

“是军民的部署，”于谦说，“偌大一座京城，各门及城墙各段，都不可无将士驻守，但我以为，官军主力，宜安营于城外迎敌，不得避而示弱。我方才说，瓦剌军到城下，未必有攻城的机会，原因在于此。一味死守城池，绝非上策。”

“廷益先生所议甚是，”俞士悦附和道，“陈兵于外，既可拒敌，又可牵制，又可机动，可谓一举三得。”

对军政来说，掌院都御史起的作用仅次于兵部尚书。这两个人都说宜陈兵于外，即使有人觉得屯兵于内更安全，也不好开口。

“军之部署如此，民当如何部署？”金英问。

“笼统地说，城外之民，皆徙于城内。”于谦道，“具体措办，则有许多方面：有房产在城内者，可暂安居；有亲友在城内者，可暂借宿；无房产、无亲友在城内者，住在哪里？有钱者，如何购粮；有米者，如何举炊；无钱无米者，如何赈济？凡此等等，都要妥善处置。”

“此事应由户部统筹。可叹的是，户部还不如工部，连个署理的侍郎都没有；朝廷虽委任新的户部尚书，恐怕也不能去上任。”王直说。

“委任的不是恂如先生吗，他有何事？”俞士悦问。

“德遵先生提醒我，国初有定制，江西人不得长户部。我一查，果有此事。”王直说。

“那就快换个户部尚书吧。”俞士悦道。

“尚书之选，须大臣们推举，须禀明郕王殿下，郕王殿下或须请皇太后懿旨，不是一日两日定得下来。”王直讲述大家其实都熟悉的这个程序，当他发现再议下去，自己将成为主角，很快煞住，“户部有无尚书，事情都要先做起来，还是廷益先生接着说吧。”

“我想到的最后一件事，是处置通州仓粮。”于谦道，“京师粮储，集中在通州仓。今官军不足，瓦剌军旦夕将至，此际以重兵守通州仓，不可取；不守通州仓，以百万石粮储资敌，更不可取。”

“廷益先生不是要一把火将它烧为灰烬吧？”金英问。

“那就太可惜，”于谦道，“不能以重兵守，不能以资敌，不能放火烧，只有一个法子：将其运进京城。”

“数十上百万石粮储运进京城，谈何容易！”有人在下面议论。

“是不容易做到。”于谦也承认，但他没有望而却步，“通州仓粮储，大半是京卫粮饷，今仍作为京卫粮饷。其法：命在京各卫，轮流前往通州仓运粮，每军士运粮不得少于一年粮饷。不足此数者，明令于年饷中扣除；超过此数者，交纳官府，由官府照价给银。”

众人听罢，都觉得这个在他们看来不易解决的难题迎刃而解。更重要的是，于谦在这么短的时间里，把目前面临的主要问题都想到，都做出合情合理、合乎时宜的安排，使他们无不打消顾虑，增强信心。

二十三日，朱祁钰驾临午门，群臣朝拜。他原本想与群臣商议备贼事，但许多大臣都觉得，有一件比备贼更重要的事情要办；或者说，这件事情不办，人心就不会集中到备贼上来。

金英才说完“有事出班奏来”，都察院掌院左都御史陈镒出班道：“臣有紧急事务一桩要奏。”

“陈先生说吧。”朱祁钰道。

“原司礼太监王振，把持朝政，以亲征蛊惑，仓促兴兵，导致全军覆败，天子北狩。其罪实不可赦，乞予重治。”陈镒奏道。

“王振不是死于乱军之中吗？”朱祁钰道。

“王振虽死，亦当抄没其家，清除其党羽。”陈镒说。

朱祁钰默想片刻，道：“此事尚须请旨。”

“天子北狩，殿下怎生请旨？”陈镒口风一点儿也不放松。

“皇上不时遣近侍回朝，朝中也不时遣人与也先接洽，总有机会取回圣谕的；再者，还可请皇太后颁下懿旨。”朱祁钰道。

陈镒在前面跪倒，百官在后面跪倒，皆伏地不起。陈镒泣道：“王振罪不容诛，臣民共愤，人人欲生啖其肉，生饮其血。殿下若不降谕，即正族灭之典刑，臣等今日愿死于朝廷上。”

朱祁钰想说句“此事再计议”，但他的话音淹没在群臣的痛哭声呼号声中，谁也没听清他说的是什么。他从未经历过这等场面，真想挥袖掩住双耳。但他知道，如果这样做，必将使群臣更加激愤。他呆呆地坐在那里，不知该怎样应对。

郕府长史仪铭，在王府和朱祁钰朝夕相处，自以为有责任给朱祁钰忠告，他膝行而前，向朱祁钰的座椅靠近。

曾任锦衣卫指挥使、后因事被降为同知的马顺值仪仗，大声喝道：“仪铭，你心存不轨，欲行刺殿下吗！”

仪铭不理会他，对朱祁钰说：“千岁，人心不可违呀！”

马顺不等朱祁钰答话，又喝道：“此处不是郕王府，公卿皆在，轮得到你进言吗？”

“此处轮得到你呵斥吗！”随着一声驳斥，在后面跪着的群臣中站起一人，许多人认得，是户科给事中王竑。他边往前走边说：“有戒先生请治王振党羽，并称之为紧急事务，很是。不治奸党，人心涣散，怎生御虏！面前就有一王振党羽，何不先治之！”

“你！”马顺心里发慌，但料定王竑不敢当着朱祁钰和众大臣的面撒野，又壮起胆，虚张声势地问，“在说谁！”

“谁以为王振不是天下罪恶之首，我就在说谁！”王竑道，“要不，你说一句王振为天下罪恶之首？”

“我，我……”马顺嘴里不知在念叨什么。

“他居然还在说，王公乃当今第一社稷之臣！”王竑道。

不管马顺有没有说这句话，众人都相信，他心里是这么想的。有人喊一声：“乱臣贼子，人人得而诛之！”

“好，我先动手。”王竑说着，向前跨两步，一把揪住马顺头发，逼着他兜半个圈。马顺才说句“王先生手下留情”，王竑已一拳向他下巴击去。这一拳用尽全身的气力，而揪住头发的手并不放开。马顺趔趄着向后退几步，仰面倒地，只有一把头发攥在王竑手里。

马顺倒在陈镒身旁，陈镒持重，向一旁走出几步。一些年轻气盛的官员，则拥将上来，你一拳，我一脚，都落在要害处。更有些怀着深仇大恨的官员，张开大嘴咬过去，手上一口，颈上一口，脸上一口，凡裸露出来的地方，都不放过。众臣对马顺的仇恨，对王振的仇恨，都在这一刻发泄出来。一官员脱下马顺的靴子，对准他眼部击去，只见他两眼出血，顿时没了呼吸。

朱祁钰从未见过这等暴力的场面。他打算出面制止，却说不出话来；想命当值的卫士制止，却见卫士们无动于衷地站立一旁，看得出，多数已被官员们的情绪所感染。唯恐众人在激愤之下，会有不利于自己的举动，他起身而去，准备避入午门以内。有的官员发现，想上前阻止，于谦却抢先一步，冲在最前面。他跪伏在地，极有分寸地拉住朱祁钰的衣角，道：“马顺论罪当死，乞殿下恕群臣擅殴之过；王振罪恶之首，乞殿下准抄没其家。群臣心在社稷，别无他意，殿下勿惊。”

几句话，把众人所期待和所担心的，都说出来。方才嘈杂喧嚷的朝会之所，一下子寂寞无声，群臣静候朱祁钰的答复。

“就依于尚书所言。”朱祁钰说着，在一二近侍的扶持下，退入午门之内。把守午门的内臣和卫士随即掩门，但群臣已跟过来。有人身体挡在门前，使得沉重的大门无法闭阖。

金英推开与外面的官员僵持不下的内臣和卫士，当门而立。他做个手势，让众人安静，然后说：“郕王殿下传谕，着群臣且退。”

众人自然不肯就此罢休，不知谁喊一声：“此人也是王振逆党，不可放过！”于是，有人上前欲揪他衣领。

“不可！”于谦挡在金英面前，“金太监乃皇上留于朝中辅佐郕王殿下的公公，又在传殿下口谕，各位切勿莽撞。”

前面的官员欲刹住脚，但在后面官员的推搡下，还是撞在他身上；本来想揪金英衣服的手停在他官袍上，本来想殴打金英的拳头落到他身上。他的官袍穿多年，禁不起左一把右一把地揪拽，很快裂开许多口子，很快变成一缕缕布条，露出内衣。

“是啊，殿下已许抄没王振家，众官还有什么要说的！”金英道。

群臣只是觉得还没发泄够，所以相拥到此；至于有什么话要说，谁也没想好。在混乱中，一官员道：“长随毛某、王某亦王振党羽。”

“好，我去禀明殿下。”金英借机离开。他向里退，挡在门前的官员也向外退，内臣和卫士趁机把门关闭。

不多时，大门开一道缝，两个内臣心惊胆战地从门缝里被推出，正是被提到的毛某、王某。于是，一部分官员围住毛某，一部分官员围住王某，拳脚相加，直至二人毙命。

不到一个时辰，相继殴死三人，使大多数官员大出一口恶气。不知谁从锦衣卫官校中认出王振的侄子王山，把他揪到群臣面前。有的官员还要动手，别的官员劝道：“不可再打，国家法度在。”

朱祁钰传命，将王山即刻押解街市磔死。

三具尸体从东安门抬出，弃置道上，任军民观看殴击。有卫士抬来一桶水，准备冲刷留下的血迹。仪铭拦住说：“用不着，让它留在这里，可为后人借鉴。”

群臣渐渐散去，于谦留在最后。王直走过去，朝他一揖，道：“好险！”

于谦也是惊魂未定。方才若是没有拦住，让群臣闯进午门，不知将是怎样的局面。他抹抹额头的汗水，道：“所幸未酿成大祸。”

王直拉着他的手说：“匡扶社稷，一百个王直都没用，一个廷益先生足矣。万望珍重！”

皇太后孙氏是宣宗皇帝第二个皇后。她看着太皇太后在宣德朝作为皇太后对朝政的影响，自己成为皇后；看着太皇太后自正统改元以来作为太皇太后对朝政的影响，自己成为皇太后。太皇太后去世以后，皇帝长大成人，王振的羽翼也丰满，因此，她对朝政的影响微乎其微，她也从未想过，要和太皇太后争一争短长。她从来没有料想到，一件太皇太后当年也难以决断的事，却要由她来决断。

“国有长君，社稷之福，这话听着耳熟。”皇太后对司礼太监李永昌说。他是从皇太后宫中出去的，皇太后对他比对别人信任。

“是。”李永昌应道，“宣宗皇帝驾崩时，曾有此议论。”

“昔日皇上驾崩，太皇太后都没有立长君；今日皇上健在，就要立什么长君，这是对皇上大不敬呀！”皇太后道。

“国家不可一日无君。皇上虽健在，然不能君临天下臣民，形同无君。”李永昌平静地说。

“那也该由皇太子即位呀！”皇太后道，“若未立皇太子，随便立个长君，还说得过去；见深既已立为皇储，怎好再立他君！”

朱见深是皇帝长子。二十二日，皇太后颁下陈循草拟的懿旨，称：念臣民不可无主，兹于皇庶子三人之中，选其贤而长者，曰见深，立为皇太子，正位东宫，仍命郕王为辅，代总国政。

李永昌心想：这可不是随便立个长君，郕王殿下也是先帝之子呀。他知道皇太后的心思。宫中早有传言，皇太后并非皇帝生母，她原为贵妃，阴取宫女子为己子，因而得以册封皇后。不管皇帝是不是皇太后所出，她到底养育皇帝多年。朱祁钰却疏远得多，要她心甘情愿地立朱祁钰为帝，那是不可能的。他也知道，此刻给皇太后讲“国有长君，社稷之福”的道理，不会起任何作用。

“廷臣但请立郕王殿下为皇帝，并未言及其他，皇太后仍是皇太后，皇太子仍是皇太子。”李永昌若无其事地说。

皇太后心一动。可不是吗！朱祁钰虽然不是自己所生，虽然他可能会遵生母吴贤妃为皇太后，但自己是宣宗皇帝的皇后，这一点是不可动摇的；朱见深是在立朱祁钰之前被立为皇太子的，这一点也是不可动摇的。既然如此，还有什么好担心的呢！

“既然大臣们都说宜立长君，太皇太后当年想做而未能下决心做的事情，就由我来做吧。”皇太后说。

八月二十九日，朱祁钰正与群臣议事，李永昌前来传皇太后懿旨，立朱祁钰为皇帝，着礼部拟登极仪注，着有司占卜吉日。朱祁钰惊骇，离席欲去。群臣叩拜拦阻，请朱祁钰遵皇太后懿旨，择日登极。

朱祁钰厉声道：“东宫在，卿等敢乱祖宗之法！”

于谦叩言：“臣等诚为社稷。非为私计。愿殿下俯从众议，共济艰难。”

朱祁钰重新入座，不再推辞。

九月初六日，朱祁钰遣臣告于天地、宗庙、社稷，即皇帝位，以明年为景泰元年。并尊皇帝为太上皇帝，遣使往瓦剌营中问安。

第五十八章

喜宁见伯颜帖木儿翻身下马，快步奔过去，满脸欢笑地说：“狼辈爷，小宁子给您行礼。”

伯颜帖木儿却一脸冰霜，道：“我对你说过不止一次，世上再没有无名狼辈这号人物！”

“狼辈爷这个名字太好，依着小宁子，不可轻弃。”喜宁不知好歹，嬉皮笑脸地说。

“你看着好，就留下自己用吧！”伯颜帖木儿道，“我看你和那个跛公公，可以合称为狼狈。可他去趟京师，至今未回，也不知是生是死。”

喜宁拉跛儿干降瓦剌，先后被也先差去京师讨赏，喜宁回来，跛儿干却一直没有消息。伯颜帖木儿不喜欢背主投降之人，但觉得跛儿干为人憨实，强过喜宁，对他倒还有几分惦记。

“狼辈爷用过的名号，要小的们的命，小的们也不敢用。”喜宁说。

“不是祖祖辈辈的辈，是狼狈为奸的狈。”伯颜帖木儿道。

“一样的。即便汉人，光用耳朵听，也听不出这两个字的差别。”喜宁说着，作揖道，“狼辈爷，小宁子有一事相求。”

“你再说一遍！”伯颜帖木儿终于变脸。

“小宁子有一事恳乞。”喜宁改两个字，以强调自己的卑微。

不料，伯颜帖木儿在意的根本不是这两个字。他问：“你怎么唤我？”

喜宁明白，真的不能再称“狼辈爷”。幸亏他反应快，马上想出新的称号：“太保滕王，小宁子有一事恳乞。”

“你怎么唤我？”伯颜帖木儿问。如果说，他前面一问，是因为生气；那么，这一问，就是因为好奇。

“太保滕王！”喜宁重复之后，解释道，“咱瓦剌大汗称太师，你低他一级，该称太保；大汗称淮王，淮王是大明皇祖仁宗皇帝第八个儿子，他还有第九个儿子，封滕王，正好供太保使用。”

“你休得自作聪明。兄汗称太师淮王，我从来不赞成，怎么自己也用起这等不伦不类的封号！”伯颜帖木儿驳回喜宁的提议，但口气大为缓和，“我是瓦剌知院，你就称我伯颜知院吧。”

“是，知院爷。”喜宁把伯颜省去，后面却加个爷字。

“是知院。”伯颜帖木儿想纠正他。

“小宁子知道，是知院爷。”谁知喜宁在称呼上很固执。

伯颜帖木儿恨不得抽打他一顿，但又懒得举起鞭子。他摇摇头，问道：“小宁子，你说有一事恳乞？”喜宁总是这么自称，他也在不知不觉中使用这个表示亲昵的称呼。

“一桩小事，望知院爷恩准。”喜宁说。

“你说。”被纠缠半天，伯颜帖木儿倒有心情听他说。

“小宁子愿为知院爷再去一趟京师。”喜宁说。

“为我？是为你自己吧？”伯颜帖木儿道。

喜宁难为情地笑笑，故作矜持地不把话接过去。

“被我说中？”伯颜帖木儿问。

“是为小宁子自己，可也是为知院爷。”喜宁说。

“此话怎讲？”伯颜帖木儿问。

“知院爷当面赏赐的物件，以及命人转赐的物件，都留在京师，小宁子愿为知院爷取回来。”喜宁问。

“我送你的东西，就归属于你。取回来，是你失而复得，怎成为我取回来？”伯颜帖木儿问。

“知院爷赏赐小宁子的物件，件件都有讲头，件件都可见知院爷爱惜人才之心。小宁子取回来，可到处炫耀。”喜宁说。

“炫耀我的爱惜人才之心？”伯颜帖木儿忍住笑问。他想笑，不仅因为这句话本身可笑，更是因为喜宁把自己喻作人才时一点儿也不脸红。

“要不，小宁子怎么说是为知院爷取回呢。”喜宁仍不脸红。

“你的好心，我领；不过，这会儿你不能去。”伯颜帖木儿说。

“小宁子为何不能去，乞知院爷明示。”喜宁又作一揖。

“你还得侍奉你那位爷呢。”伯颜帖木儿道。

“他现在是太上皇帝爷，不是爷。”喜宁说。

“那你更得小心侍奉。”伯颜帖木儿道。

“不瞒知院爷，小宁子正因为侍奉太上皇帝爷极感厌烦，才想去京师走一遭。”

喜宁说。

“是想再去认一位新爷？”伯颜帖木儿问。

“是想替知院爷探探虚实；新帝若肯留小宁子在宫里，小宁子就能为知院爷办更多的事。”喜宁说。

“我看，你是难忘宫里的安逸日子吧？”伯颜帖木儿冷笑，“小宁子，实话告诉你，现在不让你去京师，是为你好。你知道，京师有多少人在等着取你这颗项上人头？你要说这是爱惜人才，也未尝不可。”

“是，”喜宁无奈地答应着，“现在不能去京师，小宁子就为知院爷侍奉好太上皇帝爷；以后能去京师，小宁子再为知院爷办更要紧的事。”

“今日猎物不丰，你去拿两只野鸡，还有，再加一瓶酒，一起带回去。”伯颜帖木儿吩咐。

“小宁子谢过知院爷。”喜宁跪下，磕个头。

“是谁谢我？”伯颜帖木儿问。

“小宁子代太上皇帝爷谢过知院爷。”喜宁知趣地说。

“这才对嘛！”伯颜帖木儿道，“你回去，一定要对你那位爷说，是我献与他的。要说献，不能说别的字。”

喜宁在宫里时，向往着外面广阔的空间和自在的生活；一旦生活在旷野，如伯颜帖木儿所说，他又留恋起宫里的安逸。再返京师的企图未得逞，他的一股怨气发泄在太上皇帝身上。

进帐房，他把鸡往太上皇帝的左边地下一扔，把酒瓶往太上皇帝的右边地下一放，转身要走。

“小宁子，这是何物？”太上皇帝问。两个月下来，他已经习惯喜宁这种做事的态度。

“瓶里是酒，流血的是野鸡。”喜宁阴阳怪气地说。

“怎么来的？”太上皇帝问。

“没见小宁子提进来的吗！”喜宁道。

“我是问你，它来自何处？”太上皇帝说。两个月下来，他也习惯喜宁这种说话的语气。

“爷是问酒呀，还是问野鸡？”喜宁反问。

“先说野鸡吧。”太上皇帝道。

“来自天上呀！它飞着飞着，被一箭射中，跌落到地，我才能把它送到爷的面前。”喜宁说。

“是你射落的？”太上皇帝问。

“我射落的？”喜宁冷笑一声，意思是：我射落的，早自己享用。

“不是小宁子的猎物，却是谁人的猎物？”太上皇帝问。

“爷问得太多吧？一只野鸡而已，爷问来问去，问话不止十几句，不烦吗？”喜宁斥道，“实话告诉爷吧，这是知院爷献与爷的。”

“伯颜知院？”太上皇帝还在问。

“就是他老人家。爷见着他，得道个谢。”喜宁说。

“可你说，是他献与我的。”太上皇帝道。喜宁实在不愿说这个献字，但伯颜帖木儿的意愿又不能违背，因此他说献字时，声音低得不能再低。没想到，还是被太上皇帝听去。

喜宁心里好烦，他眉头一皱，想出一个捉弄太上皇帝的法子。

“爷有所不知。”他说，“瓦剌话里，献的意思和罚的意思是一样的。”

“献同于罚？世上哪有这等荒唐的语言！”太上皇帝难以置信地问道，“小宁子，别是你弄错了吧？”

“知院爷说得明明白白，我怎会错！”喜宁理直气壮地说。

“他是怎么说的？”太上皇帝问。

“他说，南朝皇帝不吃敬酒，那就献酒与他吃吧。”喜宁胡乱编一句，然后说，“爷听听，人家敬酒不吃才献酒呢，这不就是罚酒吗？”

“管它献酒是不是罚酒呢，好多日子没闻过酒香。小宁子，今日你陪我喝上几口。”太上皇帝说。

“不成，不成，罚酒只能爷一人喝。”喜宁连连摆手。

“这是为何？”太上皇帝问。

“瓦剌人习俗，罚奴才们的酒，爷可以喝；罚爷的酒，奴才们却是万万喝不得的。”喜宁又胡乱编个理由。

“世上哪有这等荒唐的规矩！”太上皇帝难以置信，却又无法驳斥，他只得问，“瓦剌人罚酒怎么个喝法？”

“爷等着。”喜宁说着，兴冲冲地在角落里找出一个碗来。碗本来就很脏，他又抓把土放进去，然后打开酒瓶的塞子，一气倒半碗酒。恶作剧到此，他还觉得不过瘾，又上下左右地摇几摇，这才双手捧着，呈与太上皇帝：“爷，此乃瓦剌人的罚酒。”

太上皇帝接过碗，要喝，又放下。

“爷，献酒迟早是要喝的。”喜宁劝道。

“早喝不如晚喝。”太上皇帝和他在一起，也学会调侃，“小宁子，那野鸡不会也是献鸡吧？”

“让爷说着，知院爷也是献与爷的。”喜宁说。

“做何用途？”太上皇帝问。

“吃呀！”喜宁道。

“怎么个吃法？”太上皇帝问。

“煮熟吃。”喜宁道。

“怎么个煮法？”太上皇帝问。

“褪了去毛煮。”喜宁道。

“我认罚。小宁子，你去褪毛，去生火煮熟。”太上皇帝吩咐。

“这不成！”喜宁不愿伺候，“瓦剌人的习俗，凡属进口之物，须得受罚之人自己动手。”

“糟糕，这罚酒却不是我自己动的手，如何是好？”太上皇帝道。

喜宁不由傻眼。他只图说得痛快，却忘言多必失这句古训；何况他的话多是编造的，谁知哪一句会和另一句冲突！

毡帐前，太上皇帝面向南方，不吃不喝也不说话地坐上大半天。校尉袁彬想出许多话题去撩逗，就是逗不出他一个字来。

见通事杨铭赶着老牛破车，从北边慢腾腾地过来，袁彬重重地踏着步子，走过太上皇帝身后。他希望被太上皇帝注意到，并引出太上皇帝的话来。但太上皇帝既没注意他，也没发问的意思。他只得加快步伐，去迎接杨铭。

杨铭空车而去，空车而回。袁彬见状，大声责问道：“老哈，这是怎么回事？”

杨铭原姓哈，是蒙古人，至于属哪一部，连他自己也说不清楚。在他幼时，父亲归顺朝廷，为通事；他长大，也做通事。不同的是，他父亲仍姓哈，他却改个更汉化的姓氏。太上皇帝亲征，他随军而行；土木战败，他和袁彬寸步不离地跟定太上皇帝，亏得有他，才有可能和包括也先在内的瓦剌首领们交涉。

两天前得知，朝廷差人给太上皇帝送来过冬的衣物，放在也先的大营里。太上皇帝被安置在伯颜帖木儿营地，和伯颜的家人居住在一起，供他使用的只有一匹马。为了把衣物运回来，杨铭不知费多少口舌，才从伯颜帖木儿的家人那里借到一辆牛车。临行前，他和袁彬计算过，去也先大营需要一天，回来需要一天。现在他倒是回来，车却是空的。

“一言难尽呀！”杨铭抿着干裂的嘴唇说。

“朝廷压根没送衣物？”袁彬急忙问。

“不是。”杨铭道。

“也先不肯归还？”袁彬问。

“不是。”杨铭道。

“究竟出何事，你倒是说呀！”袁彬愈发着急。

“你问个不停，让我怎说！”杨铭道。

“好，我不问，你说。”袁彬把手按住两片嘴唇，表示要管好自己的嘴。生活在异族之间，像他这样只会说汉话的人，一旦有说话的机会，有时真难管住自己的嘴。

真让杨铭自己说，他反而不会说。憋了好一阵，他对袁彬说：“袁哥，还是你问吧。”

“朝廷送来衣物？”袁彬换种问话的方式。

“是。”杨铭应道。

“也先也把衣物归还？”袁彬问。

“是。”杨铭应道。

“衣物呢？”袁彬问。

“一回到营地，就被伯颜家人夺去。”杨铭说。

“为何不与他等交涉？”袁彬问。

“我是想，禀奏过皇上，再去交涉。”杨铭说。他，还有袁彬，与喜宁不同。虽然知道朝廷有新皇帝，老皇帝被尊为太上皇帝，他们仍习惯地把太上皇帝称为皇上。

“你真糊涂，事过数日，他等还会承认吗！”袁彬责备道。

“那如何是好？我现在就去交涉？”杨铭全无主意。

“等等！”袁彬忽然有一个奇特的想法，他自言自语地说，“这可真是塞翁失马，焉知非福呀！”

“袁哥说的什么？”杨铭没听懂。

“老哈，你还是先禀明皇上，再去交涉吧。不过有一点，皇上命你去交涉时，你别马上答应下来。”袁彬说。

“这是为何？抗旨的事情，我不敢做。”杨铭道。

“若是为皇上好呢？”袁彬问。

“为皇上好，最好也不抗旨；除非万不得已。”杨铭道，“再者，怎么抗旨就是为皇上好呢？”

“你来看。”袁彬一指毡帐前，问道，“看到皇上吗？”

“看到。”杨铭点头。

“皇上一声不吭，坐在那里大半天。”袁彬说。

“又出何事？”杨铭问。

“咳，无非是思乡，思京城，思大内。这次，一听说朝廷差人送来衣物，就一直这样坐着。”袁彬说。

“袁哥让我抗旨，又有何用？”杨铭的脑筋没转过来。

“引皇上多说几句话呀！”袁彬道，“听你讲述衣物之事，皇上多半会说一句话：去交涉吧。你马上遵旨而去，皇上多半会继续这么坐着，直至深夜；但你若说上一些抗旨的话，或会不同。”

“那会怎样？”杨铭问。

“皇上会不满，会震怒，会多说几句话，甚至会打你几下。”袁彬说。

“我还要挨打？”杨铭想拒绝。

“怎么，平日里总说为皇上，死亦不辞；事到临头，却舍不得受皮肉之苦？”袁彬激他。

“我不是怕受皮肉之苦，我是怕皇上气坏身子。”杨铭辩解。

“这你就不懂，”袁彬道，“眼下皇上郁闷在心，若不发泄出来，那才要大病一场呢。”

“生气也能发泄郁闷？”杨铭真的不懂。

“对，生气就是把郁闷发泄出来。”袁彬说。

“好，我愿让皇上多打几下。”杨铭应承下来。

二人你一句我一句说到毡帐边，破牛车吱吱呀呀的声音，太上皇帝早已听到，但就是不回过头来看一眼。袁彬用眼神对杨铭说：如何，皇上确在郁闷吧。杨铭用眼神问袁彬：该怎么开个头呢？袁彬用眼神说：别忙，看我的。

他走到太上皇帝面前，说：“皇上，老哈回来。”

太上皇帝看他一眼，不吱声。

“朝廷果然差人送来衣物。”袁彬说。

他没指望太上皇帝吱声。太上皇帝也不想吱声。

“太师也先把衣物交还给老哈。”袁彬说。

他仍不指望太上皇帝吱声。太上皇帝也仍不想吱声。

“可老哈空着车回来。”袁彬说。

太上皇帝盯住他看一会儿，看来终于要说话。他心里不住地念叨：皇上，快开尊口吧。但皇帝仍没开口。

“他说，衣物被伯颜知院的家人夺去。”袁彬说。

他在想，皇上如果对此没有强烈的反应，他就实在没办法可想。太上皇帝没有强烈的反应，甚至连看也不看他。就在他哀叹技穷、打算放弃时，太上皇帝却开口。

如他所料，太上皇帝说的是：“让老哈去交涉呀！”

袁彬一边“是、是”地应着，一边招呼杨铭，“老哈，听清圣谕没有？”

“微臣听清。”杨铭说。

“那还不快去。”袁彬嘴里说着，却招呼杨铭到太上皇帝面前回话。

“皇上让微臣去与谁人交涉？”杨铭问。

“既是伯颜家人夺去，自然是与伯颜交涉。”太上皇帝道。

“微臣打听过，伯颜知院不在营地。”杨铭说。

“那就与伯颜大妻交涉，让她管束家人。”太上皇帝道。

“夺去衣物者，不是伯颜知院大妻兄弟，就是她侄辈。与她交涉，有如虎口中夺食。”杨铭说。

“依着你，当与谁人交涉？”太上皇帝恼怒地问。

杨铭用眼神对袁彬说：好，皇上的郁闷发泄出来。

袁彬用眼神告诉他：发泄的还不够。

于是，杨铭说：“依着微臣，不必交涉。”

“你是说，不去要回？”太上皇帝问道。

杨铭斜着眼看袁彬，见他点头，便硬着头皮说：“微臣是这个意思。”

“冬日来临，塞外又冷，没有加厚的衣物，拿什么御寒！朕看你，朕看你——”太上皇帝盛怒之下，想不出恰当的词句。

“微臣看，老哈是腿懒。”袁彬在一旁推波助澜。

“不是腿懒，是皮肉发痒。”太上皇帝说着，两眼在周围地下寻找。

袁彬先看到不远处有根不粗不细正好可当作鞭子用的枝条，抢先拾起来，递给太上皇帝，嘴里还说：“皇上是找它吧，可惜有点儿细。”

“袁哥，是你把我推入井里的，难道还要用石头砸我！”杨铭责怪他。

“是我要用石头砸你，你怪他作甚！”太上皇帝话没说完，枝条已抽打过去，“朕让你交涉，你却说不必交涉，该不该打？”

杨铭不敢躲避，只能用两臂护住头脸，还要应道：“该打，该打！”

“朕问你是不是不必要回，你还说是这个意思，该不该打？”太上皇帝说着，又抽打过去。

“该打，该打！”杨铭应道。

"老袁说你腿懒，该不该打？"太上皇帝举起枝条问。

"该打！"杨铭应一声，觉得冤枉，他手指袁彬说，"皇上，这一下不该打微臣，该打他。"

"皇上打都打了，你能说打错！"袁彬道，"要不这样，皇上接下来一定要说：你皮肉发痒，该不该打？那一下，我替你挨吧。"

"你想挨，朕还不想打呢！"太上皇帝扔掉枝条，吩咐杨铭，"老哈，你找上小宁子，一起去交涉。"

"皇上，微臣若说指望不上宁公公，你别再打微臣。"杨铭说。

"你说出理由，朕自然不打你。"太上皇帝说。

"微臣在也先大营见到宁公公，他好不得意地告诉微臣，也先要找他议事，今日不会回来。"杨铭说。

"也先找他议事？"太上皇帝有些失落，但也无可奈何，"既如此，你就自家去交涉，千万不可拖到明日。"

伯颜帖木儿带着几名亲信，陪同太上皇帝去也先大营。供太上皇帝骑用的，是匹好马，体健蹄轻，善于奔驰。伯颜帖木儿又命人找来几匹马。给喜宁骑的，也是匹不错的马，至少能跟得上；给袁彬、杨铭骑的，是劣等的马，行不多久，就落在后面挺远。

伯颜帖木儿有意落后太上皇帝几个马身，其他人当然更不能策马在前。见太上皇帝稳稳当当骑在马背上，他赞道："陛下好技艺。"

太上皇帝回头一看，勒住缰绳，等伯颜帖木儿赶上来。他说："还不是跟着伯颜知院练出来的。"

"前几日，家眷无礼，夺去陛下衣物。伯颜甚是惭愧，在此向陛下谢罪。"伯颜帖木儿说。

"过去的事，不必提它。再者，知院夫人把宝眷们拿去的衣物送回来，一件未少，朕正要向知院道谢呢。"太上皇帝道。

"那是应该的，只是她做得还不很好。"伯颜帖木儿说，"汉人有句话，叫作'大义灭亲'。我告诉贱内，夺陛下之物，犯的是天条，该剁下他们的手，或割下他们的耳朵，至少也要用荆条抽打一顿。可我又一想，这样一来，结怨必深；若有人向陛下报复，我将防不胜防。"

"知院为朕想得周全，朕不会忘记的。"太上皇帝道。

二人说得投机，一日的行程，不知不觉走过半程。伯颜帖木儿找个空旷的地方，命点起火来，烤肉煮汤。

等着吃饭的当口，太上皇帝问：“请问知院，太师为何事找我去？”

“我亦不知，太师着人传令来，只说与陛下大有干系，又说于陛下乃天大好事；此外，没再说什么。”伯颜帖木儿说完自己知道的，又招呼稍远处的喜宁，“宁公公，你或许知道？”

喜宁在下风头，听清伯颜帖木儿的问话。他嘴张几下，张得很大，但说的什么，伯颜帖木儿和太上皇帝一个字也听不到。

“你过来说。”伯颜帖木儿招呼道。

喜宁走到近旁，对太上皇帝说：“太师爷找爷去有何事，小宁子是知道的；但太师爷交代，不得透露，他一定要亲自对爷说。”

“对我说也不成吗？”伯颜帖木儿问。

“知院爷——”喜宁一副为难的样子。

“好吧。”太上皇帝不难为他，“太师有雅兴，知院何必扫他的兴呢？”

瓦剌人日常食羊肉，偶尔可以吃到牛肉，举行最隆重的宴会时，则会杀他们视为家人的马匹，马肉成为主菜和主食。这一天，也先举行杀马大宴，款待太上皇帝，二弟伯颜帖木儿、三弟赛刊及大小头领数十人作陪。根据伯颜帖木儿的提议，请太上皇帝坐上首，也先坐下首，其他人依次坐在陪同的席位上。

“还是依主客而坐吧。”太上皇帝说。

“陛下不是客呀，陛下是主子，我等皆为臣民，理当如此就座。”也先说，等太上皇帝惴惴不安地坐下，他又让众人就座，自己却迟迟不坐，“我自称为陛下臣民，有两个缘故：其一，我这个太师淮王，不是大明朝廷封的，但大明朝廷也认可，所以我是臣民；其二，生养我的母亲是汉人，她时常对我说：你可以不做大明天子的臣民，但不要忘记我是大明天子的臣民。不过，我这个臣民也有不合格的地方，我不惯行君臣之礼，还请陛下勿怪。”

“朕不怪，朕不怪。”太上皇帝道。

“伯颜，”也先对伯颜帖木儿说，“记得你对我说过，汉人只有皇帝才能自称为‘朕’的。”

“我问过饱读经书的汉人，确是如此。”伯颜帖木儿回答。

“南朝另立皇帝，陛下也能称‘朕’吗？”也先问太上皇帝。

“汉人也只对皇帝才称陛下，”太上皇帝针锋相对地说，“太上皇帝也是皇帝，是不坐朝的皇帝。你称我陛下没错，我自称朕也没错。”

“原来如此！这个道理，我是不懂的，伯颜也是讲不清楚的。不过，陛下仍然做皇帝，我称你陛下，你自称朕，岂不更好？”也先道。

“太师的话，我也不懂。”太上皇帝说。

“我就是想陛下仍做皇帝呀，这不好懂吗？南朝立陛下的兄弟做皇帝，我不承认他是皇帝，我只承认你是皇帝。”也先道。

“多谢太师美意，不过，皇帝是要在京师做的。”太上皇帝说。

“我可以把陛下送回京师呀！”也先说。

“太师欲以朕诳开京师大门，恐怕是一厢情愿。”太上皇帝说，“两月前，太师属下挟我至宣府，我命守将开门放入。结果呢？总兵官杨洪避而不见，其他守臣登城楼曰：臣等为陛下守此城，天已晚，遵主将令，不敢开启城门。太师属下又挟我至大同，我命守将开门放入。结果呢？都督佥事郭登登上城楼，说句‘勿中奸计’，闭门不纳。太师可能还不知道吧，郭登与朕家两世联姻，算起来，他比朕长两辈。朕用这一层来劝说，他仍不为所动。那时，朝廷还不曾立朕弟为新皇帝。而今社稷有主，太师不妨想一想，即便绕过大同，绕过宣府，去到京师城外，拿朕诳得开京师九门吗？”

郭英的妹妹，被太祖皇帝纳为妃子，郭英的孙女，即郭登的堂姐妹，被仁宗皇帝册为贵妃，这就是太上皇帝所说的两世联姻。

“伯颜，诳是何意？”也先问。

“诳即欺骗。”伯颜帖木儿说。

“陛下这个字用得不好。”也先说，“我不是想拿陛下诳入京师，而是真心实意想把陛下送回京师，仍做皇帝。不过，陛下说得对，南朝而今有新皇帝，好言劝说他等接纳陛下更难。那也不要紧，我还有另外一个，另外一个——”他一时想不出适当的词句。

“大哥是说途径吧？”伯颜帖木儿提醒。

“对，我还有另外一个途径，使大明朝廷仍归陛下：我可率瓦剌大军为陛下攻下京师。”也先说。

“京师屯军之盛，城池之固，非宣府、大同可比，太师自忖，攻得下来吗？”太上皇帝问。

“攻不下来不要紧，还有第三个途径。”也先说。

“那是什么？”太上皇帝问。

“我可率一军，入紫荆关，直趋大江，把陛下送去南京登极。”也先说着，问伯颜帖木儿，“大明朝曾以南京为京师，是不是？”

“大哥说的是。”伯颜帖木儿应道。

太上皇帝心里盘算着：京师及肘腋之下的宣府、大同等城，瓦剌军不易攻下；而一旦越过边墙，腹里的官军或许不难对付。直趋大江不是一句空话。如果真被送到南京，应是一件好事。能不能在南京登极且不说，至少可以摆脱食膻居野的艰难。

“陛下！”也先不容他多想，“今日恭请陛下来喝酒，正是为的此事。陛下若愿意继续做皇帝，愿意在京师做皇帝，也愿意去南京做皇帝，就请喝一大碗。”

太上皇帝不由自主地端起盛满酒的碗来，一口喝干。

随着也先叫一声“好”，空旷的场地上响起一片欢呼声。

“陛下既喝，大家都喝，人人都要为陛下争锋效力！”也先对众人说。

伯颜帖木儿、赛刊及大小首领们，争着给太上皇帝敬酒，争着给也先敬酒，他们自己也大碗喝着烈酒、大口吃着马肉地喧闹起来。

两碗酒后，太上皇帝要小解，离席而去。到无人处，他正要解开裤子，身后有人喘着粗气，低声说：“皇上，切莫中贼人奸计。”

他吓一跳，回头一看，是袁彬、杨铭赶过来。

“何谓奸计？”太上皇帝问。

“南京去不得。”袁彬说。

“为何去不得？”太上皇帝问。

“数千里驱驰，沿途战事无数。若遇恶战，谁能确保皇上平安？况且，冬日严寒，手僵腿硬，骑马驱驰，是件极苦之事。皇上万金之躯，怎禁得起这般折磨！”袁彬伸出一指，说，“这是其一。”

“其二呢？”太上皇帝问。

“就算一路畅通，到得南京。南京亦有五府，亦有六部，亦有众多将帅，众多军卫，亦听命于朝廷。若在万千辛苦之后，去到南京城下，却不被接纳，皇上怎办？”袁彬道。

“还有其三吗？”太上皇帝问。

“其三最要紧，”袁彬道，“就算南京城里的文臣武将接纳皇上，拥戴皇上登极，北边一个朝廷，南边一个朝廷，北边一个皇上，南边一个皇上，岂不要骨肉相残？岂不要演变成一个‘靖难’？究竟北边的力量强大，还是南边的力量强大；天下百姓究竟心向北边的朝廷，还是心向南边的朝廷？皇上心里如明镜一般，用不着微臣多说。”

太上皇帝一想，对呀，自己只盼着离开塞外苦寒之地，怎么就不想一想这些后果呢？答应去南京做皇帝，恐怕没到南京，自己就死于征途。即便不死于征途，南京的臣民和官军会承认一个被异族用武力送去的皇帝吗？即便他们屈服于瓦剌的武力，承认自己的地位，南京周围的官军能够和京师周围的官军抗衡吗？

“不错，南京去不得。”太上皇帝自言自语道。他对袁彬说：“亏得你赶来，朕这就去对也先说个明白。”

“使不得！”杨铭在一旁说。

“老哈还有什么话说？”太上皇帝问。

“也先正在兴头上，皇上又曾应允，这时反悔，后果难料。”杨铭说。

“依着你，当如何处置？”太上皇帝问。

“皇上仍回去喝酒，吃肉，权当没这回事。”杨铭说。

“也先若再提及呢？”太上皇帝问。

“皇上含糊其词就是。”杨铭说。

“然后呢？”太上皇帝问。

“微臣想，挟皇上下南京，一定是喜宁的主意。宴席散后，皇上可对伯颜知院说，休得中此人奸计。瓦剌骑军，不习江南水土，不必交战，已在下风。伯颜知院不似也先鲁莽，会妥善处置。”杨铭说。

“老哈所议甚是，先避过今日再说。”袁彬附和道。

“好，朕自会见机行事！”太上皇帝说。

第五十九章

于谦在崇文门内裱褙胡同买个小院子。他时常会想：买它做什么，还不如租赁一处民宅，或寄宿在西长安街的朝房里，来得省心。他夫人去世得早，他巡抚山西、河南这两个地广人多事杂的地方，顾不上续弦之事。后来，父亲去世，他回家守制，以礼法计，顾不上续弦之事。以佐卿的身份被召还京师，按说该安排一下家庭生活；谁知不久就碰到沧桑巨变，为朝廷计，就更顾不上续弦之事。他身边只有一仆一童一个厨娘，买个宅院，也没有家的样子。

好在仆人勤快，童儿机灵，厨娘做得一手浙江菜肴，都很称职尽心。譬如，他回到家里，对仆人说一句“一会儿有客人来”，仆人就会在门口坐等，直到客人到来，将其领进去。

太常寺少卿习嘉言来到于谦的宅院时，正碰到于仆等在门口。他是第一次来拜访，根据别人的介绍，觉得于谦应该住在这个院子里，但没十分的把握。见于仆，他上前询问：“请教，于大司马住在此处吗？”

“是，是，大人请跟我走，我家老爷正在等大人。”于仆说着，虚让一让，自己走在前面带路。

习嘉言跟在后面，好不奇怪：“你家老爷能掐会算呀，我没对他说过要造访，也没对别人说过，他怎知我要来？”

“嘿嘿！”于仆憨憨地一笑，一点儿也不奇怪，“说我家老爷能掐会算的，不止大人一位。”

北房三间，正中一间会客，东边一间是书房，西边一间是寝室。于仆看到于谦的身影在书房，便靠在东窗下禀道：“老爷，客人已到。”

“不可能，他和我约好时辰，差得远呢！”于谦在屋里说。

“时辰都约好，你为何告我，没对我家老爷说过？”于仆责怪客人。

“你家老爷约的恐怕是另一位客人。”习嘉言说。

“原来老爷说有客人来，不是说的大人。”于仆说着，做出往外轰人的架势，“抱歉，请大人退回门外，等我禀报过老爷，再去相请。”

“我既进来，就在这里等你禀报，又有何妨！”习嘉言道。

“这不合规矩。”于仆不答应。

“不合你家老爷的规矩？”习嘉言问。

“不合我的规矩。”于仆说。

“你的规矩，那就破一破吧！”习嘉言说着，朝屋里叫道，“廷益先生，来的是不速之客，见不见？”

“是哪一位呀？”于谦问。他在屋里向房门走去，习嘉言从屋外向房门走去，于谦推门而出，正好和他打个照面。二人相互一揖，于谦让道，“是名敬先生呀，请屋里坐。”

习嘉言字名敬，江西新喻人，永乐十六年进士，官职虽不高，考中进士却比于谦还早一科。他看于仆一眼，说：“恐怕不合规矩。”

“不妨，”于谦笑道，“他的规矩太多，破几个不碍事；只要别让他破我的规矩就好。”

“廷益先生是什么规矩？”习嘉言好奇地问。

“有客，须敬茶。”于谦说。

“这个规矩，破了更不碍事，谁让我是不速之客呢！”习嘉言道。

二人说笑着，进到房间里。于仆则去准备茶水。

习嘉言一坐下就问：“廷益先生约的客人是谁？”

“不是我约的。方才离衙时，武清伯着人送去口讯，说他晚饭之后要来我这里坐一坐。”于谦告诉他。

武清伯即石亨。于谦力荐杨洪、石亨二人，率先被召入京师的是石亨，他以后军都督府右都督掌五军营，而杨洪仍镇守宣府。率先封爵的却是杨洪，他被封为昌平伯。第二天石亨亦封爵。

“他要与廷益先生商谈御虏之事吧？”习嘉言问。

“想必是的。”于谦应道。

“在武清伯辈看来，眼下最要紧的无疑是御虏之事；在廷益先生看来，眼下最要紧的也是御虏之事吗？”习嘉言又问。

“难道名敬先生以为不是？”于谦反问。

“然也。”习嘉言道。

“名敬先生，瓦剌野心勃勃，随时可能奔袭至京师城下。探报确实，可不是庸人自扰呀！”于谦以为他不了解目前的局势。

“廷益先生别误会，我不是说御虏之事不要紧；我只是说，眼下最要紧的不是御虏之事。”习嘉言解释。

“不是御虏之事，却是何事？”于谦问。

“上皇未还，此乃眼下最要紧之事。”习嘉言说。

于谦沉吟片刻，说：“名敬先生这话的意思，我不太懂。”

“迎复上皇，是眼下最要紧之事，这有什么不好懂的！”习嘉言道，“帝舜为政，以孝悌慈爱为先，并推以治化天下。今上皇未还，不拳拳于迎复，何以言悌！上皇未还，皇太后忧心忡忡，不拳拳于迎复，何以言孝！上皇未还，皇太子幼冲，无所依赖，不拳拳于迎复，何以言慈爱！故今日孝悌慈爱，皆集于奉迎一事。”

“依名敬先生，朝廷该如何行事？”于谦问。

“在至尊，当口不释言迎复；在臣子，当笔不停书迎复。”习嘉言说。

“名敬先生的意思，我有些听懂。”于谦点头，“名敬先生要我一起奏言迎复事，是不是？”

“冒昧造访，意正在此。”习嘉言道，“廷益先生为朝廷柱石，若言迎复，则皇上听而从之，人人趋而言之。廷益先生又何吝于笔墨！”

“朝廷柱石云云，于某实不敢当；我也不是吝于笔墨。但有一事，我想不明白，要请教名敬先生。”于谦说。

“廷益先生请讲。”习嘉言道。

“至尊口不释言迎复，臣子笔不停书迎复，都不难做到；但这能抵御瓦剌军的进犯吗？”于谦问。

“人人同仇敌忾，何患不能抵御！”习嘉言道。

“我却担心，未必能同仇敌忾。”于谦说。

“廷益先生担心的是什么？”习嘉言问。

“先来说迎复二字：迎为奉迎，复是何意？是奉迎上皇回来，还是奉迎上皇复位，其意不明。”于谦说。

“首先是回来，别的含义以后再说。”习嘉言道。

“恐怕不能以后再说。”于谦无疑是以为，两个字中，“复”字比“迎”字重要得多，“若复字中包含复位之意，那么，廷臣奏请以皇上即位，难免会有这样那样的想法；皇太后准允皇上即位，难免会有这样那样的想法；皇上是在廷臣反复奏请下才即位的，难免会有这样那样的想法。想法各异，怎说得上同仇敌忾！更重要的是，也先知道朝廷有奉迎上皇复位之意，更以为‘奇货可居’，更不会答应送还上皇，原本为的奉迎，反而更难奉迎。故复字里的复位之意，应该去除；而复字若只有回来之意，不如将迎复改为奉迎。”

“改为奉迎，廷益先生就会率廷臣进言吗？”习嘉言问。

“不一定会。”话一出口，于谦马上纠正，“不，应该不会。”

“这是为何？”习嘉言问。

“在我看来，眼下最要紧的仍是御虏。”于谦说。

“廷益先生，上皇为我等之君一十四年，今上为我等之君方一月。难道十四年的君臣情意还比不上一月的君臣情意？”习嘉言质问。

“我等所言之事，不能以君臣情意一言而蔽之，也不在于时日久暂。社稷为重，君为轻，我是本着这句古圣贤训言行事的。”于谦道。

“这不过是句空话。”习嘉言说。

于谦本想反驳他：口不释言迎复，笔不停书迎复，更是句空话。又一想：话都说到这个程度，再争辩下去有什么意思？于是说：“在名敬先生看来，御虏也是件要紧的事；在我看来，奉迎也是件要紧的事。我与名敬先生约：言迎复，或言奉迎，在名敬先生；言御虏，在我。如何？”

习嘉言告辞，于谦送出。他回到院子里时，隐蔽在树后的石亨闪身而出，迎过来。他早到一刻，听到二人后面的对话。

“道不同，不相为谋。廷益先生对此等腐儒太有耐心。”石亨说。

“说不上道不同。朝廷上把奉迎上皇看得比御虏还要紧的，不止他一人。爵爷就敢说没有这种想法？”于谦道。

“我是把御虏看得比奉迎上皇要紧的；若非如此，大司马恐怕也不会极力保举我。”石亨说。

“我大力举荐，看重的是爵爷统兵的才干；至于爵爷以为御虏最要紧，还是以为奉迎最要紧，我并不在意。我倒是想，爵爷不把心思放在这上面，反而更好。”于谦说。

“廷益先生要我不把心思放在这上面，我自然不会把心思放在这上面。我是唯廷益先生马首是瞻的。”石亨觉得这话讨好的意思太外露，又诙谐地加上一句，“错，是唯廷益先生司马首是瞻。”

于谦被逗笑，往屋里让道：“爵爷请。”

于仆捧着放有两杯茶的托盘，随二人进屋。

“你这回怎么不讲规矩，让石爷径自进来？”于谦问他。

“老爷不是说，小的规矩太多，破几个不碍事吗？”于仆回敬道。

“可我也让你别破我的规矩呀，名敬先生在这里说得口干舌燥，你却一口茶水也不给他。”于谦说。

“小的怎敢破老爷的规矩，小的皆因自己的规矩被习大人所破，耿耿于怀，茶水准备得慢一些；也亏得小的茶水准备得慢一些，要不，习大人就有精神和老爷争论到半夜。”于仆说。

“这么说，我还得谢你？”于谦问。

“老爷谢不谢且不论，总得有人谢我吧！”于仆说。

“不错！”石亨笑着，自己从托盘里取一杯茶，“为你前面茶水准备得慢，现在茶水准备得快，我得道声谢。”

“来，坐！”于谦请石亨入座，自己也坐下，他说，“据探报，瓦剌军不一二日将临城下，爵爷今晚不来，我也要约爵爷明日一同出城巡视。”

“明日怕晚。在下今晚来，是想请廷益先生早授御虏之策，不料却听腐儒一通废话，想想真是好笑。”石亨说。

“爵爷，咱们不是说好，不提那事吗？”于谦颇有责备之意。

“对，对！”石亨连声应道，“请廷益先生授计。”

“御虏之事，明日出城再说。”于谦把话题岔开，“爵爷，听说这几日不少人向你献计献策，其中有没有可取的呀？”

“可以实施的不少，但拿到城下御虏，却不见得有用。”石亨说。

“那也不妨说说。”于谦道。

“廷益先生有闲心听？”石亨问。

“为何没有！”于谦道。

“廷益先生有闲心听，我就拣几计说说。”石亨是没闲心的，但于谦一定要听，他只能耐下心说，“一老军说，北虏敢入中国，只凭脚力。”

“他说的脚力，是指好马吧？”于谦问。

“是。”石亨应道。

“这个老军不简单，两个字点到要害。”于谦评论道，石亨不语，似乎在等他继续评论，他笑道，“我不该打岔，爵爷接着说。”

“老军说，北虏敢入中国，只凭脚力，翻山越岭，越关而来。”石亨先把这句话说完，“他提议，于北虏行走的山道，遍布铁橛。铁橛形状，下尖上空。下尖，便于凿入土中；上空，便于安装铁锥。北虏越关而来，为铁橛所绊，为铁锥所刺，无不立伤。马匹既伤，北虏就不那么可怕。”

于谦见他停住，才问：“此计讲完？”

“老军只讲这么多。”石亨回答。

“爵爷，你发觉没有，老军此计，听起来耳熟？”于谦问。

“廷益先生是说靖远伯所进铁蒺藜图吧？”石亨道。

“对，铁橛阵类于铁蒺藜阵；不过，铁橛比铁蒺藜易于布置。我看此计可行，爵爷，你说呢？”于谦问。

“不错，宣、大外沿，可多撒些铁橛，即使不能完全阻止瓦剌军，至少也能延缓其行进。”石亨说。

“爵爷的意思，宣、大以里，就不适合布置铁橛阵？”于谦问。

“如于居庸关附近遍撒铁橛，寸步难行的恐怕是官军。”石亨说，并问，“廷益先生以为我所议不当？”

“极当，极当！”于谦连说两遍，然后问，“还有别策吗？”

“我再给廷益先生讲个用箭的计策。”石亨说，“一校尉献策：广西、四川等处射虎，箭头涂以毒药。无论虎有多大，皮肉着箭即死，马或人更不必说。可以此毒箭对付北虏骑军。”

“只是听说吗？”于谦问。

“该校尉献上毒药的方子，我想拿死囚试之。”石亨说。

“需若干死囚？”于谦问。

“总得十人八人吧？”石亨往多了说。

“不够，我去刑部交涉，给你要来一百名死囚。”于谦说。

石亨简直难以相信这话出自谦之口；但看于谦的样子，又不像在开玩笑。他试探地问：“廷益先生此话当真？”

“爵爷以为多？那再说些更多的。”于谦说着，问道，“若毒箭见效，爵爷打算使多少人练射？”

“拟挑选有臂力军士三千人。”石亨说。

“太少！”于谦用力摇头。

“依廷益先生呢？”石亨问。

“至少三十万。”于谦说。

“廷益先生是说三十万支箭？”石亨唯恐自己理解错。

“不，是挑选三十万军士练射。”于谦毫不含糊地说。

“听廷益先生这话，怎么像听——”石亨适可而止，留个尾巴。

“爵爷想说，痴人说梦吧？”于谦道。

“是这句话。”石亨说，“京城里的官军，一个不少地拼凑起来，也只有二十万，廷益先生却要挑选三十万军士练射！这不是痴人说梦，又是什么？少于一百万军士，休想精选出三十万来。”

“我也这么想。”于谦道。

“廷益先生的意思是——”石亨琢磨出一点儿味道。

“事不过三，爵爷再给我讲一计吧。”于谦留下伏笔。

“好！”石亨也不逼问，“一裨将献策曰：如今大铜铳发射，只用一大石，故中敌者少。若改用鸡卵大小石块，每发一斗，打将出去，迸开数丈宽，人、马中石皆死，比起发一大石，效果百倍。”

“大石改为碎石，容易得很。爵爷，是不是？”于谦道。

“应该不难吧。”石亨随声附和。

“京营里能装一斗石头的大铳有若干？”于谦问。

“大约百具。”石亨回答。

“不够，要加至五百具；而且，最好能有装碎石一石的大铳，那么，一具铳就可以守住一座城门。”于谦说。见石亨笑而不语，他问，“爵爷是不是还要说我痴人说梦？”

“换句话吧，此乃虚张声势！”石亨道。

“也不完全是虚张，”于谦说，“遍布铁橛不可能；但于要害处安插铁橛，还是可行的。三十万人练射毒箭不可能，三千人练射毒箭也有些多；但以数百人练射毒箭，还是可行的。据我看来，大铳别说装一石碎石，恐怕装一斗碎石也难；但装七八升、三五升碎石，还是可行的。总之，铁橛可用，毒箭可用，大铳可用，献此等计者，皆可升职受赏。”

“此事我可上奏朝廷。”石亨不很热心地说。

“好啊！只要皇上将爵爷的奏本发下兵部，兵部一定给足爵爷面子：献策者，老军升校尉，校尉升裨将，裨将升参将。”于谦说。

二人皆笑，石亨笑得有些勉强。他说：“多谢关照，不过——”

“不过，让我来说，这计那计，还是爵爷的话有真知灼见！”于谦道。

“廷益先生指的哪句话？”石亨问。

“拿到城下御虏，却不见得有用。”于谦道。

“城下御敌，廷益先生是不是大计已定？”石亨问。

“这个嘛，明日出城再议。”于谦仍是那句话。

于谦本想在出城巡视各门防务时，与石亨谈论御敌大计，但早朝后，二人被皇帝召入文华殿偏殿议事。同时被召入的大臣还有内阁大学士陈循、苗衷、高谷、彭时、商辂；吏部尚书王直、礼部尚书胡濙、刑部尚书金濂、掌院都御史俞士悦等。彭时、商辂是在确认曹鼐、张益死难后，经陈循、高谷推举增补的阁员。周忱升户部尚书，是想把他留在朝中。但因为太祖高皇帝定下江西人不得官户部尚书的规矩；所以改工部尚书，同时，让他仍巡抚应天等府。

“卿等可知也先今在何处？”皇帝问。

“据邸抄，已越过紫荆关，到达易州。”胡濙说。邸抄，又作邸报，是朝廷通报重大消息的文书。

“老先生说的是哪天的邸抄？”皇帝问。

“昨日的。”胡濙答道。

“是昨日晨抄吧？据昨日午抄，已在良乡。”陈循说。

“但黄昏时分，也先是在卢沟桥。”俞士悦说。

“那不是已到宛平，这么快！”陈循惊道。其实，宛平和良乡两县毗邻；但因为宛平县衙在京城内，到宛平，就如同到京城。陈循有些疑惑地问俞士悦：“朝廷向无晚抄，难道昨晚颁发？”

“没有，是南城巡城御史报来的消息。”俞士悦说。

“今日晨抄，有谁见到吗？”皇帝问。

无人应声，显然无人见到。众人都向于谦望去，邸抄是由兵部汇总各方探报发出的，别人没见到，他一定见到。

“于爱卿，你来说说吧。”皇帝就势说。

“是，”于谦简要地说，“昨日夜里，也先率部移至土城驻扎。”

有人“呀”地惊呼一声，赶紧把嘴捂住。土城即前元都城的外墙，该处往南是两条官道，一条直达德胜门，一条直达安定门。卢沟桥虽然离京城很近，总还有一条桑干河阻隔，一座宛平城可守；在土城和京师之间，已无任何屏障。

“上皇亦在土城驻跸。”于谦又补充一句。

“大司马，他当真有胆量犯我京师？”陈循似乎还不相信这一点。

“不犯京师，他为何要移至土城？”于谦道，“不过，攻城之前，也先差来使者，要朝廷差派大臣，恭迎上皇，议和罢兵。”

“想不到，此等丑类，也懂得先礼后兵。”胡濙道。

“这哪里是议和，分明是逼我定城下之盟！”彭时道。

皇帝咳嗽一声，众大臣都静下来。皇帝说：“今日召卿等入宫，就是要议一议，是否差派大臣，与之议和。”

“胡尚书称也先此举为先礼后兵，朝廷当以其人之道，还治其人之身。”陈循说。

“陈先生是说，宜与之议和？”皇帝问。

“是。”陈循应道。

“也先挟皇兄倡和，会不会包藏祸心？”皇帝不放心地问。

“不管有无阴谋，上皇驻跸土城，朝廷理应差人参谒候问。”陈循说。

“卿等看呢？”皇帝问其他大臣。

“臣以为，遣使参谒上皇，和议罢兵，均无不可；但不可以朝廷重臣为使。”王直奏道。

“这是为什么？”皇帝问。

“我大明朝为上邦，瓦剌为属邦，宜以小臣为使；若差派朝廷重臣，则以瓦剌为对等之国。”王直说。

“以小臣为使，也先若不与之议，奈何？”皇帝问。

“朝廷遣使，主要在参谒上皇，不在议与不议。”王直说。

“卿等看呢？”皇帝又问其他大臣。

“臣以为，不妨以小臣为使，但宜升以官职。这样一来，既不失礼数，又不失国威。”胡濙说。

“胡尚书所议甚是。”众人都说。

“一则朝廷遣使，二则以小臣为使。这两条确定，卿等再议议，差遣谁人前去？”皇帝道。

所谓小臣，并没有确定的标准；再者，众大臣虽然会有几个位居下士的熟人，但很难说谁能胜任。所以，一时无人应对。

“王爱卿，你掌吏部，可有举荐？”皇帝问。

“吏部考核，都是常规性的，不曾有过今日之大变故。以往考核优等的，今日未必胜任；以往考核中下的，未必不能胜任。”王直说。

“这么说，只能胡乱点派？”皇帝不满地问。

“以职事而论，宜以行人为使；不过，臣以为，不妨令廷臣自陈请行。”王直说。

他的建议把众大臣从窘迫中解脱出来。陈循首先支持：“王尚书的主意好，敢于请行者，定然不辱使命。”

其他大臣也纷纷举出自陈的好处，此事也成定议。

“于爱卿，你看呢？”皇帝这次专门问于谦。

“众臣所议，臣无不赞成。不过臣以为，不管遣不遣使，不管议不议和，不管遣大臣或遣小臣，战方为根本。”于谦说。

如果说，众人方才的议论是在一个大题目下打转，他的这番话使众人的思路从一个大题目中跳出来，转入另一个大题目。

“此言甚合朕意，就请爱卿为朕说一说战吧。”皇帝道。

“臣先为陛下说九门守将，”于谦说，“九门守将，朝廷在两个月前即开始挑选，至今已全部落实：总兵官、武清伯石亨屯驻德胜门，都督佥事陶瑾屯驻安定门，武进伯朱瑛屯驻朝阳门，右军都督刘聚屯驻西直门，镇远伯顾兴祖屯驻阜成门，都指挥佥事李端屯驻正阳门，都督同知刘得新屯驻崇文门，都指挥使汤节屯驻宣武门，广宁伯刘安屯驻东直门。各军皆受石亨节制，而臣总督军务。”

“卿等看，守城诸将，有无不妥？”皇帝问。

“守城诸将，无甚不妥；臣欲问臣谦，屯驻当作何解。”胡濙道。

“屯驻者，陈兵于城郭也。”于谦道。

“我知道，于尚书一直坚持陈兵于城郭。但近日言收缩固守者不少，于尚书不改初衷吗？”胡濙问。

“不改。”于谦道。

“于尚书如此执着，是不是有些意气用事？”胡濙问。

“对，”皇帝插话，“胡先生说起收缩固守，我倒想起，昨日尚宝司丞夏瑄上疏，敷陈四事，不知卿等读过没有？”

“臣等不曾读过。”陈循等奏道。

“臣等读过。”于谦、石亨奏道。

“金大伴，你还记得夏瑄所议各事吧？”皇帝问。

“奴才记得。”金英说。

“你说与众卿听听。”皇帝命道。

“是，”金英应道，“其一，寇多骑军，长于野战，短于攻城，宜坚壁勿战，使之气沮，然后出奇设伏。其二，虏寇深入，宜令死士夜袭其营，并设伏内地，以阻击追者。其三，寇图入犯，宜放其进入，然后京营、边军内外夹击。其四，我军依城为营，退有所归。宜以三队为法，前队战退，令中队悉斩之，不斩者与之同罪，使士知畏法。”

“卿等初闻其议，且琢磨琢磨。”皇帝说着，问石亨，“武清伯，你既读过该疏，以为其议如何？”

“臣以为，其议不乏精辟处。”石亨说。

“哪一议最精辟？”皇帝问。

“长于野战，短于攻城。臣守边多年，以为此议最切实际。”石亨说。

“也就是说，你同意坚壁勿战？”皇帝问。

“臣以为，不妨暂避其锐气。”石亨说。

“于爱卿，你以为其议如何？”皇帝转问于谦。

“臣亨所言不乏精辟处，臣亦有同感。”于谦说。

“你以为，最精辟的也是第一议吗？”皇帝问。

“不然，”于谦道，“寇长于野战，短于攻城，此话不错；但寇长于野战，短于攻城，我便一定坚壁勿战，则为荒谬之论。臣以为，以三队为法一段，所议最为精辟。”

“胡尚书问你坚持陈兵于外，是否意气用事。朕想，众卿都想知道你是否意气用事；朕也想知道你是否意气用事。”皇帝说。

“臣请分别解说意、气二字。”于谦道。

“好啊，把这两个字分开解说，倒有新意。”皇帝说。

“土木堡之败，可怕的不仅是损兵折将，更在于官军对瓦剌心生怯意；在瓦剌则多几分傲气。欲扭转局面，官军须消除怯意，展示锐气；同时，打掉瓦剌的傲气，让它失意。”于谦说。

“长我志气，灭敌威风，我也是赞成的；不过，”高谷说着，语气一转，“夏瑄议坚壁勿战，不也是为使瓦剌气沮吗？”

“但闭城固守，绝打不出官军的锐气。”于谦说。

“能于城郭严阵以待，当然很好；关键在于，官军有没有在城郭严阵以待的本钱。”陈循说。

“我看有，”于谦道，“其一，瓦剌入犯京畿者，充其量不超过十万，列于土城者，多则五万，少则三万。今京师已集合官军二十二万，可于德胜门外陈兵十万，于安定门、西直门外各陈兵三万，其他各门外陈兵一万。以数量而论，官军绝不处于劣势。其二，八十年前，太祖高皇帝遣官军横扫漠北，不过是两代以前的事；四十年前，太宗文皇帝亲率官军五征漠北，不过是一代以前的事。以心志而论，官军应不处于劣势。其三，瓦剌入犯，纠合鞑靼、朵颜等部，各怀鬼胎，钩心斗角；而官军无论京营，还是各镇勤王之师，或各地民兵，无不心向朝廷。以齐心而论，官军并不处于劣势。其四，官军败于土木堡，并非不能战，而是因为纪律涣散，没有斗志。其实，重建纪律，唤起斗志，也不难。”

“大司马是说三队为法？”陈循问。

“对！但我的三队为法，比夏寺丞说得更严厉。”于谦道，“以德胜门外战事而言，第一队是武清伯，第二队是我，第三队则为朝廷。武清伯退，我斩之；我退，朝廷斩之。武清伯没有退路，我没有退路，看看哪个军士哪个将佐敢退！”

“有此四者，足矣。于尚书也听其他大臣们说说。”皇帝道。从他兴奋的语气不难听出，他已完全被说服。

“听于尚书一番话，令人振奋。朝廷若要老卒，胡某愿与武清伯一起，列在第一队！”胡濙感慨地说。

“胡尚书还是列在第二队吧，第一队缺人，补上的也该是彭学士和在下。”商辂指指彭时，指指自己，说道。

“后生冲在前面，很好，胡尚书年迈，宜为朝廷执法，督促第一队的，应该是我辈。”俞士悦说。

“卿等意气风发，朕甚是欣慰，武清伯，你意下如何？”皇帝问道。

“臣愿听从于尚书调度，背城一战，义无反顾！”石亨说。

“阁、部同心，文武同心，难得有此和谐气象！奴才恭请陛下降谕！”金英趁势在一旁说。

“好，传朕旨意，命官军陈于各门外，与也先决战！”皇帝最终裁决。

第六十章

通政司右通政王复、鸿胪寺卿赵荣率一队军士，抬着羊、酒等物，出德胜门，直奔土城。当内臣宣旨、招募出使也先军中的官员时，身为通政司参议的王复和身为中书舍人的赵荣几乎同时慨然请行，皇帝命升现职，充使臣，往土城觐见太上皇帝。

土城高坡上，有一座亭子。从远处可望见，亭子当中坐一人，身边及前后站立许多人，使不大的亭子显得拥挤。

赵荣头往上一扬，示意王复看亭子。王复点点头，表示自己看到。

“初阳先生，你看中坐者是上皇，还是也先？”赵荣问。

王复字初阳，北直隶固安人，正统七年进士。

“是上皇。”王复说得很肯定，其实心里并没多大把握。

“初阳先生是说，也先肯让上皇坐于正中，自己在一旁站立？”赵荣觉得这种可能不大。

“难道不应该上皇坐于正中，也先站立一旁？”王复反问。

“不是应该不应该，在下想问，如果也先坐于正中，让上皇站立一旁，你我当如何处置？”赵荣说。

“一是呵斥也先让座与上皇，一是抽身而去。”王复道，并为赵荣设计，“孟仁兄可取后者。”赵荣字孟仁，来自西域，以善书授官。二人出身不同，原来的地位也相差很远，只因同赴危难，感觉上亲近许多。

“初阳先生自家呢？”赵荣问。

“我来充当呵斥的角色。”王复道。

“抽身而去，不知走得成走不成；呵斥让座，不知活得成活不成。还是我来呵斥，初阳先生活下去与也先周旋。”赵荣说。

“与也先周旋更难，孟仁兄略通瓦剌语言，或能胜任。”王复说。

“我为朝廷使臣，与也先周旋，绝不会使用瓦剌语言。也先身边不乏通晓汉话者，初阳先生无须挂念此事。”赵荣说。

就在二人争欲赴死时，一人脖子上被架上一把刀。原来他们已进入瓦剌军设防的范围，被瓦剌士卒分割围住。

“我二人是天朝使节，尔辈不得无礼。”王复喝道。

瓦剌士卒用自己的语言吼叫着，好像在问话。看来，他们当中没一人会说汉话。

“如何，还得孟仁兄来周旋。”王复笑着说。

赵荣把他方才的话用瓦剌语言又说一遍。瓦剌士卒并没肃然起敬，而是用瓦剌语言对赵荣说一通。

“他等在说什么？”王复问。

“他等说，太师淮王传令，为汉人大皇帝安全，凡上去觐见的人，一律要搜身。”赵荣翻译他的话。

“他敢！”王复大怒，“你告诉他，要搜身，让也先自家来搜！”

赵荣把他的话翻译给一个瓦剌士卒听，那士卒摇头。他又找一个看上去更像小头目的士卒，把王复的话重复一遍，那士卒也摇头。

正僵持不下，从高坡上跑下一瓦剌人，边跑边喊：“是大明朝廷的使臣吗？”没等回复，人已到近前。他分开瓦剌士卒，对王复、赵荣统作一揖，道：“太师请上使上去觐见大皇帝。”

王复看出他是也先的心腹，地位不低，讯问：“不用搜身吗？”

“上使为大明朝廷臣子，亦是大皇帝臣子，想必不会不利于大皇帝。太师传此令，也是为大皇帝，上使勿怪。”也先的亲信说。

“你这么一说，我倒要请你搜一搜身上，免得为上皇而设的规矩因我等而坏。”王复说着，举起双臂。

“不用，不用！”也先的心腹把他的双臂按下来，但也顺势一摸他腰间，以确定他并未暗藏利器，“我先去禀报太师，二位慢行。”又用瓦剌语对士卒说，“带他二人上去，停在三百步外候命。”

王复听罢赵荣的翻译，问：“带为何意？是带路，还是押送？”

“那要看他等怎样领会。”赵荣指着瓦剌士卒说。

瓦剌士卒看来是两种意思都领会到：一人走在前面，算是带路；其他人在王复、赵荣的两侧或身后，刀不离手。直到亭子外，有众多健士守卫，他们才离开二人身边。

正中坐的是太上皇帝，使得王复、赵荣不必再争论哪个呵斥让座，哪个抽身而去。太上皇帝右侧站立的瓦剌首领，彪悍威猛，左侧站立的瓦剌首领，稍具文雅之气。根据以往瓦剌使臣的形容，右侧的应该是也先，左侧的应该是伯颜帖木儿。太上皇帝身后站立的一人，二人都认识，是御用监的太监喜宁。

二人整理一下衣装，跪倒在太上皇帝面前，各自报上姓名。王复说的是“臣通政司右通政王复”，赵荣说的是“臣鸿胪寺卿赵荣”，然后齐道：“奉朝廷之命，参谒太上皇帝。”

“卿等平身。”太上皇帝道。虽然穿着旧的衣服，身处瓦剌人中，他的声音仍显得平和，且不失威严。

“老赵有能耐，升官了呀！”喜宁从太上皇帝身后探出个头说。

“我有何能，此乃朝廷恩典。”赵荣说。

“什么朝廷恩典，我看是朝廷要你卖命。”喜宁说。

“都是为朝廷办事，宁公公何出此言！”赵荣道。

“笑话！”喜宁冷笑一声，“朝廷把我变成男不男女不女的鬼样子，还要我为朝廷办事！”

赵荣看王复一眼，王复不被人注意地点头，二人心里都清楚。喜宁已经投降瓦剌，不能把他再看成御用监的太监。

“赵大人原本任何官职？”伯颜帖木儿问。

“中书舍人。”喜宁抢着说。

“赵大人原官和现官间差着好多级吧？”伯颜帖木儿问。

喜宁又要抢着说，被伯颜帖木儿瞪一眼，只得把话咽回去。

中书舍人从七品，鸿胪寺卿正四品，相差太大。如果正面回答，即使伯颜帖木儿不做评论，喜宁一定也会有许多难听的话。想到这里，赵荣机敏地答道：“中书资有深浅，品有高低，逢有外差，都得升秩。”

伯颜帖木儿不再深究，却问：“这位王大人，原本任何官职？”

“通政司参议。”赵荣代为回答。

伯颜帖木儿低声问喜宁几句话，又用瓦剌话低声和也先交谈几句，然后对赵荣说：“太师责怪贵朝廷没有诚心，不差大臣觐见、商谈。”

“阁下何人？”赵荣问。

“瓦剌知院伯颜。”伯颜帖木儿答道。

“知院方才的话，算是正式的通告吗？”赵荣问。

“算是。”伯颜帖木儿应道。

“那请对正使说。”赵荣让到一边，而把王复请到正面。

“王大人是正使？”伯颜帖木儿两眼在赵荣身上停留片刻。

“有何不对？”赵荣问。

“鸿胪寺卿是正四品，通政司参议也是正四品；而你身系犀带，二品才得以佩。怎么他反而成正使？”伯颜帖木儿道。

“知院有所不知，此犀带不是朝廷所赐，是本官离朝前，大学士高老先生从自家身上取下来赠与的。”赵荣说。

喜宁见伯颜帖木儿困惑不解，解释道：“他说的是内阁大学士高谷。”

“内阁大学士都系犀带吗？”伯颜帖木儿问。

“未必，内阁大学士须加尚书衔，才得系犀带。高谷是在今年八月加工部尚书衔的。”喜宁说。他在八月以后只回过一次京师，但朝廷的变化探听到不少。

“八月得犀带，十月即送人，这个高老先生倒很豁达。”伯颜帖木儿赞道，又说，“不管赵大人是正使也好，王大人是正使也好，觐见过大皇帝，就可以回去。太师发话，不与尔等小臣议事。”

“换谁人，太师才肯谈？”王复问。

“吏部尚书王先生被视为廷臣领袖，太师可与他谈。”伯颜帖木儿说。

“大冢宰来不了。”王复一口回绝。

“为何？”伯颜帖木儿问。

“国家危难，正是大冢宰考察官员之时。”王复道。

“那么，礼部尚书胡先生德高望重，亦可。”伯颜帖木儿说。

“大宗伯来不了。”王复又回绝。

“为何？”伯颜帖木儿问。

“与下邦交涉，正须大宗伯制定方略。”王复道。

“兵部尚书于先生呢，也来不了？”伯颜帖木儿问。

“不是也来不了，是更来不了。”王复道。

“为何？”伯颜帖木儿问。

“抵御来犯之寇，正仰仗大司马运筹帷幄。”王复道。

“此人来不了，彼人来不了，太师退而求其次：大都督总可以出京一行吧。”伯颜帖木儿说。

“大都督出城可以，却不能与太师一晤。”王复道。

“为何？”伯颜帖木儿问。

“太师拥重兵而来，大都督与太师相见，应该在疆场。”王复说。

“这么说，太师欲与之议事的人，一个也来不了？”伯颜帖木儿问。

“朝廷得以遣派的闲人只有我两个。太师肯议则议，不肯议，我二人觐见过太上皇帝即回。”王复说。

伯颜帖木儿与也先密议几句，对王复说：“太师亦无心留上使。上使尚有何求，不妨说出来；能答应的，太师一定答应。”

“君臣一场，有几句话欲禀明上皇。”王复说。

“上使有话，尽管说。”伯颜帖木儿道。

“是几句私话。”王复明确地表示，希望众人都退出。

伯颜帖木儿把他的意思转译给也先。也先开始不乐意。伯颜帖木儿对他说句“愿大哥许他尽君臣之义”，也先不再反对。他一挥手，自己走在前边，带头走出亭子，伯颜帖木儿走在最后，只有喜宁不动。

“伯颜知院！”王复招呼一声。伯颜帖木儿回过头来，王复指着喜宁说，“此人尤须离开。”

伯颜帖木儿朝喜宁招手，喜宁向王复做个怪样，怏怏而去。

王复、赵荣重新给太上皇帝叩头。王复道：“臣等无能，让上皇遭受此等苦难，臣等罪当万死。”

“王卿应付也先的话，极为得体；你若唯唯诺诺，他反而猖獗。朝廷差出你这样的使臣，朕甚是欣慰。”太上皇帝说。

“臣等奉旨出使，不得不顾及朝廷体面。”王复说。

太上皇帝和赵荣较熟，问他：“老赵，朕弟可好？”

“皇上别的都好，只是挂念上皇，寝食不安。”赵荣说。

“回去对他说，朕也挂念他。”太上皇帝说。

“是。”赵荣应道。

“你二人回去对朕弟说，让他好好做皇帝；再对他说——”后边的话有些难于启齿，但太上皇帝知道，要是再不抓紧说，这些话就没办法传到皇帝耳朵里，“朕日盼夜盼，就盼他与也先交涉，把朕接回去。”

“臣等谨遵上谕。”王复、赵荣呜咽地叩头，赵荣又说：“上皇且安心在彼，皇上一定会设法把上皇迎回。”

王复、赵荣命将羊、酒等留下，率军士回城。一路上，二人对太上皇帝的处境感慨不已，对太上皇帝在危境中出乎预想的镇定称颂不已。

“这个喜宁，真是该死！”王复忽然冒出一句。

“是啊！”赵荣也有同感，“朝廷的事，他知道得太多；而且，在你我面前，他说得出如此无礼的话，私下里更不知会给上皇多少气受。”

“孟仁兄，一定要设法把他除去！”王复道。

“在下倒是想个法子，不知可行不可行。”赵荣说。

“孟仁兄快说！”王复催促道。

“在下一无所长，独小楷写得有些模样。向我习字的人不少，喜宁也算得上心灵手巧，把我的字体学去三分。若是一天，有人从地上拾起一函，署喜宁之名，全是些对瓦剌不利的话；拿去比对，字迹又相同，”赵荣停了停，让王复自己去琢磨，然后问，“初阳先生请想一想，也先或伯颜得知，结果会如何？”

“孟仁兄欲用间？我看可行。”王复道，“竖子的信函，孟仁兄去打造；送函之事，我来设法。终须看到他身首异处，方出得这一口恶气！”

瓦剌的首领们聚集在土城坡地不远的一所大屋里，边喝酒吃肉，边议事。所谓大屋，实际上是一间存放谷物的仓房，里面空空荡荡，一粒谷物也没留下，但用来吃饭、议事和休息，却很合适。

“伯颜，宫里的屋子也有这么大吗？”也先喝口酒问。

“大哥只管喝酒，莫去说它。”伯颜帖木儿道。

“为何莫说？”也先问。

“是啊，这里去过京师、见过宫殿的，只有知院，知院为何不说与我等听听？”其他人附和道。

“说出来让人沮丧，宫里比这大百倍的屋子不下千间，比这大十倍的屋子不下万间，与这不相上下的屋子不下十万间。”伯颜帖木儿道。

他说的这些数字，包括也先在内的瓦剌首领们多没有具体概念，但并不妨碍他们啧啧叹息和纷纷议论。等议论声平息，也先说：“这有什么好沮丧的，攻下京师，这些屋子不都归属我瓦剌！到那时，我等找间比这大百倍的屋子喝酒，找间比这大十倍的屋子睡觉，找间与这不相上下的屋子拉屎拉尿。”

众首领哄然大笑，大口喝起酒来。

独伯颜帖木儿不喝。他说：“大哥先攻下京师，再去找大屋子吧。”

“怎么，伯颜以为我攻不下京师？”也先问。

“一旦攻城，不愁攻不下；但能不能攻到城下，却难说得很！”伯颜帖木儿道。

“这话怎么讲？”也先问。

“明军并非固守城池，而是以二十万大军列阵城外。”伯颜帖木儿说。

“那又怎样！在城外击败明军，攻城岂不更容易！”也先道。

“只怕在城外击败明军并不容易。”伯颜帖木儿说。

“都是明军，怀来城外，五十万大军被我击败；京城之外，二十万人马反而不能击败。世上哪有这等道理！”也先道。

“怀来城外，未战之际，明军已呈现败势；今则不同，据探马报称，城外明军阵势严整，士气高涨。”伯颜帖木儿说。

“这我知道，但京城明军的大都督是石亨，也是我手下败将。他又能把明军整顿成什么模样！”也先道。

“督军的还有大司马于谦。”伯颜帖木儿说。

“明朝大皇帝亲自督军，不过如此；大司马又何足畏哉！”也先道。

“大哥别小看这个于尚书。力排众议，坚持列阵于城郭之外的，就是他！”伯颜帖木儿说。

“二哥，这不正好说明他不识时务？”赛刊在一旁插话。

“三弟若听他与军士立约，更要说他不识时务。”伯颜帖木儿说。

“他怎样与军士立约？”赛刊问。

“临阵将不顾军先退者，斩其将；军不顾将先退者，后队斩前队。”伯颜帖木儿一字不差地复述于谦的军令，然后问道，“在座的各位，有谁会与属下定此誓约吗？有谁敢与属下定此誓约吗？”

没人出声。瓦剌首领们被震慑住，一半是因为伯颜帖木儿的威势，好像他问会不会，就真的不会，他问敢不敢，就真的不敢；一半是因为不理解于谦与军士誓约的意义，难道交战时将不得退，军不得退，还需要特别约定吗？难道约定将不得退，将就真的不会退，约定军不得退，军就真的不会退吗？

“伯颜光说长明军志气的话，是不是想退兵？”也先问。

“退不退兵，由大哥定夺，我说的不算。我只是告诫大哥，千万不可莽撞行事。”伯颜帖木儿说。

“好，你的意思我已知道，我再问问别人的意思。”也先说着，问其他人，“伯颜告诫我等不可莽撞行事，你等有何话说？”

“我看，二哥与汉人交往得多，汉人的长处没学到，汉人的短处却沾染不少。”赛刊说。

“三哥，汉人的长处是什么？”也先的五弟孛罗问。

“汉人的长处？”赛刊的眼珠一转，说，“汉人的长处你得问二哥，我只知道汉人的短处。”

“那汉人的短处是什么？”孛罗又问。

“胆怯。”赛刊说。

“我从未与汉人交往，没沾染汉人的短处。大哥，”孛罗向也先请战，“我愿做先锋，率部攻城。”

“脱欢之子，马哈木之孙，就应当有这等锐气！”也先称赞道。马哈木是前代瓦剌首领，永乐年间被明朝廷封为顺宁王，瓦剌的强盛是从他那一代开始的。也先又对伯颜帖木儿说："伯颜，我知道你是不会莽撞的，你肯为孛罗压阵，我才放心。"

"大哥有命，我当遵从。"伯颜帖木儿应道。

德胜门外的官军大营，一侧是火炮阵，一侧是火铳阵。副总兵范广正在向一名神机营的将佐询问火炮如何使用，军士向他禀报，大司马、大都督已至阵前。范广头也不回，大声喝道："一派胡言！大司马、大都督把火器交代给我，还会不放心吗！"

于谦笑笑，道："范将军不欲大都督巡视，奈何？"

"岂止不欲本爵巡视，还不欲大司马巡视呢！"石亨说。

二人的声音也很大，有意让范广听到。范广不得不离开火炮，转身向于谦、石亨二人行礼。

"老范呀，这里我是不想来；但廷益先生约我来，我又不敢不来。看来他对你还真有些不放心呢！"石亨以言语相激。

范广原为辽东都指挥佥事，因作战勇敢，身先士卒，深得于谦器重，将他连升三级，超擢都督佥事。他现为石亨副帅，守德胜门。他性情直率，把石亨的戏谑之言当真，向于谦揖道："一炮不响，我割头向大司马谢罪。"

"炮光响不成，还要打得准。"于谦说。

"大司马要我打到哪里？"范广问。

"看到城门对着的官道吗？我要你炮炮打在官道上，不能有一炮打在道路两厢的空舍。"于谦说。

"若虏贼窜入呢？"范广问。

"也不准打。"于谦说。

"难道听任虏贼逃窜？"范广问。

"虏贼逃窜，不是你的过失；十炮里九炮打正，一炮打歪，我也要治你的罪。"于谦说。

"大司马如此处置，未免赏罚不明。"范广不服气地说。

"老范，你怎还不明白，两厢空舍里有大司马埋伏的奇兵！"石亨道。

"原来大司马是要我用火炮把虏贼驱入两厢，然后用伏兵杀贼。"范广终于明白。

于谦点了点头，说："所以，若无把握，我宁愿你一炮不发。"

"大司马放心，一炮打歪，我割头谢罪。"范广仍然赌自己的项上人头，好像除人头之外，再没有什么可赌的。

"不但要割你的头谢罪，还要割我的头谢罪。不然，如何安抚屈死于关厢空舍的将士！”于谦道。

“再加上石某这颗头。”石亨说。

范广顿时感觉到肩上责任的重大。好在官道甚宽，只要不是存心使坏，火炮就不会打歪。这责任他还担得起。

“我没什么不放心的了，爵爷若是仍不放心，就再看看。”于谦道。

“是廷益先生仍不放心吧？哪一处不放心，廷益先生悄声告诉我，我不怕做恶人。”石亨说。

“爵爷误会，我是说范将军早不耐烦，你我还不走吗！”于谦道。

“让老范自家忙活，我等走。”石亨说走，拔腿就走。

范广跟随在后，边走边说：“大司马，在下有一事请教：虏贼生性狡诈，既知我于德胜门外布下重兵，怎么还会来硬碰？”

“他不来，我等这颗头不是生得更牢靠些吗？”于谦道。

“这话可不像出自大司马之口。”范广说。

“依范将军，我当怎么说？”于谦问。

“本大司马自有诱敌之策。”范广学着他的腔调说。

“你怎知廷益先生没定下诱敌之策？”石亨边问，边回过头说，“廷益先生的诱饵早已放出，估计明日一早会有鱼儿吞钩。老范还是好好想想，自家捞得上多大的鱼吧！”

孛罗率所部万骑南来，与一支官军遭遇。交战数合，官军败退。孛罗不听伯颜帖木儿劝阻，放马追来。到德外关厢，官军向两侧散开，刹那间不见踪影。孛罗正在犹豫是向两侧追去，还是径直叩关，范广喝令火炮齐发。一炮在孛罗身边炸开，孛罗和大将卯那孩被炸死。他的属下退到两侧躲避火器，被埋伏的官军斩杀不少。

“爷，瓦剌兵退。”兴安禀奏时，尽量让自己保持平静。

“瓦剌兵退？”皇帝初听到这个消息时的惊愕，一点也不亚于初听到瓦剌兵临城下时的惊愕。

“是，瓦剌兵方撤彰义门之围，往南而去。”兴安说。

“怎又多出个彰义门？”皇帝记得，布置九门防务时，并无此门。

“彰义门即西直门，奴才一时口误，说出它的老名字。”兴安道。

“彰义门就彰义门吧，快给朕讲讲，瓦剌如何撤围的！”皇帝急不可耐地说，兴安才要讲述，他又加上一句，“不，昨日还说西直门危殆，你且从昨日的战事讲起。”

“是。”兴安应道，“昨日虏贼在德胜门外受挫后，转向西直门。守西直门都督孙镗督部迎敌。副总兵武兴、都督王敬皆神勇，败虏前队。虏稍退却。但在此时，自西直门军营内冲杀出一军，却乱自家阵脚，致使瓦剌军复振。”

他所说的冲杀出的一军，是报名自效的内臣骑军。皇帝哼一声，道：“此辈真是成事不足，败事有余。”

“他等立功心切，勇气还是可嘉的。”无论如何，兴安也要先为小宦者们说句好话，“可惜的是，他等仓促上阵，既无技艺，又谈不上队阵，前面一二人被杀，很快败退下来。”

“兴大伴放心，用人之际，朕不会深责他等。”皇帝说。

“内臣骑军败退，冲了官军。副总兵武兴中流矢，当即阵亡。孙镗弹压不住，欲退入城中，加以整顿。”兴安接着讲述。

“朕知道，昨日报西直门危殆，为的此事。”皇帝说。

“爷说的是。”兴安应道。

“朕昨日要你询问，孙镗为何不曾入城，你可询问？”皇帝问。

“回爷的话，奴才询问过，”兴安道，“监军西城的给事中程信，命闭门拒纳。他立于城楼，对孙镗说，将军小有失利，便欲退入城中，是使贼势益张，人心益乱。将军欲整顿军伍，请于城外就地整顿。大司马传令，前队退，后队斩前队，将军何不行之！”

“孙镗当真应该感谢程信，程信稍一心软，放他入城，日后被科、道弹劾，被于尚书追究，就算朕怜惜他是个将才，也宽赦不得。”皇帝说。

“孙都督虽没入城，奴才恐怕他日后亦少不了被弹劾。西直门危殆，他身为主帅，难辞其咎。”兴安说。

“不过，西直门转危为安，他亦有功吧？”皇帝问。

“是。西直门转危为安，功劳一半在孙镗且战且退，奋力抗拒，与瓦剌军苦战好几个时辰。”兴安说。

“孙镗退往何处？”皇帝问。

“往德胜门外土城方向。”兴安说。

“朕知道，他欲往德胜门外与于、石大军会合。”皇帝道。

“爷圣明！”兴安称颂道。

“那么，另一半功劳应记在于谦、石亨头上吧？”皇帝问。

“是。于谦、石亨抽调德胜门外官军一部，驰援孙镗部；此外，还有右佥都御史王竑率毛福寿、高礼部驰援。”兴安说。

“数支官军会和，瓦剌军于是往南退却？”皇帝问。

“是。官军会合，虏贼无心恋战，撤围而去。”兴安道。

“说起来，首功还是要记在于谦、石亨头上：德胜门外拒敌，大获全胜；西直门转危为安，又有调度之功。”皇帝说。

“皇上此论，再公正不过。”兴安随声附和。

“有大功之人，朝廷必予大的赏赐，朕当如何赏赐二卿？”皇帝问。

“于尚书可进公孤，武清伯可进侯。”兴安说。

三公指太师、太傅、太保，正一品，三孤指少师、少傅、少保，从一品。此外还有太子三师，指太子太师、太子太傅、太子太保，从一品；太子三少，指太子少师、太子少傅、太子少保，正二品。这些官职都是虚衔，没有实际的职掌，但最低的太子三少，也和尚书同品，可见对职官的排序是有作用的：同一职官，加公孤者在不加公孤者之前；加三公者在加三孤者之前；加太子三师、三少者以此类推。加太师者在加太傅者之前，加太傅者在加太保者之前，余者以此类推。

“于尚书宜加何衔？”皇帝问。

“内阁如陈先生、高先生，仅加尚书衔，部院如王尚书，仅加太子太保衔。”兴安婉转地回答。

“你的意思，于尚书至多只能加少保衔？”皇帝问。

“先加少保，俟有后功，再行晋升。”兴安提议。

“好，就是这样。着内阁拟旨吧。”皇帝命道。

太上皇帝随瓦剌军南行，每行进一步，返回京师的希望就渺茫一分，所以他一路上郁郁寡欢。等绕过易州往西，在紫荆关下留宿，这个希望就彻底破灭。他绝望到顶点，心情坏到顶点。袁彬、杨铭知道他的心思，想方设法让他从坏的心境中摆脱出来。

袁彬捧一钵米饭进茅舍，道：“皇上，今日有米饭吃。”

太上皇帝坐在小凳子上发呆，全不理会。

杨铭捧一钵烧肉进茅舍，道：“皇上，今日有肉吃。”

太上皇帝仍不想理会，但说了句话：“两个月来，你吃的肉还少吗？”

“不是羊肉，皇上闻闻，是刘婆儿的肉。”杨铭说。

太上皇帝闻闻，果然有一股久违的香味，忍不住往钵里看一眼。

“你方才说是刘婆儿的肉，难道是——”他说着，忙把目光移开。

“微臣说的是刘婆儿藏起的一块猪肉，半年没舍得吃。他闻得圣驾至此，欣然取出，献与皇上佐饭。”杨铭说。

“偏僻村落，难得有这等民妇。”太上皇帝叹道。

“刘婆儿是丁男，并非女子。”杨铭说。

“是丁男？为何取个怪名？”太上皇帝问。

“他原名刘坡儿，村里人叫来叫去，叫刘泼儿的也有，叫刘婆儿的也有。不管叫什么，他都答应。写来写去，他的名字写成刘婆儿，县里把他勾去，反而不用服役。他说，少服两年役，对不住朝廷，对不住皇上，拿一块肉来补上吧。”杨铭说。

“是朕对不住他，他没什么对不住朕的。”皇帝说着，拿筷子把钵里的米饭划出一半，“朕吃一半就够，另一半留下。”

袁彬一边侍奉太上皇帝吃饭，一边问：“皇上要留给谁？”

“此人不在，朕惴惴不安。但愿他早早赶来。”皇帝说。

袁彬知道，太上皇帝说的是伯颜帖木儿。其实，伯颜帖木儿不在，他比太上皇帝还要担心。因为身边的瓦剌首领们，不管谁心血来潮，要对太上皇帝下毒手，以他和杨铭二人之力，是制止不住的。

伯颜帖木儿一行半夜赶过来，一到，就来看望太上皇帝。

太上皇帝见他，如见亲人，发自内心地问候：“知院辛苦！”

“贱躯不敢劳陛下挂念。”伯颜帖木儿说。

太上皇帝接下来想说为他留了半钵子饭，但听他的语气不似平日和善，倒不便说。他改问：“太师无恙乎？”

“太师身体还好，但心里不痛快。”伯颜帖木儿说。

“为的何事？”太上皇帝问。

“太师诚心送陛下回京，朝廷却另立皇帝。在朝诸臣有背臣德，竟无一人出见。故太师怒而西还。”伯颜帖木儿道。

“朕想，朝廷是误会太师之意，太师亦误会朝廷之意。朕愿见太师一面，当面致谢，以慰太师之心。”太上皇帝说。

“太师已出居庸关。”伯颜帖木儿告诉他，并说，“太师命我护送陛下出紫荆关，于阳和与太师会合，再作计议。”

“太师还会送朕回京吗？”太上皇帝问。

“朝廷致书太师，要太师以数骑护卫上皇，朝廷也派数骑相迎。陛下看，太师还会不会送陛下回京！”伯颜帖木儿道。

“各遣数骑，彼此示意解甲和好，朕看是件好事。”太上皇帝说。

“山高水深，路远盗众，若生意外，归咎于谁？太师可不愿意留个万古恶名。”伯颜帖木儿道。

“知院说的是，太师虑的是。”太上皇帝知道这件事没什么好再谈论的，他把话岔开，“知院赶路辛苦。朕的百姓今日煮一钵米饭奉献，朕为知院留下一半，请知院进用。”

“多谢陛下赐食！”伯颜帖木儿揖道，他从怀里取出一纸信札，说，“有件东西，请陛下一阅。陛下熟悉宁公公字体，请看这是不是他写的。”

信札一晃而过，太上皇帝只看清上款有“兴叔”二字，其他都没来得及看，伯颜帖木儿已把信札收回。但凭着看清的“兴叔”二字，及一晃而过的其他字，他可以断定信函出自喜宁之手，于是点了点头。

伯颜帖木儿似乎早料到这一结果。他说：“陛下身边有他，未必方便；没他，未必不便。我来安排他个别的差事吧。”

太上皇帝不知他的用意，只能说：“但凭知院安排。”

第六十一章

景泰元年闰的是正月，这使得春寒料峭的日子延长。但兵部职方司郎中王伟走进衙门里于谦独自占用的那间屋子时，双手拢在袖子里，不论怎么看，都有些像是装出来的。

“士英畏寒，也不会比我更甚吧？”于谦说。

王伟字士英，湖广攸县人，正统元年进士。于谦说自己比他更畏寒，主要是指家乡钱塘比攸县在更南方。

“不分彼此，不分彼此。”王伟连声道。

“不管谁更畏寒，春寒就要过去；同时，也该送一送小小瘟神。来，士英，坐下说话。”于谦招呼他。

“我站着就好。”王伟埋怨道，“屋里连个炭盆也不放，除廷益先生，哪个敢坐！”埋怨归埋怨，但被于谦的话吸引，他还是搬把椅子，摆在于谦对面，边坐下边问，“廷益先生所谓小小瘟神，指的谁呀？”

“不必我说，你心里有数。”于谦道。

“我知道不是谁，例如，说到也先、伯颜辈，廷益先生是不会使用小小二字的；至于是谁，”王伟摇了摇头，“我却说不准。”

“说不准，就是有数，不是有人常把八九不离十这句话挂在嘴边吗？”于谦戏谑地说。这话很多人说过，王伟也说过。

“那我姑妄言之，是个和少司马同名的人吧？”王伟道。

眼下兵部只有一个侍郎吴宁，和他同名，不用说，是喜宁。

“如何，果然八九不离十吧？和永清先生同名的人，的确是个小小瘟神；但他已不足虑。”于谦说。永清是吴宁的字。

“廷益先生已设计除去此贼？”王伟颇有些兴奋地问。

“不是我设的计，是赵孟仁、王初阳二位设的计。赵孟仁拿笔随便写几个字，王初阳找人随便往地上一丢，已使此贼成为弃儿。”于谦说到这里，加重语气，“我想送的，是此贼同类。”

“内竖降瓦剌者，最遭人恨的是两个，一个是跛儿干，已被绳之以法；另一个是和少司马同名的人，也已不足虑。还有哪一个，要大司马亲自过问呢？”王伟问。

“这个人以前常在兵部衙门走动，也常在户部衙门走动，士英不知道吗？”于谦道。

王伟中进士后，授户部主事。于谦说出此人的这个特征，断定王伟猜得出此人使谁。王伟果然猜出来。

“廷益先生说的，是小田儿吗？”他问。

小田儿是和跛儿干、喜宁年岁相仿的小宦者，但没有喜宁那样的机遇，看上去也比喜宁老实厚道得多。他常在各部走动，在各部任过职的官员都在衙门里见过他，却又没把他当成一回事。

“对，就是他。”于谦道。

“他也和那二人一样令人生厌？”王伟问。

“那二人令人生厌，是因为他等的贼嘴脸；小田儿令人生厌，是因为他的鬼心肠。”于谦说。

“此话怎讲？”王伟问。

“他对朝廷各衙门之事，所知甚多；对宣府、大同、山西、蓟州等边镇之事，所知甚多。这几个月来，瓦剌遣使来谈，则头头是道，扰我各边，则来去自如，多是由他谋划。此人不除，于我大为不利。”于谦说。

“大司马既厌他，可否再次用间？”王伟道。

“不易。”于谦说。

“为何不易？”王伟问。

“他于瓦剌有用，又不似喜宁招事，也先不会轻弃。”于谦说。

“大司马有何妙计？”王伟问。

“正要与士英计议。”于谦道。

“用不着计议，大司马把此事交与我办吧。”王伟说。

“士英有成算？”于谦问。

“不就是送小小瘟神吗，得一匹夫足矣，大司马若是不放心，在下愿立军令状。”王伟说。

“军令状不必立，我只想知道，士英办成此事，须得几时？”于谦道。

“就在本年内吧。”王伟大而化之地说个时限。

“好，士英办成此事，我为你庆功。”于谦说。

王伟走不多久，石亨面带怒色，推门而入。正在草拟奏章的于谦，方才被王伟打断思路，现在不得不再次把笔放下。

“廷益先生方才和王士英计议何事？”石亨问。

“一桩小事。”于谦应着，并问，“爵爷见到他？”

“在衙门外撞到。”石亨说。

“在衙门外撞到，怎知他和我计议，是他对爵爷说的吗？”于谦问。

“他倒没说，但都写在脸上。”石亨说。

“写在脸上？”于谦不解其意。

“廷益先生的信赖写在脸上，满心的喜悦和得意写在脸上。轻浮之辈，不足与之议事！”石亨对王伟的评价很差。于谦以为石亨会追问议的到底是什么事，正准备对他述说，不料，石亨自己转变话题：“小事且搁置一边，廷益先生还是管一管大事吧。”

“大事？也先又有大举动？”于谦问。

“大事不在边镇，而在庙堂。”石亨说。

其实，无论边镇发生的大事，还是庙堂发生的大事，于谦心里都是有数的。但他仍说：“未闻庙堂之上出什么大事呀！”

“罗某人一派胡言，混淆视听，还不算大事！”石亨恨恨地说。

罗某人，即罗通。他于正统初官至兵部郎中，因事被谪。战事起，经陈循、于谦举荐，起兵部员外郎，守居庸关。不久，升至右副都御史，还朝，参赞京营军务，兼理院事。他的奏疏主要是指出边镇将领目前的不良倾向，称：近日征边军五卫，辽东报寇以千数来犯。此必守将畏于内调，境外偶见一二牧马，或遇贼十余人，辄诈称数千，以阻止入卫之役。此边将蒙蔽常态，甘肃、宁夏、大同、宣府，想亦如此。他看似顺便地提到去年十月的保卫京师之战，说：向者德胜等门外不知斩馘几何，而升官者至六万六千余人。辇下且然，何况塞外！最后他说到选用武将：韩信起自行伍，穰苴拔于寒微，宜广搜将士中如韩信、穰苴者，与议军事。若今腰玉珥貂，皆苟全性命、保守爵禄之人，憎贤忌才，能言而不能行，不足与议也。

“学古先生的奏议，就算是大事吧。但都察院本来就有纠劾之责，爵爷又何必气恼！”于谦道。

“你听听他怎么说的！不知斩馘几何，升官者六万六千余人。”石亨引用过他最耿耿于怀的一句话，说，“好像德胜门外一仗，西直门外一仗，我等都打错；官军上上下下获赏赐，都不该得！我是六万六千余人中的一个，怎能不气恼！”

“爵爷觉得委屈？”于谦问。

“廷益先生也是六万六千余人中的一个，就不委屈？”石亨反问。

“说起来，我比爵爷更委屈。”于谦道。

“你我还有不同？”石亨不明白。

“有啊！”于谦应道，“爵爷，我问你一句：伯进侯之旨颁下后，爵爷有没有上疏请辞？”

“其时忙于调度援师，整饬京营，没顾得上。”石亨说。

“我却连上三疏，请辞晋升，无奈朝廷不准。学古先生若以为我莫名其妙地升官，我是不是比爵爷更委屈？”于谦道。

“加上这一层，廷益先生是比我更委屈。”石亨说。

“还有一层，”于谦又说，“爵爷是六万六千人中的一个，只需要为一人的升职担不是；我不仅是六万六千人中的一个，还掌兵部，须为六万六千人的升职担不是。我是不是比爵爷更委屈？”

“如此说来，廷益先生的委屈和我的委屈不可同日而语。”有一个比自己委屈更大的人，石亨的怒气消减几分，他问，“廷益先生受天大的委屈，就不辩驳一二吗？”

“我是要辩驳的。”于谦指着桌上的疏稿说。

“这还差不多。廷益先生辩驳，我也要辩驳。”石亨说着，就要走。

“爵爷为何匆匆而去？”于谦问。

“我也写疏去。”石亨边走边说。

“爵爷且慢！”于谦叫住他，“辩驳之疏，爵爷不如不写。”

“廷益先生自家辩驳，却要我忍下这口气？”石亨问。

“辩驳，不一定非得用笔。”于谦说，“一味斗于庙堂，断然不是好事。学古先生不是说，腰玉珥貂辈，能言而不能行吗？朝廷命爵爷下月巡哨大同，爵爷让学古先生看看，腰玉珥貂辈中，不乏不欲言而能行者，岂不胜过奏章辩驳十倍！”

“不错，是这个道理。”石亨嘴里说着，仍往外走。

“爵爷这是去——”于谦问。

“我去筹备巡哨之事。”石亨道。

“爵爷慢走。我这篇奏本，急于完稿，不送。”于谦说。

于谦把已写过的内容读一遍：近日诸边守将，累报声息。若谓如臣罗通之言，概不实在，概行驳回，恐日后果警，彼且不奏，必将误事。德胜门外之战，唯武清侯石亨功次册当先者万九千八百余人，各升一级，阵亡者三千一百一十八人，各升二级，其余给赏而已。六万六千余人升官，臣不知所据。通既以为滥升，宜将臣谦及臣武清侯亨等已升职、爵革去，官军俱皆不升。臣通请屯兵宣、大，臣已先奏遣武清侯石亨、昌平侯杨洪同往。通请推选武职，已奉诏书，所举者送亨处试之。

在和石亨谈话之前，他已感到，自己的辩驳太平淡；和石亨谈过话后，这种感觉更加突出。他要还给以性命拼搏的将士们一个公道，因此在言辞上应该更犀利些。他接下来写道：如韩信如穰苴者，臣未见其人，然臣亨、臣洪，及安远侯柳溥等，则首珥貂；都督范广、孙镗、卫颖等，则身腰玉。其出战居守，殊亦有功，谁道是全躯保位之人！通又言当选刚毅文臣总督军务。念臣谦劣质，乞罢臣官，别选代者。

镇守大同参将许贵带同千户张鉴，匆匆赶往总兵府，报告军情。

“镇帅，他自坟岭墩而来。”许贵替张鉴开个头。

这个地名立刻引起总兵官郭登的注意。他初以参将佐广宁伯刘安镇守大同，后以功升副总兵，再代刘安为总兵官。虽然不是久驻大同，但几个月下来，他对大同的边墙墩堡已经非常熟悉。

“坟岭墩是御敌的前沿呀！”他说。

“是，我见该地险要，差张鉴前去设伏。”许贵说。

“带去多少人？”郭登问张鉴。

“禀大帅，卑职率二百户赴坟岭墩，实得一百八十一人。”张鉴答道。

“不算少。该墩险而狭，人再多，无法隐蔽。”郭登说。

“诚如大帅所言。”张鉴道。

“可曾遭遇虏贼？”郭登问。

“与一队虏贼遭遇，却不曾交手。”张鉴回答。

“这是怎么回事？”郭登问。

张鉴看着许贵，似乎在询问当说不当说。

“是怎样的情形，你就怎样对镇帅说。”许贵告诉他。

“是，”张鉴应一声，向郭登禀告，“虏贼攻打坟岭墩前，有三骑驰至墩下，向墩上喊话。”

“喊的是汉话？”郭登问。

“是，三人皆通晓汉话。”张鉴回答。

“既通晓汉话，一人喊话即可，来三人作甚？”郭登感到奇怪。

“卑职开始也不解，等三人一开口，卑职才懂。”张鉴说。

“是怎么回事？”郭登问。

“三人逐一自报家门，一人自称为女直同知，一人自称为浮石参谋，一人自称为哈密指挥。”张鉴说。

“你说，一人来自女直，一人来自浮石，一人来自哈密？”郭登并非要问什么，只是想再确认一下。

“是他等自称。”张鉴道。

郭登知道他也无法确认，转对许贵说：“女直应在辽东，哈密应在西域，浮石虽不知具体所在，但以参将称，不外乎宣、大之外，或辽东之外，或宁夏、甘肃之外羁縻军镇。这三支人马集合在大同？难道瓦剌又要有什么大的举动不成？”

“是啊，下官也觉困惑。”许贵说。

“张千户，”郭登仍向张鉴发问，“三人除自称外，有没有说别的？”

“还有几句话。”张鉴道。

“怎么说的？”郭登问。

“他等齐声喊话：你等听真，要讲和，着管你们的大头目奏上朝廷，连夜差使臣来，我们便回去；若不来讲和，我们三班人马，轮流打搅，使你们不得种田。”听张鉴的口气，是在重复三人的喊话。

“你怎的答复他？”郭登问。

“卑职向墩下喊话，答应禀报大头目。”张鉴说。

以此缓敌攻打，不失为良策，郭登想。

“他等又喊何话？”他问

“三人再不喊话，各自回队。”张鉴说。

“虏贼攻墩否？”郭登问。

“至卑职离墩之际，虏贼并未攻墩。”张鉴说。

郭登低头默想，还不时以手指叩敲脑门，但还是理不出头绪，或拿不准自己的想法对不对。他问许贵：“老许，你怎么想？”

“有些怪。”许贵的回答极简洁。

“怎怪？”郭登又问。

“第一，从三人的喊话里，听不出三支人马是应也先之邀而来，还是自己跑来趁火打劫，纠合在一起。”许贵说。

“不错，这算得一怪。”郭登道。

“第二，”许贵接着说，“三人喊话的用意，不知是欲慢我军心，以便攻我不备；还是欲以大言相欺，邀我讲和。更不知讲和是他三人之意，还是也先授意。”

“这我也想不通。”郭登说。

“镇帅看，此事要不要奏与朝廷知道？”许贵请示。

“你意呢？”郭登反问他。

“一则，三支人马，来自三处，其间相隔万里，非同小可；二则，人家提出和谈，非同小可。照理说，应该奏明朝廷。”许贵说。

“既如此，还有什么好犹豫的？”郭登问。

“镇帅的意思，由我上奏朝廷？”许贵指着自己问。

“这还用问！”郭登道，许贵喜欢一条一条摆出理由，他也照此办理，“一则，张千户是你差遣的；二则，当奏明朝廷的理由，是你说的。自然该由你上奏朝廷！”

“可下官这个头目不够大。”许贵说。

“也先若说，着管你们的大头目如何如何，你这个头目或许不够大；一同知、一参谋、一指挥说，着管你们的大头目如何如何，我看你这个头目足够大。”郭登带着几分挖苦地说，并指出，“老许不欲上奏，恐怕还有别的缘故吧？”

“镇帅明鉴，下官确有些不知所从。”许贵道。

“是因为朝廷上的争执？”郭登问。

“是，”许贵应道，“有人才上一本，称诸边报警，率由守将畏征调。我此时上奏，一顶畏征调的大帽子不正好扣到我头上！”

“一家之言，老许无须放在心上。”郭登说。

“他可不是普通的一家呀！其身一分为二：一半参赞京营军务，一半署理都察院事。无论哪一半，下官都吃罪不起。”许贵道。

“不还有另一个不普通的一家之言吗？”郭登不以为然地说，“他说率由守将畏调；人家却说，果有警，不奏必致误事。被人责备一句畏调要紧呢，还是误朝廷事要紧，老许，你不会分辨不出其中的轻重吧？再者，他说边将遇贼十余人，却诈称数千，张千户，”他转问张鉴，“你不会也遭遇十余人，却夸大其词，报与许将军吧？”

“卑职不敢，三支人马合而计之，没有数千，也有千余。”张鉴说。

“老许，你看！”郭登在问许贵，还有没有顾虑。

“下官分得出轻重。”许贵回答。

“那好，你去写你的奏本。张千户，我随你去坟岭墩看看。”郭登每遇边事，都能很快做出决断。

“镇帅，巡墩之事，还是下官去吧。”许贵道。

“不能什么事情都由你一人做呀！你去巡墩，分明是要把写疏之事留给我。”郭登说。

许贵不好再争，但又不愿轻易放弃，他搬出郭登自己的话来：“镇帅曾言：今日之势，可养锐不可浪战，可用智不可争力。镇帅亲率大军巡墩，是不是有浪战之嫌呀？”

“我说不可浪战，你却说我浪战，这可有些滑稽，”郭登笑笑，问道，“老许，你还记得，我那话是几时说的？”

“去岁。”许贵答。

“去岁和今岁有何不同？”郭登又问。

说是去岁和今岁，其实是两三个月前和两三个月后，这么短的时间里局势会有多大变化？许贵道：“请镇帅赐教。”

“去岁也先大举入犯，且奉上皇要挟，我投鼠忌器，军心不稳，故守重于战；今岁以来，入犯皆小股，故巡边、守关并重。”郭登说。

“镇帅是不是说，今岁可以浪战？”许贵自以为有心得，其实脑筋还没转过来。

“浪战二字，是可以随意用的吗！”郭登责备道。

“是，下官之意，是今岁可以出战。”许贵说。

“我说的是巡边、守关并重。”郭登再次更正，“朝廷差武清伯统三万京兵至大同，用的也是巡哨的名义。京营都来巡哨，边军岂可囿守于城中！巡边的功劳都归京营，我边军脸上还有光彩吗？”

兵部右侍郎吴宁病得不轻，于谦去他家中探视。他握着于谦的手说：“侄女婿昨日来看过我，廷益先生何必又来！”

“骥儿来过？”于谦问。并说，“他来看望永清先生，是出于私情；我来看望永清先生，是公私兼顾。”

于谦的女婿朱骥，官锦衣卫千户。于谦巡抚山西、河南时，无法分心家务，曾拜托其时任兵部郎中的吴宁为女儿择婿。他的本意，是想挑选一个读书人，吴宁却选中朱骥。于谦有些犹豫，吴宁却坚持认为自己的选择不错，并说：公日后当得此人之力。可以说，这门婚事是吴宁一手促成的。他生病，朱骥一定要来看他。

“廷益先生所言公私兼顾的私，虽小于公，却也让我欣慰。”吴宁说。

“永清先生为何这么说？”于谦问。

“既言及私，可见廷益先生对这位乘龙快婿还是满意的。”吴宁说。

“永清先生为我择贤婿，我和小女都感激不尽。不过，我所言私，并非此一事。试想，若非二十年相知，我怎会把这等琐事托与永清先生？二十年相知，今又同衙办事，唯愿永清先生早日康复！”于谦说。

“多谢！”吴宁连连揖手，“康复与否，全凭天意，不得强求。还是说说那个公字吧。廷益先生是朝廷上的事要听听拙见，还是边镇上的事要听听拙见？不会是都察院那边又起波澜吧？”

“一人一本奏章，闹上廷议，还闹什么！”于谦道。对于他和罗通一诘一辩的两本奏章，皇帝命廷臣集议，结论是：于谦、石亨、杨洪等皆堪委任；而罗通志在灭贼，并无其他。对双方来说，似乎不偏不倚。不久，皇帝敕谕于谦，以后封赏不得如前贸滥，似乎稍稍偏向罗通；再后，皇帝解除罗通署理都察院的兼职，命他专心参赞京营军务，似乎又稍稍偏向于谦。他说："学古先生以知兵被召，纠劾非其所长。今千之先生回院，学古先生解院事，可谓人得其用。"

"廷益先生论事，无一丝杂念，真是令人敬佩。"吴宁称赞道。

"无一丝杂念，不过是溢美之词，说起来容易，真正做到却难。"于谦摇着头说。

"廷益先生为何发此感慨？"吴宁问。

"今日朝廷将大同参将许贵奏章发下兵部，我不知严词批驳好，还是随随便便议论几句好。"于谦说。

"是许参将的奏章，不是郭总兵的奏章？"吴宁问。

"对，是许参将的奏章。"于谦说。

"他奏议何事？"吴宁问。

"仍是虏贼犯边。"于谦道。

"连月来，此等奏章不少，廷益先生为何单单对许参将的奏章想到严词批驳？"吴宁问。

"他言及，有三骑至墩下，请朝廷遣使讲和。"于谦说。

"我知廷益先生反感讲和之事，但许参将仅仅陈述虏贼之请，还是代为奏请，先得分辨清楚。"吴宁提了个建议。

"在永清先生看来，此二事分辨得清楚吗？"于谦问。

吴宁想想，道："确是难以分辨；不过，倾向总看得出来吧？"

"只言讲和，不言战守，算不算倾向？"于谦问。

"算是一种倾向。"吴宁道，又说，"既然倾向于讲和，廷益先生不妨严词批驳，却为何迟疑？"

"这就是我说的杂念。"于谦道，"不管许参将是什么倾向，他的奏章总是以奏报军情为名呀！"

"原来是这样一个杂念。"吴宁点头，"若是对他严加批驳，岂不是连廷益先生'概责边报不实，果有警，不奏必致误事'一起批驳！"

"还有好笑的呢！"于谦道，"许参将的奏章说与虏贼多少人遭遇不好，竟也称千余人攻打大同以北坟岭墩。"

"是啊，谁知道是真有虏贼千余人，还是遇贼十余人，诈称千余人。"吴宁把它和罗通奏章里的话联系起来。

二人皆笑，若非朝廷上前一番争论，谁也不知道这话有什么好笑。

“其实，廷益先生要严词批驳的是讲和，并不在于奏报边情，是不是？”吴宁又说回到正题。

“诚如永清先生所言。”于谦道。

“廷益先生既然以为讲和的倾向弥漫，不利于防虏备贼，最终还是会严词批驳许参将奏章的。是不是？”吴宁问。

“杂念一闪而过，我确是严词批驳。”于谦说。

“廷益先生是怎样批驳的？”吴宁问。

“前遣指挥季铎、岳谦去讲和，也先随之入寇；继遣通政王复、寺卿赵荣去讲和，不见上皇归还。和不足恃，前事明矣。况我与彼不共戴天，于理固不可和。万一和而彼求之无厌，从之则坐敝，不从则生变，于势亦不得和。许贵为介胄之臣，而胆怯如此，何以同仇敌忾！以法当诛。”于谦归纳出这样几句话来。

吴宁听罢，连连摇头。

“怎么，我批驳得不妥？”于谦问。

“前面所言，并无不妥。学古先生称边将畏征调，实则边将畏的是应敌。廷益先生把不可讲和的道理讲透，大有必要。不过，”吴宁口气一转，说，“因许参将倾向于讲和，因而论诛，未免过分。”

“过分，也无可奈何。”于谦道。

“怎么？”吴宁问。

“我批驳的奏本已呈进。”于谦说。

“廷益先生此奏，朝廷未必会准。”吴宁说。

“那也可给许贵等辈一个警告。”于谦道。

“若是准呢？”吴宁问。

“那正好杀一儆百。”于谦道，并说，“所谓于理不可讲和，但众人心里想的，都是几十年对瓦剌安抚的理；所谓于势不可讲和，但众人心里想的，都是容忍数千人入贡的势。积重若此，不大声疾呼，不重加刑典，一下子怎么扭转得过来！”

“廷益先生的话，不是没有道理；但以法当诛几个字，我仍觉得过分。”吴宁坚持己见。又一想，于谦的奏本已进，再多说几句，岂不成批驳他？于是说：“一点儿杂念，并未影响廷益先生做出决断。那么，为公事而来，不会是为这件事吧？”

“不错，不是为这件事，但也是为大同的事。”于谦说。

“大同又有何事？”吴宁忙问。

“郭总兵和镇守太监陈公公不和，不能再不处置。”于谦说。

陈公公，单名一个公字。土木之变后，朝廷另遣陈公为大同镇守太监。陈公到大同后，有人揭发他贪赃不法，他以为是郭登指使，怀恨在心，处处和郭登唱反调。二人构衅，远非昔日石亨、郭敬不和可比。

“此事不小，我亦想过。”吴宁道。

“永清先生想怎生处置？”于谦问。

“最好是一人留任，一人调换。”吴宁说。

“诚是。除此而外，别无他法。”于谦说着，问道，“永清先生想哪个留任，哪个调换？”

“亦别无他法。留郭利于大同防卫，则留郭；留陈利于大同防卫，则留陈。至于留郭有利，抑或留陈有利，我说的不算。”吴宁说。

“不用说，是留郭有利。”于谦道。

“不错，元登将军知兵，有智谋，能承担。有他镇守大同，朝廷大可以放心。”吴宁说。元登是郭登的别字。

“留郭有利，抑或留陈有利，我可以说；留郭，抑或留陈，我说的也不算。不过，我愿力言留郭召陈。”于谦说。

“如此甚好，廷益先生肯力言留郭，可谓无杂念矣！”吴宁道。

“咦，永清先生在嘲弄我吧？”于谦无法把二事联系在一起，“分内之事，怎说得上有无杂念？”

“元登将军曾言：今日之势，可养锐不可浪战。适逢德胜、西直等门外苦战之后，廷益先生道：今日之势，不可不做决死战；若以此为浪战，我愿负浪战之恶名。”吴宁述罢，问，“廷益先生记得此事吧？”

“宛如昨日之事，怎不记得！”于谦道。

“负浪战之恶名，却愿力保元登将军守大同，有一丝杂念之人，是做不到的。”吴宁道。

“但我知道，元登将军所谓浪战，指的并非德胜、西直等门外的苦战，而是王振自出师至土木溃败的草率。”于谦说。

“所以，凡事就事论之即可，不必苛求于己。”这才是吴宁想要说的。

“你是说，批驳许参将时的杂念，是我多想？”于谦若有所悟。

“廷益先生是豁达之人，这话原本用不着我说的。”吴宁道，“廷益先生的立场有二：其一，凡有边情，须得奏报；其二，边将须多虑战守，心思不可用在讲和上。许参将热衷讲和，是在奏报边情时表露出来的，故廷益先生有所迟疑。这和学古先生的奏议并不相干，廷益先生何必一定要说自家有杂念！”

“难怪人云‘旁观者清，当局者迷’，永清先生若不点拨，我还要把心思放在无用的地方。”于谦说着，起身一揖，“多谢！”

第六十二章

上天对这片土地特别吝啬，积厚厚的云层，却只让春雨稀疏地落下。但即便如此，土地也对上天感恩戴德。渗进一滴雨水，土地就能改变颜色；吸收一滴雨水，草儿就能长高一寸。

太上皇帝格外开心，不是因为雨水能够洗涤田地，滋润万物，而是有别的缘故。他对袁彬、杨铭说："真没想到，也先遣使入朝，朕说句让小宁子从行吧，他居然答应。"

"也先敬奉皇上，皇上圣谕，他是必定答应的。"袁彬说。

"伯颜早发话，要派小宁子别的差事；随瓦剌使臣入朝，也算一桩正经差事吧。"杨铭说得更实在些。

"小宁子老是念叨要回一趟京师，这回正好如他愿。"袁彬又说。

"皇上成全他，他仍傲视君上，言语无状，好不气人。"杨铭埋怨道，"皇上干吗要帮他的忙呀！"

"帮他的忙，应该的。"太上皇帝笑着说，"他侍奉我十五年，我不帮他，谁帮他呀？"

袁彬听出这是反话。他问："皇上不是在帮他吧？"

"他要回京师，我劝得也先让他去，怎么不是帮他！"太上皇帝道，"不但我在帮他，袁彬、杨铭，你二人也帮一帮他。"

"皇上要我等怎么帮他？"袁彬、杨铭问。

"我动嘴帮他，你二人动动腿帮他。今日他要动身，你二人去送送他吧。"太上皇帝说。

"我要为皇上整理春装，没工夫。"袁彬不奉旨。

"雨下得不止，若淋出病来，怎么侍奉皇上？"杨铭也不愿去。

"天不下雨，还没什么；正因为下雨，我才要你二人送他一程。送十里也好，送五里也好，总是个心意。"太上皇帝说。

"为何下雨，便要送他？"杨铭问。

“这雨下得好呀！”太上皇帝道，“朕记得在青宫时，也是一个春日，也稀稀落落地下着春雨，王先生对朕说，这雨叫洗尸雨。小宁子动身的日子，下起洗尸雨，朕料定他回不来，你二人不该送他一程吗？”

“果有这一天，可真是自作孽，不可活。”袁彬说。他对喜宁恨之入骨，甚至想过豁出自己这条命去杀他。但想到太上皇帝离不开自己，不得不忍下来。他确信，太上皇帝说喜宁不得生还，绝不是因为他动身时遇到洗尸雨。他问：“昨日高斌来辞行，皇上命我二人回避，是那时定下的除贼妙计吧？”

高斌是在土木之战后流落塞外的一名军士，被袁彬遇到，带回来。

“我只在高斌身上写几个字而已，并无其他。”太上皇帝闪烁其词。

“我说呢，”杨铭好像也有所领悟，“好不容易来个高斌，虽是个普通军士，难得侠肝义胆，留在身边，岂不是多个办事的人？皇上却一定要他和小宁子同行，原来是命他去办大事。”

“皇上代天行道，我等理当出一份力。”袁彬说着，招呼杨铭，“老杨，你我冒雨送行去也！”

“见到高斌，让他见机行事。”太上皇帝嘱咐二人。

也先差出的瓦剌使臣叫那哈，护送使臣的将领是火落、火孙兄弟。他等合计，瓦剌军队在大同附近连着吃几次亏，最惨重的一次，被斩杀二百余人，被夺回所掠男女百余人，马近百匹，牛、骡、驴等六百余头。那次胜利是郭登亲率官军取得的，他因此加封定襄伯。封爵后的郭登防范更严，瓦剌贡使避之方吉，因而取道宣府。

高斌不离喜宁前后。喜宁把他当作奴仆，有事则指使，他不在意；没事把他当作说话的伴侣，他也乐于奉陪。行路时，各骑一马，无事居多，两个人的话也特别多。

“那爷说走宣府，老高啊，到宣府还有多远？”喜宁问。

“快则四五日，慢则七八日，就到。”高斌说。

“还要走那么久呀！”喜宁说着，身子往上抬抬，他的屁股终日和马鞍厮磨，疼痛难忍，走一段，就得活动活动，“再忍忍吧！到京师，就要发财，就有银子使。老高，你好好服侍我，我发财，也有你一份，保证你从来也没见过这多银子，这多宝物。”

“服侍公公是应该的，发财我却没想过。”高斌说。

“不想发财，总得享口福吧？”喜宁没话找话地说，“到宣府，就有好酒喝，就有面食吃。”

“口福我也没想。”高斌说。

“那你在想什么？”喜宁问。

“只想平安。”高斌说。

“既不想发财，又不想口福，一生碌碌无为，即使得平安，又有什么意思！”喜宁道。

“我也不想自家的平安。”高斌说。

“那你在想谁的平安？”喜宁问。

“我在想那既想发财又想享口福的人的平安。”高斌说。

喜宁不由得一哆嗦。他问：“我的平安为何要你来想？”

“有些事，我听到，公公却没听到。”高斌说。

“你听到的事，我却听不到？”喜宁摇头，“这我不信。”

“朝廷颁下赏格：斩得也先首级者，赏银五万两，赏金一万两，封太师、国公。公公听到过吗？”高斌问。

“岂止听过，带回来的告示我都见过。”喜宁说。

“斩得伯颜帖木儿首级者，赏银二万两，赏金一千两，封侯爵。公公听到过吗？”高斌问。

“岂止听到过此事，我还听过狼辈爷抱怨：为何我这颗头比也先那颗头相差如此之多？”喜宁说。

“公公大概不会抱怨。”高斌莫名其妙地说了一句。

喜宁不由困惑。他问：“老高，你这是何意？”

“公公这颗头和伯颜知院的那颗头等价。”高斌道，“朝廷另颁赏格：斩得某人首级者，赏银二万两，赏金一千两，封侯爵。”

喜宁又一哆嗦，但还硬撑着：“你直言斩得喜宁首级者，我不在乎。”

“这事公公也听到过？”高斌问。

喜宁支吾两声，不做正面回答，却问：“这事你从哪里听到？”

“有人从宣府来，和我说起。”高斌说。

“这么说，宣府的守臣也都知道？”喜宁勒紧缰绳，想让马停下来。再一想，马停下来也于事无补，又把缰绳放松：“老高，你认识的人能有几斤分量？别信他的！”

“我也不想信，”高斌说，“但对我说的人，是总兵府厨子的邻居，二人茅厕只隔几根秸秆，二人每天同时如厕出恭。总兵大人有个习惯，吃饭时和厨子说三道四。朝廷为公公另颁赏格的事，就是总兵大人吃饭时对厨子说，总兵府的厨子又在如厕时对我认识的人说的。”

本来很简单的事，他故意扯三扯四，听得喜宁脑袋发胀。

“一会儿吃饭，一会儿如厕，宣府的人就不做别的事吗！”喜宁斥责道，又放低声音说，“你且告诉我，宣府而今的总兵官是谁！”

“我认识的人告诉我，是朱谦。”高斌道。

“参将呢？”喜宁又问。

“是杨俊。”高斌说。

“杨王的儿子杨俊？”喜宁问。

“是他。”高斌回答。

喜宁先是一惊，因为朱谦和他素无来往；随即一喜，因为杨俊和他有点儿交情。他开始盘算，怎样利用这一点，化险为夷。

“老高，这条路你熟吗？”他边盘算边问。

“我一人曾走过几个来回。”高斌说。

“愿不愿为我办件事？”喜宁问，不等高斌回答，他又大方地许诺，“有好处，一大半归你。”

“有麻烦，全部都得归我吧？”高斌不假思索地说，“皇上命我伴随，就是要我服侍公公，说不得愿不愿的。”

“好，你自己先去宣府，见到小杨王，探探他的口风。”喜宁说。

“公公是说，我离开大队，一人先走？”高斌问。

“是啊，你去宣府办完事，马上返回，我在半路等你。若不得你口信，我是不会进宣府的。”喜宁说。

“那爷、火爷等，放我独行吗？”高斌担心被瓦剌人阻止。

“我去与他等说。”喜宁道。

“我走的话，谁来服侍公公？”高斌又担心喜宁无人照料。

“我是服侍人的，你还怕我应付不了！”喜宁道。

“既然公公能应付，我一定替公公探个实信。”高斌说。

都督佥事杨俊以宣镇右参将驻守宣府以西约六十里的万全左、右卫。当部将江福把高斌当作瓦剌奸细押解进来时，他正在官衙内小憩。高斌一开口，就使得他睡意全无。

“少将军，请接敕旨！”高斌说。

“你是来传旨的？”看他的模样，杨俊怎么也不能相信。

“是。”高斌镇定地回答。

“老江，你连他从哪儿来的都不清楚，怎么就把他当奸细了！”杨俊埋怨江福。

江福狠狠瞪高斌一眼，说：“末将在城西十里处，眼看着他从口外来，说话含含糊糊，这才认定他是奸细的。”

“你也恁大胆，从口外来，传的什么旨！”杨俊又训斥高斌。

“皇上在口外，我自然从口外来。”高斌说。

“你是说上皇？”江福听得含含糊糊，杨俊却一下就听明白。

“上皇？”高斌却含糊不清，“我不知上皇，只知皇上。袁将军、杨大人都皇上、皇上地叫；我随驾几日，也皇上、皇上地叫。”

“你要早说上皇，谁会把你当作奸细！记住：北狩的，是上皇；在京城坐龙廷的，才是皇上呢。”杨俊说着，问，“上皇敕旨呢？”

“在我身上。”高斌说。

“拿出来呀！”杨俊说。

“拿不出来。”高斌指着自己的两胯说，“皇上，按照少将军的说法，是上皇，亲笔写在这里。”

“写在你屁股上了？”杨俊想笑，但马上意识到，这是件很重大的事情。他说，“老哥，请出示吧。”

高斌转过身去，脱下裤子。他的右股上写着两个字，是“诛杀”，左股上写着两个字，是“喜宁”。杨俊不认得太上皇帝的笔迹，但他相信，这一定是太上皇帝亲笔写的。瓦剌人绝想不到，把字写在身体上，来骗取边将的信任。

“少将军，奉不奉旨？”高斌顾不上提起裤子，急着问道。

“臣杨俊谨奉上皇敕谕。”杨俊躬身道，又直起身子说，“缉拿喜宁，朝廷亦有敕旨，我这是奉皇上和上皇两位圣上的旨意行事，绝不敢怠慢。只要此贼敢迈入宣府境内，定让他插翅难逃。只是不知这等大功劳，老天肯不肯送到我手里。”

“少将军放心，三天之后，老天会把他送到。”高斌说。

“当真？”杨俊仍不太相信老天。

“他若不到，少将军可把我当作此贼，解去京师。”高斌说。

杨俊料他不会拿自己的性命开玩笑，于是说：“既如，老哥随我去一趟宣府，禀明本镇主将。”

“那爷！”喜宁嬉笑着，招呼纳哈。

“我没说过吗，别叫我那爷！”纳哈绷着脸说。

“是，是，该称那大人的。”喜宁说着，改了个称呼，问道，“那大人，到宣府还有几日路程？”

“我第一次走这条路，怎知？”那哈道。

“火爷！”喜宁在他这里碰个钉子，又招呼火氏兄弟。

二人谁也不理他。火落对火孙努努嘴，说：“叫你呢。”

火孙说：“我耳聋。”

然后两个人一起说：“那爷叫不得，火爷就叫得吗！”

“是，是，该叫火将军的，”喜宁又改个称呼。并问道，“两位将军身经百战，识得这条路吧？”

“身经百战，就识得这条吗？”火落道。

“宣府有什么好，就迫不及待！”火孙道。

自打高斌走后，喜宁只能找那哈、火落、火孙兄弟说话。让他纳闷的是，以前在瓦剌各部，他是个最受欢迎的人，每到一处，讲起京城里种种趣事，讲起宫廷里种种秘闻，人人听得入迷；而现在，那哈和火氏兄弟都对他很冷淡，几乎没一次不给他钉子碰的。但他耐不住寂寞，虽碰钉子，还是要找话说。

“到宣府，我好尽尽地主之谊，请那爷，不，请那大人喝酒；请火爷，不，请火将军吃面。”他说。

那哈一翻白眼，道：“我想吃面，干吗请我喝酒！”

火落两眼观天，道：“我想喝酒，干吗请我吃面！”

有人搭话，喜宁嘴就不停下来。他问火孙：“火二爷呢？”

“我只想睡觉！”火孙爱答不理地说，并警告他，“火爷叫不得，火二爷更加叫不得！”

“是，尊驾是火二将军。”喜宁说，眼看没人搭理，他又自己找话，“三位可能不知道，在汉人的话里，爷是最尊贵的称呼。”

那哈瞪他一眼，道：“谁说我不知！”

火落、火孙瞪他一眼，道：“谁说我兄弟不知！”

“三人既知，为何不准我以爷相呼？”喜宁问。

“你不知吗？”三人一起指着他问。

“小宁子的确不知，”喜宁一揖到地，“请赐教。”

“我懒得说。”那哈道。

“我干吗要说？”火落道。

火孙在想一句意思相同、词句不同的话，喜宁眉头一皱，计上心头，他对火孙说：“我知道，是那大人和火大将军不准你说。”

“他管得了我！”火孙上当，“实话告诉你，是伯颜知院对我等交代，千万别让你叫爷！你叫谁爷，谁就会有大麻烦。”

“狼辈爷一直把我看作心腹，怎么会说这话？”喜宁不信。

“怎么不会！”那哈接过话头，“你叫你们大皇帝爷，结果，你们大皇帝被囚异国他乡。你虎辈爷、狼辈爷、太师爷、知院爷地叫个遍，结果，我瓦剌在京城下损兵折将。伯颜知院说，按照汉人的说法，你乃不祥之人，我等谁敢被你叫爷！”

“你非但是不祥之人，而且是忘恩负义之人。”火落接着说。

“这话也是狼辈爷说的？”喜宁问。

“他不说，我等怎知！”火落道。

“这可冤屈死我！”喜宁不住跺脚，试图加强喊冤叫屈的效果，“对明朝大皇帝，我或有忘恩负义之处；对狼辈爷，我可是忠心不二呀！”

“哼！”火落无动于衷，“伯颜知院最讲道理，要不是有真凭实据，他怎会说你忘恩负义！”

“是什么真凭实据？”喜宁问。

“给宫里兴老太监的信札，你敢说没写过！”火落道。

“给兴叔的信札？写的什么？”喜宁问。

“你还有脸来问！不是你与兴老太监约定，把瓦剌军引进埋伏吗？要不是你从中作祟，我瓦剌军怎会连连受挫！”火落怒道。

“天哪，我自离开京师，一个字也没给兴叔写过呀！”喜宁叫屈的声音，比火落斥责他的声音更响亮。

“你没写过，怎么被人拾到，并交与知院？”火落质问。

喜宁总算明白，为什么伯颜帖木儿这两个月来对他分外冷漠。凭着他的聪明，在伯颜帖木儿对他冷漠之初，就应该想到去探究其中的原因；但也凭着他的聪明，他以为这并不是什么大事，可能因为他起不了什么作用，所以狼辈爷开始对他冷漠。他自信自己是天下最会算计的人，怎么也想不到，到头来被别人算计。

“上当了，上当了！”他连声说道。

“谁上当了？”那哈等以为在说他们，道，“告诉你，我等宁愿上伯颜知院的当，也不愿上忘恩负义之徒的当！”

远离伯颜帖木儿数千里，喜宁知道，对眼前这三人说什么也没用。

高斌在前引路，喜宁、火落、火孙等十余骑紧随在后。眼见前面道路越来越窄，山势越来越险，喜宁招呼：“老高，慢行！”

高斌勒住马，等他赶上来。

“二位火爷，请稍歇歇！”喜宁安顿好火氏兄弟，纵马来到高斌面前，喘着气说，“老高，不对呀！”

“怎的不对？”高斌问。

“朝廷定下赏格，要取我的首级，小杨王怎会为我设宴？他设的恐怕是鸿门宴吧！”喜宁道。

“这是误会，”高斌说，“少将军告诉我，有一个叫罗通的都堂，确实提出悬赏，赏金的数目及封公封侯，也都是他提出的，但朝廷并未采纳。公公请想，要是真有悬赏之事，也先太师还会遣使入朝吗？朝廷还会允许瓦剌使臣入朝吗？”

“是啊，我随瓦剌使臣而来，怎么也是半个使臣。”喜宁道。他觉得道理不错，正要放马而行，但看一眼前面的山岭，又觉不安。他问：“老高，前面的山岭叫什么名字？”

“野狐岭。”高斌告诉他。

“这可是个宜于设伏的去处。小杨王从小跟着他爹，读过几本兵书，不会不在这里设伏吧？”喜宁道。

“公公说得对！”高斌应道。

“果然有伏？”喜宁问。

“我前次过时，还见这里埋伏一支官军。少将军说，既请故友赴宴，不可使之起疑。昨日我出此山口，见伏兵正在撤回。”高斌说。

“一人也没留？”喜宁还不放心。

“留下二人瞭望，见公公一行驰来，则赶回去报信。”高斌说。

“听你这么一说，也不知是你想得周到，还是小杨王想得周到。”喜宁话中带刺地说。他往前方扬扬头，说：“老高，走吧。若是被你算计，我认；反正返回瓦剌大营，我也落不得好。只是那二人，”他指指后边的火氏兄弟，“是我劝说一夜，才答应和我一起来卫城喝酒的，那位那爷，却径奔宣府，要是出意外，有点儿对不住人家。”

“公公真是个讲义气的人，”高斌不知是赞扬他，还是挖苦他，“就是出意外，也是公公出；那二人是护送使臣的，不会被刁难。”

二人有一句没一句地说着，不多时，来到隘口。隘口更窄，只容一骑通过，高斌明知喜宁疑虑并未消除，仍让道：“公公请。”

“不客气，老高请！”喜宁难得地对高斌客气一次。

高斌揪住马鬃，往上一提，越过土坎。喜宁却使马向后退几步，等火落、火孙过去，随行的瓦剌军士也过去一半，他才夹在队伍中间过去。他赶上高斌后，自我解嘲地说一句：“小心驶得万年船。”

“公公还是不够小心。”高斌说。

“怎么？”喜宁问。

“若为阻敌，当然是在隘口处设防；若为拿人，一定是等其人过隘口再设伏。”高斌说。

喜宁一惊，问：“你是说，官军会在前方设伏？”

“我是给公公讲点儿浅显的用兵之道。官军设不设伏，我才懒得去理会。”高斌毫不在意地说。

喜宁的心跳不由加快几下。等行过一段，几处容易埋伏的地方都没动静，他又恢复平静，恢复爱吹牛的本性。

“老高，你可知狼辈爷给我起个什么绰号吗？”他问。

“不知。”高斌道。

“狼辈爷称我狡若野狐，”喜宁说，“野狐过野狐岭，别说小杨王并无恶意，他就是想对我不利，也难得手。”

“那得公公过去野狐岭。”高斌说。

喜宁听他话里有话，问：“这话是什么意思？”

“公公不说有个野狐的绰号，还罢；公公既说有个野狐的绰号，我倒想起来，有人告诉我，野狐岭正是逮野狐的去处。”高斌说。

“老高，你别吓我！”喜宁一路行来第一次想笑，“小杨王请我赴宴，我不应他还罢；我既应他，他想抓我的话，等我进城以后再抓就好，何必多此一举，在野狐岭设伏？”

“是啊，本来是用不着在野狐岭设伏的，但他和公公不是故友吗？故友见面，不是有些难堪吗？”高斌道。

喜宁脸色大变。他问：“他果在野狐岭设伏？朝廷果有旨缉拿我？”

“不仅朝廷有旨，皇上也有圣谕。”高斌道。

“你是说上皇圣谕吧？他是怎么说的？”喜宁问。

“乱臣贼子，人人得而诛之！”高斌道。

“好，好！”喜宁连叫两声好，说，“我算计他十几年，他只算计我一次，有什么可说的！”

话音未落，呐喊声起。江福率一军从左边的山林里冲下，截住前路；分守内臣阮华率一军从右边的山林冲下，堵住退路。喜宁束手被擒，火落、火孙等是准备来喝酒的，无心反抗。

喜宁等被解入京师。火落、火孙暂押狱中，听候发落。喜宁到京师，当即解往市曹，磔死。

四月以后，战事渐渐平息，瓦剌使臣也敢于经大同前往京师。阳和城里，又开始热闹起来。因为从大同赴京师，必定要经过此地。

一壮士在城里住一个多月。几乎没人知道他来自何方，因为他很少开口说话；更没人知道他的身份，因为他住在城里一个小客栈里，每天从西门出城，在路边的小酒店要一壶酒，坐在店外慢慢地喝，喝得肚饿，再让店家煮一碗牛肉面或者羊肉面。

店家是少数和他说过话的人之一，从他的口音里判断出，他是京师附近的人。开店的人一般听得多，说得少，从不问他为何从京师到这么个小地方，而且一住就这么久；也从不和别人议论他。

“客官。”店家送上酒时，难得地开口叫一声。

壮士抬起头看着他，等他的后话。

“客官明日还来喝酒吗？”店家问。

“来便怎样，不来便怎样？”壮士反问。

“若来喝酒须趁早。”店家说。

“为什么？”壮士问。

“客官今日来前，从大同来位军爷。他说，有一队瓦剌贡使歇在大同，估计明日一早将到阳和。那时，小店就该热闹起来，客官若来晚，恐怕只能见到杯盘狼藉。”店家说。

“贡使一定从此门入城？”壮士问。

“错不了。贡使入京，一定从此门入，从东门出；返回时，一定从东门入，从此门出。”店家说。

“就算一定从此门入，也一定在你这里驻脚吗？”壮士问。

“这我说不准，但此门往西去，几十里的荒郊野外，讨一口水喝都难。行路之人，还会放过小店里的酒吗！”店家道。

“既如此，我明日不来，一群如狼似虎的恶汉，我何必与他等争一口酒？”壮士大声说道，然后低声问，“但不知我向店家打听的那个人，会不会来？”

“客官问的哪个人？”店家故作不知，等壮士蘸着酒，在桌面上写个田字，他说，“巧得很，大同来的军士，见他就在瓦剌人的队伍里，与贡使有说有笑。”

“不会认错？”壮士问。

“一会儿出现在大同南门外，一会儿出现在大同北门外，来来回回，在阳和城外走过好几趟，嘴里说的又是带京味的瓦剌话，别说大同人不会认错，就是我见，也不会认错。”店家道。

“巧得很，真是巧得很！”壮士难以掩饰内心的兴奋。他从怀里掏出一锭不大不小的银锞，往桌上一丢，起身道：“店家，酒钱。”

“客官，不用这多。”店家说。

“余下的，存在店里。”壮士说。

“客官这是预付明日的酒钱吗？在下还是那句话：明日来喝酒，须趁早。”店家说。

“你这人好不啰唆，我才说不与他等争酒，明日怎么会来！我的银子又不会白白送与你。过了明日，大家都平平安安的，我自然会再来喝酒。”壮士说罢，扬长而去。

西门外离小酒店不远，有个柴市。第二天一大早，几个樵夫在柴市守着各自担来的柴火，等城里的人选买。每来一个买主，众人便围上前去，争说自己的柴好。唯独一个樵夫，拿破帽子遮住脸，靠在柴火上打盹，对近旁樵夫们的叫卖和买主们的讨价还价，他一点儿也不关心。

偏偏有人要买他的柴。买家叫两声，他不搭理。买家踢两下他的脚，他不理会。买家推两下他的肩，他不理会。买家弯下腰去，要揭开他的破帽，却被他一把握住手腕，疼得大叫起来。

“死汉子，你要作甚！”买家叱道。

“这话该我问你！”樵夫说。

“除找你买柴，我还能作甚！”买家道。

“买柴便买柴，休得动手动脚！”樵夫说。

“叫你，不吭一声；踢你推你，不动一下。我总得看看，是不是具僵尸吧？”买家道。

“你已经知道不是僵尸，可以走了吧？”樵夫道。

“走就走！”买家走两步，又转回来说，“被你捏得生疼，就这么一走了之，岂不冤死？汉子，你的柴怎卖？”

樵夫把两根食指交叉叠起，闷声闷气地说：“十两纹银。”

“别人只要十文钱，你却要十两纹银？是个疯子吧！”买家说着，去找别的樵夫买柴。

这个索价奇高的樵夫继续打盹，甚至不时发出鼾声。

没等柴市散尽，一支几十人的贡使队伍到城外。正使、副使和护送的瓦剌军士，都认得酒幌，一拥而上。正使说几句瓦剌话，副使把他的话译成汉话：“你的酒，本贡使统统买下，给我的随员喝个够。”

靠在柴火上打盹的樵夫竖起耳朵在听。副使和正使说瓦剌话时，带有京味的腔调和把正使的瓦剌话译成汉话时纯正的京腔，引起他的注意。

正使和副使单独占有一坛酒，正使喝一大口，把酒坛递给副使，但副使没伸过手接。他感到副使的身子向自己倒来，忙放下酒坛，用双手去迎。这时他看到副使的后背插着一把利匕，同时看到一个身影从眼前一晃而过。

还没有卖出柴去的樵夫们发现，一直在打盹的同伴忽然不见了。

只有店家分辨出，在面前一闪而过的樵夫，就是操着京腔的壮士。

第六十三章

皇帝在文华殿等大臣们来议事时，神情阴郁地问道：“兴大伴，今日是六月几日？”

“回爷的话，六月二十六日。”兴安小心地回答。

“这么说，朕登极还不到十个月。”皇帝道。

“再有十天就十个月。”兴安说。

“到七月六日十个月，可不还差十日。”皇帝说着，不由叹口气，“早知有今日，何必有十个月前呀！”

皇帝已不止一次地流露出这样的情绪。原因嘛，兴安一清二楚。早在瓦剌大军压境时，就有人提出迎复上皇之事。不过，那时第一位的大事是守城；迎复云云，只能说说而已。随着瓦剌军队退出京畿，战事日少，恭迎上皇的言论日多；特别是随着也先不断遣使入京，使臣的规格一次高过一次，恭迎上皇的言论就如开闸洪水，想挡也挡不住。皇帝甚至用“甚嚣尘上”这样充满反感的词句来形容它。

皇帝对恭迎上皇的言论充满反感是可以理解的。哪个皇帝愿意有一个太上皇帝存在呢？况且这个太上皇帝不是皇帝的父亲，而是皇帝的兄长；况且这个太上皇帝正在盛年。他在千万里之外，还无所谓；一旦到身边，就完全是另一回事。

要命的是，充满反感，却又无可奈何。因为不论大谈恭迎上皇的官员，还是对此保持沉默的官员，包括皇帝自己，都曾经是上皇的臣子，把上皇接回京师，是天经地义的。如果有人，包括皇帝，发表反对的言论，一定会被斥以大逆不道。当然，对皇帝是不敢“斥”的；但那些旁敲侧击、含沙射影的话，也够人受的。

因此，皇帝一想起这件事，就不快；今日和大臣们要议的是这件事，他自然更加情绪阴郁。因此，兴安虽然清楚皇帝的心思，也难以劝慰。

大臣们排班入殿，文臣以吏部尚书王直为首，武臣以宁阳侯陈懋为首。土木兵败，张辅、朱勇等作为扈驾的武臣，都有不可推卸的责任；因此，后人奏请嗣爵，没有一个被批准。而今陈懋成为勋臣领袖。

行礼毕，皇帝问：“这次也先又差遣个怎样的使臣来呀？”

一开口，就表露出不愿以瓦剌使臣为使臣的态度。

礼部尚书胡濙出班奏道："瓦剌首使名完者脱欢，是瓦剌知院参政。"

"瓦剌知院，设参政一官吗？"皇帝问。

"有瓦剌文书，已由四夷馆译成汉语。其中提到遣知院参政完者脱欢为正使，入贡天朝。臣也询问过蒙古馆大通事，他说，鞑靼、瓦剌等部，偶设知院参政。"胡濙回奏。

"也先学得倒快，"皇帝取笑道，"朝廷差官去瓦剌，辄升参政、少卿等；他不知从哪里找来一个无名之辈，也升作参政。无非是做做样子，骗骗人，卿等千万不可上他的当。"

胡濙听出，皇帝在责怪大臣们太把瓦剌使臣当一回事。他才要分辩，王直抢先一步。按照皇帝的说法，他的过失要比把瓦剌使臣当一回事大得多。他出班奏道："朝廷差官使瓦剌，升其官职，乃为尊上皇，亦为自尊；并非做做样子，骗骗人。若谓升职不当，臣罪大焉。"

"王尚书休要多心。朕是说也先做做样子，骗骗人，并非说朝廷做做样子，骗骗人。"皇帝道。王直的反驳让他脸上很有些挂不住，但又不便发作。在心平气和地说两句后，他不觉提高声调："尔等能说，也先不是做做样子，骗骗人吗？"

"臣以为，也先此次遣知院参政入朝，无论是原任的，还是新任的，都不是做做样子，骗骗人。"王直说。

"你是说，也先此次诚心诚意要和朝廷讲和？"皇帝问。

"臣是说，也先此次诚心诚意想恭送上皇回朝。"王直直言不讳，不管皇帝高兴不高兴。

"怎么可能呢！也先屡差使臣，声称奉送上皇还朝；朕亦五次遣使恭迎，都被也先以种种借口推脱。这次他怎就回心转意！"皇帝道。

"或是上下神祇，眷我社稷，阴诱虏衷。"王直说。其实，也先态度的转变，可以找出许多原因：例如，以太上皇帝要挟，朝廷不为所动，边臣不为所动，再留为质，不会起什么作用，而徒为己累。但王直宁肯说一个神秘空泛的原因。

"卿说这话，自己信吗？"皇帝责问。

"臣信；廷臣议之，皆信。"王直说。

他的话表明，这是廷臣近乎一致的看法，也是廷臣在这件事情上近乎一致的态度。皇帝无奈地说："好吧，卿等还有什么话，一起说出来。"

"是。"王直应过后，郑重地以廷臣所议奏上，"上下神祇，眷我社稷，阴诱虏衷，遣使请和。陛下嗣登大宝，敬兄隆礼，尊为太上皇帝，昭告天地、宗庙、社稷。今名位已定，天人归心。若太上皇帝车驾得还虏中，尊居而已，不复事天临民。陛下但尽崇奉之礼，即得天伦之厚。臣等伏望陛下俯从虏请，遣使答之。若彼果为至诚，则别遣大臣迎驾。”

皇帝听罢，沉着脸问：“卿等以为如何？”

“臣等皆以为宜。”众大臣躬身言道。

“卿等以为朕贪于此位。”皇帝指着身下的椅子，责问，“也相宜吗？”

大臣们面面相觑，不知如何应对。

“当初皇太后懿旨，命朕承嗣大位，朕再三苦辞，是卿等强使朕尊奉懿旨的。此事朕记得，卿等却不记得吗？”皇帝的责问越来越严厉。

立于班外的王直、胡濙偷偷地相互看一眼，似乎在央请对方出面回答皇帝的责问，然后把头低垂。他们并非惧怕皇帝的愤怒，而是实在想不出什么既得体又可以平息皇帝愤怒的话来。

其他大臣的目光游移不定，最后都集中在于谦身上。

于谦出班奏道：“天位已定，宁有他乎！大臣们乞陛下遣使答之，不过尽礼数而已。倘若也先果怀奸诈，我也得早为之备。”

皇帝微微点头，怒色渐解，挥手道：“随你，随你！”

众大臣得到“随你”两个字的旨意，无不喜形于色。但他们刚退出文华殿，兴安就追出来，并招呼道：“各位大人，且留步。”

众大臣原地站立。走得快的，离得远些；走得慢的，离得近些。

“公等左一句遣使答之，右一句遣使答之，不知谁可为使？当今朝廷，谁可为文天祥、富弼？”兴安一连两问，声色俱厉。

王直走得不快不慢，离兴安不远不近。他知道，这话得他来回答，因此往回走两步。

“公公在质问我等吗？”他问。

富弼是北宋大臣，曾出使契丹军议和；文天祥是南宋大臣，曾出使蒙古军议和。不管是否不辱使命，对他们来说，都是屈辱之行。如果兴安承认是他在质问，王直打算指出这一点，并对他说，今日的大明朝廷，不是向契丹人进贡称臣的北宋朝廷，更不是残喘一时的南宋朝廷。

“在下何等人，敢质问公等。”兴安说。

言外之意，他是在传圣谕。对皇帝的质问，王直的答复也很尖刻：“那就请公公回复圣上：言事之人，孰非廷臣；天子差遣，孰敢不行！”

于是，再次选使随瓦剌使臣返回的宗旨，确定下来。出使的官员也确定下来：礼科给事中李实，升礼部右侍郎，为正使；大理寺丞罗绮升本寺右少卿，为副使。

朝廷使臣李实、罗绮及随员，瓦剌使臣完者脱欢及随员，共计二十一人，七月初一日在榆河驿，初二日在居庸关，吃了皇帝命光禄寺备下的酒饭，正式登上北行之路。李实、罗绮二人再不须与什么人应酬，也才有机会说说心里话。

“尚絅先生，有一事，在下不敢相瞒。”李实说。

罗绮字尚絅，河南磁州人，宣德五年进士。他知道，李实虽然后进，但为人狂傲，即便面对他的座主，也不拘礼数；今日对自己这么客气，实在有些出乎意料。

“孟诚先生欲言何事？”他问。

李实字孟诚，四川合州人，正统七年进士。他前后看看，见与随从人等都保持一定距离，与瓦剌人保持更大的距离，这才神神秘秘地说：“离京的前一晚，兴公公曾去舍下。”

“几时去的？”罗绮问。

“我正准备就寝。”李实说。

“听说孟诚先生睡得很晚？”罗绮问。

“是。少年时读书，我即养成晚睡的习惯。”李实说。

“那么，兴公公也是很晚才去造访。”罗绮得出结论。

“是啊！”李实应道。他奇怪罗绮只在细节上做文章，因而问，“尚絅先生，有何不妥吗？”

“没有，没有。”罗绮摆摆手，问到关键之事，“兴公公是奉旨去的，还是自家去的？”

“他没有说，我也不好问。”李实道。

“是啊，这怎好问！”罗绮同意，并问，“有什么特别的交代吗？”

“有。”李实道，“他要我切记四个字：休弱国势。”

“休弱国势。”罗绮嘴里念着这四个字，喃喃言道，“我亦料到。”

“尚絅先生亦料到？”李实大惑。

“是啊！”罗绮应过后，才发现自己的话里有毛病，“或许不当说料到；这四个字，我是听到的。”

“尚絅先生是听到的？”李实更加摸不着头脑。

“这事我也不该相瞒。离京的前一晚，兴公公也去我那里。”罗绮说着，做个推测，“我想，应该是去孟诚先生府上之前吧；因为他去我那里并不是太晚。”

“也没说，是皇上差他去的，还是他自己要去的？”李实问。

“对，也没说。”罗绮道。

“也是要尚絅先生切记休弱国势四字？”李实问。

“对，也要我切记这四个字。”罗绮道。

“这事甚怪！”李实心思全放在这四个字上，以至没勒住缰绳，任由坐骑悠闲地转来转去，啃吃路边的草。

“孟诚先生，别走回头路呀！”罗绮招呼。

李实这才发现，马走的方向有些不对。他勒转马头，赶上罗绮。

“尚絅先生，你说此事怪不怪？”他问。

“孟诚先生悟出什么吗？”罗绮反问。

“第一，这四个字是圣训。”李实说。

“我也想到。”罗绮道。

“第二，皇上在告诫我等。”李实说。

“皇上无疑是在告诫，但告诫的是什么呢？”罗绮问，李实称此事怪，但没说怪在哪里，现在他说出来，“孟诚先生和我，一是挺身而出，二是廷臣认可，皇上应该相信我二人一定会不辱使命的，一定会不损国威的。那么，为何还要命兴公公刻意宣示这四个字呢？”

“是啊，我二人挺身而出，为的是伸张国威，即便也先以斧钺加于颈，也不会失大国使臣的气节。”李实附和着说一句，紧接着问道，“但也先若是以斧钺加于上皇之颈呢？”

“李大人！”罗绮听这话，不但口气改变，连称呼也改变，“怎能出此目无君父之言！”

“有气力别用在我身上。尚絅先生难道不相信，也先做得出目无君父之事？”李实平静地说。

“好，我把气力用在也先身上，以死相拼，以死护卫上皇。”罗绮说。

“不是我灭自家威风，尚絅先生，不必也先动手，他身边蹿出一个中力男子，你我招架得住吗？”李实笑问。

“这个——”罗绮着实为难。要拼，肯定拼不过人家；不拼，难道看着太上皇帝岌岌可危？同时，他也明白李实话里的意思：“孟诚先生是说，皇上担心我等，于危及上皇之际，会损国威，会弱国势？”

“换言之，皇上在告诫我等，即便危及上皇，也不可损国威、弱国势。”李实道。

话说到这一步，二人才完全理解这一趟差事的艰难。他们不仅要面对如狼似虎的也先等虏酋，还要细心揣摩皇帝的心思。如果不考虑“休弱国势”，他们在也先面前可柔可刚。说句难听的话，低首下心，奴颜婢膝，也在所不惜，只要也先许诺把上皇送还，就算达到目的。现在这句话萦绕在心，还能无所顾忌吗？而一味严正，一味强硬，会不会让本来就心怀叵测的也先改变主意？

李实由给事中骤升为礼部侍郎，自然比略有升迁的罗绮负有更重大的责任。他问：“尚絅先生，有何打算？”

“休弱国势，乃皇上训词；迎还上皇，乃臣民心愿。有悖其一，只有一死以谢天下。”罗绮说。

“但愿果如大臣们所说，上下神祇，眷我社稷，阴诱虏衷；也先送还上皇之言，发自诚心。”李实道。

十一日，将近正午时分，李实、罗绮、完者脱欢一行，翻过一个山包，眼前豁然开阔。在群山怀抱之中，水、草相间，马、牛游牧，大大小小的营帐，连成一片。

十天来见惯荒凉的李实，忍不住赞叹道：“真是别有洞天呀！”

“这里就是太师的大营，名叫失八儿秃。”完者脱欢告诉他。

“还自瓦剌的使臣，不记得有人提及这个名字。”罗绮说。

“以前的天朝使臣，都不曾到过此地；李大人、罗大人是第一起见识到庐山真面目的天朝使臣。”完者脱欢不但汉话好，还读过一些古诗。

“尚絅先生，别人不曾到达的地方，你我到达，何其幸哉！但愿太师一片诚心，但愿你我不虚此行。”李实对罗绮说。

进中心大帐，李实、罗绮在完者脱欢的引见下，参谒也先。开读敕书毕，双方按照宾主之位，席地而坐。

“李侍郎，大明皇帝因何差尔等来？”也先问。

“太师差完者参政等入朝，故天子差我等来，向太师致意，向伯颜知院致意，以为答礼。”李实说。

“在大明朝，侍郎是多大的官？”也先明知故问。

“和贵部知院参政相仿佛。”李实说。

“我一再上奏，要大明朝廷差派王直、于谦等尚书来，为何这次差派的仍是侍郎？”也先质问。

“朝廷制度，从不以尚书为使，侍郎已是出使的最高官职。朝廷差官出使鞑靼等部，迄今尚未用过侍郎。”李实说。

这是也先最爱听的话，他脸上不由露出笑容：“怎么，朝廷终于把我瓦剌看得重于鞑靼？”

“朝廷看重者，在德不在力。”李实说。

"那是朝廷把我瓦剌之德看得重于鞑靼之德？"也先又问。

"自太师祖、父以来，入贡朝廷三十余年。今太师差完者参政等入朝，表示要重修旧好，自是盛德。"李实说。

"侍郎这话差也。"也先摇着头说。

"怎的差也，难道太师修好不是盛德？"李侍问。

"这么说才对！"也先又点起头来。

李实觉得自己先后两句话并无不同，不明白他为什么一会儿摇头，一会儿点头。

"太师是说，他一直愿意与朝廷修好的；说他重修旧好，好像前一时与朝廷处得不好，责任在他。"完者脱欢代也先解释。

"这个嘛，前一时瓦剌与朝廷处得不好，责任并不全在太师，我大明天子也是知道的。"李实说。

"侍郎是说，责任不全在我？"也先问。

"不错！"李实道，"前一时，朝廷奸臣王振专权，听信小人之言，杀低马价，致失信于太师。这个责任在王振，亦在朝廷。"

"侍郎说的小人是谁？"也先问。

"如内臣喜宁、跛儿干等，如锦衣卫使马顺等，皆是。朝廷相继处置马顺、跛儿干、喜宁等，为的是整肃朝廷，同时，也是还太师一个公道。"李实虚虚实实地说。

"朝廷出奸臣和小人，侍郎为何却说，责任不全在我？照侍郎的说法，朝廷出奸臣和小人，我也有责任？"也先质问。

"朝廷出奸臣和小人，太师并无责任；但太师因此兴师入犯，大动干戈，责任是推卸不掉的。"李实说。

"我也是身边有过小人。"也先随口说道。

"太师说的小人是谁？"李实问。

"无非陈友、马云、马清辈。"也先随便说几个他记得的汉人名字，"在我面前拨弄是非，致使小事做大，出动军马。"

"这等小人呢？"李实问。

"被我除去了。"也先说，为了增强可信的成分，他又搬出伯颜帖木儿，"伯颜知院给我讲汉人的历史，说小人不可近，于是我把他等除去。"

"除去得好！朝廷无小人，太师身边亦无小人，两方修好，应该没有障碍。"李实说。

"是啊，我原先也想，与朝廷修好没有障碍；不料奉送太上皇帝一事，谈来谈去，不得要领。这个责任，不知在谁？"也先道。

“这个责任，全不在朝廷。”李实明确地说。

“那是全在我？”也先也不肯承担，“我是实心奉送上皇还朝的。去年十月，甚至到德胜门外土城。上皇就在营中，朝廷差出的使臣是见到的。无奈朝廷就是不肯差派大臣出迎，我只得携上皇回来。”

“太师说是送驾，军马不自关入，漫山而来，肆意抢掠，此乃假送驾之名，行侵犯之实。”李实感到这个指责太严厉，于是转为缓和，“再说，太师要朝廷差派大臣出迎，朝廷不应；朝廷要太师退兵，以数骑送还上皇，太师不是也没应吗？况且，太师军至土城，上皇在营中不假；可我知道，喜宁也在营中。朝廷里的小人，出现在太师身边，朝廷不得不疑之，不得不防之。”

李实在这里提到喜宁，再巧妙不过。也先不得不虚应道：“朝廷要防小人，应该，应该。”但接下来，仍把责任推给朝廷，“我屡差贡使，欲从关入，却多被杀害。这件事，是不是也该还我个公道？”

“太师所谓贡使，喜宁是一个吧？他该不该杀？”李实问。

“我因他是上皇心腹，才让他做贡使。不必说他。”也先道。

“小田儿也是一个吧？”李实又问。

“他是小人吗？”也先反问道。

“朝廷列出的小人，他更在喜宁之上。”李实说。

“这我不知。”也先道，又说，“侍郎别光说朝廷的叛臣，我也曾差派许多瓦剌首领入朝，为何要杀他等。”

“瓦剌首领被杀，多在大同、宣府等边关之外。他等剑拔弩张，我边军分不清彼为犯边，抑或入朝，故有误杀。另外，太师前度南侵，我边军多有死伤。子欲为父报仇，弟欲为兄报仇，亦人之常情。一旦息战交好，不会再有此等之事。至于朝廷，对太师所差贡使，一直是以礼相待的，除厚赏之外，又赐以宴席。”李实说着，问完者脱欢，“完者参政，是不是这样呀？”

完者脱欢应也不是，不应也不是，只得低下头，装作没听见。

“我不问，太师可私下问他。”李实说。

“我也不去问他。”也先道，“侍郎说朝廷如何厚待我瓦剌贡使，我也说说我如何厚待你大明皇帝。侍郎知道我祖、父入贡朝廷，一定也知道我祖、父，与大明皇帝结有大仇。去秋，上皇自领军马与我厮杀，天助瓦剌，他落在我手里。侍郎可知道，有多少人劝我射杀他？是我再三不肯。我念他是一朝人主，特意让伯颜帖木儿侍奉和护卫他，我自家也是早晚恭敬，不敢怠慢。侍郎，我问你一句：朝廷若捉住我，也会如此这般地优待吗？”

“以前捉住太师，如何处置，不好说；以后捉住太师，一定优待有加。”李实说。

也先问话时，绝没想到自己会被捉住；听李实的答话，却好像这件事会发生。他愣了愣，说：“是为报答我一直以来对上皇的优待吗？朝廷不见得有机会吧。”

“仍是兵戎相见，也不见得没有机会。”李实说。

这是句充满挑衅意味的话，他担心也先会因此反目。坐在他身旁不曾开口的罗绮也在担心也先反目；并在考虑，一旦也先反目，该怎样斥责他。坐在也先身旁不曾开口的完者脱欢也在担心也先反目；并在考虑，一旦也先反目，该怎样设法转圜。然而，也先不怒反笑。

“难得汉人中有侍郎这等直率汉子。”也先道，并问：“侍郎奉旨而来，要不要见上皇一面？”

“既来，理当参谒。”李实说。

“明日我差人引你等去，侍郎也好尽一尽你君臣的情份。奉迎上皇之事，等侍郎回来再议。”也先说。

“太师既存仁厚之心，本使在此谢过！”李实揖道。

第二天，李实、罗绮在三十里外的另一个瓦剌营地，见到太上皇帝。太上皇帝住的是布幄圆帐，帐内无榻，席地而寝。帐外唯牛车一挂、乘马一匹。在帐外忙碌的，有二人；在帐内不离太上皇帝身边的，只有一人。每触一景，李实、罗绮都会禁不住落泪。

“好了，用不着伤心。”太上皇帝如见亲人，滔滔不绝地说起来，“土木堡一役，朝廷称作上皇北狩，对吧？朕北狩将近一年。眼下是一年里最好过的日子，卿等若见到九月以后、三月以前的朕，蓬头垢面，更是不堪。卿等若是不信，可问问袁彬，还有一个杨铭。自朕落难以来，他二人一直跟随，里里外外的事，都是他二人张罗。近日不知从何处寻来二人，不会笑的那个，叫刘浦儿，是军卒；半僧半俗的那个，俗名叫夏福，是个剃度过的僧人。有这二人，袁彬变成大官人，手动得越来越少，嘴动得越来越多。杨铭也一样，居然有闲心出去为朕找些酒来喝。”说了许多话，忽然想到还不知使臣的姓名。皇帝问：“二卿叫什么名字？任何官？”

“臣李实，官礼部右侍郎。”李实道。

“新近晋升的？”太上皇帝问。

“是。”李实应道。

“你出使瓦剌，见朕一面，也不枉朝廷升迁。”太上皇帝说着，问罗绮，“卿呢？”

“臣罗绮，官大理寺右少卿。”罗绮道。

“罗绮？”太上皇帝对这个名字有印象，多想一想，想出头绪，“卿曾参赞辽东军务，后被谪戍，对不对？朕记不起，卿为何被谪戍；不过朕想，你受了委屈。”

罗绮万万想不到，太上皇帝还记得这件事，不由泪流满面，泣不成声地说：“臣办事不力，理应受罚。臣不觉得委屈。”

太上皇帝知道李实是正使，问他：“朕御弟好吗？”

“皇上康健，再三叮嘱臣等问候陛下。”李实说。

“对，朕总记不起，朕昔日御弟今日已登极。皇上年纪虽轻，既已登极，卿等须得拥戴他。”太上皇帝说。

“皇上英明，臣等皆诚心爱戴。”李实说。

“那就好！”太上皇帝心里酸酸的，但不能流露出来，他又问，“圣母好吗？”话一问出来，心里更是酸酸的。他想到，御弟登极，一定要尊吴贤妃为皇太后。如果问皇太后如何，李实不知会说到哪个皇太后，因此他问的是圣母。

“圣母皇太后亦康泰，只是记挂陛下。臣听说，皇太后有时夜里梦到陛下，会惊醒。”李实回答。

“朕何尝一日不记挂圣母，何尝一夜不梦到圣母！”太上皇帝说着，眼眶湿润，他强忍着酸楚，抹去挂在眼角的泪水，接着问下去，“朕听说喜宁被凌迟处死，确实否？”

“确实，喜宁由宣府解往京师，不曾入狱，径直押去市曹。”李实说。

“这就好！”太上皇帝道，“去岁朕出京师，非为游猎及私己之事，实为天下生灵，躬率六师，征讨漠北。不想羁留于此，实是王振等误事。也先是实心要送朕回去的，多次被喜宁所阻。而今喜宁被凌迟处死，也先身边应该不会再有人阻止他送朕回去。”

“也先声称，要和臣等计议送还上皇之事。”李实禀道。

“也先每对朕说，朝廷差派大臣来迎，就送朕回去。朕在此地一年，朝廷为何不差人迎取？难道当真将朕遗弃？”太上皇帝发起牢骚。

“陛下蒙尘，大小臣工及天下生民如失考妣，朝廷亦亟待侦得陛下实情。但虏中数次走回人口，所言不一，有言见到陛下者，有言未见陛下者。朝廷四次差人来迎，又俱无回报。”李实站在朝廷立场解释。

“你这次来，见到朕，可以回报朝廷。”太上皇帝说。

“是，臣返回后，定将所见如实奏报朝廷；陛下对朝廷有何话说，对皇上有何话说，臣亦当如实奏报。”李实说。

“你回去对当今皇帝并内外群臣说，速差人来迎朕。朕回去后，但求看守祖宗陵寝；若有不便，做个百姓也好。”太上皇帝再明确不过地表达了自己的心愿，并从另一个角度说明自己一身而系天下安危，“朕这么说，并非惜一己之身。也先说，朝廷若不来迎取，必使人马扰边，十年也不停止。朕实是为祖宗社稷及天下生灵忧虑。”

“陛下果有此心，何不明言谦退避位？”李实关注的是前一个话题。

太上皇帝一愣，说：“当今皇帝不早就举行过登极大典？”

“那是遵皇太后懿旨行事，并无陛下谕旨。”李实说。

“卿等觉得朕应在事后补一谕旨，把这层意思对当今皇帝和大臣们去说？”太上皇帝既问，抵触的情绪可感觉得出来。

李实不管他的实际态度，进一步进言：“陛下谦退避位，须有理由。”

“卿替朕想个理由。”太上皇帝想都不愿想。

“任用非人，引咎自责。”李实不客气地说。

“卿指的是王振吧？”太上皇帝问。

“是，”李实应道，“王振一宦官耳，陛下宠之太过，终倾危国家。”

“王振无事之时，众人皆不说；今日有事，人人却争说，且归罪于朕。”牢骚归牢骚，事体轻重，太上皇帝还是分得清的。他克制内心的不满和激愤，说：“朕亦知此人坏大事，未及早罢去，今悔之迟矣。朕悔过之心，自责之情，你也一并奏报朝廷吧。”

“臣谨遵陛下谕旨。”李实叩道。

拜辞前，李实将朝廷进献的纻丝、粳米、鱼肉、烧酒及日用器皿等呈上，得知太上皇帝缺少米、菜，把带在路上食用的几斗大米也留下。

出圆帐，罗绮拉着李实快走几步。等到与其他人离得较远，他责备道：“朝廷只命我等探得虚实，告诫我等休弱国势，并未命我等逼迫上皇。上皇蒙难如此，孟诚先生还说些使上皇不堪的话，于心何忍！”

“尚絅先生是指引咎自责等言吗？我那是为上皇好。”李实说。

“惹得上皇不快，还是为他好？”罗绮想不通。

“是啊！”李实道，“上皇不自言谦退避位，难道要皇上恭请他谦退避位，或自家谦退避位？难道要廷臣恭请他谦退避位，或出来一两个不知天高地厚的人，恭请皇上谦退避位？上皇自言谦退避位，君臣没有后顾之忧，才好一身轻松地迎还上皇。”

罗绮不得不承认，他的话是对的。

第六十四章

李实把北使的经过分成三大块：第一块，与也先初次见面；第二块，参谒太上皇帝；第三块，也先备酒饯行。皇帝在文华殿召见他，正是按照这个顺序来提问的。

“也先见到卿时，有什么话说？”皇帝问。

李实把和也先第一次谈话的内容如实陈奏，特别强调自己关于责任的一番言论令也先口服心服。如他所料，皇帝微微颔首，以示赞许。

“朕皇兄有什么话说？”皇帝又问。

李实把和太上皇帝谈话的内容择要陈奏，特别强调关于“谦退避位”的几句话，当然，他委婉地把它变成太上皇帝自己的话。他稍感意外的是，皇帝对这些话并不如他想的那么感兴趣。

“卿行前，与也先又见面否？”皇帝问。

“见了。也先两次备酒，一次是款待，一次是饯行。”李实说。

“他两次怎说？”皇帝问。

“第一次款待，也先说：大明皇帝敕书内只说讲和，不曾说来迎驾。太上皇帝留在这里，又做不得我们皇帝，是一个闲人，诸事派不上用场，我留他做什么？尔回去奏知，务差太监一二人，老臣三五人来接，我即差人送去。就这么让他与尔等去，太便宜你们皇帝。”李实如实陈奏，连可能激怒皇帝的话也不曾删减。

皇帝的脸色果然不好看，但未发泄。

“饯行宴上，他又说些什么？”皇帝问。

“他要与臣约定迎奉上皇的日子。”李实说。

“约定什么日子？”皇帝不知是没听清，还是不相信自己听到的，故追问一句。

“也先要与臣约定迎复上皇的日子。”李实重复。

“他是怎么约定的？”皇帝问。

“约在八月初五日。迎驾的人到，他即放人。”李实说。

“不是要朕差一二太监、三五老臣去接吗？朕差不差人还没定呢，他怎么就约定日子要放人？”皇帝挑话里的毛病。

“诚如圣谕。臣也一再对他说明：差人不差人，须请圣旨，臣等岂敢擅自约定日期！”李实说。

“他怎的答复你？”皇帝问。

“他几次重复八月初五日这个日子，说：初五日不到，你们边地人民要吃苦；又说：若来不及，可先差两个汉人、两个达达来报，正差使臣迟三五日亦可。若无人来，举兵扰边，绝不食言。”李实奏道。

“一会儿说，初五日不来便扰边，一会儿说，正差使臣迟三五日亦可，这不是把迎驾送驾之事当作儿戏吗！朕一再说虏人言语虚诈，难以测度，有人就是不信！这回又得到印证吧？朕看，他两次对你说的话，只一句实在：不欲便宜朕。何谓不欲便宜朕？还不是有所希图！”皇帝发了一通议论，忽然发觉在臣子面前失态。他猛然刹住，转问道：“李实，你走这一遭，在你看来，也先讲和之意，虚实如何？”

“臣入番境，见彼处虏人皆喜悦，夹道讴歌欢舞，沿途乳酪相劝，无不以和好为祝。窥其和意，似是实情。不过，”李实语气一变，说，“臣只见其表，未见其里，也先万一有诈，有赖圣上鉴察、处置。”

“朕自会处置。”皇帝说着，吩咐近侍，“李卿一路辛勤惊恐，尔等送他去廊下吃酒饭。且着赐钞、赐羊、赐酒。”

李实谢恩，退下。皇帝久久不言，伴驾的兴安亦久久不言，两个人好像在比拼耐力。当然，在兴安，有些话是不好主动说的，须待皇帝问。

“兴大伴在想什么？”皇帝问了。

“奴才在想几个日子。”兴安说。

“说与朕听听。”皇帝命道。

“是，”兴安应道，“一个日子，是李实提到的，实则为也先提到的，八月初五日。”

“这个日子有什么好想的？”皇帝问。

“爷听奴才把几个日子说完。”兴安奏乞。

“好，你接着说。”皇帝道。

“第二个日子，今日是七月二十一日。”兴安说。

“朕亦记得。”皇帝道。

“第三个日子，爷不曾询问李实，奴才却询问过，他是两日前，即七月十九日，在怀来与杨善一行遭遇的。”兴安说。

“杨善一行四日前陛辞出京，两日前到怀来，走两天；李实两天前在怀来，今日到京，走两天。这个日子用得着多想吗？”皇帝说着说着，忍不住发笑，“对，你还没有把几个日子说完呢。”

“第四个日子，爷不曾询问李实，奴才询问过，他是十四日离开也先大营的。”兴安说完这个日子，不再说。

“还有无别的日子？”皇帝问。

“别的日子，奴才还没计算出来。”兴安说。

“朕来给你计算吧！”皇帝道，“李实从也先大营至怀来，走五日；杨善从怀来至也先大营，也应该走五日。他若十九日离开怀来，二十四日应该到达也先大营。实际上，他在宣府要耽搁两日，在大同要耽搁两日。但不管怎样耽搁，本月底，总可以到达也先大营；亦即八月初五日前，总可以到达也先大营。兴大伴，你是这么计算的吗？”

“回爷的话，奴才是这么计算的。”兴安应道。

“你还计算，他要在宣府耽搁两日，在大同耽搁两日，朕即刻差人追赶，能否赶得上他，是不是？”皇帝问。

“爷明鉴。”兴安应道。

“赶上去，如何吩咐？”皇帝问。

“可密嘱他慢行，推迟到八月初五日以后再至也先大营。”兴安说。

“也先以八月初五日相胁迫，朝廷使臣偏要在八月初五日之后到达，朕也这么想过。但你以为密嘱可以掩天下人耳目，则大错！”皇帝显然是不赞成，“朝廷若不曾差派杨善等出使，自不必说；朝廷既差派他，且李实既还朝说起八月初五日的约定，再差人追赶，命他在此日之后才赴也先大营，是何居心？朕这么做，还不要落个千古骂名！”

“那就做另一件事，给杨善补张敕旨。”兴安说。

“是奉迎上皇的敕旨吗？”皇帝问。

“是。”兴安应道，“也先声称送还上皇，却迟迟不送，有两个借口：一是朝廷不差大臣，一是敕旨不言迎驾。今以杨善为正使，他位在七卿，不可再谓职位不高；今再补与杨善敕旨，令他交涉奉迎上皇事。这样一来，也先的两个借口都由皇上堵住。”

“这也不好！”皇帝说，“朝廷大臣们纷纷上疏，要朕把奉迎上皇之事写在敕旨里，朕都不理会。今李实提及此事，朕仍斥以虚诈多端，难以揣度。若是差人补与杨善一纸敕书，要他与也先交涉迎驾一事，岂不是自家承认不理会大臣们的陈奏是错？斥虏虚诈多端、难以测度是错？朕思之再三，这个错是不能认的。”

“爷恕罪，是奴才在胡思乱想。”兴安说。

“你想的，也是朕想的，并非胡思乱想。”皇帝说句鼓励的话后，问道，“兴大伴，你还有别的想法吧？”

“爷一眼就看出来吗？奴才果真还有个想法。”兴安说。

“你说。”皇帝命道。

“李实、罗绮同使瓦剌，李实先赶回来禀奏，罗绮则与也先使臣把秃押解贡品在后。据李实讲，他等明日定可赶至京师。”兴安说。

“兴大伴，等等，我有点儿听懂你的意思。你是说，不必另遣使臣，可命把秃携敕旨回营？”皇帝问。

“奴才正是这个意思。”兴安说。

“这个主意不错！”皇帝道，“也先屡奏，大臣纷扰，要朕差派大臣，持迎驾敕旨，交涉迎还上皇事，朕偏不另差派大臣，而使瓦剌使臣赍敕旨回。一番迂回，朝廷非屈从也先，朕非屈从大臣。”

还有句话，不能示人：至于把秃能不能赶在杨善前面回营，也先是不是认可把秃赍回敕旨，那就要看上皇自己的造化。

杨善官右都御史，是另一个瓦剌使臣皮儿马黑麻入京后，朝廷差派的又一起正使；副使是赵荣，他已升工部右侍郎。同行的还有都指挥同知王恩、锦衣卫千户汤胤勣。

把秃二十九日一早回到也先大营，杨善一行晚间才到。把秃与皮儿马黑麻说几句瓦剌话，皮儿马黑麻用汉话对杨善等说：“太师围猎，过几日才回得来，上使们且在营内住下。”

然后，二人引来一名汉人，介绍说：“他是太师的馆伴，杨大人有何事，可与他说。”说罢，二人辞去。

“大人们是先沐浴，还是先用饭？”馆伴问。

“此间可洗澡？”这大大出乎杨善的预料。

“所谓沐浴，乃是自诩。”馆伴笑着说，“我这里有一口大铁锅，下面点燃木柴，把水烧热。大人们可以舀水冲身，这就是沐浴。”

杨善见他健谈，且风趣，想与他多交谈几句。

“馆伴贵姓？”他问。

“在下姓田，大人唤我田甲即可。”馆伴回答。

“这不是你的真名吧？”杨善问。

“流落异乡为异客，还有什么真名可言！”自称田甲的馆伴说。

“请教，何谓馆伴？”杨善问。

“馆伴者，即太师伴当。太师在时，陪着他说说汉话；太师不在，帮他料理家事；有客人来，帮着接待客人。”田甲不忘说回沐浴，“贵客到了，才烧汤沐浴；普通的客人到了，却没有这个待遇。”

杨善想，这等于把太监、翰林、通事等的差事集于一身。

“上皇在此，也得沐浴吗？”他问。

“上皇并非宾客，且不居于此间。”田甲说。

“就是说，不得沐浴。”杨善道，“上皇蒙尘且一年，不得沐浴；我等身为臣子，怎忍心享受！”

“那就请大人们用饭。”田甲说罢，张罗着摆上酒、肉。

“上皇有肉吃吗？”杨善问。

“太师五日进一羊，十日进一牛，上皇不会缺肉吃。”田甲说。

“上皇有肉吃，我等吃起来才心安。”杨善说着，又问，“酒呢？”

“知院每隔三五日会进酒。”田甲说。

“既如此，我等也可小饮几口，以解困乏。”杨善说着，问其他人，“孟仁先生及二位将军说呢？”

“思敬先生为正使，说怎的，便怎的。”赵荣道。杨善字思敬，京师大兴县人，早年以诸生从太宗皇帝起兵。

田甲陪同饮酒、吃饭。喝过两口后，他向杨善一揖，道：“在下有一事不明，请大人赐教。”

“你问。”杨善道。

“土木之役，大明皇帝亲征，结果败得一塌糊涂。在下听说，全在于一个怯字。六师精锐，为何怯懦至此？”田甲问。

“田哥儿，”杨善使用一个听起来很亲切的称呼，“你先告诉我，你是站在汉人的立场问，还是站在瓦剌的立场问？”

“大人说呢？”田甲不作回答。

“我看你是站在汉人立场问的，”杨善道，“要不，败得一塌糊涂就一塌糊涂，何必要问其中的缘故呢？”

“但大人最好不要站在汉人的立场阐释。”田甲不否认自己的立场。

“好！”杨善允诺，“首先，我得告诉你，官军败的不是六师精锐。”

“不是六师精锐？”田甲看来不信。

“不是，”杨善肯定地说，“田哥儿或许不知，上皇出征之际，六师精锐不是用于西南征，就是用于东南征。”

“非精锐，故而怯于战？”田甲讥问。

“官军土木之败，也不全在于怯。”杨善说，“彼时上皇对王司礼言听计从，王司礼欲驾幸蔚州，大军便向蔚州；王司礼怕驾幸蔚州，大军便绕道而行。全无成算，全不备战。兵贵神速，哪里禁得起这等折腾！故使你家得志。不过，我得再告诉你一句，你家得志，未见得是福。”

“这话从何说起？”田甲问。

“今南征之师悉归，不下二十万；募天下甲士，不下三十万。众志成城，无不以雪耻为誓，你家危矣！”杨善说。

“在下无家，大人用不着大言相欺！”田甲冷冷地说。

“这个字用错，歉甚。但我说瓦剌危矣，太师危矣，绝非大言相欺。田哥儿且听我略述一二。”杨善道，“你听说过铁橛锐锥吗？有人献策：铁橛锐锥，专穿马蹄，可用于对阵瓦剌。我皇帝曰善，使天下冶铁之炉，皆冶铁橛锐锥。有人献策：铜铳石炮，仅伤人马一而已，不若填装鸡子石，可伤敌一片。我皇帝曰善，使天下石匠皆造鸡子石。有人献策：西南夷人，多置机子弩射虎豹，涂以剧毒之药，中者皮肉溃烂，可用以射北虏人马。我皇帝曰善，使天下药民皆采毒药。更有人献策：侠者奇士，得一二人，取你太师、知院首级，如探囊取物一般。我皇帝曰善，使天下侠客皆入京师听命。田哥儿不妨想想，这数策中，当真采用一策，是个什么结果？”

“为何不当真采用呢？”田甲问。

“唉！”杨善做出兴致索然的样子，“经我都察院所进良策，不下成百上千，而今都用不上。”

“这是为何？”田甲问。

“和议成，朝廷与太师，欢好如兄弟，安用此策！”杨善道。

“大人说得好，先让我出一身冷汗，又使我如沐春风。”田甲说。

“馆伴不如让太师也出一身冷汗。”赵荣说。

“在下想，太师已经出过一身冷汗。不然，为何三番两次差派使臣入朝，三番两次邀朝廷遣使！”田甲说。

“你是说，太师也知道朝廷准备铁橛锐锥、鸡子石、机子弩，豢养侠客？”赵荣问。

“有没人对太师讲过这些，我不知道；但我常听太师说，大明朝有个大司马，好生了得。大司马于谦让太师已经出过一身冷汗。”田甲说。

“那么，馆伴就让太师也沐一沐春风吧！”赵荣说。

“那是大人们的差事。大人们一两句话，或能使太师如沐春风。不过我想，”田甲忽然意味深长地说，“这次如沐春风的，该是大人们。”

杨善很敏感，忙问：“田哥儿之言何意？”

“大人最大的心愿是什么？”田甲反问。

“自然是——”杨善见田甲很平静，而其他人都伸长了脖子在听，决定不说出来。“你是说，这次我等可以如愿？”

“我是这个意思。”田甲道。

“田哥儿怎知？”杨善问。

“一则，大人是都堂，都堂在我瓦剌都被称作太师；太师就在等一个像大人这样的人来。二则，朝廷敕书，要太师与大人将迎驾之事洽谈出个结果来；太师就在等敕书里的这句话。”田甲说。

“朝廷敕书里并没有这句话呀！”杨善微驳道。

“在大人携带的敕书里或没这句话，在把秃使臣携带的敕书里却写有这句话。”田甲说。

“是吗？”杨善又惊又喜，“果如你所言，果如你所言，田哥儿，我把腰上的犀带送与你！”说着，就要解带。

“不忙！果如在下所言，大人送何物，在下都受之无愧。”田甲说。

“那就喝一大碗酒，预祝此事成真，如何？”他把盛酒的粗瓷大碗举起来，向众人示意，“来，大家都喝。”

喝过酒，王恩抹抹嘴，悄悄问汤胤勣：“汤兄，何事成真，思敬先生让我等陪着喝一大碗？”

“老兄没听出来吗，是迎还上皇呀！”汤胤勣低声回答。

“若为此事，我还得喝一大碗。”王恩说着，又喝一大碗。

也先八月初二日回到大营，当即与杨善等相见。宣读过敕书，也先匆匆与杨善见过礼，然后拉着赵荣的手说：“赵先生，久违。上次你是副使，这次又是副使，怎的不知长进？”

“十个月未见，并不太久；我昨次是寺卿，今次是侍郎，昨次是通政副使，今次是都堂副使，长进还小呀！倒是太师，昨次是太师，今次仍是太师，不见长进！”赵荣笑着说。

众人都被逗笑。杨善对也先引荐王恩、汤胤勣二人，并且说：“汤将军才是真正的太师之后呢！”

“他的祖先是谁？”也先问。

“大明朝开国元勋、东瓯王汤和。”杨善说。

“大明建国初，仅封六异姓王，汤王即其一。”赵荣补充说。

“失敬，失敬！说起来，你祖先是我蒙古大仇人；但我敬佩的，正是这些大仇人。”也先说着，问道，“汤将军今为何官？”

“锦衣卫千户。”汤胤勣说。

“汤王是这个。”也先伸出大拇指说，又伸出小拇指说，“汤将军是这个。有辱祖先呀！”

“所以才自请到塞外，看有没有光大祖先业绩的机会。”汤胤勣说。

“和我在疆场见个高下？汤将军恐怕没有机会。”也先说。

“和太师在营帐里谈出名堂，也不负祖先盛名。”汤胤勣说。

“我看你有儒将之风，我家知院一定喜欢与你交结。”也先说着，自己盘腿坐到地毯上，并招呼众人也坐下。杨善坐得离他最近，其他人依次而坐。他对杨善说：“每次朝廷使臣来，我都要对他们说，瓦剌与朝廷失和，错在朝廷；每次我说过之后，使臣都要反过来说，错在瓦剌，错在我也先。今日我实在不愿对都御史说错在朝廷，因为我不愿听到杨都堂说错在瓦剌，错在我也先。”

“我亦有同感。”杨善随即回应道，“瓦剌使臣每次入朝，都以杀其马价呀，给赏不足呀，责怪朝廷；每次他等说过之后，我都要他等说句实在话，马价是一年比一年贵，还是一年比一年贱，赏赐是一年比一年多，还是一年比一年少。今日太师不提此事最好，免得提起来，我也要太师说句实在话，那就彼此难堪。”

“不提旧事了，但提眼前的事：我把太上皇归你，如何？”也先问。

“太师送太上皇回归，从此朝廷与太师和好不绝，朝廷子民及瓦剌子民俱得享有太平，不亦快乎！”杨善说。

“太上皇归去，得复为天子乎？”也先提出一个他最关心的问题。

“太师亦知，天位已定，碍难再移。”杨善说。

“不可再行尧、舜之事吗？”也先似不甘心。

“古尧让舜，今兄让弟，正与之相同。”杨善说。

也先不再分辩。说古论今，他只算得上个小学生。

一首领忽站起身来，道：“都御史一句和好不绝就要把太上皇取走，难道再无其他的吗？”

“须看阁下想要什么。”杨善说。

“重宝。”该首领说。

“太师欲得重宝乎？”杨善问。

“为何不欲得！”该首领道，“得一庶民，尚以物赎，况天子乎！”

“太师必得重宝而归我太上皇，天下后世皆谓太师贪得重宝，而不谓其他；太师归我太上皇，而不索重宝，天下后世皆谓太师贵信义而贱重宝。修之于史，太师之名大放光彩。再者，太师不索重宝，朝廷念太师之德，得无重宝馈赠乎？不仅今有馈赠，后亦有馈赠。太师不妨想想，是先索重宝再以太上皇归好，还是不索重宝而得令名且重宝之来源源不断好？”杨善耐心地陈说利害。

该首领还想辩驳，也先拦住他说：“都御史所言极是，我善待太上皇，本就图个名，怎会做出索重宝而损名声的蠢事！尔等不必多言，我既然答应都御史，着他奉太上皇还朝，就绝不反悔。”又对杨善说，“走，我陪都御史看太上皇去。”

太上皇帝被接至也先的大营，被接进也先的大帐。他席地坐于当中，也先、伯颜坐在下首，袁彬、杨铭侍立在后，杨善、赵荣等侍立在前。也先的心腹及瓦剌各部的首领，还有王恩、汤胤勣等朝廷使臣的随行人等，站立于再外一层。

太上皇帝见杨善，猛然问出一句话来：“杨卿，你还活着呀！”

杨善知道，太上皇帝是记着自己曾扈驾出征，不由泣道：“臣还活着。臣那时昏头昏脑，随几名军士走一条小径，竟得逃脱。”

“落难君臣，得相见于此，可谓苍天眷顾。”太上皇帝感慨万分。

他随即问候皇太后、皇帝并询问几位大臣，杨善一一作答。杨善叩问太上皇帝饮食起居，他也简单作答。在君臣二人相互问答时，也先不住以目光向太上皇帝示意。太上皇帝开始不懂，后来醒悟。

“杨卿，太师要你坐呢！”他说。

“陛下在上，臣岂敢就座。”杨善躬身道。

“这是在他的地界，你就依他吧！”太上皇帝劝说。

“虽草野之中，君臣之礼不敢废。”杨善执意不从。

也先用两根手指按住嘴唇，发出啧啧的叹息声。他用瓦剌话对一二心腹说：“尔等看好，汉人礼数若此。”

“社稷之幸，朝廷之幸，太师已应允臣等奉迎陛下还朝。”杨善奏道。

“此话当真？”太上皇帝不是要从杨善嘴里得到答案，而是要从也先嘴里得到答案。

也先才要答话，伯颜帖木儿抢在前面说：“太师，让他君臣略述衷情，我等且回避一时。”说着，他自己先起身，向太上皇帝行一礼，又搀扶也先起身，几乎是生生把他拉出帐外。

也先好不容易挣脱，责备道：“伯颜最讲礼数，今日为何这般无礼！”

“怕大哥答应太上皇。”伯颜帖木儿说。

“你总劝我送还太上皇，今日怎么又怕我答应？”也先道。

“我是怕大哥懵懂答应。”伯颜帖木儿说。

“怎的叫懵懂答应？”也先问。

“太上皇终归是要送还的；但要朝廷答应复太上皇天子位，再行送还，才利于我瓦剌，也才利于太上皇。”伯颜帖木儿说。

“复位一事，我与都御史议过。”也先道。

“他怎么说？”伯颜帖木儿问。

“他说，天位已定，碍难再移。”也先道。

“那大哥就该把都御史等留在营地，另遣使臣入京，以太上皇复位一事邀于朝廷。”伯颜帖木儿说。

“伯颜的话是不错，太上皇复不复位，对我瓦剌有什么好处？”也先迟疑再三，还是拿定主意，“不过，做人要讲信义，成大事者要讲信义，这也是伯颜一再说与我听的。我既应允大明使臣，有好处也罢，无好处也罢，我不失信于都御史，不失信于天下。”

伯颜帖木儿嗟叹不已，但再难劝止。

几天工夫，也先大营外堆起一座土台。八月初八日，太上皇帝端坐于土台上。也先率妻妾及大小头目，跪拜于土台下，行奉送典礼，献骏马、宝鞍、皮衣、弓矢等。太上皇帝起驾，也先等随行，恭送半日路程方止。也先率众拜伏于路旁，哭号而别，由伯颜帖木儿继续送行。行进的三个序列是：伯颜帖木儿率部属在前面探路，太上皇帝及袁彬、杨铭等在中，杨善等断后，三个序列各有一两里路的间隔。

十一日，到得野狐岭外。伯颜帖木儿早早地下马，候立在路旁。太上皇帝到后，袁彬、杨铭跳下马来，一左一右，警觉地侍立于太上皇帝的马旁。太上皇帝勒住马缰，问：“知院为何不行？”

“过野狐岭，有官军驻守，外臣只能送到这里。”伯颜帖木儿说着，跪倒在地，叩拜再三，“陛下以万乘之尊，为天下守边城，偶不慎，失身于我太师。我太师上顺天意，不敢稍慢，命外臣侍驾一年。外臣虽欲尽心，无奈塞外小营，与京师皇宫，别如霄壤，致使陛下食不得甘味，寝不得安枕，间受饥寒之苦。外臣每念及此，心焦如焚。今奉我太师钧令，恭送陛下，此地一别，再无相见之日。”

说罢，号啕大哭。

太上皇帝想到近一年来多亏此人维护，难舍之情，涌上心头。

“老哈，还不搀知院起来。”他吩咐杨铭，又两手合握缰绳，不为人注意地做一个揖别的动作，然后对伯颜帖木儿说，“知院一年来关照，及今日远送之情，朕不会忘记。一旦方便，朕差人请知院入宫叙旧。”

“谢陛下！”伯颜帖木儿叩首。起身后言道，“外臣还有几句肺腑之言，愿单独奏与陛下听。”

“好！”太上皇帝应着，做个要下马的手势。袁彬忙上前，抚摸马头，不让它乱动；杨铭跪在马左侧鞍下，让太上皇帝换脚。太上皇帝下马后，和伯颜帖木儿往一旁走去，袁彬要在后跟随，太上皇帝叱道：“没听知院说，要单独说与朕听吗？你与老哈去一个，迎迎杨善等。”

二人应一声，袁彬站在原处，杨铭往回走十几步，也站下。他们知道太上皇帝不过随口一说，用不着真往回迎。

“知院有什么话，尽管说。”太上皇帝道。

“天子之位仍陛下所有，陛下回去，还要争坐此位。”伯颜帖木儿说。

“你愿我仍为天子？”太上皇帝问。

“太师愿陛下仍为天子，外臣愿陛下仍为天子。”伯颜帖木儿说。

“不仅你兄弟愿朕复位，他，”太上皇帝说着，指指袁彬，“还有他，”又指杨铭，“也愿朕复为天子。但在朝陈循、王直等，此来杨善、赵荣等，皆朕旧臣，你可曾问过，他等愿不愿朕复位？大位已定，仅凭尔等数人，朕是争不回天子之位的。”

“太师与外臣并非数人。”伯颜帖木儿说。

“知院的意思是——”太上皇帝问。

“外臣所辖有数万军马，太师所辖有数十万军马。陛下争于内，一声招呼，我等愿效死力；太师若迟疑不决，外臣愿以区区数万军马，杀入京师护驾。”伯颜帖木儿说。

太上皇帝想不到，伯颜帖木儿和自己相处一年，竟有这么深厚的感情。但他知道，这是不现实的。自己在虏营，没有成为他等抗拒朝廷的一面旗帜；回到宫里，更不能成为他等抗拒朝廷的一面旗帜。利用外虏去争帝位，不仅荒唐，而且愚蠢。

“知院一心向朕，朕感铭而已。但大位天定，天意在朕，朕想躲也躲不掉；天意不在朕，朕想得也得不到。”太上皇帝说着说着，表情变得严正，“与朝廷和好，此瓦剌大利所在；与朝廷为敌，朕窃为知院与太师不取。此亦朕肺腑之言，知院三思。”

“是！”伯颜帖木儿面有愧色，道，“外臣谨记圣谕。”

“皇上，杨都堂等已赶上来。”杨铭在不远处叫道。其实，他完全没必要这么大声，他是在提醒太上皇帝，要是和伯颜帖木儿在密议不使人知的事情，就快些停止吧。

“知道了！”太上皇帝回应道，“朕与知院告别过，让杨都堂差人，到前面来引路。”

伯颜帖木儿再次跪拜，叩头，啼哭而去。

第六十五章

八月十二日，早朝散后，众臣三三两两，或相邀议事，或结伴回衙。内阁大学士高谷内急，想回到内阁如厕，行色匆忙。往内阁和往其他衙门的道路都不同，在他想来，往去内阁的路上一拐，一定不会被拦在路上说话。因为几位阁臣，陈循被司礼监太监叫住说事；苗衷请了病假；彭时继母是去年病逝的，因局势严重，不准守制，今年局势平稳下来，朝廷没有理由不准他回家，而商辂正喋喋不休地与礼部尚书胡濙议论迎驾仪注。

不料，没走出几步，就听到有人招呼“先生”。在这个区域，不加姓氏，不加别字，只称呼先生的，不外乎是内阁的差役；而差役找内阁大学士不会有任何值得耽搁的事情。因此，高谷仍走得很急，没有一点儿要停下来的意思。

但连着两声“先生”的呼唤传进他耳朵里。虽然不过两声，却一声急过一声，使他不得不往旁边看一眼。

站立路旁招呼他的，正是内阁一员看上去眼熟的差役。

“何事？”高谷停下来，问道。

“先生，小的拾得一物。”差役说。

高谷懊悔不已，真是多余停下来。在这个地方，能拾到什么东西！能拾到比自己如厕更要紧的东西吗？他迈腿就走，边走边说：“拾的就归你，拿回家去吧。”

“我拿回家没用，先生或许有用。”差役说。

“我有用？”高谷不觉动心，“是何物件，于我有用？”

“一张纸，写满字。小的想，是一本匿名揭帖。”差役说。内阁的差役与其他衙门的差役确是不同。他不一定认识多少字，不一定能把一篇文字读下来；但只要识得几个字，只要能读下一两成字，他就能断定，他读到的是一本匿名揭帖。

“拿与我看。”高谷不仅脚步停，手也伸过去。只读开始一两句话，他已知差役说得不差：果是一篇匿名揭帖，议的是时政，用的是“修史先生”的假名。读完全篇，他不知该惊该喜，反正方才那阵内急的感觉，忽然不知去向。他问差役：“此物在何处拾得？”

“就在那块砖上。”差役指着近处的一块地砖说。

“快去，快去叫人。”高谷含糊不清地说。

“先生要我去找谁？”差役问。

“去找内阁陈先生、吏部王尚书、礼部胡尚书、兵部于尚书。”高谷一口气说出许多人。

“找这多的人，可没法子快。”差役说。

“不必都找，找到一两位即可。”高谷说。

“找到如何，请到阁中来吗？”差役问。

高谷想，请到阁中来做什么？又一想，不请到阁中来，让差役去找他等做什么？真是越忙越乱，和差役说话，白白耽搁工夫。他把匿名揭帖一卷，收入袖中，说句“不用你找”，自己转身往左顺门走去。

左顺门朝房是大臣们上朝前和散朝后聚谈的地方。高谷转个大弯，赶到左顺门时，人已经散得差不多。胡濙年迈，行动迟缓，才刚离开朝房，商辂及几名实任的或兼任的礼部侍郎，另有几名本部属官，走在他身边。高谷心里说声“还好”，因为胡濙正是他最想找的人；而礼部有这多官员都在，无异于是和礼部计议这件事。

“源公慢走！”高谷招呼一声，迎上去。

“人人都嫌老夫说话、做事太慢，独世用先生还以为我快。”胡濙笑道，并问，“早见世用先生离开，为何去而复返？”

“有篇文章，须得交与源公处置。”高谷说着，从袖里取出匿名揭帖，递过去。

胡濙看他手里的纸张一眼，道：“并非公文，怎就说到处置？我有言在先，若是世用先生的诗赋文章，拜读而已，世用先生可不要让我点评。”说着，伸手接过。

“源公读过再说。”高谷道。

但纸上的字太小，胡濙看起来吃力。他对右侍郎仪铭说：“子新先生，你嗓音洪亮，不如你读与众人听。”

仪铭字子新，是山东高密人，有着山东人爽朗的性格和洪亮的嗓门。他正要去拿过纸来，却被高谷一手挡住他，一手握住胡濙的手。

“此篇不宜诵读，更不宜由嗓音洪亮的子新先生诵读。”高谷说。

“是吗？”胡濙知道他不是个喜欢说笑的人，不得不勉为其难地自己去读纸上的文字，并情不自禁地念出声：都人一闻驾旋，人人喜悦，近之不厌，远望可知。今日宜请主上厚奉迎之礼，避位婉辞，然后受命，如唐肃宗故事。他念的声音极低，且一字出声一字无声，在场的其他人难以理解文章宗旨。但他只读个开头，已然理解。于是，顾不得读下去，顾不得其他人的困惑，而问高谷：“世用先生，此书得自何处？”

“拾于途中。”高谷说。

“署修史先生，显见是匿名。”胡濙看一眼文章结尾处，说道。他首先把匿名揭帖递给商辂，道：“来，弘载先生也读读，你等都读读。”又吩咐礼部一名属官，“行俭先生才走不久，你去把他追回来，此事须得与他计议。”做过这些安排，他对高谷说，“世用先生看，还要请哪位来，我礼部这几个人，尽可以差派。”

商辂字弘载，浙江淳安人，正统十年进士。他曾是浙江乡试的第一名，正统十年的会试、殿试，他又是第一。连中三元者，迄今只有他一人。

“得如此，已很好！”高谷说。

匿名揭帖的文章不长，商辂和礼部几位堂官很快轮番读完。

“我才和源公议到，奉迎之礼是不是可以再隆重一些。不想，就有人写出这篇文字。”商辂率先说。

“弘载先生这话有失公允。”他的话，礼部左侍郎王一宁不爱听，“迎驾仪注虽是礼部所拟，但并非礼部一家之言。皇上命廷议，仪注自然要把各衙门各大臣的见解都囊括进去。弘载先生怎么这时来责怪礼部！”

“一宁先生误会，我绝无责怪礼部之意。”商辂忙说。

“未见得是误会；有无责怪之意，是听得出来的。”右侍郎储懋说。

“世绩先生也这么说！二位都是前辈，让我有口难辩。”商辂道。

王一宁名唐，以字行世，浙江仙居人，永乐十六年进士。储懋字世绩，南直隶丹阳人，永乐十二年乡举出身。对商辂来说，他二人都是名副其实的前辈。

“弘载先生不急分辩，且听源公怎么说。”高谷为他解围。

“弘载先生这个后生好，心里怎想，嘴上怎说。世用先生，这点他强过你。”胡濙品评起各人的风格。

“源公莫让我难堪，只说我是否责怪礼部吧。”商辂道。

“你责怪礼部，也是有道理的；但眼下要议的，不在礼部该不该责怪，而在这篇帖子该不该封进。”胡濙说。

众人一听，心里都在想：此公有时看上去糊里糊涂，其实可谓老谋深算，一句话说到要害。

“源公看，该不该封进？”商辂问。

胡濙笑笑，道：“弘载先生以为该封进吧？”

“是。”商辂确有一说一有二说二的性格。

“将其封进，有何益处？”胡濙问。

“以古喻今，或可感动圣上。”商辂说。

“弘载先生倒是言简意赅，欲感动圣上，何不上疏！”王一宁道。

“一宁先生是责怪我没上疏？”话一出口，商辂想起，责怪二字是对方才用过的，自己接着就用，人家还以为是在斗气呢。他不由一怔，下面的话竟说不出来。

“有话尽管说，我不会说你斗气。”王一宁好像看出他的心思。

“这个责怪没道理。廷议时，该议者在下皆议，虽然并未议唐肃宗故事。”商辂说着，问道，“一宁先生以为不该封进吗？”

“错！我虽气你无缘无故责怪礼部，却不以为你的见解荒谬。让皇上复习一下唐肃宗故事，没什么不好的。”王一宁说。

“世绩先生，你呢？”商辂又问储懋。

储懋瞥他一眼，道：“本部正卿在，凭什么你来问我？”

“世绩先生责怪得好，是我僭越。”商辂认个错，对胡濙说，“源公，世绩先生在等你问呢。”

“他如何想的，不用问我也知道。”胡濙说。

“他是如何想的？”商辂问。

“世绩先生和你一样，心里怎么想，嘴上怎么说。他若是以为不当封进，早就说出来。”胡濙道。

“也就是说，世绩先生也以为当封进？”商辂没想到一下就得到两位佐卿的支持，难免有些得意，“源公若以为晚生所议不差，宜于封进，就可以当作礼部的主张。”

其实，仪铭和另一位侍郎李实还没说话。但仪铭身份特殊，让他在肯定会让皇帝不高兴的事情上表态，是强人所难；而征询李实的看法，势必也要征询他的看法。所以，商辂连李实的看法也忽略不计。

胡濙笑笑，对商辂的话不做正面回应。

“源公有何顾虑？”商辂问。

“弘载先生又性急，”高谷道，“源公才说，此事须得与行俭先生计议，他在等行俭先生来呢。”

提及王直，王直就到。他有君子之风，礼部属官说胡濙在等他议事，他就匆匆赶来，也不问议的何事；虽然即便问，也不一定能得到答案。

“奇文共赏，行俭先生请读此文。”胡濙把匿名揭帖给他。

王直边读揭帖，边皱眉头。等读罢揭帖，他眉头皱得很深。

“诸公有何高见？”他问。

“以为当封进者不在少数。”因为不知他的看法，胡濙说得比较含糊。

“源洁先生自家呢？”王直问。

“照弘载先生的说法，我有顾虑。”胡濙笑着说。

“有顾虑，不足为怪。”王直说。

“俭公也有顾虑？”商辂问。

“我没顾虑；我可以直截了当地说，此件不可封进。”王直道。

“不可封进？为何？”商辂急问。

“揭帖提出仿效唐肃宗，为何？”王直自己解答道，“无非以为迎驾礼薄。迎驾礼薄，早有科、道官员提出。皇上怎样批复，不过是两天以前的事，弘载先生不会不记得吧？”

他问得很不客气，但商辂念他是前辈，并不计较。

“晚生记得，皇上批复的是：尊称太上，何云礼薄？”商辂道。

“皇上批复的当日，无人议之。今日却又以礼薄渎扰，诸位想想，除激怒圣上，会有别的作用吗？”王直问。

没人表示反对，但也没人表示赞同，因为他的理由并不十分充分。胡濙接过他的话头问：“行俭先生还有别的说法吗？”

“有。”王直道，“会议迎驾仪注，是源洁先生与德遵先生一同主持的，当日的情形，源洁先生不会不记得吧？”

“迎驾仪注是廷议的结果，将载入史籍，谁能忘得了！”胡濙道。

“其实，源洁先生说的，与我问的，不是一回事。”王直说。

“行俭先生问的何事？”商辂问。

“他在问，是不是记得王都堂和于司马两位的话？”胡濙代王直说。

“我记得呀！”商辂回答，好像王直问的是自己。

“那就请你代我回答吧。”胡濙道。

“千之先生说：众人只道回来，回来，上皇回来；却不曾想，虏来不索金帛，便索土地！廷益先生说：谨防变故，乃司马之职，其他非吾所知。”商辂重复廷议时王文和于谦二人的话，然后问胡濙：“源公，千之先生、廷议先生那日的话，和揭帖封进与否有何关联？”

“行俭先生就要回答你，听他说吧。”胡濙道。

“王都堂干练，于司马持重，他二位以为防变为重，你等能说没一点儿道理吗？”王直问。

“他二位以为防变为重，就不能隆重迎驾之礼？”商辂仍有异议。

“这还在其次，”王直道，“我是想，危机并未解除，虏情尚不明朗，朝廷若为此而争辩不已，实非幸事。”

“弘载先生，这也是我担心的。”胡濙说。

王直、胡濙二人一直是主张与也先交涉、迎复上皇的，一直是主张迎驾的礼仪要隆重、盛大的，他们不同意封进匿名揭帖，显然是有更深一层的考虑。这使得想通过封进匿名揭帖来达到目的的商辂等人逐渐打消原先的念头。

但匿名揭帖之事，没有隐瞒住。礼科给事中于奉道听途说，知道有这么一件事，上疏言之。皇帝怒，命追究写帖之人。

皇帝见兴安迈着碎步走来，不等他走近便问：“兴大伴，朕要你办的事情，办得如何？”

兴安回答的是：“奴才已经办好。”

“说来听听。”皇帝命道。

“千户龚遂荣自认，匿名揭帖是他写的。奴才拿着揭帖，要他背诵，竟一个字也不差。奴才想，此事确是他所为。”兴安说。

他以为皇帝对他办事的认真和判断的合理一定会满意，皇帝却摇着头说：“朕问的不是这件事，问的是唐肃宗故事。”

“是，奴才已翻阅过新、旧《唐书》。”兴安说。

“你询问过胡卿没有？”皇帝问。

“奴才也询问过胡尚书。”兴安说。

“朕也不要听你的讲述，朕要知胡濙是怎么讲的。”皇帝道。

“胡尚书讲的，与奴才读的，相差无几。”兴安说。

“那朕也要听他讲的。”皇帝较起真来。

“是。”明知二者是无法认真追究的，皇帝也不会追究，兴安仍一丝不苟，尽量用胡濙的原话来叙述，“唐天宝之乱，玄宗幸蜀，肃宗即位灵武，尊玄宗为太上皇帝。肃宗收复两京，迎还上皇。至咸阳，备法驾望贤楼。上皇立于楼上，肃宗着紫袍，下马趋进，拜舞于楼下。上皇降楼，拊肃宗而泣。肃宗献黄袍，玄宗辞，而以黄袍披于肃宗。肃宗伏地顿首，固辞。上皇曰：天下人心皆归于汝，使朕得保养余年，即汝之孝也。肃宗乃受。”这是故事本身。兴安顿了顿，以表示下面的话是讲述者的点评：“此为已行之令典，可效之良规。”

“哼，国家几亡，还说什么令典、良规！”皇帝冷笑道，他回味一阵兴安复述的故事，然后问，“你现在知道朕为何要知胡先生怎讲的吧？”

“不知。但奴才想，爷定有深意。”兴安说。

“朕若让你讲，你一定说不出‘下马趋进，拜舞于楼下’这等经典的句子。”皇帝说。

“这话出自《旧唐书》玄宗本纪。”兴安说。

“但你一定会省去，对不对？”皇帝坚持道。

“是，这些话不足上达圣聪。”兴安不再分辩。

“可不听到这些话，朕怎么知道，要做到哪一地步，才能使天下之人都满足！”皇帝说着，大发牢骚，“朕读过地理志，记得咸阳在长安西北。有多远，记不得。匿名揭帖提出唐肃宗故事，胡老先生讲述唐肃宗故事，是要朕出城亲迎太上皇，最好出居庸关亲迎太上皇呀！杨善差人来报，也先差数百骑士护送上皇。他等只想着厚迎驾之礼，就不想一想，数百骑士若别有图谋，岂不是置朕于水火之中！”

“如爷所谕，唐肃宗故事不足为今日法。”兴安劝慰道。

“你倒是说说看，为何不足为今日法？”不足法是皇帝下的结论，现在却要兴安陈述理由。

好在兴安认真想过，说得出理由：“一则，唐玄宗、肃宗为父子，太上皇与皇帝为兄弟；二则，唐肃宗是拥重兵自立，皇上是奉皇太后懿旨登极。有这两处不同，迎驾典礼不必求同。”

“你的理由很能服人；至少，很能服朕。”皇帝颇为滑稽地说一句，“不过，既然有人写唐肃宗故事，既然有人讲唐肃宗故事，朕不能一无所动。”说到这里，忽问，“朝廷都差哪些人迎驾？”

“太常寺卿许彬迎于宣府，锦衣卫指挥佥事宗铎迎于居庸关，礼部侍郎储懋迎于龙虎台。”兴安回奏。

“居庸关只去一个锦衣卫官吗？”皇帝问。

“是，只去个锦衣卫官。”兴安应道。

“居庸关是至京师的第一站，须得再差遣一位大臣。”皇帝说。

“命大臣推举，抑或廷议？”兴安问。

“都不必，朕自选一人。”皇帝道，“胡先生老迈，又不良于行，朕若让他走这一遭，天下人还以为朕存心为难他呢！”

兴安知道，皇帝不差遣胡濙的真实原因并不在此，而在礼部尚书的职位太高。否则，为什么不差遣王直呢？他比胡濙小好几岁，身体也很好。或干脆差派陈循？他是以户部尚书衔在内阁办事的。想到陈循，他心一动：皇帝会不会从内阁选一人呢？

果然，皇帝说：“从内阁选一人吧。朕记得，俞纲是最后一个入阁的，就着他去吧。”

“爷，俞纲已辞去内阁的差事，出佐兵部。”兴安说。俞纲以兵部右侍郎补入内阁，他自陈愿在兵部办事，朝廷准允。

“那就让商辂去。”皇帝道。并问：“他今是何职衔？”

“修撰。”兴安回奏。

“升为侍读吧。”皇帝道，“职衔虽低，却是密勿之臣，朕看谁还能说迎驾礼薄！”

商辂奉旨，星夜出城，总算赶在太上皇帝之前到居庸关。商辂行君臣之礼，致皇帝奉迎上皇圣驾之意。

太上皇帝照例问候皇帝和皇太后，然后问：“商卿在内阁办事？”

“是，臣以愚驽，补入内阁，深为惶恐。”商辂说。

“你是朕钦点的状元，皇上如此看重，朕甚是欣慰。”太上皇帝说。

“臣辂不仅是陛下钦点的第四位状元，且是迄今为止，本朝唯一的一位集解元、会元、状元于一身的三元郎。”杨善在一旁说。

“好啊，三元郎来，朕正好有一事托付。”太上皇帝说。

“请陛下降谕。”商辂躬身道。

“朕回到京师，愿避位闲居，你为朕草拟一书与当今皇帝，并晓谕文武群臣。”太上皇帝说，“这件事，朕见过李实，已经在想，那时只是泛泛一想。后来见杨善，朕开始着实去想。商卿，今日朕见到你，合该把它写成文字。”

“臣谨遵圣谕。”商辂叩道。

把太上皇帝迎入关内，商辂找个僻静的地方，为太上皇帝草拟诏书。太上皇帝则在为他准备好的营帐里歇息，侍驾的仍是袁彬、杨铭。居庸关至京，赶路的话，一天就到；安排走两天，自然十分宽松。

“皇上真要避位？”袁彬问。虽然太上皇帝一再说回到京里也不做皇帝，但直到太上皇帝命商辂草拟诏书，他才相信。

“这事还能作假吗！”皇帝道，“对，你二人也别再一口一个皇上地叫着，让人听见，对你二人不好。”

“皇上不该让商状元写诏书的。”袁彬埋怨。

“袁兄，爷才说过，不让再叫皇上。爷不让再叫皇上，是怕对你我不好；我却怕再叫皇上，对爷不好。”杨铭提醒他。

“入京后不再叫，今日叫一声也不成吗！”袁彬不高兴地说，并接着埋怨，“皇上不写诏书，还有个商量；写到纸上，则成定局。”

“你好糊涂，写不写诏书，是朕做得了主的吗？李实是第一个劝朕避位的，朕初听他的话，心里一百个不舒服；但又一想，他还不是为朕好？朕若不明确表示，即便也先举起双手把朕送回来，朕能不能成行，也在两说。”太上皇帝道。他大概想到，以后不一定有机会再说这样的心里话。

“皇上以后居于深宫，臣等想见皇上一面，也不可能；臣就是叫声皇上，皇上也听不到。”袁彬说着，掩面而泣。

“袁兄，你我约定，爷伤心时，你我要劝解，绝不招惹爷伤心。你怎么今日毁约，难道反要爷来劝解你吗！”杨铭责备他。

“老哈，你不知道，要不是皇上，我早命丧黄泉。”袁彬哭道。

“不就是喜宁那厮对你怀恨在心吗？我早就知道，似他这等小人，不会得逞。”杨铭不在意地说。

“不是他。”袁彬摇着头说，“是也先要杀我。”

“怎么一回事？”杨铭惊问。

“你还记得，也先欲献其妹于皇上那档子事吗？”袁彬问。

“当然记得，待驾旋而后聘，还是我译与来人听的。”杨铭说。

“也先不知从何处得知，是我从中作梗，命人把我绑去旷野，将要支解。亏得皇上及时赶去，我才得以不死。”袁彬说。

“这事你怎么从来没对我讲过？”杨铭问。

“皇上不让讲，怕你听后害怕。”袁彬说。

“就你效忠爷，我就那么没用吗？”杨铭心中不平。

“老哈，没有你，朕也熬不到今日。彼时也先要杀的若是你，朕也会拼力解救的。”太上皇帝说着，想起一件往事，笑起来，“老哈，你还不知道吧，为你，朕有一夜不曾入眠？”

“是微臣的鼾声太响吗？”杨铭问。

“不是。”太上皇帝道，“那晚，朕才要入眠，却被你一臂压在朕腹部。朕见你睡得酣畅，又念你第二日还要为衣食奔波，生生忍耐一夜。”

“微臣胆敢触犯龙体，罪该万死！”杨铭要跪下磕头。

“罢了！”太上皇帝朝他摆手，“明日有一起人在龙虎台迎驾，朕想，锦衣卫的人，宫里的人，都该在内，你二位恐怕也近不得朕身旁。朕送你二人些日常用过的物件，作个纪念吧。”他脱下身上的白绫短衣，递给袁彬，“这是朕出京时穿着的，一年来没怎么舍得穿，还有几成新，你拿去吧。还有也先送给朕的皮裙，你也拿去，正好凑成一身。”又对杨铭说，“朕在漠北，床褥都是你收拾的，送与你吧。朕还有件内衽，是你亲手缝制的，你也拿去，为朕保存好。”

袁彬、杨铭叩拜领受。

八月十五日，太上皇帝在几起迎驾大臣及也先所差遣的骑士扈从下，到安定门外。安定门瓮城大开，迎驾入。礼部曾议，皇帝亲迎于安定门外，被皇帝否决，所以在这里没有举行盛大的仪式。

太上皇帝一行缓缓向南，到东安门外。皇帝既否决亲临安定门外迎驾，礼部又议，宜于东安门外迎驾，皇帝还是不予采纳。所以，在东安门也没有举行盛大的仪式。唯瓦剌骑士的头目，前来向太上皇帝辞别。因为东安门甲士环绕，他们知道自己是进不去的。

“尔等且于馆驿住下，听候朝廷赏赐。回去谢过太师。”太上皇帝说。

皇帝率文武群臣迎候于东安门内。按照仪注，太上皇帝由东上北门入，皇帝出见，文武群臣行五拜三叩头礼。但太上皇帝的坐骑一进东安门，见皇帝拜迎于前，忙下马，上前拉起皇帝，兄弟二人相拥哭泣。群臣见此情景，多哭出声来，不等鸿胪寺官号令，叩头不止。这使得后面的仪式难以进行下去。

皇帝率先拭去泪水，说：“臣弟为上皇守国一年，今上皇归来，臣弟愿诏告天下，复归臣位。”

“皇上说错，你不是为朕守国，是为祖宗守社稷。你为皇上，朕为上皇，大位已定，不可动摇。朕之一番心意，屡曾诏示。今日回宫，朕即另颁一诏，明示天下。”太上皇帝说。

“还须再计较。”皇帝说。

“朕意已决，无须再计较。皇上一定逊位，朕宁可再回到也先那里去。”太上皇帝居然说出这样的话，自己也吓一大跳。

“不再多说，上皇且接受群臣朝拜吧！”皇帝说着，向近侍示意。近侍跑过去向充当司仪的鸿胪寺臣传旨。群臣这时已恢复次序，随着悠扬的乐曲和鸿胪寺臣洪亮的喝唱，他们一起一伏，叩拜如仪。

礼毕，皇帝率群臣恭送太上皇帝，沿着宫城外的护城河南行，在一个院落前停下来。太上皇帝知道，这里将是他今后的居所。

“皇上，此为何处？”他问。

“崇质殿。”皇帝回答。

“崇质殿？倒是名副其实呀！”太上皇帝话虽幽默，语气里则包含着几分辛酸，几分不满。围墙有点儿高，但仅是有点儿高而已。从围墙望不到里面的房屋，可见房屋低矮；不，也不能说完全望不到，屋顶隐约可见，是清一色的黑瓦。房屋低矮，且使用黑瓦，却称为殿，这不可笑吗！幸亏只称崇质殿，要是再称什么宫，就更可笑。

像是要回应他的想法，皇帝说：“为上皇清静、安全，这附近的房屋皆已拆除，这附近的树木皆已伐去。有人说，这里可以称作南宫，臣弟以为贴切，上皇以为如何？”

“好，果是贴切！”太上皇帝面无表情地说。

崇质殿偏殿为太上皇帝安置宝座，皇帝请他坐上去，自己率群臣再次行礼，然后辞去。太上皇帝在屋里静坐很久，直到感觉有一股阴森气息向自己袭来，才恨不得一步跨出去；但两腿发麻，站也站不起来。

“奴才来帮爷吧！”身后传来让他更感觉阴森的声音。

“你是谁？”太上皇帝问。

“奴才舒良，是服侍爷的。”随着话音，从角落里走出一员太监。

“你来服侍朕，金英、兴安呢？”太上皇帝问。

“回爷的话，他二人在司礼监还有一大摊子事呢！”舒良说。

“是啊，他二人还得服侍皇上呢，哪有工夫服侍朕！让一个朕不熟悉的人来服侍朕，当真再合适不过。”太上皇帝道，不知真的没记住他的名字，还是拿他开开心，太上皇帝问，“你叫——”

“奴才叫舒良。”舒良答道。

“对了，舒良。”太上皇帝点点头，回应了一句，“这么说，舒良，以后就是你陪着朕度日了？”

“不仅是奴才，还有娘娘呢！”舒良说。

“娘娘？”太上皇帝虽然对这个称呼已经陌生，但还是立刻明白娘娘指谁。他急切地问，“她在何处？”

“娘娘嘛，当然在后宫。”舒良自以为说句很俏皮的话。

“走，老舒，随朕去看娘娘。”太上皇帝把手伸出，让舒良把他搀起来，二人一前一后往后殿走时，他又加上一句，“是太上皇后娘娘。”

太上皇后娘娘钱氏倚窗而坐，见太上皇帝转过后殿，忙站起来，在宫女的搀扶下，一瘸一拐地迎出去。太上皇帝快走两步，叫声“皇后”，与她抱在一起，大哭起来。和与大臣见面时相对而泣、与皇帝见面时相对而泣不同，他这会儿又是另一种心情。

“皇后，你的腿怎了？”太上皇帝问。

“陛下蒙难，臣妾日夜哀泣，吁天眷佑，倦则卧地而寐，日子一久，落下寒腿的毛病。”钱氏说。

“皇后一片诚心，感动天地，终于让朕回来。朕回来，一切都好了，皇后腿上的毛病也该好了。”太上皇帝说。

“陛下别想得太好！”钱氏预先警告他，“臣妾在这里已住几日，这里的日子并不好过。”

“皇后从宫里到这里，觉得这里的日子不好过；朕从毡帐到这里，已经是从地下升到天上。再说，有皇后相陪，朕复何求！”太上皇帝握着钱氏的手，说了句由衷的话。

第六十六章

胡濙路过吏部衙门时，命停轿。他徒步走到门前，问："大人在否？"

"老大人问的哪位大人？"门役反问一句，自己先笑，"老大人问的自然是老大人。本衙老大人尚未离去。"

"我进去与他说会儿话。"胡濙说着，径往衙门里走。

"老大人走好！"门役在后面拿话送他。

进内堂，见王直在练字，胡濙道："行俭先生真是老而弥勤呀！"

王直忙把笔放下，招呼他："源洁先生驾至，请坐，请坐。新茶未到，只得请源洁先生将就着喝一杯旧茶。"

"过来与行俭先生说两句话就走，不必备茶。"胡濙道。王直没请他看自己写的字，他不便强行要看，拣把椅子坐下。

王直在一旁坐下，等胡濙开口。他知道，胡濙不常主动找人说话，今日主动找来，定是有一肚子话要说。

胡濙确实有一肚子的话，但憋来憋去，只憋出一句："礼部的差事，难办。"

"源洁先生别只看礼部，哪个衙门没难处！"王直说。

"你吏部的奏议，总不至于接连被驳回吧？"胡濙道。

"源洁先生指的是朝拜上皇一事吗？"王直问。

"是啊！"胡濙应道，"上皇万寿节，礼部奏请群臣朝拜，不准；正旦日，礼部奏请群臣朝拜，又不准。今后遇到此等重大节日，礼部真不知该如何措置。"

"源洁先生是要我拿主意？"王直问。

胡濙说说而已，并没问他的意思，但他既然表示，胡濙自然要说："好啊，请行俭先生赐教。"

"要我说，源洁先生可接着奏请。"王直说。

"接着奏请？"胡濙没听懂。

"是啊！"王直道，"景泰元年的万寿节不准，可在景泰二年万寿节接着奏请；景泰二年正旦日不准，可在景泰三年正旦日接着奏请。"

这话实提不起人的兴致，让胡濙为之一振的是下一句：这是其一。他忙问："其二呢？"

"礼部的差事不限于这一件事呀！"王直说。

"行俭先生是说——"这次胡濙听懂，但希望王直说得更具体些。

"上皇未成行，礼部奏请差大臣与也先交涉，没人说办得不对；上皇既成行，礼部奏请隆重迎驾礼仪，没人说办得不对。交涉未成，没人责备礼部不尽力；迎驾礼仪未如奏议，也没人说礼部不尽力。源洁先生曾言，隆重迎驾礼仪无他，欲皇上笃厚尊亲。此一节固关乎圣政；然关乎圣政者，不止此一节。在上皇归来之前，以笃厚尊亲建言，在礼仪诸事中为第一要务；上皇既归，上皇、皇上各在其位，我以为，该把更多的心思放在圣政的其他方面。"王直反复辨析，来开导他。

"行俭先生眼界到底是比我开阔。"胡濙叹道。

"不是我眼界开阔，是后生辈在敦促我等。源洁先生，我请你看篇诗作。"王直说着，把胡濙拉到桌案前，让他看自己方才书写的内容。

胡濙读开始的两句，摇晃着脑袋说："不似行俭先生风格。"

"我说了，是后生辈。"王直道。

"'冶银为豆'，吟的是孔方吗？作者为谁？"胡濙问。

"源洁先生不料则已，一料奇准。诗的题目是《银豆谣》，作者是今科进士杨守陈。"王直说。

"可是字维新的浙省鄞县举子？"胡濙问。

"是他。"王直道。

"此生文章作得不错，今日正好看看他诗赋的功夫。"胡濙说。

《银豆谣》是首七言长诗，杨守陈写道：

尚方承诏出九重，冶银为豆驱良工。
颗颗匀圆夺天巧，朱函进入蓬莱宫。
御手亲将十余把，琅琅乱洒金阶下。
万颗珠玑走玉盘，一天雨雹敲鸳瓦。
中官跽拾多盈袖，金珰半堕罗裳绉。
赢得天颜一笑欢，拜赐归来坐清昼。
闻知昨日六宫中，翠娥红袖承春风。
黄金作豆尽拾得，羊车不至愁烟空。
别有银壶薄如叶，并刀翦碎盈丹匣。

也随银豆洒金阶，满地春风飞玉蝶。
君不见，民餐木皮和草根，梦想豆食如八珍。
官仓有米无银籴，操瓢尽作沟中瘠。
明主由来爱一颦，安邦只在恤穷民。
愿将银豆三千斛，活取骷髅百万人。

“杨维新这是以吟诗进讽言呀！‘御手亲将十余把’‘赢得天颜一笑欢’，天子以此为乐，确非善政。”胡濙道。

“还可以推及他事。”王直说。

“行俭先生说的是经筵散后之事？”胡濙问。

“是啊！”王直道，“天恩浩荡，赏赐当端正，让讲官和内臣一样争拾赐物，且不说当崇俭，也有碍观瞻呀！”

“如你我者，恐怕是一钱难得。”胡濙道。

“别说你我，我问过世用先生。他比源洁先生年少十岁都不止，因腿脚不便，也不曾得一钱。”王直说。

皇帝自开经筵以来，打造许多特制的金钱，经筵散后，命中官散布于地，讲官拾之，以为恩典。宫中还打造许多银豆，宴庆之时，随取随洒，宦者、宫人争拾，以博皇帝一笑。杨守陈吟的是后一事，而王直想得更多的却是前一事。高谷称腿脚不好，可能只是个借口；王直称有碍观瞻，也说得委婉。伏地争拾金钱，虽是皇帝所赐，也有辱斯文。

“行俭先生是说，这等事都该礼部来议？”胡濙问。

“不，事关朝政得失，人人皆可议之，皆当议之；然而，事关朝仪宫仪，于礼部而言，更是分内的事。”王直说。

“说得好！”胡濙起身，向王直一揖，往外就走。边走，他嘴里边念叨，“不虚此行，真正是不虚此行！”

“兴大伴，你着人把吏部郎中李贤的奏本取来。”皇帝吩咐。

“是那本中兴正本疏吗？”兴安问。

“是。”皇帝点头。

在等取疏本的工夫，皇帝什么事情也不做；疏本取来后，他命兴安：“读与朕听。”兴安才读过第一句“臣伏唯陛下即位之初”，他又说：“前面不必读。不是其策有十吗？你从第一策读起。”

“是。”兴安应一声，读道，“一曰勤圣学。臣观自古圣贤之君，率皆留心于务学。曰人心唯危，道心唯微，唯精唯一，允执厥中，此尧、舜、禹相传之学也；曰始终唯一，时乃日新，此太甲之学也；曰唯学逊志，务时敏厥修乃来，此高宗之学也；曰克厥宅心，文王之学也，访于洪范、丹书，武王之学也；曰日就月将，学有缉熙于光明，此成王之学也。若夫汉、唐、宋之君，或讲论经理，夜分乃寐；或执业尊师，升堂讲说，或进陆贽奏议，或览贞观政要，不以炎暑而辍经筵，不以风雨而罢讲读，虽无唐虞三代正心诚意之功，亦可谓后世好学之贤君，较之懵然而昏乱者，不啻天渊之相远矣。”

“朕不知，他以一两句话概述远古圣贤者之学是否恰当；但敢于做此事，下的功夫肯定不少。这个李贤，着实不简单！”皇帝插话说。

“爷说的是。”兴安应道。

“下面该是对朕的期许吧？他是如何写的？”皇帝问。

“奴才接着读，”兴安继续读道，“伏愿陛下历观前代圣贤之君，所好者何学，所学者何事。不但口耳之粗迹，务考义理之奥旨；必专心以致志，不一曝而十寒。以正身修心为要务，以居敬存诚为大本。帝王之学，既有所得。应事接物，无或不当。异日嘉靖邦国，巍然为中兴之令主，未必不由好学致之也。”

“还好，他没把朕当成懵然而昏乱者。”皇帝笑道。

“不仅李贤，廷臣皆以中兴之主期许皇上。”兴安说。

“是吗？那我只得专心致志于圣学。”皇帝说着，示意他读下一策。

“二曰顾箴警。”兴安先念其目。

“朕想，他是指以箴言警戒吧？”皇帝问。

“诚如圣谕。”兴安应一句，读道，“臣闻前代圣贤之君，必赖箴规警戒之助；然后此心不敢怠忽，常存敬畏，庶几无过举焉。若成汤之圣，而犹铭其沐浴之盘以自新；武王之圣，而亦铭其席杖楹窗以自戒。卫武公——

“哪个卫武公？”皇帝打断他。

“奴才想，应是春秋时期的卫武公。”兴安回答。

“卫国是个很小的国家吧？”皇帝又问。

“是。”兴安应道。

“朕看，卫武公以下的事例皆不足法。”皇帝说着，判断道，“二曰后面应该也有一段‘伏愿’吧？”

“有，奴才从这里接着读吧。”兴安道，见皇帝没有反对的表示，他读道，“伏愿陛下法前代圣贤之君，存箴规警戒之助，摭往事之明鉴，采古人之格言，或施之障屏，或设之殿壁。出入起居，常目必在；退朝燕处，此心不忘。于以防过于未然，于以禁欲于将萌。如此，则意无不诚，心无不正，身由是而修，天下由是而治，将无愧于古之圣帝明王矣。”

“他的这些话，大可施之障屏，设之殿壁。”皇帝说，顿了顿，又加上一句，“当然，还得看他下面议的如何。”

兴安知道，可以接着往下读：“三曰戒嗜欲。臣观自古圣贤之君，未尝不以嗜欲为戒。益之戒舜曰——”见皇帝摇头，他赶快停下来。

“朕知道，他引的一定是‘罔游于逸，罔注于乐’这两句。”皇帝说。

“爷圣明，他引的果然是这两句！”兴安颂道。

“有没有汉、唐以后的事例？”皇帝这次却想听后世的戒词。

“有张蕴古作大宝箴戒唐太宗，还有范祖禹讲五子歌戒宋哲宗。”兴安回答。

“张蕴古是怎戒唐太宗的？”皇帝问。

“乐不可极，乐极生哀；欲不可纵，纵欲成灾。”兴安回答。

“范祖禹是怎戒宋哲宗的？”皇帝又问。

“内作色荒，外作禽荒，酣酒嗜音，峻宇雕墙，有一于此，未或不忘。”兴安读道。

“宋哲宗未必是明君，但能受臣下之戒，则足以称道。”皇帝评论一句。

“诚如圣谕。”兴安应道，“奴才想，李贤立论，或在于此。”

“于戒嗜欲，他是怎‘伏愿’于朕的？”皇帝要他接着读。

“他这次是伏望。”兴安说着，读道，“伏望陛下以前代圣贤之君为法：绝去嗜欲之私，养其清明之德。以斯民未被其泽为忧，以天下未得其宁为念。讲周孔之遗编，考帝王之治道。务成中兴之业，以慰祖宗之心。则社稷幸甚，苍生幸甚。”

皇帝知道这一节议读完，问道：“下一策是什么？”

“绝玩好。”兴安答道。

“绝玩好和戒嗜欲，岂不是异曲同工？”皇帝道。

“奴才也这么想。”兴安说。

“那么，李贤于绝玩好举何事例？”皇帝问。

“仅举一例。”兴安说。并读道，“故召公恐成王受西旅之獒，曰：不役耳目，百度惟贞。”

“于戒嗜欲举多例，于绝玩好仅举一例，可见在他心目中，戒嗜欲重于绝玩好。”皇帝说着，问道，“兴大伴，你说是不是？”

“爷说的是，”兴安应一举，有话要说，又不好说，“不过——”

“不过，似又不是，对吧？”皇帝命道，“你说！”

“就篇幅而言，此一策纵然不是最长的，也是最长的之一。”兴安说。

“那就是议论甚多了。”皇帝道，并问，“他都是怎议论的？”

“在举召公恐成王受西旅之獒前，他议道：臣惟人主一心，攻之者甚众，能不为玩好所惑者寡矣。在举召公恐成王受西旅之獒后，他议道：必欲心得其职，非从事于学不可也。夫一心无两用，既能专于此，必不牵于彼。又议道：夫以圣明之君待其主者，以尧、舜之道陈之，以开陛下之心胸，此忠臣也；以庸暗之君待其主者，以玩好之物陈之，以惑陛下之耳目，此奸臣也。”兴安择其要读道。

“兴大伴说此一策篇幅最长，朕却觉得，此一策写得最浅显易懂，且所指最为明晰。”皇帝说。

兴安再匆匆看一遍这一节，说：“果是如此。”

“那他于朕是有所‘伏愿’，还是有所‘伏望’？”皇帝问。

“这也是此一策的不同之处，李贤既未写‘伏愿’，亦未写‘伏望’。”兴安说。

“他总要对朕有所期待吧！他是怎写的？”皇帝问。

“惟陛下留心省察。果能务学而绝玩好，则行无不谨，身无不修，宗社自固，生民自安，不患不为大明令主；而中兴之业不成者，臣未之信也。”兴安读的是这一节的最后一小段。

“他果然是以中兴之主期待于朕呀！”皇帝叹道。

或许是受到激励，他的脸色看上去比平常显得开朗。但很快他又紧皱眉头想着什么。兴安不敢胡乱插嘴，打断皇帝的思绪。想了一会儿，皇帝说：“绝玩好和戒嗜欲差别何在，朕却还没想出来。譬如，朕酷爱撒金钱于殿，撒银豆于宫，应属戒嗜欲吧？但金钱、银豆者，又为玩物，似乎又该列于绝玩好。”

“或者二者确无区别。”兴安道。

“管它有没有区别，朕将其戒绝就是。‘明主由来爱一颦，安邦只在恤穷民’，朕想想，这两句诗写得不错。”皇帝说。

“爷圣明。”兴安颂道。

“其实，二者还是有差别的。”皇帝又把话说回来，“戒嗜欲者，言人主已有嗜欲，而戒之；绝玩好者，言人主尚未得玩好，而绝之。能以玩好动人主者，内侍也。故李贤虽未多举典故，却反复陈说择内侍。”

“听爷辩析，奴才亦有所悟。”兴安道。

“朕鉴于皇兄宠信王振，几危及社稷，一直是慎选内侍。譬如金英，辅朕登极，不可谓无功。但他贪赃枉法，朕不但严斥之，且严惩之。他至今不还在都察院狱里吗？”皇帝道。金英是去年十一月下狱的，罪状是纵贩私盐和收受贿赂。按照左都御史陈镒等的奏议，当论死。皇帝还没下决心杀他，但已决定不能无罪释放。不想让兴安多心，皇帝又说：“兴大伴，你和金英虽都是上皇留与朕的，但你清廉，他贪渎，泾渭分明，自有公论。朕对你是信任有加，你可不要多心。”

“奴才尽忠于皇上，尽忠于朝廷，绝无二心。”兴安叩首道。

“别行礼，奏本还没读完呢。”皇帝说着，命道，“以下各策，兴大伴不用照读，择其要给朕讲讲吧。”

“是。”兴安应道，他知道皇帝累了，所以讲时不仅须择其要，还须尽可能的短，“五曰慎举措。他举一例：昔周成王削桐叶为圭，以与叔虞曰：封汝。史佚请择日。王曰：戏也。史佚曰：天子无戏言，言则史书之。他议论说：至于汉、唐、宋之君，皆有起居注之职，有失即告，有过必录，盖亦严于自防矣。”

“他说起居注等是人主自防，让朕觉得舒服。”皇帝说。

“是借史官之手自防；若以史官防之，怎防得住？”兴安道。

“兴大伴，想不到你也是一肚子的道理。”皇帝笑着说。

兴安不知这是褒是贬，讪讪一笑，说：“李贤在这里又用了‘伏愿’二字：伏愿陛下试加留意。一日之间，举一事也，必再思之，果当于理，然后行焉；措一事也，必更审之，或乖于理，而即止焉。又望陛下内则亲乎贵近之臣，外则勉夫辅导之职，君臣一体，志同道合，而陛下之举措，无有不得其当矣。”

“你讲你的，朕没什么要说。”皇帝道。

“六曰崇节俭。”兴安先报题目，然后讲述，“李贤写道：自古圣贤之君，未有不崇节俭者。比如大禹，绝旨酒，菲饮食，卑宫室，恶衣服。比如汉文帝，欲作露台，而不忍百金之费；所幸夫人，衣不曳地。比如唐太宗，曾出宫女三千；欲营一殿，材用已具，鉴秦而止。他曾对大臣们说：欲盛则费广，赋重则民愁，以此思之，不敢纵欲。比如宋仁宗，夜思烧羊，忍饥而不索，恐自此多伤物命；见官人首饰珍珠，遮目不观，恶其奢华。李贤说：汉、唐、宋各有天下数百年，求其海内富庶，无如三君之时。盖人君既以节俭存心，臣下岂敢奢侈相尚，自然家给人足也。”

“朕想，他该用一次‘伏望’了。”皇帝说。

“是。”兴安应一声，读原文，“伏望陛下躬行节俭，凡内府一应服食器用，必须究查今日之费，比之先朝果减省乎？果增多乎？务用减省以苏民力，则天下幸甚。”

“但有一事，朕想不明白：不索是不索，不至于忍饥吧？”皇帝质疑宋仁宗的事例。

“史籍是这么写的，李贤恐未详考。”兴安说。

“倒也用不着详考，史籍有此记载，拿来教育后世人主，总是不错的。”皇帝换个腔调，好像质疑的是兴安。

估计皇帝不会再多议论，兴安继续讲述：“七曰畏天变。李贤写道：臣闻天心仁爱，人君有失，必出灾异以谴告之。为人君者，务求天意所在，而存修省之诚，可以变灾为祥，转祸为福也。他例举四事，一是商之中宗，有桑谷并生于朝，恐惧修德，而天意即回；二是商之高宗，有飞雉鸣于鼎耳，克正厥事，而王业再振。三是宋之太宗，避殿减膳，而东井彗灭；诏欲自焚，而得雨蝗死。四是宋之仁宗，霖雨为沴，而引咎格天；久旱不雨，而密祷即应。”

“兴大伴，你有没发觉？”皇帝问。

“爷问何事？”兴安不解。

“典故又多起来。”皇帝说。

“爷说的是。自上一节起，典故就多起来。”兴安应道。

“恐怕他也要讲很多今时的天变吧？”皇帝问。

兴安看下文一眼，道：“并不很多，仅一两句泛泛之言：往岁以来，山崩河改，地动殿灾，蝗旱相仍，天象交变，谴告之意，可谓至矣。”

“不错，天人感应，难道只应在古人身上吗？”皇帝这么说，应该是对李贤的赞许。

“下面一节，就有些不好读。”兴安不好意思地说。

“这是为何？是说朕的话难听吗？”皇帝问。

“不，下面的话是说奴才的。”兴安道。

“说你等难听的话？”皇帝兴趣大增。

“并非难听，只是，只是——”兴安不知该怎么说好。

“兴大伴为难，那就不讲不听吧。”皇帝拿他打趣。

“奴才还是讲，爷还是听吧。”兴安知道知道，在此事上，与其讲，不如读原文，“八曰勉贵近。李贤写道：臣观前代中官，正直忠良、有功于国家者，不为无人。其视彼招权挠政、卖弄威福、取快一时、不旋踵而遭大戮者，一薰一莸，相去远矣。今陛下左右内侍之臣，大非前日之比，率皆小心畏慎，恪勤匪懈，守祖宗之法，绝外人之交，盖能以覆辙为戒也。”

“这不是对你辈评价很好吗？”皇帝道。

“不仅评价不坏，期许还很高呢！爷且听下文。”兴安说，“犹望陛下一日之间，接文武群臣之时少，亲左右贵近之时多，若能辅成今日中兴之治，皆其功也，可不勉哉！”

“下面怎写？”皇帝问。

“这一节已结束。”兴安说。

“朕从头听到尾，并未觉一个字不好讲呀。”皇帝道。

“奴才不知，对奴才等，他是真的期许甚高，抑或在挖苦。”兴安说。

“他不是期许甚高，也不是在挖苦，他是对你等区别言之。”皇帝道，“一薰一莸，谁为薰？你兴大伴也。谁为莸？前之王振也，今之金英也。他是觉着，你兴大伴是个可载之方册、传之万世、为后人仰叹的人。”

“奴才只知服侍皇上，效忠朝廷，可不敢有这等奢望。万一后人知有奴才这么一号人物，也是托爷的福。”兴安说。

“余下的应不多，你是读，还是讲？”皇帝问。

“奴才还是讲吧。”兴安道，“九曰振士风。李贤以为，自上古以来，士风有几次改变：唐虞三代之世，人人有士君子之行，比屋有可封之俗，士风之振，不可尚也。西汉士风尚忠厚，东汉士风尚名节；虽所尚不同，而莫非善行。魏、晋以来，流于清谈，虚旷放达，此一大变。李唐之世，士尚华靡，多文少实，此又一大变。惟宋之士夫，有三代之风，此又一大变。关乎宋之士风返古，他分别引宋太宗的两句诗和宋真宗的两句诗。太宗戒欺诞之诗曰：好事尽输纯与直，谩劳颊舌涌如泉。上戒之，士风安得不诚实乎！真宗疾奔兢之诗曰：臣下但当守公法，驰骛苟进何可取？上疾之，士风安得不恬退乎！”

“兴大伴说，李贤是不是当局者迷呀？”皇帝忽道。

“爷是说，他论士风论得不对？”兴安大概能理解皇帝话里的意思。

“也不是全不对。”皇帝道，“前汉忠厚，后汉名节，魏、晋清谈，李唐华靡，这些都是不错的。但宋有三代之风，朕就看不出来。若宋有三代之风，为何亦治日少，乱日多；若宋有三代之风，难道秦桧、贾似道者流不出自宋代？”

“或因秦桧、贾似道出得少，且出自末世？”兴安试着说个理由。

“这等人物出一个不够，还要出许多个？若云出自末世，宋之士风，也只能说是三代末之士风。”皇帝道。

“爷说的是，李贤真是当局者迷。”兴安说。

“他要朕取法于宋吗？”皇帝问。

“他是这么说的。”兴安应罢，读原文，“伏愿陛下取法于宋以振士风，戒欺诞以励诚实，疾奔兢以惜恬退，黜贪墨以重清廉。抑侥幸之徒，绝谄佞之辈，俾我朝人人有士君子之行。将见士风大振，未必不如宋之可追三代也。惟陛下举而行之，幸甚。”

皇帝听罢，叹口气："他到底只以宋世之风期于今世。"

"奴才愿为爷去责问他。"兴安说。

"你怎责问？戒欺诞，疾奔兢，黜贪墨，抑侥幸，绝谄佞，说起来，也不是容易做到的。"皇帝说着，问道，"最后一策是什么？"

"结民心。"兴安答道。

"他不言得民心，却言结民心，有趣。"皇帝道。

"爷，这个结字有趣在哪里？"兴安问。

"你先说他怎写的。"皇帝命道。

"是。"兴安应道，"十曰结民心。李贤写道：民心向背，系天命之去留，有天下者不能固结民心，而欲久安长治者，难矣。又写道：历观前代所以固结民心者，岂有他术，不过安之养之而已。关于结民心，他引了两段话，一是西汉人晁错说的，一是我大明初年刘基说的。晁错曰：人情莫不欲寿，三王生之而不伤；人情莫不欲富，三王厚之而不困；人情莫不欲安，三王扶之而不危；人情莫不欲逸，三王竭其力而不尽。是以所欲与聚，所恶勿施，此固结民心之道也。刘基曰：三代之民，如以胶抟沙，言其难散故也；五霸之民，如以水抟沙，言其易散故也。"

"朕没想到，结民心的说法亦很久远。"皇帝不由感叹。

"爷说的是。"兴安应罢，又读了两句原文，"伏望陛下远法前代结民心之道，近体祖宗恤民隐之心，发矜怜恻怛之念于九重之上，播春风和气之仁于八荒之表。如此，则宗社可安于永久，虽历亿万斯年可也。惟陛下注意熟察，幸甚。"

"全篇终结？"皇帝问。

"是，全篇终结。"兴安应道。

"朕看，得民心，当然也要做许多为民的事情，但着重说的是得到；结民心，当然为的是得到民心，但着重说的是如何得到。故朕以为，结民心的结字，比得民心的得字，更耐人寻味。"

"爷把这两个字揣摩透，定会在结字上下一番功夫。"兴安说。

"这就是朕看重李贤奏疏的缘故，"皇帝说着，总结道，"他所献十策，从勤圣学始，至结民心终，以远古圣贤为楷模，以历代人主为借鉴，虽不能说十全十美，但也难能可贵。"

"爷说，要把李贤的话施之障屏，设之殿壁。"兴安提醒一句。

"朕说过吗？"皇帝想起，果然说过，"既然说过，朕就得做。不然，别人不说什么，兴大伴也要用'天子无戏言'来训导朕。"

"奴才不敢。奴才的职责，是提醒爷说过哪些话；至于何事该做，何事不该做，爷自裁之。”兴安说。

“你把李贤所上十策的条目大字录下，张贴于壁间，把该疏中古圣贤的语录，摘抄下来，放置于朕的案上。”皇帝吩咐。

“奴才遵旨。”兴安应道。

“还有，将李贤奏疏发下各衙门，令广而议之。”皇帝又吩咐。

“是。”兴安应道。

李贤的奏疏发下，得到广泛的好评。有人说，该疏句句谠言，事事可采。有人说，该疏至诚至恳，读之泪下。也有人说，杨守陈一首诗，李贤一本疏，正在改变宫廷陋习。

第六十七章

巡抚应天等府工部尚书周忱，带领陆姓、黄姓两名幕僚，到得昆山后，宿于迎海驿。馆驿前院的墙壁上有四句诗，墨迹未干，显然是新题的。周忱立于壁前，有滋有味地吟道："昆山百姓有何辜，一邑哪胜两大夫？巡抚相公闲暇处，思量心里忸怩无？"下书"县民王廷佩"。周忱对二幕僚说："这个王廷佩好生了得，似乎知道本官要经过此处。"

"崖公形迹从不瞒人，他先一步得知，不足为怪。"姓陆的幕僚说。

"一邑两大夫，他指的是本县新增的邵令吧？"姓黄的幕僚好像很有先见之明，"我早就说，邵某为人诡谲，不可升职。崖公看，果然招致民怨吧？"

"人家抱怨的是一邑两大夫。增加的县令姓邵，人家抱怨；增加的县令姓赵姓钱姓孙姓李，人家就不抱怨？黄兄想必也听到过双尹、三丞、四簿之讥吧？"姓陆的幕僚批驳他。

他们说的邵知县，叫邵昕，浙江人，原来也在周忱手下办过差事，以缺官序用，为长洲县丞，不久前才升任昆山知县。

"陆兄此言差矣！"姓黄的幕僚反诘道，"这一两年朝廷多事，征调频繁，郡、县不得已才增补职事。若以为增补职事不对，岂不是指责崖公的举措有误？我看，增补职事并不错，错在用邵某。"

"你这么说，岂不是指责崖公用人不明？"姓陆的幕僚道。

眼看二人要争吵起来，周忱制止住。他手指墙壁说："二位且读诗，看能不能帮这位王先生改改句子。"

游戏文字是幕僚们拿手的，姓陆的幕僚说："晚生看后两句可改。"

"怎么个改法？"周忱问。

"铨法并不在巡抚，怎问相公忸怩无？"姓陆的幕僚吟道。

"不好，我看应改前两句。"姓黄的幕僚说。

"黄先生又打算怎改？"周忱问。

"昆山增尹补不足，无奈摊一恶大夫。"姓黄的幕僚吟道。

“昆山增尹补不足，无奈摊一恶大夫。铨法并不在巡抚，怎问相公忸怩无？”周忱把改过的四句吟一遍，笑着说：“好，好，你二位一改，绝无本官责任。这位王先生抢在我前头题诗壁端，岂不是对牛弹琴？我还是把它改回来吧。”

“是，我等恭聆崖公佳句！”二幕僚说。

“事烦辄赖贤大夫，何须增员补不足？巡抚相公欠思量，自当上一认罪疏。”周忱吟道。

“崖公欲上疏自劾？”二幕僚齐道。

“你二位意下如何？”周忱问。

“万万不可！”二幕僚几乎齐声说道。

“为何不可？”周忱问。

“就算推举邵某推举错，忸怩一下即可。眼下朝廷弹劾崖公的奏章不少，崖公何必再多给他们一个靶子！”姓黄的幕僚说。

“是啊，就算增补县尹增补有错，责任也在吏部。而今已经有许多火在烧烤崖公，用不着再引这把火烧身。”姓陆的幕僚说。

对周忱的弹劾，多年前就有。苏州、松江地区官田负担极重，他与苏州知府况钟等多次奏减奏免官田田赋，试图使官、民田赋趋于一致；户部尚书郭资、礼部尚书胡濙指责他变乱成法。江南征粮，主要用于北运，为支付运粮过程中的消耗，要征收耗米。以前耗米主要征自小民，大户多设法逃避，周忱立平米法，使大户亦出耗米；给事中李素指责他专擅科敛。每次遭到弹劾，周忱都会上疏自辩。因为得到宣宗皇帝和太上皇帝的信任，也因为得到以前的内阁大学士杨士奇的支持，所有这些弹劾都不曾动摇他的地位。

去年以来，对周忱的弹劾之声复起，主要集中在他妄费，征收的耗米除修缮学校学舍、先贤祠墓、桥梁道路外，还用于崇饰寺观、馈赠中朝、资助过客等。有的科、道官主张将周忱召回朝廷，朝廷亦差御史前往江南稽查。对于多方面的弹劾，周忱已应接不暇。姓陆、姓黄两位幕僚一致认为，他在这种时刻不宜上疏自劾，尽管他们对增补职事的看法不同。

“错即错，怎叫就算错！”周忱道，“说我变乱成法，说我专擅科敛，我是要辩一辩的。至于一县两大夫，推举的还是恶大夫，虽无人纠劾，我自家也要纠劾。邵昕因我而得用，至少也要因我而免去，我才对得起昆山百姓。”

二幕僚知他决心已下，不再多劝。

户部尚书金濂字宗瀚，永乐十六年进士。右侍郎沈翼字克敬，宣德五年进士。

二人都是南直隶山阳人，没有第三者在场时，他们肯定是用浓郁的淮安腔对话。

“宗瀚先生，听说叶少保又向你大发议论？”沈翼问。

“叶少保？”金濂似乎第一次听到这个称谓。

“宗瀚先生怎么又忘！我不是对你说过，朝中官员多有称叶与中少保者！”沈翼道。

叶与中，名盛，南直隶昆山人，正统十年进士，现官兵科都给事中。他性情豪爽，言谈直率，喜欢与人辩论，每当议及看不上的大臣，会嗤之以鼻地说一句“彼岂少保耶”，对面之人回敬一句“彼非少保，老兄是少保吗”，他也不以为意，次数一多，他得个“叶少保”的绰号。

“是，是，克敬先生对我说过不止一次。我每以为是句戏言，不曾放在心上。”金濂抱歉地说，并告诉他，“实不相瞒，叶与中这次的议论甚怪，我正在琢磨。”

“他的议论一直甚怪，有什么好琢磨的？”沈翼问。

“他说，户部于畿内、山西征役，宜遵诏停止，以减省冗费。”金濂简述叶盛的话，并评论，“这不明摆着在影射嘛！”

“我看这不过是普通一议，怎成影射？”沈翼不以为然。

“普通一议？”金濂连连摇头，“于畿内、山西征役的，不止户部一个衙门，他为何只提户部一个衙门？”

“或是因为户部所征夫役多于其他衙门？”沈翼给出一个答案。

“未必吧，兵部衙门，还有工部衙门，还有都察院衙门，所征夫役都不比户部的少。”金濂否定。

“或是因为他面对宗瀚先生，故只提户部？”沈翼又给出一个答案。

“不然，在场的还有兵部二少司马，都院一正卿一佐卿；他的议论也不是面对我一人发的，而是面对众人发的。”金濂也否定。

“面对众人，而言户部征调夫役事，确有些荒唐；但宗瀚先生称之为影射，他究竟要影射何事呢？”沈翼仍觉得叶盛发的议论不足为怪，倒是金濂的反应古怪。

“影射何事，克敬先生不知吗？”金濂则觉得他有些迟钝。

“不知，请赐教！”沈翼道。

“户部近来颇遭物议，你在户部也是当家之人，不该不知呀！”金濂话里有责备之意。

他提到物议，沈翼恍然大悟：“宗瀚先生是说景泰二年免租一事？”

金濂点头。皇帝登极之初，为示恩典，也因战乱和灾荒，诏免天下十分之三的田租。户部在具体实施时，檄告各地有司，所谓免征，只包括米、麦，折收银、布、丝、帛者，照旧征收。金濂或户部其他官员不是不知道，田租应该把米、麦和折征的部分都包括进去；但从朝廷度支的实际出发，不得已而把两部分区别开来，免征一部分，照征一部分。这招致一些批评。金濂忧心忡忡，对叶盛的话如此敏感，原因也在此。

“克敬先生说，户部使各地银、布、丝、帛照征，是错？”金濂问。

“此事不仅在户部议过，也与其他衙门议过。未见得全免就是爱民，照征就是不爱民。”沈翼说。

“我只问你，错没错？”金濂道。

“我看没错。”沈翼说，“一则，银、布、丝、帛，免与不免，诏书未载；二则，若一概减免，何以足国用？”

“既如此，为何户部成众矢之的？”金濂道。

“或是宗瀚先生多心，”沈翼宽慰他，“你看朝廷之上，哪个办事衙门不被议论，哪项施政措施不被抨击？科、道要议论，就让它议论；要抨击，就让它抨击。户部该怎样办事，还怎样办事。”

“该怎样办事还怎样办事，克敬先生，你想得太简单！很多事情是该怎样办，人家却偏偏不让你怎样办。”金濂说，为印证这一点，他随意举一例，“江南官、民田赋畸重畸轻，不该改一改吗？耗粮偏累小民，不该均一均吗？恂如先生欲改、欲均，结果呢？不是一被议论，一被抨击，就官也免、事也停！”

沈翼没想到，金濂会把这样两件事联系在一起；而把这样两件事联系在一起，很难以平和的心态对待别人的议论。他只能说：“不能该怎样办事还怎样办事，那就求个问心无愧吧！”

散朝后，廷臣井然有序地往外走。吏部左侍郎何文渊见金濂走在前面，便不露痕迹地加快步伐，将近左顺门朝房，两个人几乎并肩。他在后面低声招呼：“宗瀚兄，借一步说话。”

尚未出宫，压低声音说话，本是很正常的，但金濂心里一惊。

“巨川兄要与我说话吗？”他问。

“是。去朝房坐坐如何？”何文渊说着，一个急转，向朝房走去。

金濂不由自主地随他转去。一来，他提出去朝房坐坐，那就不是一两句简单的话；二来，听他语气，也不像是要随便闲聊几句。但说公事，他一个吏部佐贰，与户部正卿，又能说什么呢？

“行俭先生本想约宗瀚兄议一议的，但又说，还是由我出面与宗瀚兄计议为妥。

我可是奉命行事啊！”何文渊边走边说。

这句话更证实金濂的判断。他甚至想到，何文渊要谈的是什么公事。所以二人一坐下，他就说：“巨川兄奉命与我谈罢黜之事吧？”

何文渊一怔，问：“宗瀚兄怎知？”又说，“其实，虽与弹劾相关，仍属体面而去，不能算作罢黜。”

“巨川兄是说，要写一道请辞的奏章吧？”金濂问。

“已经写了呀，怎么说要写？”何文渊道。

金濂心想：他怎么知道我打算请辞？请辞的奏疏，我只打腹稿，还没写出来呢。

“其实，我奉命与宗瀚兄议的，并非罢黜之事，或体面去职之事。”何文渊又说。

“我知道，这个位置不宜空闲。”金濂说。

“这么说，宗瀚兄已想好适当人选？”何文渊没想到，和金濂之间的谈话会如此轻松，连一两句诱导的话都不用他说。

“是啊，我想到一个再适当不过的人选，只是可惜——”金濂话说半句，又缩回去。

“可惜什么？”何文渊问。

“不能如愿呀！”金濂道。

“管它能不能如愿，且说此人是谁。”何文渊道。

“此人姓何名文渊字巨川，就是阁下呀！”金濂说。

“宗瀚兄是想举荐我？”这可有些出乎何文渊意料。

“怎么，巨川兄难道不是适当的人选？”金濂道。

“管它是不是适当，且说为何不能如愿。”何文渊道。

“这还用得着问吗，我朝有制度呀！”金濂说。

“制度？是何制度？”何文渊问。

“除江西人不得掌户部，我还会有别的顾虑？”金濂道。

“是这个顾虑呀！恂如先生因籍江西，竟连户部尚书衔都不能得。”何文渊说是明白，但看上去，又似明白，又似糊涂，“不过——”

“巨川兄既然提起恂如先生，就来说说恂如先生。”金濂抢过他的话头，“恂如先生有个小故事，巨川兄听说过吗？”

“恂如先生巡抚江南二十载，大故事不下数十，小故事不计其数，我怎知是哪一个故事！”何文渊道。

“和户部尚书相关的故事。”金濂提示。

“那不就是先加大司徒衔，碍于制度，复改大司空衔吗？”何文渊说的是两年前的故事。

“不，要早。”金濂说。

周忱的故事传到京师的不少，但和户部尚书相关者，何文渊却记不起来。他只得摇头。

“亏你还是恂如先生乡亲呢！”金濂数落一句，问道，“恂如先生出生于哪一年，巨川兄知道吗？”

“这我知道，是太祖高皇帝洪武十四年。”何文渊说。

“那一年，有位户部尚书辞世，巨川兄知道是谁吗？”金濂又问。

“可是在职的？”何文渊反问一句。

“不，是去职的。”金濂说。

“那应该是三品的尚书。”何文渊自语道。洪武十三年，职官制度有一个重大变革，废除中书省，把原为正三品、隶属于中书省的六部衙门，升格为正二品，成为朝廷各项事务的主管衙门。当年，并未委任正式的户部尚书，次年，撤换过两名户部尚书。金濂既然说是去职的户部尚书，应该是改制以前的官员。但即便确定这一点，何文渊仍说不出死的是谁，因为三品尚书并不像二品尚书那么受人瞩目。他看着何文渊，想得到更多的提示。

“是长洲滕公。”金濂干脆告诉他。

滕公者，名德懋，洪武三年相继任兵部尚书、户部尚书，以器度、才辩称，后以盗用军粮十万石下狱、免职。

“宗瀚兄说恂如先生与滕公事相关，是因为有人弹劾他滥施僧米达万斛之多吗？”何文渊问。

“巨川兄先说，信不信滕公盗用军粮？”金濂道。

“此事早有定论，还问什么信不信！”何文渊说。传闻滕德懋下狱时，太祖皇帝命人查访其家，看到滕妻正绩麻纺线，灶上温的是青菜和粗米饭，于是断定滕德懋被诬告。

“那么，恂如先生滥费之事，亦不必究。不过，”金濂口气一转，说，“我称恂如先生与滕公相关，不是为此事。”

“那是为何事？”何文渊问。

“我说过呀，恂如先生出生之年，即滕公辞世之年。”金濂道。

“若为此，宗瀚兄滥用‘相关’二字。”何文渊笑道。

“要是不仅同年，而且同月同日呢？”金濂不因他的讪笑而动摇。

“宗瀚兄是说，滕公辞世的那一天，恂如先生恰好来到人世？”听得出来，何文渊被这件事打动。

“不错，是同年、同月、同日。”金濂说。

“我总算领会宗瀚兄的用意。”何文渊道，“你是想说，恂如先生依运道该有，也抵不过制度，只得几日户部尚书的虚衔；那么，我得这个虚衔，也难如愿。”

“虚衔既难得，更遑论实职。”金濂说句在他含义清晰而在别人未必含义清晰的话。

所以，何文渊要问：“宗瀚兄说的什么实职？”

“自然是户部尚书呀！”金濂道。

“这正是我要请教的。”何文渊说，“巡抚江南，不一定非要加户部尚书衔，宗瀚兄怎么忽然又说起实职？”

“不错。”金濂表示同意，又解释，“我是说，巡抚江南不一定非要加户部尚书衔，不错。”

“那错的是何事？”何文渊敏感地问。

“巨川兄说我忽然又说起实职，错！”金濂道，“不是忽然，我一直在说实职。”

“一直在说实职？”何文渊方才又似明白，又似糊涂，现在则完全糊涂，“宗瀚兄，恂如先生可是一天也没有实任户部尚书。”

“我知道。”金濂并不觉得，这有什么好奇怪的，“我们说的是巨川兄不能如愿，又不是恂如先生不能如愿。”

“说的是我？”何文渊更加糊涂，“巡抚江南不一定非要加户部尚书衔，宗瀚兄不是赞同的吗？”

“我又不是要举荐巨川兄巡抚江南。”金濂说。

“那宗瀚兄要举荐我任何职？”何文渊问。

“自然是户部尚书。”金濂说。

“宗瀚兄好不可笑！”何文渊手指金濂，不知说什么好。

“巨川兄不问，我也不会举荐；巨川兄既问，且是替行俭先生在问，我才说的。这有什么好笑！”金濂颇有些不快。

“宗瀚兄好好地掌着户部，我说的体面而去，绝非指宗瀚兄；宗瀚兄所谓罢黜，大约也不会指的自家吧？”何文渊道。

“我指的正是自家。”金濂说。

“宗瀚兄是说，准备上疏请辞？”何文渊问。

“上疏请辞，只是为顾全体面。”金濂道。

“那么，是朝廷欲行罢黜？”何文渊问。

“朝廷也要顾全体面。”金濂道。

“宗瀚兄未免把一二人的弹劾看得太重。”何文渊说，他这才彻底明白，为什么他和金濂这么久的对话，像是在说同一件事，又不像在说同一件事，“恂如先生请辞的奏疏已上，朝廷已准，所以吏部才考虑恂如先生致仕后巡抚江南的人选。宗瀚兄请辞的奏疏并未上；既上，朝廷未必准。吏部若是这会儿就考虑宗瀚兄致仕后户部尚书的人选，岂不是太急？据我看，行俭先生是不欲宗瀚兄去官的，皇上也是不欲宗瀚兄去官的。就算行俭先生欲放走宗瀚兄，皇上欲放走宗瀚兄，我也是要争的。”

“巨川兄不争，才是爱惜我。”金濂道。他一直以为，自己理解何文渊受王直之托找自己谈话的原因。一直以为，他们谈的是同一件事。现在他才知道，理解错了。重新整理一下思路，他说：“新选江南巡抚一事，的确重大，并不在新选大司徒之下。但我想不通，巨川兄为何要与我议此事，而且是行俭先生要巨川兄与我议此事？”

“理由很简单，行俭先生说，各地巡抚当初皆为督粮而设，江南巡抚于此尤重，故须与户部议一议。”何文渊道。

“这倒是个理由。”金濂认同。

“那就请赐教吧。”何文渊道。

“要我说什么？”金濂问。

“宗瀚兄莫装懵懂，自然是江南巡抚的人选呀！”何文渊道。

“不是我装懵懂。选用地方大员，职在吏部，我是不好随便议论的。不过，巨川兄方才有一句话，对我大有启示。”金濂说。

“我说的哪一句话？”何文渊问。

“巡抚江南不一定要加户部尚书衔。”金濂重复过后，说，“在我看来，还可以改一改：巡抚江南最好不加户部尚书衔；不仅不加户部尚书衔，而且最好不加尚书及都御史衔。加侍郎或副都御史衔，足矣。”

“宗瀚兄的意思，是要轻其事权？”何文渊揣摩这句话的意思。

“差不多就是此意。”金濂说。

“这是为何？”何文渊问，“须知，江南，国家财赋所出，事权不可谓不重。”

“所以我才说差不多嘛！”金濂道，“所谓轻其事权，理由有二。其一，恂如先生当年初抚江南，加的是工部右侍郎衔，巨川兄没忘吧？在工部右侍郎衔下，他还不是把江南的事情办得很好？至于其二嘛，”他卖个关子，“巨川兄心里也是有数的。”

“是不是恂如先生在江南立法多则，继任者职权稍低，更便于萧规曹随？”何文渊问。

“哈，真是知我者，巨川兄也！”金濂道。

王直、于谦回衙门顺路。于谦走得快，王直走得慢，本来是不容易走到一起的，但王直表示有话要说，于谦急也只能急在心里。

“廷益先生是宣德五年九月巡抚山西、河南的吧？”王直问。

“俭公说的是。”于谦应道。

“我记得，那次发布的巡抚侍郎有六七位。”王直说。

“是六位。”于谦确定道。

“廷益先生等六人，非由郎中、员外超擢，即由御史径迁，真可谓意气风发，大有作为。”王直赞叹。

“还有一位是由藩邸长史差出的。”于谦提醒他。

“对，他是恂如先生。”王直点头称是，“恂如先生这一致仕而去，廷益先生那一干巡抚中就再也无人。”

“俭公指的是仍任巡抚者？”于谦问。

“当然，廷益先生现为大司马，不在其内。”王直说。

“对，我等六人中，除恂如先生，就是我任得久；今恂如先生致仕，巡抚任上再也没有那一干人。”于谦说。

“可惜呀！”王直感叹一声，不再说话。直到于谦要向他辞别，他才忽然问，“廷益先生，有没做个比较？”

“比较？拿何事比较？”于谦不解。

“不是拿事，是拿人。”王直说。

“俭公是说，拿我和恂如先生做个比较？”于谦问。

“是啊！”王直道。

“我二人一抚江南，一抚中原，要做比较，真不知从何说起。”于谦认真想了想，道，“这么说吧，恤民如子，事必躬亲，我从不敢后于人；但会计理财，官民两利，称得上大手笔的，只有恂如先生。”

“这两句话实乃至公之论。但他这个大手笔却颇遭物议，廷益先生想必也是知道的吧？”王直问。

“议论甚多，略闻一二。”于谦说。

“廷益先生就不想发发议论？”王直问。

“我？”于谦笑着说，“俭公，你是在诱我犯错！”

“这是从何说起？我要你发发议论，怎成诱你犯错？”王直问。

“已经有人在说，我这个大司马事情管得太多。平心而论，我就是还没有议论过铨政。今日俭公偏偏要我来议论铨政，不是在诱我犯错吗？再者，恂如先生奏请去官，朝廷已准，恂如先生已致仕；我敢说，吏部恐怕连新的江南巡抚也推举出来。俭公这时来要我议论，不是在诱我犯错吗？”于谦道。

“廷益先生说得对，新的江南巡抚确实推举出来，是应天府尹李敏。”王直告诉他。

“如何？”于谦道，他的推测被证实，本来可以把这个话题岔开，但他却问，“吏部为何推举的是应天府尹？”

“廷益先生是嫌他官职低吗？他的官职可比廷益先生、恂如先生等差出前高许多。”王直说。

“时势不同，那时两京六部，及两个都察院，人员皆少，若有现成的侍郎、副都御史等，何必把我等提拔起来！”于谦道。

“廷益先生这番话，有没有道理且不说；宗瀚先生的一番话，却不是没有道理。”王直说。

“他怎说？”于谦问。

王直微微一笑，反问：“有件事，不知廷益先生想到没有？”

“何事？”于谦问。

“你已经在议论铨政。”王直道。

“是吗？”于谦也笑，“我既然已入俭公瓮中，好吧，我索性议论到底。俭公要我议论什么？”

“我从未离开朝廷，对地方庶务知之不详。我想问问，在廷益先生看来，恂如先生施政究竟如何？”王直道。

“会计理财，官民两利，称得上大手笔。”于谦不仅重复自己的两句话，还重复王直的评语，“俭公不是以为此乃至公之论吗？”

“具体而言呢？”王直问。

“有大者，有小者。”于谦概括出两句话。

“何谓大者？”王直问。

“恂如先生辩言：臣未任事之先，江南诸郡税粮无不逋；自臣莅任，设法除弊，节省浮费，于是岁无逋租，更积赢羡。凡向之公用所须、科取诸民者，悉于余米随时支给。或振贷未还，遇赦宥免；或未估时值，低昂不一。缘奉宣宗皇帝并太上皇敕谕，许臣便宜行事，以此支用，不复具闻。”于谦引述周忱奏疏里的一段话后，说道，“此其大者。”

“何谓小者？”王直问。

“余米之用，出纳不谨，胥吏渔蠹其中，此其小者。”于谦说。

“有人说他侵盗以万计，此事可不小。”王直道。

“我宁肯相信，他是家底厚，出手大方，即恂如先生所言出纳不谨；且充其量是胥吏侵盗，而并非恂如先生侵盗。”于谦说。

“既如此，朝廷令其致仕，是否过分？”王直问。

“也不能说过分，出纳不谨，约束不力，于恂如先生施政而言，是小者；于吏治而言，亦非小者。朝廷令其致仕，既顾全朝廷法度，也顾全恂如先生体面，是个两全之策。我倒是觉得，朝廷虽准恂如先生致仕，但他行于江南诸法，凡于官民两便者，不可轻改。”于谦说。

“好啊，廷益先生这一番见解，可谓精辟。”王直欣然言道。

“俭公且莫赞我。”于谦一伸手，把他的话截住，“俭公要我议论铨政，我胡乱议论几句；我问俭公的话，俭公还没回答呢。”

“你是说宗瀚先生的一番话？”王直转叙金濂一番话的大意，“他也以为，恂如先生行于江南诸法，不可轻改；他还以为，以职位稍低者巡抚江南，更便于囿守恂如先生所立之法。”

“职位高低还在其次，要在对恂如先生之法有所领悟。”于谦说。

王直双掌一击，道：“着哇，我也是这么想的！”

“俭公是说——”于谦问。

“皇上若写一敕与新任巡抚，命他谨守恂如先生之法，如何？当然，借恂如先生之法作奸者，也要命他痛加革斥。如此，恂如先生虽去，其法仍存；江南财富之薮，可保太平。”王直说。

“还是俭公想的周全，皇上降敕，方得无虞。”于谦道。

“唉！”王直却叹口气，“我但愿自家想得更周全，就不至于在廷益先生面前碰壁。”

“在我面前碰壁？”于谦乍一听，不明就里。

“是啊！我各项事情都想到，就是没有想到，廷益先生也有所怕，怕被别人议论管事太多。”王直说。

“原来是为此。”于谦点点头，说，“俭公不必激我，此事原是俭公奏言即可，用不着我来管。”

“不错，我是要上本言及的。但我上本，皇上或准，或不准，在两可之间；廷益先生若上本言及，皇上则定准。”王直说。

于谦低头沉思。他最后确定，皇帝写敕与新任巡抚，效果最好；并相信，王直请他奏言此事，是要借他之力，绝非要诱他犯错。

“好吧。俭公奏言，我亦奏言，合我二人之力，可保必成。”他说。

“廷益先生不担心被人议论？”王直问。

“苟利国家，个人一荣一辱，又算得什么！”于谦道。

第六十八章

崇质殿的后殿里，火烛捻到最小，一明一暗地闪着鬼一般的光亮。这样的灯火，看不得书，太上皇帝也无心看书。他百无聊赖地注视着钱氏在一方手帕上绣花，看着看着，忍不住打个哈欠。

“陛下困乏，先歇着吧。”钱氏说。

“娘娘也歇着吧。”太上皇帝不是不想去睡，但一想到独自一人躺在床上，不仅觉得寂寞，而且觉得恐惧。

“不成，我得把这方手帕绣好。”钱氏说。

“为何紧赶慢赶，明日再绣不迟。”太上皇帝道。

“明日？明日陛下锅里无肉。”钱氏说。

“娘娘不是已经绣好一块吗？”太上皇帝问。

“那块是易肉的，这块用来易酒。”钱氏说。

“一方手帕，只易得一块肉？”太上皇帝不信。

“那就很不错，”钱氏像是在述说一件再平常不过的家常，“还得靠着花儿绣得好，还得靠着小阮那张嘴长得好，一方手帕才换回一块肉来；而且，是一块并不太大的肉，刚好够陛下吃两天的。臣妾沾陛下的光，也喝得上一碗肉汤。”

“哪里是娘娘沾朕的光，是朕沾娘娘的光。”太上皇帝叹道，“以后娘娘不必这么辛苦，没肉、没酒，让舒良找大内总管去要就是。”

“让舒良去要？那厮的嘴脸，陛下还没看够！”钱氏道。

太上皇帝又叹口气，说：“恐怕不只是嘴脸不好看。”

“陛下说的是。他的话更难听。”钱氏说，“那日因陛下两日未尝荤腥，我让他去宫里要，陛下知道他说的什么？”

“说的什么？”太上皇帝不知道。

“他说，太上爷就是因为祭祖宗不丰盛，才失天下。宫里肉多得很，但皇上还要拿去祭祖呢。”钱氏述道。

“这畜生！有一日，朕非要亲手杀他不可！”太上皇帝咬着牙说。

“陛下别说气话，”钱氏劝道，“我倒是觉得，他不过是条狗儿，摇头摆尾只为给主子看。”

“那也是条恶狗！你看阮浪，也是那边差派来的，就和他不一样。”太上皇帝指指北边，说道，“不过，娘娘称阮浪那张嘴长得好，我看未必。一方绣花手帕，只易得一块不太大的肉，如若他没有从中捞去好处，那就是他太无能。”

“依着陛下，能易得多少？”钱氏问。

“他只要说句话，数十数百两银子，不在话下。”太上皇帝说。

“说哪句话？”钱氏问。

“手帕出自宫里，太上皇后亲绣。”太上皇帝说。

“这话可说不得。”钱氏道。

“难道有一字不实吗？为何说不得？”太上皇帝问。

“不说臣妾所绣，还换得一吊半吊，买块肉，或沽壶酒回来；一说是臣妾所绣，民间还有哪个敢要！那时欲交易一块不太大的肉，一壶不太好的酒，亦不可得。再者，臣妾绣的手帕，是小阮偷着带出交易的，一旦声张，对他就是天大的祸事。”钱氏说。

这话不错。太上皇帝无奈地说：“既如此，为朕一享口福，只得辛苦娘娘。”他伸手欲将火烛捻大，“灯火微弱，眼睛怎吃得消？娘娘已有腿疾，千万不要再患眼疾。”

“不可！”钱氏拦住他，“油剩不多，省着点儿吧。”

“油剩不多，不会让舒良去宫里支领，总不能让崇质殿里夜夜漆黑吧！”太上皇帝一肚子牢骚，但看钱氏一眼，忍住不发，“又是那张嘴脸！不要紧，娘娘为我做这么多事，我也为娘娘做件事。我手里还有一个镀金绣袋，一把镀金短刀，明日一并交给阮浪，让他多换些油来。”

阮浪顶风而行。到东华门，忽地卷起一阵旋风，围着他打转。他向左转身，旋风刮到他左边；他向右转身，旋风刮到他右边；他向后转身，旋风转到他后边。他干脆站着不动，闭上眼睛，把半张脸缩进衣领里。等他睁开眼时，看到王瑶站在自己面前。

王瑶是守东华门内使。阮浪的职位是少监，王瑶的职位是长随，二人同出自大太监阮安门下，王瑶却要晚一辈。因此，他见到阮浪很是亲热，道：“阮叔迷眼了吧？我给您老吹吹。”

说着，把嘴凑过去。

“去，去！你那张臭嘴，别吹我一脸臭气。”阮浪把他推开，说，“哪里有你小子，哪里就有邪风。你看这阵风，围我转上几圈，才悄然而去。”

“这么说，邪风是冲着阮叔来的。”王瑶道，“不瞒你老说，自小的上值到小的下值，这样的风刮过十几起，还没有一起围住人不放。阮叔别是要触霉头吧？”

“是吗？”阮浪只觉得心里咯噔一下，不由得想，千万别让这小子说中。他上下打量着王瑶，问，“你这会儿是下值？”

“是，要不，我陪阮叔去喝两盅？”王瑶邀道。

“喝酒不急，你先陪我去办点儿事。”阮浪说。

“是阮叔自家的事，还是那边的事？”王瑶冲南边努努嘴。

“你问这个干吗？”阮浪问。

“要是阮叔的事，小的二话不说，跟着阮叔就走；要是那边的事，”王瑶讪笑着说，“阮叔自个儿摊个苦差事，别再把小的拉扯进去。”

“我不告诉你是谁的事，你权当我的事，不成吗？”阮浪道。

“高明！”王瑶竖起大拇指。又问，“阮叔要办何等事？”

“有两件器物要出手。”阮浪说。

王瑶看南边一眼，问：“是那边的器物？”

“说好不告诉你的，怎么你倒问起来！”阮浪责备道。

“是小的糊涂。走，走，我陪阮叔去。”王瑶抱抱拳，让道。

二人一路往东，不多时，到东安门。阮浪站在路口，朝南看看，朝北看看，显然没拿定主意拐向哪边。

“阮叔，去何处？”王瑶问。

“不见我在寻思吗！”阮浪道。

“阮叔不如把要出手的物件给我看看，我或许知道去哪里可以卖个好价。”王瑶说。

阮浪知道，内臣守宫门的好处，就是认得人多，特别是为宫里买办的商户都要想方设法地巴结。他做中人，说不定真能多卖些银子。

“你不许和人勾搭骗我。”阮浪说着，右臂一抖，从袖口抖出一个镀金绣袋，示意王瑶自己拿去看。

王瑶不用拿到眼前细看，瞥一眼就说：“这不是宫里的物件。”

“你是说，不值几个钱？”阮浪问。

“不，东西是件好东西。”王瑶说着，问道，“另一件呢？”

阮浪左臂一抖，从袖口抖出一柄镀金短刀。这次，王瑶伸手拿过去，拔刀出鞘，试试刀锋，看看花纹。

“这也不是宫里的物件。”阮浪说。

“小的知道。”王瑶点点头，“这柄金刀，这个绣袋，皆出自西域。我在瓦剌、鞑靼等部的贡使手上见过，不过，都没有这两件精美。在塞外，寻常之人是得不到的；在京城，寻常之人是见不到的。”

“你想说什么？”阮浪问。

“我想说——”王瑶本想说，两件东西只能出自南宫，但看到阮浪责难的眼神，嘻嬉笑道，“小的什么也不想说。”

“你不能什么也不说呀！东西见过，你总得估个价钱吧。”阮浪说。

王瑶掂了掂短刀，张开手掌：“我估摸着，它能卖这个价。”

“五百？”阮浪惊喜地问。

“卖不了。”王瑶说。

“五十？”阮浪气泄一大半。

“对。”王瑶应道。

“白的？”王瑶问。

“不，黄的。”王瑶说。

“当真？”五十两黄金，相当数百两白银，应该说是个不错的价钱。

阮浪的气又鼓起来。他掂着手的绣袋问，“这一件呢？”

“三十吧。”王瑶说。

“也是黄的？”阮浪问。

“对。”王瑶应道。

“极好，快带我去家铺子，把它等出手。”阮浪兴奋地说。

“阮叔别忙，我的话还没说完呢。”王瑶道，“这件五十，那件三十，黄的，我说的是灯节时的价钱。灯节时，阮叔拿着这两件东西，在灯市上一走，随便碰到几个客官，我保证都能卖到这个价钱。但眼下不成，眼下距灯节还有两个多月呢。”

“眼下是怎样的价钱？”阮浪问。

“大约是这个价钱。”王瑶掂着手里的短刀，张开手掌，又指着阮浪手里的绣袋，伸出三根手指。

“这有何区别？”阮浪问。

“是白的。”王瑶说。

“那不是一百两银子也卖不到？”阮浪几乎把气泄完。

“阮叔休想一百，只想八十。”王瑶说。

“八十两银子，我卖它作甚！”阮浪气恼地说。

“阮叔，这可是你老逼着我估价的。”王瑶先把自己摆在被动的位置，再说，“阮叔，我知道你老是怎么想的：八十两银子，自个儿还拿不出来吗？把它留到灯节时，卖个几百两银子不好？可我估摸着，阮叔在那边当差一年多，就算有点家当，恐怕也贴补得差不多；眼下这八十两银子，大概还真拿不出来。阮叔，我说得不错吧？”

阮浪没吱声，心想：小子，真让你说中。

“我有个主意，阮叔看使得使不得。”王瑶说。

“你说。”王瑶道。

“小的若是劝阮叔眼下将此二物卖了，阮叔定要疑我与奸商勾搭行骗；若是劝阮叔不卖，眼见阮叔遇到难处。不如阮叔把这两件东西放在我这里，我给阮叔八十两银子。”王瑶说。

“到灯节，你好去卖个几百两银子？”阮浪讥道。

“不，到了灯节，阮叔拿着八十两银子找我，把这两件东西取回去；阮叔要是仍信得过我呢，我陪着阮叔去灯市交易。”王瑶说。

“有这等好事？”阮浪当然不信，“你小子有这么好的心肠，何不借八十两银子给我，却要把此二物留下？”

“阮叔说到借字，小的担当不起。”王瑶摇着头说，“要是阮叔用银子，别说借，小的送过去，也是应该的。但小的知道，这两件东西不是阮叔的，银子也不是阮叔要用。司礼监掌印的叔和大内掌事的叔都传出话来，不得与那边发生任何瓜葛。要是知道了小的拿银子给那边使用，这个罪过小的更担当不起。”

阮浪想想，他的话不无道理，他的态度看上去也诚恳，于是说：“好吧，你去取银子，我二人一手交银，一手交物。”

王瑶暗自高兴，领着阮浪去他的住处取银子。两件东西到灯节时能卖到八十两黄金，这话是真的；两件东西眼下只能卖到八十两银子，这话半真半假；答应阮浪灯节时以八十两银子赎回物件，以及上边不准他等与崇质殿那边发生瓜葛，这话又是真的。他的盘算是：到灯节，阮浪拿不出八十两银子，他就拣个大便宜；阮浪灯节时拿出八十两银子，这两个多月他怀里揣着镀金绣袋，腰间挂着镀金短刀，在同僚和友人间可以大大炫耀一番，他算拣个小便宜。总之，有便宜可得。

锦衣卫指挥卢忠约王瑶到正阳门外的酒楼饮酒。他二人一直要好，不论谁相邀，谁做东，对方都是不会拒绝的。

卢忠定的是雅间。酒、菜送上，他吩咐小二，没有召唤，不得进来。

“老卢，又要闹什么玄虚？”王瑶问。

卢忠给他斟上酒，道："听说王哥新近得两件宝物，可否一观？"

"你耳根真能通神。"王瑶取笑一句，从怀里掏出绣袋，从腰间取下短刀，放在桌上，"老卢，看看可以，别打它等主意。"说罢，他喝卢忠斟的酒，又忙着自己斟酒。

卢忠看看绣袋，看看短刀，赞道："果是宝物！王哥，送与我吧。"

"送与你？你今日摆的是鸿门宴呀！"王瑶说着，就要将二物取回。

卢忠一手一件按住，道："王哥忒小家子气，不就八十两银子嘛。"

"你说什么？"王瑶怔住。

"阮公公拿走八十两银子，把二物押在你这里，对不对？"卢忠道。

"你——"王瑶愣愣神，问，"老卢，你怎知晓？"

卢忠冷笑不答，把两件东西归拢到一处。

"卢哥，你怎知晓？"王瑶又问。

卢忠仍是冷笑，一手按住二物，一手给自己斟酒。

"卢将军，卢大人。"王瑶简直不知称呼什么好，"你怎知晓？"

卢忠啜口酒，道："如王哥这么喜欢喝酒的，什么事能瞒得住人！"

王瑶正要喝第四盅酒，听这话，把酒盅放下。他记不清楚这些日子和谁在一起喝过酒，更记不清楚酒后对谁讲出这两件东西的来历。而且，他根本不用说出来龙去脉，只要说出来自阮浪之手，他推断得出这是南宫的物件，别人也推断得出。看来，喝酒真是误事。

"那么，王哥应承我？"卢忠问。

"卢哥不是知道吗，是阮叔八十两银子押给我的？到时拿不出东西，我怎么向阮叔交代！"王瑶道。

"那得看，王哥是稀罕八十两银子，还是稀罕少监。"卢忠说。

"这话什么意思？阮叔与我同出一门，我当然稀罕他。"王瑶说。

"我不是说阮公公那个少监，我是说王哥自家的少监。"卢忠道。

"我自家的少监？你是说，我用八十两银子换个少监？"王瑶问。

"着哇，我就是这个意思。"卢忠道。

"可老卢小觑此二物，若正经交易，它等可卖到八十两黄金。"王瑶有些被少监的前程打动，但不是十分动心。

"那得看，王哥是稀罕八十两金子，还是稀罕太监。"卢忠说。

"你是说，我用八十两金子换个太监？"王瑶问。

"还是实任的太监。"卢忠道。

"怎么个换法呢？"王瑶不掩饰他的向往。

“王哥要承认，此二物得自阮公公。”卢忠说。

“这不难。”王瑶道。

“还得承认，此二物出自南宫。”卢忠说。

“这个，”王瑶犹豫再三，说，“阮叔并未承认，我怎好承认？”

“阮公公若是承认，这个太监是他的，还是你的？”卢忠诱道。

“好吧，”王瑶有心博取太监官职，却又担心生出其他枝节，“老卢，承认此二物出自南宫，就可以吧？”

“王哥承认这两件事，就可以；但有人追问的话，王哥须得再说上一句两句的。”卢忠道。

“谁会追问？”王瑶问道。

“譬如，我锦衣卫镇抚司官。”卢忠说。

王瑶大吃一惊，问：“他等为何要追问？”

“王哥首告，他等能不追问吗？”卢忠道。

“你是说，我去锦衣卫自首？”王瑶问。

“是啊，王哥不去锦衣卫，两件事却对哪个说！”卢忠道。

“好吧，我去锦衣卫。”王瑶应道。又问，“他等会问何事？”

“譬如，他等问王哥，上皇命阮公公将此二物携出南宫，赐予王哥，有何图谋？”卢忠道。

“等等，不是赐予的，是易与的。”王瑶急忙更正。

“南宫与守门内臣交易，王哥想，镇抚司那干人会信吗？”卢忠道。

“就算赐予的，我那八十两银子不算数；但也无图谋呀！”王瑶说。

“他等姑且一问，王哥姑且一答，有无图谋，他等说的不算，王哥说的也不算。”卢忠好像在说一件无聊小事。

“那么，谁说的才算？”王瑶问。

“往小说，三法司得鞫讯吧；往大说，须得圣上定夺。”卢忠道。

“怎么，此事会闹到万岁爷面前？”王瑶这一惊非同小可。

“这用得着问吗，不闹到圣驾面前，王哥怎升得太监！”卢忠道。

“罢了，这个太监我不稀罕，这个少监我也不稀罕。老卢，我二人今日只饮酒，两件物品我没让你看；换取少监、太监的话，你也没对我说。行吗？”王瑶打拱央告。

“那有什么不成，”卢忠爽快地说，“今日我邀的王哥，我仍做东，王哥多喝几盅。等王哥赚大钱，可得好好回请我。”

“那还用说，即便只赚一文钱，我也拿来与你喝酒；要是八十两黄金归了我，有一半是你老卢的。”王瑶比他还爽快。

过不多久，王瑶就喝得不省人事。等他醒来时，卢忠已不在。让他安心的是，店家告知，那位客官已会过钞；让他不安的是，他明明记得把绣袋塞进怀里，把短刀别在腰间，现在全都不见。他去家里、去衙门寻找卢忠，却哪里找得到！

这两天，尚衣监太监高平最不愿见到的人，是卢忠，因为他答应送给卢忠两瓶宫酿，换取一对镯子，这是与他相好的女官要的。镯子到手，宫酿却一直没给人家，见面定要脸红。

不巧的是，出西华门，正对着卢忠的后背。他吐吐舌头，想退回宫中再做打算，卢忠却适时地转过身来，热情地向他招手。

“高公公喜结新欢，不想出宫呀！”卢忠打趣道。

高平脸红半边；好在有卢忠那句玩笑话，聊以遮掩他的躲避。

“老卢怎么正好在这里，专门候我吗？”他问。

“不是，不是，巧遇而已。”卢忠否认之后，又贴着高平耳边说，“不过，巧遇高公公，也是件高兴的事。”还“哈哈”地笑两声。

“老卢，今日你恐怕还是高兴不起来。那玩意儿，”高平用手比画瓶状，“我仍未为你取得。”

“公公说哪里话！我是为你老人家高兴，又非为自家。”卢忠说。

“为我高兴？我有何喜事，值得你高兴？”高平问。

“高公公不是想换个衙门吗？”卢忠投其所愿地说，“机会已来。”

“换哪个衙门？”高平升任太监十几年，一直有个愿望，就是入司礼监。不幸的是，他始则不得王振欢心，继则不得金英欢心，眼下又不得兴安欢心，故总不能如愿。但不管愿望有多强烈，他也不相信卢忠能带给他机会。他说：“不会是锦衣卫吧？你们那帮男人臭烘烘的，我才不去呢。再说。万岁爷当真要我任锦衣卫使，我第一个要办你！到那时，恐怕你更高兴不起来。”

“若是司礼监呢？”卢忠道。

“老卢，你是何意？”高平问。卢忠知道自己的心思，他一丁点也不奇怪，仅有一点儿不高兴而已。

“公公有了入司礼监的机会。”卢忠说着，从怀里掏出绣袋和短刀，一手一件，让高平看。

“老卢，你好不糊涂！”高平虽然心里痒痒的，但首先涌上心头的，是责备之词，“老兴是不收礼的；老金出事后，他更加检点。你又不是不知道！再说，他一生恭奉佛祖，你送他个香袋，哪怕再粗糙，也能换回个‘好’字来，送他这个儿女幽情的绣袋，能不被他骂回来吗？他最见不得的是利器，你把这柄金刀奉上，他说不定拿起来就刺你一刀。”说罢，挥挥手，“快收去，快收去！”

卢忠偏不收去，却说：“在下的意思，不是要高公公把这两样东西送给兴公公，而是要高公公把这两样东西后面的故事讲给他老人家听。”

“故事？什么故事？”高平问。

“公公看清楚了，这两样东西，是南宫的。”卢忠说。

“那又怎样？”高平道。

“是阮公公从南宫拿出来的。”卢忠说。

“那又怎样？”高平道。

“是上皇命阮公公拿出来的。”卢忠说。

“那又怎样？”高平道。

“上皇命阮公公将它等赐予东华门守门内臣王公公。”卢忠说。

“那又怎样？”高平道。

“高公公还说我呢，我看你老人家才是好不糊涂！”卢忠道。

“不就是太上爷把东西交给老阮，老阮把东西转交给小瑶子吗？我看再寻常不过。”高平说。

“公公不知道镇抚司狱里的事，也不过问东厂的事，不知道许多案子正是从再寻常不过的事里问出来的。”卢忠说。

“案子？”高平的脸早就不红，这会儿却变得煞白，“什么案子？”

“公公想呀，阮公公伺候上皇，伺候得好，上皇一高兴，随手赏赐这个绣袋，这柄金刀，的确是再寻常不过的事。但上皇并没把绣袋和金刀赐予阮公公，而是命他转赐予王公公。”卢忠不厌其烦地说。

“或许太上爷与小瑶子有旧恩？”高平设想某种可能。

“王公公至今不过是个长随呀，上皇与他会有什么旧恩？高公公做太监十几年，上皇与公公有什么旧恩吗？”卢忠驳道。

“既无旧恩，为何赏赐？”高平也想不明白。

“是啊，旧日无恩，今日又无瓜葛，我敢说，上皇根本不知有王公公其人，为何要赏赐呢？高公公这么一问，案子就问出来。”卢忠说。

“老卢，你是不是说，其中必有，其中必有——”高平本来想说“奸情”，但话到嘴边，怎么也说不出口。

“必有图谋。”卢忠换成他喜欢用的两个字，意思是一样的。

“这话可不能瞎说。”高平恨不得把耳朵捂住，又恨不得卢忠说得更清楚一些，“必有图谋，你说是何图谋？”

“公公自个儿想吧！”卢忠不紧不慢地说，“公公要是有个图谋呢，无非是换取个镯子，哄婶婶开心；我要是有个图谋呢，无非是骗两瓶宫酿，或为口福，或为炫耀。人家要是有个图谋，就不那么简单。”

“那边有图谋，可是天大的事，我都不敢往深里想。”高平说。

“公公还是往深里想想吧。要不是件天大的事，公公怎进得司礼监？”卢忠道。

高平开始盘算：自己一生未得机会，终于得到个机会，要是就这么放过去，未免可惜。而且，不仅仅可惜，要是日后南宫的图谋被揭发，自己知情而不报，可就是个掉脑袋的机会。

仝寅是天下第一善卜之人，他在京城有两处宅子：一处宅子几乎无人不知，请他占卜吉凶的人都会去那里找他；一处宅子只有极少人知道，是他修身养性的地方。

这天，仝寅正在第二处宅子里演算一卦，童儿来报，他等的人到了。

“着他进来。”仝寅道。

童儿引卢忠往里院走。卢忠迈一步，喜笑颜开；再迈一步，又愁云密布。一笑一颦，都来得快，去得快，好像脚上有两根筋，直通脸部，摆弄着脸上的肌肉。

“师哥，怎这等模样？”童儿问。

卢忠曾想拜仝寅为师，仝寅称无缘，拒不肯收。他又拉着仝寅身边的童儿，非要以师兄弟称呼。童儿被纠缠不过，对他又无恶感，就依从他。仝寅知道，也不干涉。

对童儿的提问，卢忠反问：“你是说，老师在等我？”

“是啊。”童儿应道，“老师一早就吩咐，师兄今日要来，问的事不便在那边说，索性不去。”

“唉，早知如此，我也不去那边。”卢忠说。

进内室，他叫声老师，躬身行礼。

“你去过那边？”仝寅问。

“是，弟子去那边候一会儿，不见老师去，又转过来。”卢忠说。

“我说你我无缘，你总不信。你看，若有缘分，你早该知道我在这边等你呢！”仝寅说着，问道，“老卢，你今日欲卜何事？”

“老师知道的。”卢忠嬉皮笑脸地说。

“我知道，你是来问功名的；我也知道，你为何早也不来晚也不来，偏偏今日来问功名。”仝寅道。

“弟子为何今日来问功名？”卢忠仍是嬉皮笑脸。

“你原以为，南宫事发，你立下不世之功，能得高官显爵；谁知有人举报，阮、王二人下狱，你当堂举证，高官显爵却迟迟无讯。你又以为，南宫的图谋坐实，阮、王二人的罪状坐实，你能得高官显爵；谁知阮、王二人已被磔死，高官显爵仍遥遥无期。于是你心虚，心慌，这才来找我问问，到底有没有高官显爵。”仝寅说着，冷冷地看卢忠一眼，问道，“老卢，我说的有没有错？”

卢忠脸上挂不住，讪讪言道：“老师的话，怎会有错！”

南宫事发，是半月前的事。高平指使听命于他的锦衣卫校尉李善告发南宫图谋。事关太上皇帝，在朝廷引起轩然大波。皇帝命将阮浪、王瑶下诏狱，严刑拷问。卢忠是第一个要紧的人证，把太上皇帝赐物与王瑶及有所图谋等他编造的故事，当作王瑶亲口所言供出来。阮浪、王瑶被磔刑处死，是昨日的事。南宫事发，阮、王磔死，正是卢忠满怀期待的两个日子，但朝廷对他并无任何褒奖。

“老卢啊，我不占卜你的功名，我来占卜你的死期吧。”仝寅说。

“老师说什么？”卢忠一下变得面如土色。

“你面带死气，必是被人索命。我为你占卜死期。”仝寅平静地说。

“老师是说姓阮的要向我索命？姓王的要向我索命？”卢忠问。

“不！”仝寅摇头，“他二人命里有此一劫，谁也救不得。”

“那么，老师说的是——”卢忠想指向一个地方，但在仝寅的宅子里，却全无方向感。

“老卢啊，咱们只说你，不涉及他人，好不好？”仝寅道，“要是一定把话说透，恐怕我也救你不得。”

“老师是说，弟子还有救？”卢忠问。

“有救，但须得你自救。”仝寅道。

“老师慈悲，教给弟子如何自救。”卢忠叩问。

“你进来以前那模样很好。”仝寅说。

“进来以前的模样？那是何等模样？”卢忠一无所知。

“你出去时问问童儿即知。”仝寅道，“你若是三五日做出那等模样，或可避过一场血光之灾。”

童儿送他出门时，他又出现迈一步喜笑颜开，再迈一步愁云密布的光景。童儿拍着手说：“来时去时一个样，惟妙惟肖。”

“我可得救，我可得救！”卢忠一阵狂笑。

从此，他患疯癫之症。开始三五日一次，然后两三日一次，再后每日一次；开始在外人面前做出那等模样，然后在亲人面前做出那等模样，再后无人时也做出那等模样。最后，他也不知自己的疯症是真是假。朝廷本来还要追究南宫图谋的事，但两个当事人处死，一个主要的证人疯癫，只得作罢。

第六十九章

舒良入宫见驾，在殿门外与御马监掌印太监王诚遇个正着。他希望王诚是路过，或来办其他的事。但事与愿违，王诚朝他点点头，也向殿里走去。他心里不由得生出一股酸溜溜的味道。

“王哥也是奉召而来？”他问。

“正是。”王诚应道。

“那就不知该王哥先进去回话，还是该我先进去回话。”舒良道。

“或该我二人一起进去回话。”王诚说着，拉他一起往里走，“得了，舒哥，别妒火中烧吧。你也不想想，爷为何召我二人一起来见驾？”

他二人都是皇帝在郕王府邸的老人，王诚派个内臣第二大衙门的掌印，舒良派的却是崇质殿总管。名称虽然好听，但谁都知道那是个没有实权又很为难的冷差。王诚说舒良妒火中烧，正是为此。

“那你说爷为何召我二人一起见驾？御马监的事，轮不到我管；南宫的事，也用不着你插手呀。”舒良说。

“此言差矣！”王诚道，“爷最不放心的是南宫。南宫的事，虽然用不着我插手，但用得着我插嘴。”

听他的口气，已经猜出皇帝找他二人来要说什么。

果然，皇帝一见他二人就问：“皇兄怎样？”

舒良瞥王诚一眼，包含着两层意思：一是你的确心计多，爷想什么，一料即中；二是你不要插嘴吗？你插嘴给我看看。

王诚嘴轻轻一动，表示：你等着看吧。

舒良不敢耽搁，奏道：“回爷的话，上皇吃得好，睡得好，话却少。”

“怎见得吃得好？”皇帝问。

“奴才每月支领的油、肉、禽、蛋等，不到月尾就用尽。”舒良说。

“为何朕从未听说？”皇帝问。

“爷吩咐过，上皇在漠北之日，以食肉为主，于龙体有碍；今在宫中，饮食当以清淡为主。爷早有预见，故奴才未曾禀奏。”舒良答道。

“如此说来，不必多支领？”皇帝问。

“奴才以为，不必多支领。”舒良答道。

“王诚，你说呢？”皇帝问。

王诚看舒良一眼，不无得意地说：“奴才以为，上皇睡得好，也是因为遵照爷的旨意，饮食以清淡为主。”

“看来，朕用不着为此事操心。不过，”皇帝口气一转，对舒良说，“你称皇兄吃得好，睡得好，朕信得过；你称上皇话却少，朕有些信不过。恐怕不是皇兄的话少，而是你没听到。”

“奴才自领差事，不分日夜，耳朵总是竖得高高的；奴才还吩咐所有在崇质殿办事的人，都把耳朵竖得高高的。”舒良说。

“你信老舒的话吗？”皇帝问王诚。

“奴才觉着，他说的有点儿过。”王诚道。

“我一是一，二是二，才不会说过！”舒良不服。

“要听得仔细，竖起耳朵就可以；要是竖得高高的，身边的话反而听不见。”王诚说。

“老舒，这个道理你懂吗？”皇帝问。

“这个道理奴才是懂的；奴才就是竖起耳朵，仔细地听。”舒良分辩。

“好。”皇帝并不想追究他仅是竖起耳朵，还是把耳朵竖得高高的，“老舒，朕把王诚唤来，可不是要他来挑你的错的。朕的旧人中，你办事最扎实，他心眼最活泛。朕有桩烦心的事，不好对别人讲；但朕不讲，你也该知道，他也该知道。朕就是想与你二人议议这桩事。”

“是，不能解除爷的烦恼，要奴才等何用。”舒良立刻表达忠心。

皇帝希望王诚也说同样的话，但王诚没说。

“王诚，你为何不出声？”皇帝问。

“奴才想听听，老舒怎样解除爷的烦恼。”王诚道。

“这并不难，王哥，你应该想得到的。”舒良说。

“未必吧。”王诚摇着头说。

“你是说，未必想得到？”皇帝问。

“不，奴才是说，未必不难。”王诚道。

“对，让老舒说说，怎么就不难。”皇帝顺着他的意思说。

“爷颁道圣旨，立时可办，这是个最便捷的法子。”舒良道。

“你看呢？”皇帝问王诚。

“奴才看不妥。”王诚说，“照理，此事早该办的。但爷登极三年，至今未颁旨办之；不仅未颁旨办之，亦未颁旨议之。这是为何？还不是因为爷直接颁旨，有不妥之处。”

“这话不错。”皇帝点着头，又问舒良，“老舒，有没有不这么便捷却可行的法子？”

“爷直接颁旨不妥，可请皇太后懿旨。”舒良说。

“请哪位皇太后懿旨？”王诚不等皇帝征询自己意见，即刻问道。

“这个——”舒良眨眨眼睛，说不出来。眼下有两位皇太后，他也不知道，究竟该请哪一位皇太后懿旨。请吴太后懿旨，从礼法上似乎说不过去；请孙太后懿旨，她能答应吗？

“别说孙太后未必答应，”王诚好像看出他的心思，“孙太后即便答应，不是还得由着大臣们说话吗？”

“朕就是一直在等着大臣们说话；可等到今日，朕有些等不及。”皇帝感慨着，问王诚，“老舒的主意不妥，你有什么主意？”

“奴才的主意，即爷说的，等大臣们说话。”王诚道。

“爷才说等不及，你没听到吗？”舒良插话。

“有半句话，道是‘晓之以理’，老舒，还有半句是什么？”王诚问。

“动之以情呗。”舒良道。

“奴才的意思，就是要在情字上做文章。”王诚对皇帝说。

“在情字上做文章？”皇帝懂得这句话的意思，但不知该怎样做。他命道，“王诚，你具体说说。”

“厚其封赏，以诱其心。”王诚具体说，也只有八个字。

“景泰三年以来，朕一直对大臣们封赏，多得连朕自个儿也记不清楚。老舒，要不你说与他听听。”皇帝命道。

“是。”舒良应道。

“不用他说，奴才都记着呢。”王诚道，“正月，吏部尚书王直、礼部尚书胡濙俱加少傅，都御史杨善、王文加太子太保；二月，内阁江渊晋吏部左侍郎，萧镃晋户部右侍郎。”

舒良吐吐舌头，说：“亏得我没开口，我哪儿有王哥记得清楚。”

“王诚，你别光记得这一桩桩封赏，你得说说，朕对大臣们的封赏，还不厚吗？”皇帝道。

“爷的封赏，厚则厚矣，只不过皆属或六载，或九载秩满，大臣们常规的进秩。奴才的意思，须得给大臣们一些非常规的封赏。”王诚说。

“怎叫非常规的封赏？朕即加王天官、胡礼卿太师，可谓非常规。但使得吗？”皇帝质问。

“使不得。骤加他等太师，非但没有先例可循，也一定会招致科、道的议论。那才叫偷鸡不成反蚀把米呢！”舒良说。

“胡说！谁是偷鸡贼？”皇帝叱道。

“奴才比喻的是王哥。”舒良忙解释。

“他也不是偷鸡贼，他一定也不赞成滥赐名器。”皇帝说。

“爷说的是，”王诚应道，“由侍郎而尚书，由三少而三孤，大臣们受之，按部就班，无动于衷；倒不如非年非节之际，无缘无故之中，赏赐钱钞，更能使他等动心。”

皇帝沉吟着。对大臣不是没有赏赐过钱钞，但不是在年节时，就是为某件事故；非年非节之际，无缘无故之中，赏赐钱钞，还真没有过。这一着虽俗，看来不妨一试。

“你看，先从哪些大臣赏赐起？”皇帝问王诚。

“奴才以为，宜先赏赐内阁大学士们。”王诚说。

“不对，内阁诸臣都没有王天官、胡礼卿那等威望，未必能号召廷臣。”舒良提出反对意见。

“但他等是爷的亲近之臣，先赏赐他等，顺理成章。”王诚说。

“好，依你，这件事就交与你二人去办。”皇帝道。

“爷，奴才等去内阁宣旨，恐有不便。”王诚说。

“朕知道，朕不是要你二人去内阁，而是要你二人去找兴大伴办这件事。”皇帝道。

“奴才等遵旨行事。”王诚、舒良应道。

进殿前，舒良一百个不愿意和王诚一起见驾；出殿后，他却一步也不敢离开王诚。他几次要开口问这桩差事该怎么办，但扭扭捏捏又不好意思问。皇帝但命他二人办差，没说以谁为主以谁为从，他要是一问，势必变成以王诚为主。

快到司礼监值房，倒是王诚问：“舒哥，见兴叔，谁与他说？”

“谁有话，谁与他说。”舒良的嘴巴一向不肯服软。

兴安自恃资深，对王诚、舒良等因来自郕王府邸而得以骤升的太监，保持着一份矜持，他等进值房，他从来也不起身相迎。直到舒良说声“兴叔，有旨”，他才忙站起身。

在太监们之间宣示皇帝口谕，不像在外朝那么正式，那么庄重。舒良简单交代：

着兴安于内库支领黄金若干，分赐内阁诸臣。

“是。”兴安应一声，问道，“二位，若干，是多少？”

“那得算算，”舒良说，“陈先生、高先生每人百两黄金，这是定下的。商先生黄金五十两，也是定下的。至于江先生、王先生、萧先生三位，是从百两，或从五十两，或另起八十两一档，请兴叔酌定。”

“百两，五十两，缘何而定？”兴安问。

“缘职衔。”舒良说。

“那么，江、王、萧三位不如从五十两。”兴安道。

“这是为何？”舒良问。

“一则，他三位虽有侍郎衔，但都兼着学士，不妨与商先生取齐；二则，也好凑个整数。”兴安说。二人各百两，四人各五十两，合而计之，共四百两，要是加上八十两的档次，则是四百九十两，比较麻烦。

“原来兴叔怕麻烦。”舒良想到什么，就说什么。

“舒哥说请兴叔酌定，怎么又说三道四！”王诚责备他。

“好，好，由兴叔定，我不多说。”舒良道。

“黄金百两是重赏，黄金五十两也称得上重赏。皇上重赏内阁诸臣，有什么说法吗？”兴安问。

“说法当然是有的。”舒良道。

“怎么个说法？”兴安追问。

“爷说——”一直抢着说话的舒良，感到麻烦来了。含糊一点，可以说是为皇帝的一桩心思，但兴安一定要问是何心思；那么，是直截了当地告诉他呢，或是仍含糊其词？好在王诚咳嗽一声，为他解围。他说：“王哥有话，让他来说。”

“兴叔，爷赏赐内阁诸臣，有许多说法；而第一个说法，是为保全兴叔。”王诚开口就不同凡响。

“为保全我？”兴安呆住。

“不错，是为保全兴叔。”王诚重复一遍。

“老王，这是从何说起？”兴安问。

“我与老舒在路上商量过，今日不去都察院狱探望探望金叔，明日也要去探望。”王诚先说的是一句完全无关的话，并煞有介事地问舒良，“舒哥，是不是呀？”

舒良不知他何意，胡乱应道：“不错，我二人是要去的。”

“老王，为何要提起这个罪人？”兴安问。

“我是觉得，他糊里糊涂地坐牢，实在有点儿冤。”王诚说。

“哼，纵贩私盐，收取贿赂，栽在一个贪字上，怎是糊涂，有什么冤的！”兴安毫不迟疑地表明自己的态度。

“纵贩私盐，收取贿赂，是都察院的弹章写的；爷惩治他，可不是仅为这两句话。”王诚说。

“难道另有缘故？”兴安忙问。

“难道兴叔一无所闻？”王诚反问。

“那得看你说的是什么事。”兴安道。

“两年前的小事，兴叔或许不记得。”王诚给他个台阶。

“是，我的确不记得。”兴安顺台阶而下。

“王哥，什么事，我也不记得。”舒良不甘寂寞。

“你不是不记得，你根本不知道。”王诚说，“其时，朝廷上下都在为恭迎上皇而议论，而忙碌。一日，爷对金叔说：七月初二日快到，别忘了，那天是东宫的生日。金叔当即答道：东宫生日是十一月初二日。”

“老王说的这事，我真的不知道。”兴安说。

“但此事千真万确有过。”王诚道。

“何以见得？”兴安似乎仍存疑问。

“因为是爷亲口对我说的；爷还说：听罢金叔的答话，只觉得从脊梁骨里生出一股寒气。兴叔，说句不该说的话，金叔下狱，八成是因为他不知爷的心思。”王诚这么说，明摆着是不怕他去皇帝面前求证，“兴叔或不知道此事，但应该知道东宫的生日吧？”

“老金答得不错，东宫生日是十一月初二日。”兴安道。

“那爷为何要说七月初二日呢？难道这个日子也会记错？”王诚问。

“记错是不会，或是记混。”兴安说。

“兴叔，你怎的也如此糊涂！你不知道爷为何说东宫生日是七月初二日，难道连七月初二日是什么日子也不知道！”王诚几乎是在质问。

“我知道。”舒良抢着说，“七月初二日是小皇子的生日。”

他说的是小皇子，是皇帝的独生子，杭妃所生，名见济。

“你知道管什么用，得看兴叔知道不知道。”王诚说。

“我想起来，小皇子的生日是七月初二日。”兴安道。

“可我想不明白，爷厚赐内阁诸臣，怎是为保全兴叔。”舒良说。他和王诚之间有一种默契，总在适当的时机转入适当的话题。

“你不知道不要紧，兴叔知道就成。”王诚说。

“老王，我亦不知。”兴安道。

“的确不知？”王诚问。

“的确不知。”兴安说。

“那我来问问：要是有一天爷对兴叔说，七月初二日是东宫的生日，兴叔怎么回复？”兴安问。

“实话实说。”兴安道。

“好得很，兴叔可以去和金叔做伴。”王诚说，“我也实话实说：兴叔或许比金叔洁身自好；但兴叔自忖，功绩可有金叔高？”

他问的有道理。在皇帝登极前后的那段日子里，宫里的事多由金英出头露面，就皇帝登极而言，他的功绩确实高过兴安太多。兴安回应道：“此事我心里有数。”

“金叔不知七月初二日是东宫的生日，让爷寒心，结局是下狱；兴叔若也不知七月初二日是东宫的生日，爷就不寒心吗？爷若寒心，兴叔能去哪儿呢？所以我说，爷不急着对兴叔说，七月初二日是东宫的生日，却借兴叔之力，设法让七月初二日变成东宫的生日，着实是为保全兴叔。”王诚一口气说完，并问舒良，“我说得清楚不清楚？”

“王哥说得很清楚，我已听明白；但不知兴叔听明白没？”舒良说。

“兴叔的阅历，多过你百倍；兴叔的精明，强过你百倍。你都听明白，他老人家还能听不明白？”王诚道。

二人一唱一和，兴安只有苦笑的份儿。他说：“老王的话，我听明白。我也照着老王的话说，内阁先生们听不听得明白，我却拿不准。”

“兴叔口才胜我百倍，兴叔金口既开，还有谁听不懂！”王诚道。

“四百两黄金，可不是小数目，爷花四百两黄金，还换不来内阁秀才们的心吗！”舒良说得更直白。

兴安不可能完全照着王诚的话说。那样，会让人觉得他舍不得司礼掌印的乌纱帽；或觉得他害怕落个下狱的结局。他得让人觉得，他在这件事上诱导内阁大臣们，是为皇上，为社稷。

颁发黄金后，他说：“皇上这次的赏赐可不轻呀！”

说罢，向众阁臣环作一揖，就要离去。

“老先生不坐一坐吗？”陈循出面挽留。

“德遵先生想我坐一坐？”兴安问。

“不但我想，我敢断言，各位先生都想。”陈循说。

“是啊，公公每次来，都要坐坐，今日何必急着走。”高谷随声附和。

“好，我就坐一坐。”兴安说着，在西边一排椅子里拣一把就座。

“公公，请这边来。”陈循把他拉到东边，指着第一把椅子，让他坐。

时人尚左。兴安坐在右首，表示对主人的尊重；陈循让他坐在左首，表示对他的尊重。正中那把南向的座椅，因为宣宗皇帝曾坐过，而且，臣子在禁中不得面南而坐，所以一直虚设。

“这是德遵先生的位子，让我坐，不成喧宾夺主？”兴安道。

“他人来阁中，还有宾主之分；公公来，断无宾主之分。公公坐于此，我等便于请教。”陈循说。

“请教不敢当，先生们有何吩咐，在下恭听。”兴安换过座位后说。

陈循在他下首坐下，说：“公公方才那句话，颇有深意呀！”

“方才我说过话吗？”兴安故作懵懂。

“公公说过；公公说的是，皇上这次的赏赐可不轻。”高谷说着，在他对面就座。其他几位阁臣，或左或右，依次而坐。

“不错，这话我说过。”兴安道，“德遵先生、世用先生虽为亲贵，百两黄金之赐，也不能说不重吧？”

“正因其太重，故我等心惴惴。”高谷说。

“那好办呀，恩赐重，先生们好生报答就是。”兴安说。

“如何报答，正是要向公公请教的。”陈循说。

“休言，休言！”兴安做遮耳状，当然不会真把耳朵堵住，“受赏的是德遵先生等，报答的也应该是德遵先生等，我说不算数。”

“权作指点迷津，总可以吧？”陈循道。

“德遵先生是诚心请教？”兴安问。

“我等皆是诚心请教。”其他阁臣一起说。

“我若是说，先生们肯照办吗？”兴安问。

“那是自然，”陈循愈发显得诚心，“我等不知所措，兴公公为我等措之，岂有不照办的道理！”

其他阁臣有的要表示赞成，商辂却说：“且听指教，再作计较。”

“哈，还是弘载先生清醒。先生们若一味奉承，我未必想说；内阁有弘载先生这么清醒的人，我倒真要说一说。”兴安这一番话主要是说给商辂听的，说罢，他转向陈循，“内阁就是动笔的，德遵先生等五位中，又有两位状元，何不为皇上写一篇大文章？”

“公公说的是颂文？”陈循试探着问。

“非也，”兴安摇头，“颂文者，秀才们写的，未必不如举人；举人们写的，未必不如进士；进士们写的，未必不如翰林。何劳诸位先生！”

“不是颂文，却是何等文章？”陈循问。

“德遵先生想不出来？”兴安反问他。

“恕某愚钝。”陈循道。

“世用先生也想不出来？”兴安又问高谷。

“不是颂文，或是谢章。”高谷说。

“世用先生，差矣！”连江渊也听出不对。

“怎的不对？”高谷问。

“兴公公是说，为皇上写一篇大文章。谢恩的奏章，是为我等自家写的，却不是为皇上写的。”江渊说。

“甚是，既非颂文，亦非谢章，先生们只想别人都做不得，只有先生们做得的文章。”兴安说。

“兴公公说的，难道是诏书？”商辂问。

兴安一拍桌案，道：“果然是后生可畏！”

阁臣们你看我，我看你，都感到不理解。草拟诏敕，事在内阁，的确是其他人不得置喙的；但草拟诏书，是阁臣们的日常作业，都是奉旨而行，怎么能用来谢恩呢？有一点，众人却感觉到，兴安提到的这篇诏书，一定有特别之处。

“兴公公可否赐告，是怎样的诏书？”陈循问。

“诸位安坐，别被吓住。”兴安从陈循到商辂，环视众阁臣一周，一字一顿地说，“易储诏。”

不管想到的，没想到的，听后无不心惊肉跳。

“兴公公，此诏可是皇上命草拟的？”陈循问。

这一问毫无意义，若是皇帝有旨，兴安根本用不着兜这么大个圈子。但众阁臣都相信，虽未降旨，但这一定是皇帝本人的意思。不然，兴安不会用皇帝的赐金来游说内阁。

“这篇诏书早晚是要拟的，若等到皇上有旨再拟，还能体现先生们谢恩的诚心吗！”兴安道。

陈循首先从震惊中恢复平静。他知道，这是考验他的时刻，不能慌乱；他一慌乱，内阁就更乱，他在内阁的权威地位也会动摇。但他也不能就草拟该诏书或不草拟该诏随便做个决定；这个问题太重大，如果决定是错的，会影响朝廷，影响社稷，也影响他自己的命运。他知道，要想做个正确的决定，须得有个正确的判断。而当礼法、朝廷大政和个人命运纠葛在一起时，判断一定是不清晰的，决定也一定是摇摆的。

其他阁臣陆续恢复平静。有人可能更多地想到礼法，想到朝廷大政，不像陈循那么多地在乎个人的命运；有人可能较少地想到礼法，想到朝廷大政，而更在乎个人的命运。但无论如何，都在受着这两个方面的冲击，因而无人挺身而出。

兴安估计不会马上有结果。他说："诸公再想想，我先回去。"

"兴公公且慢走，我有句话。"商辂叫住他。

"弘载先生第一个做出决断，这可是我没想到的。"兴安说。

"恐怕也是要让兴公公失望的，"商辂道，"兴公公，德遵先生，高公，江公，一宁先生，孟勤先生。"他一一招呼着。之所以对高谷、江渊改以姓氏称，因他二人皆字世用。江渊是四川江津人，宣德五年进士。孟勤是萧镃的字，他是江西泰和人，宣德二年进士。江渊在景泰元年八月入阁，王一宁和萧镃则在去年十二月入阁，"这篇易储的诏书，拟不得！"

声音不高，却使得陈循等震撼，使得兴安震撼。

"弘载先生，拟得拟不得，你个后生，还须多听听德遵先生的，多听听世用先生的。"兴安说。他说的世用先生是指高谷。

"不错，内阁拟不拟诏书，我说不算数；但我想到的事，总得在内阁说出来吧。"商辂道。

"好，你说。"不管兴安希望得到什么，在内阁也不会太霸道。

"兴公公，当今皇太子是在怎样的情势下册立的，你比我等都清楚。"商辂对兴安说完，又对陈循等说，"德遵先生，各位先生，皇太子乃依照皇太后懿旨所册立，今皇太后在上，此事岂我等臣子所当议！"

兴安不再多言，起身就走。他不仅清楚皇太子是据皇太后懿旨册立，也清楚此时有人说诏书拟得，不会有人反对，此时有人说诏书拟不得，也不会有人反对。

皇后汪氏率一干女官、宫女，在坤宁宫外迎驾。她原本心情忐忑，行礼之际，偷瞥过去，见皇帝脸色并无异常，稍感安心。

奉茶后，皇帝问："听说娘娘把王诚唤来过？"

皇后不安的就是这件事，她拿不定主意要不要告诉皇帝。现在皇帝主动问起，她倒不慌。

"是，臣妾把他唤来，责骂一顿。"皇后说。

“为的何事？”皇帝问。

“这狗奴才成事不足，败事有余。”皇后说。

“宫里哪件事被他所败？”皇帝问。

“是东宫的事。”皇后说。

“骂得好！”皇帝不但不责怪，反而大加称赏，“他被皇后责骂一顿，灰头土脸；到文华殿，又被朕责骂一顿。”

“皇上也责骂他？”皇后甚觉意外。

“可不是吗！”皇帝道，“花费朕四百两黄金，却连一句应诺也换不来，皇后责他成事不足，败事有余，一点儿也没说错。”

“他又怎的分辩？”皇后问。

“他除认罪，有什么好分辩的！”皇帝似乎觉得奇怪，反问一句，“怎么，他在皇后面前曾分辩？”

“是。他居然说，赏赐阁臣的主意是他出的，易储却是皇上一直以来的心愿。”皇后说。

“这个王诚！”皇帝初时以为皇后责怪王诚，和自己责怪王诚，是同样的原因；细细一琢磨，却发现并不相同。他问，“王诚这句话并不错，皇后为何用‘居然’两个字？”

“臣妾以为，皇上的心思不该在易储上。”皇后说。

“这是为何？”皇帝问。

“皇太子见深的册立，尚在皇上登极以前。”皇后说。

“因此，朕就不该想到易储？”皇帝问。

“是。”皇后坚信自己的见解是对的。

“荒唐！”皇帝由责骂王诚转而责怪皇后，“正因皇太子册立，在朕登极之前，若是朕先登极，还会册立见深吗！还会动易储的心思吗！”

“见深是据上圣皇太后懿旨册立的，臣妾以为，皇上不该擅改上圣皇太后懿旨。”皇后说。“上圣”二字，是在吴妃被尊为皇太后以后，给孙太后所加尊号。别人在皇帝面前很少提及皇太后，不得不提及皇太后，一般不会指孙太后，不得不提及孙太后，一般也不加“上圣”二字，以免惹皇帝不高兴。皇后特意加上这两个字，以表达对孙太后的尊崇。

“朕尚未登极之际，不得已而以皇太后懿旨册立东宫；朕既登极，焉得再以皇太后懿旨定东宫废立！”皇帝道。

“皇上，臣妾看见深有福相。”皇后说。

“你是说，见济无福相？”皇帝问。

“臣妾实在担心，见济福薄，受不起这等大富贵。”皇后明知自己的话会激怒皇帝，但既然话已说开，她不得不说到底。

“妇人之见！”皇帝叱道，“易不易储，不在见深福分如何，也不在见济福分如何，而在朕的福分如何，在皇兄的福分如何。帝位既传到朕的手里，可见朕的福分是够的，见济的福分也是够的。朕不信，见济被册立为皇太子，就会折寿。”他随后又加上句极为尖刻的话，“是不是见济非己亲出，皇后就不欲他立为储君呀？”

“皇上！”皇后哀叫一声，跪拜在地，“臣妾视见济为亲子，苍天可鉴。臣妾此见，一是因见济体弱，一旦立为储君，恐于他不利；二是天下臣民皆知东宫有主，一旦更易，恐于皇上不利。内阁诸臣无一句应诺，正可见人心所在。”

“哼！朕不信，普天之下，就无一人能为朕分忧！”皇帝说着，拂袖而去。

第七十章

何乔新在何文渊夫妇为他布置的小书房里用功，可谓专心致志，但偶尔也会走一走神。他今年二十六岁，两年后春闱，他二十八岁。古人云三十而立，所以他无论如何也要争取在景泰五年登进士榜。要是再等三年，可就三十出头了。

一阵窸窸窣窣的脚步声，夹杂着细微的喘息声，打乱他的思绪。他分辨得出，来的是母亲；并合乎逻辑地判断出，母亲有急事，八成是父亲的事。因为母亲本人是不会有什么急事的。

果然，何夫人进屋就说："新儿，你父亲一定遇到天大的麻烦了。"

何乔新起身，扶母亲坐到自己的座位上，随手把自己的茶杯递给她。他安抚道："母亲别急，喝口茶水再说。"

何夫人喝一大口，几乎把水喝尽，连茶叶也喝进去不少。她小心地把茶水咽下去，把茶叶吐在手心里。

"母亲为何说父亲遇到天大的麻烦？"何乔新问。

"他把我端给他的漱口水当作茶水喝下去。"何夫人说。

何乔新本来有些紧张，听了母亲说的原因，一下轻松下来。他笑着说："也许父亲只是口渴得厉害。这叫饥不择食，渴不择饮。"

"不会的。"何夫人道，关系到对丈夫为人的了解，她相信自己不会错，"你父亲要是渴不择饮，我早就改变习惯，直接把茶水给他。再者，你没看到他的神情，与平时大不相同。"

"好，我去看看父亲，母亲就在我这里歇着吧。"何乔新说。

何文渊去年七月升任尚书，和王直同掌吏部。一部有二尚书，排在第二的尚书，其实和侍郎并无太大的区别。除非排在第一的尚书体弱多病，不能理事；或人品低下，颇遭非议。而这两种情况，王直都没有。所以，何乔新不相信父亲会遇到什么天大的事；而他看到的父亲已经换上家居的便服，也没什么异乎寻常的举止和表情。看来，父亲真的是口渴，而母亲送上的漱口水正好为他解渴。

"父亲。"何乔新招呼一声。

何文渊看他一眼，问：“你不在后面用功，过来作甚？”

“母亲觉着父亲遇到天大的事，很不放心。”何乔新说。

“唉！”何文渊叹口气，“这事没有天大，也有地大。”

何乔新不得不承认，他只能看到父亲的表面，母亲却能看出父亲的内心。他不放心地问：“父亲，可是吏部衙门出事？”

“吏部衙门出事，有甚了得！这事恐怕要闹得举朝翻云覆雨，闹得天下翻云覆雨。”何文渊说。

“有这等厉害？”在何乔新眼里，何文渊是经历过大世面的，他说得这么严重，可以肯定不是件小事。

“揭孟哲寄一密函来，你自家读读吧。”何文渊手指书桌道。

“从两广寄来的吗？”何乔新边说，边去桌上拿信札。

“是啊，”何文渊应道，“他在密函里提到一奏疏，今奏疏未至，密函先至，可见他对此事看得极重。”

“是孟哲叔的奏疏？”何乔新问。

“不，是一广西土官进呈的。”何文渊说着，发起议论，“你说，他巡抚广东，怎么过问起广西的事？”

“是啊，广东巡抚关注广西土酋所进之疏，这事够蹊跷的。”何乔新说着，口气一转，“或是事与广东有牵连，或是人与广东有牵连。”

“有没有牵连，一读便知。”何文渊道。

何乔新忙读揭孟哲的密函。揭孟哲名稽，和何氏同邑，是江西广昌人，永乐二十二年进士，现以侍郎巡抚广东。对何文渊来说，他是后进；对何乔新来说，他却是不折不扣的长辈。

揭稽在密函里写到的人和事，与广东一点儿关系也没有。

揭稽写到的人，叫黄竑，是广西思明府浔州守备。揭稽写到的事，是思明老知府黄堈致仕，庶长子黄钧袭位，嫡少子黄钰怨愤，谋夺位。这件事与黄竑本不相干，但他授计黄钰，袭入府城，诛杀黄堈，支解黄钧，而诈称盗贼入府。他当然不是真心帮助黄钰，而是有自己的险恶用心。这事与官府亦不相干，土酋家族仇杀之事甚多，官府一般是睁一只眼闭一只眼，不到迫不得已不加干预。但黄竑做得太过分，黄堈、黄钧父子一死，他就向广西巡抚李棠等检举黄钰为罪魁祸首，并先礼后兵，先馈赠副使刘仁宅大笔钱财，再挟兵势与官府抗衡。他的目的，无非是要自己来做思明土知府。刘仁宅佯许之，却暗中调动官军，诱捕黄竑父子，并将黄竑罪状奏闻朝廷。朝廷降诏，将黄竑下广西狱。

黄竑谋算未遂，反受其祸，不甘心就此锢死或被处死，乃起草一道奏疏，命心腹千户袁洪持之赴京，叩阙上言。

何乔新读到一半，道："这人与事，与广东并不相干呀！"

"其人其事与广东不相干，定是有人与其人其事有牵连。要不，他一个远在天边的土守备，怎能拿笔一点，就点在朝廷的大穴上？"何文渊说得既含蓄又明朗。

"父亲是说，孟哲叔涉及此事？"何乔新问。

"恐怕不止牵涉，说不定——"何文渊本来要说，恐怕黄竑的奏疏都是揭稽草拟的，但他在刑部任至侍郎，深知没有证据的话不说为好。

"父亲，何谓朝廷大穴？"何乔新又问。

"你一读便知。"何文渊仍是那句话。

何乔新往下读揭稽的密函，立刻了解问题的严重性。

揭稽引述黄竑奏疏的大意，曰：高皇帝龙飞淮甸，定鼎开基，所期圣子神孙，传之无穷。胡寇犯边，太上轻屈万乘，被遮虏廷；扈从群臣，天下将士，十丧八九。逆虏乘胜长驱，逼迫京师，岩邑几殆。非列圣在天之灵，预诞皇躬，继登大宝，天下臣民，何所归向！此皇天所以眷陛下也。陛下即位已逾二年，东宫尚仍太上之旧，岂念太后、太上，有所不忍？臣唯太子，天下之本。古人云：天与不取，反受其咎。窃恐日月淹久，议论妄生，人心易摇，争夺兴乱，即欲循前代逊让之美，复全天叙之伦，势有不可。近者土星逆行太微垣，臣测天意，殆有垂谕。愿早与亲信大臣，密议易建，以一中外之心，绝觊觎之望。

"此乃一篇易储疏呀！"何乔新道。

"是啊！"何文渊边应，边招呼他坐在自己身旁，"来，新儿，你看看这里。由高皇帝龙飞，而至圣子神孙，而至预诞皇躬，以论证当今皇上与高皇帝一脉相承，非深谙我中原教化者，不会绕这么大个圈子。"

"所以父亲说——"何乔新知道这是在说揭稽。

"还有，"何文渊接着说，"'天与不取，反受其咎'这句话用在疏里，看似粗俗，实则与'太子，天下之本'合在一起，巧妙地点出主题。非深谙我中原教化者，不会懂得其中奥秘。"

"黄某身陷囹圄，下一步险棋而求生，尚在情理之中；孟哲叔为何要越境去踩这一脚浊水？"何乔新大为不解。

"新儿说这是浊水吗？"何文渊不以为然，"在清者眼里，这或是浊水；在浊者眼里，这却是清水。"

"父亲以为，孟哲叔是浊者？"何乔新问。

“我不会这么说。”何文渊道，“我分辨不出，也不关心，何为清者，何为浊者；何为清水，何为浊水。”

“父亲关心的是何事？”何乔新问。

“揭孟哲为何写密函与我，谈及此事？”何文渊说。

“父亲理出头绪否？”何乔新问。

何文渊点点头，说：“非关照，即恳请。”

“何为关照？”何乔新问。

“此疏一进，风雨欲来，他提前和我打个招呼。”何文渊说。

“何为恳请？”何乔新问。

“此疏一进，后事难料，他想我呼风唤雨。”何文渊说。

“父亲会呼风唤雨吗？”何乔新问。

“这事由不得我。”何文渊说。

“父亲何出此言？”何乔新问。

“皇上早有意易储，大臣们早在琢磨易储，但如黄竑所言，念太后、太上，有所不忍，未发而已。今得黄竑之疏，皇上不用降朕欲易储之诏书，但命大臣议其事而已；大臣们不用上请圣上易储之奏疏，但奉旨议之而已。易储之事，还阻止得住吗？”何文渊由此而不难得出结论，“故非在我会不会呼风唤雨，而在我是否顺应时势。”

景泰三年四月二十一日，左顺门朝房坐满人。武臣是以陈懋为首的勋戚及五军都督府的都督、都督同知等堂上官，文臣是以王直为首的三品以上的堂上官，及以陈循为首的内阁大学士和翰林学士、科道等官，内臣有司礼监掌印太监兴安和御马监掌印太监王诚。

陈循和王直对视一眼，点点头，对兴安说：“兴公公，传旨吧。”

“德遵先生，我不是来传旨的，我是来听廷议的。”兴安说。

陈循本想由兴安来宣布今日廷议的主题，没有成功，只得自己来说：“广西土官黄竑上疏，奏请易储。奉圣谕：此宗社重事，下廷议。今日要议的，仅此一事。”

在座的大臣们，听了陈循的开场白，很整齐地发出一声惊叹。其实，他们中的不少人，已然知道这篇奏疏，也预料到皇帝会命廷议。惊叹之后，便人人把嘴闭紧，不再出声。

陈循好不尴尬。他既致辞开场，无形中就处在廷议主持人的位置，不得不设法打破让人难堪的沉寂。

“爵爷，你带个头吧。”他先对陈懋说。

“抛砖引玉的事，我一向做不来。”陈懋不是不给他面子，而是实在想不出说什么好。

“俭公。”陈循又向王直示意。

“是不是先给众人读一读黄某的奏本？”王直出个主意。

“对，对。”陈循擦去额头上的汗水，依次看看几位阁员，显然是想从他们当中挑选一人来宣读奏疏。

“德遵先生，我来读，可使得？”坐在一旁的兴安主动请缨。

“兴公公口齿清晰，嗓音洪亮，再好不过。”陈循道。

兴安站起身，清清喉咙，大声宣读黄竑的奏本。读罢坐下，看看朝房里有什么反响。

还是没有声音。没有表示有话要说的声音，没有表示无话可说的声音；没有表示赞成的声音，没有表示愤慨的声音，甚至连表示惊叹的声音也没有。似乎众人的意见在方才那一声惊叹中已完全表达出来。

“看来。吐字仍不够清晰，声音仍不够洪亮。德遵先生，我再读一遍？”兴安自我解嘲。

陈循揖揖手，道：“有劳，有劳。”

兴安又读一遍黄竑的奏本，结果相同。他苦笑一声，对王诚说：“都道事不过三，实是无奈，我的嗓子已哑，你替我读第三遍吧。”

“理当效力。”王诚又读第三遍。

见仍无人有开口的意思，兴安对几位主要人物说：“老爵爷，德遵先生，行俭先生，我只好破一次例。”

“兴公公要破何例？”陈循问。

“我奉旨与廷议，从未以廷臣哑口无言回复，今日我只得以这四个字回复。”兴安说。

这无疑是个威胁，陈循意欲劝阻，却不知如何劝阻。

谁也没想到，出面劝阻的是王诚。他说：“兴叔，在下有个计较。”

兴安一怔，道：“你说。”

“兴叔说事不过三，很是。”王诚先拿兴安自己的话出招，然后说，“黄某的奏本，兴叔读两遍，在下读一遍，合起来是三遍，并无一位大人站起来反驳。在下以为，这表明大人们都不反对。黄某议的是易储，赞成就是赞成，反对就是反对，不可能既不赞成又不反对，也不可能既赞成又反对。既然大人们都不反对，定是一致赞成。

兴叔拿廷臣一致赞成回复，不比拿廷臣哑口无言回复好得多？”

他三言两语把无一人出面赞成，演化成廷臣皆赞成，不用说廷臣中的多数人觉着荒唐，连兴安也觉着荒唐。觉着荒唐归觉着荒唐，仍然无一人站起来反驳。兴安忽然觉得，这是个意想不到的理想结局。

“老爵爷，德遵先生，行俭先生，”他又一一招呼这几位主要人物，“我是不是可以这样去回复呀？”

陈懋、王直均不作声，陈循说：“兴公公以为可以，就是可以。”

“既然一致赞成，就该草拟一份奏议呀！”兴安说。

吏科都给事中林聪嘴张开几次，合上几次，终于鼓足勇气说：“兴公公，恐怕不是一致赞成。”

“林大人是说，你就不赞成？”兴安厉声问道。

“不，不，”林聪不敢硬顶，只能迂回，“我的意思，兴公公可以大致赞成回复，不可以一致赞成回复。”

“如何回复，老夫心里有数。”兴安道，“等会儿奏议拟罢，赞成的在上面署名，不赞成的不在上面署名，不就泾渭分明？”

如果说，王诚的一番话还不需要廷臣们人人表明立场，兴安的一番话使得廷臣们人人都没有退路。而在心里叫苦不迭的，首当其冲是陈循。一则，一定是他第一个署名，要是他署名后，竟无一人随之署名，他只有一头撞向石阶，撞死了事；二则，眼下他还得为草拟奏议费心，奏议的分寸是很难把握的。

“源公，奏议就烦你草拟。”说着，他向胡濙一揖。易储，关乎礼法，由礼部尚书起草廷臣奏议，合情合理。

“德遵先生知道，老朽患手疾，久不能执笔。不过无妨，礼部几位堂官都在，德遵先生看哪个合适，就让哪个草拟。”胡濙不动声色地说。

除他外，在座的还有礼部侍郎萨琦、邹干。

“我看不妥。”萨琦道，“具体事项，如易储之事定下来，仪注当由礼部拟议；现在要定的是易储与否，此等大事，还须阁臣们拟之。”

廷臣们担心推来推去，会推到自己头上，遂齐声赞成此论。陈循无奈，问高谷：“世用先生，你看呢？”

“我看，内阁是推不掉的。”高谷说。

“那就请世用先生执笔。”陈循说。

“是何道理？”高谷推辞，“源公患手疾，不得勉为其难，德遵先生难道也患手疾吗？”

“弘载先生，你下笔快，拟此疏稿，如何？”陈循转向商辂。

“我来草拟，可以；但林都谏方才有句话，恐怕不是一致赞成，我不知该如何写到疏稿里。”商辂说。

陈循又看江渊。江渊一揖手，道：“德遵先生乃内阁首席大学士，草拟此疏，义不容辞，就不要再推让。”

萨琦的话，得到阁臣之外所有廷臣的拥护；江渊的话，得到陈循之外所有阁臣的拥护。兴安向陈循抱抱拳，表示拜托之意。见陈循拿起笔，他对王诚说：“老王，咱且回宫吧。”

“是。”王诚应着，和兴安一起往外走。将出朝房，他低声说，“兴叔先行一步，在下办件小事，马上回宫。”同时，向正在观望他和兴安的都御史王文使个眼色。

王文会意，故意问身边的陈镒：“有戒先生，如厕否？”

陈镒摇了摇头。坐在王文另一边的左都御史杨善开玩笑地说：“千之先生不是要逃避署名吧？”

“思敬先生放心，德遵先生的疏稿，不是顷刻拟就的。待署名时，我一定不落在思敬先生后面。”王文说。

杨善在奉迎太上皇帝还京后，由右都御史改左都御史。他怕王文还有难听的话，忙往外让道：“好，好，千之先生快去快回。”

王文出朝房，直奔茅厕，王诚已在里面等他。

“老王，唤我出来何事？”王文问。

“兴叔拜托德遵先生，我和他没交情，只好拜托千之先生。”王诚说。

“拜托何事？”王文问。

“老哥不是明知故问吗！爷交代：天赐黄竑其人，倡言易储。若是再有反复，他宁肯退位，这个皇帝谁愿意当谁来当！”王诚说。

“唉！君忧臣辱，皇上忧思，却由一夷酋而解。说起来，我等真该活活愧死。”王文叹道。

“早知今日要愧死，何不听我劝告，疏论易储！”王诚责道。他和王文是同乡，当初的确鼓动过王文上疏。

“谁敢呀！”王文道，“易储之疏，午时进之，未时便成众矢之的；今夜进之，明晨便成众矢之的。我还能立足于朝吗？”

“你怕丢官，姓黄的怎么就不怕？”王诚仍在责备。

“他禁锢广西狱中，还有什么好怕的！乡人有句俗话，叫作死猪不怕滚水烫，老王听过吗？再者，姓黄的乃一边夷，他悄然上疏，不曾引人关注；等众臣醒悟，皇上态度已明朗，谁还斗胆进言，谁还忍心批驳？若是我疏论易储，科、道必群起而攻之，那时皇上不便于处置，不忍心批驳，岂不反误大事？”王文对自己的辩解，没有多少自信，所以把陈述的句式都改成提问的句式。

“这么说，爷倒该感激千之先生？”王诚的话里，不仅有讽刺的意味，还有蔑视的意味。

王文一想，强行狡辩，当真不如不辩。他讪笑着说：“罢了，都是我不好，有负王哥美意。王哥眼下有何吩咐，就快说吧。”

“也没别的，只是今日之事，务必功德圆满，请千之先生多费心。”王诚说着，深作一揖。

“你说的功德圆满，是无一人不署名吗？”王文问。

“有几人不署名，倒不要紧；要紧的是，有人不可不署名。”王诚说。

“皇上不求全责备，事情就好办得多。”王文说罢，与王诚分别离厕。

他估摸着，离开朝房的时间不长不短，回到朝房，奏议拟得差不多，陈循该自己宣读，或请人宣读。谁知回到朝房，却见陈循盯着桌面发呆，其他人也相互望着发呆。

“思敬先生，出了何事？”王文悄声问道。

“德遵先生起笔，写个上句，却对不出下句；他请大家帮他对对，你看，大家都在苦思冥想呢。”杨善悄声告诉他。

“德遵先生的上句是怎么写的？”王文又问。

“天佑下民作之君，实遣安于四海。”杨善述道。

“句子很普通呀，这多翰林都对不出来吗？”王文有些奇怪。

“或因普通，反而不好对。千之先生觉得句子普通，何不对个下句出来，也免得众人干坐在这里难受。”杨善说。

王文准备对句时，才发觉遣词造句确有难处。有一种关系可以与上句对应，那就是父与子。国君为天子，天与君的关系，可以说是父与子的关系；而君与民的关系，也可以说是父与子的关系。总不能在一句话里，把父与子的关系重复两次吧？

王文正在顺着这个思路琢磨时，一只手把一张折了几折的纸推到他面前。他抬头一看，是坐在对面的何文渊，不知什么时候站到他背后。“千之先生赐教。”何文渊低声说一句，又回到自己的座位。

王文把纸打开，上面写着七个字：父有天下传之子。他心里一动，用这七个字来对上句的前半部分，很恰当呀。他方才围绕父与子的关系打转，其实，还可以从另一层关系考虑。作为一国之君，有两样东西是不可或缺的，一是其土，一是其民。

上句说的是民，下句何不对以土？

思路一开，后半句不再难对。四海说的是天下范围之广，一定要对以社稷绵延之久，用万年二字就很好。

何文渊的一来一去，王文的一惊一喜，陈循都看在眼里。他招呼道：“千之先生有好句子，可否示之？”

“有两句话，不知用得用不得。”王文咳嗽一声，念道，“父有天下传之子，斯固本于万年。”

“不错，严谨工整，就用它。”陈循率先给予肯定。他估计，这样的句子并不难造，关键是大臣们有顾虑。父有天下传之子，这是不是圣人之道呢？要是有人提出这一点，可就麻烦。所以等不得。所以不但要马上口头上给予肯定，而且要马上写下来。他在书写这句话的时候，无意识地在这句话后面加两个字：文作。

王文把何文渊递给他的那张纸一扬，说：“对句之功应属于巨川先生，德遵先生莫记在我头上。”

“不，不，我只不过开个头，千之先生乃成其大者。”何文渊忙说。

陈循已经开始往下写，没办法把“文作”改成“王、何合作”；而且，对他二人的推让也不感兴趣，他只简单地回应：“二位皆功不可没。”

在起笔的这句对仗之后，陈循简单阐述以下内容：三代享国长久，皆用此道，宜从臣竑所言。他下笔如飞，很快把这一层意思议论透彻。他读一遍，和兴安宣读黄竑奏疏后一样，气氛很沉闷。他苦笑着说：“拙文就不必再读三读吧？”

他命人从中书房找来一员善书的舍人，把疏稿誊写在正式的疏纸上。誊写罢，他草草看一遍，在后面署上自己的名字。

“哪位接着来？”他问。

“我来吧。”陈懋不用第一个署名，已经谢天谢地。

“老爵爷别动。”陈循说。他捧着疏本，让誊写的中书舍人拿着笔，走到陈懋面前。陈懋署了名，接下来，从安远侯柳溥，到都督孙镗，到锦衣卫指挥佥事林福等，一一署名。

轮到文臣署名时，陈循犹豫一会儿。署名应按职级，尚书排在最前面。内阁除他外，还有高谷也兼尚书衔，他署名后，似乎应该请高谷签署。但他最终还是先把疏本放在王直面前。这不仅是出于对王直的敬重，他还担心，多等一时，王直会做出别的决定。

其实，署不署名，王直还没下定决心。陈循把疏本放在他面前，中书把笔递到他面前，他都没正眼去看。

“本该俭公领衔的，是我僭越。”陈循说。这是一个小小的花招：说王直因署名先后而不满，他或许不好拒绝。

“自东翁主持内阁以来，内阁和吏部在领衔上就无僭越可言。”王直或是看穿陈循的花招，或是在这件事上早已有成见，总之不上他的当，“德遵先生，我在想，自家是不是该成为不一致的那个人。”

“俭公，不可呀！”陈循道。

“有何不可？”王直问。

陈循眨眨眼，说不出理由。

“俭公，确是不可。”何文渊、王文几乎同时说。

“嗯，两位功不可没者都有话？”王直对何文渊说，“你我在同一衙门，让外衙门的先说，如何？”

“是，我等谁人先说，以及说与不说，都不打紧；俭公自家可要三思。”何文渊说着，向王文一揖，“千之先生请。”

“俭公不署名，我以为有三不可。”王文说，“第一，俭公不在意哪个领衔，皇上却不会不在意。奏议上只有德遵先生署名，却无俭公署名，一定会驳回的。皇上登极三载，因仁德宏大而未曾虑及储位正否，群臣因犹豫彷徨而未曾倡议易储。今易储之议自天而降，俭公若因一时把握不定，而伤圣天子之心，于心何忍！”

“文武群臣，只王某一人不署名，皇上未必驳回。”王直说。

“群臣皆以俭公马首是瞻，俭公不署名，后面必然有众多不署名者，怎会是一人之事！”王文道。

王直低头想了想，问：“千之先生，第二个不可是什么？”

“第二，德遵先生已署名，宁阳侯、安远侯等爵爷已署名，俭公不署名，其后将有一干文臣不肯署名。阁臣中若有人不署名，内阁将骤起争议；部、院中若有人不署名，文、武间将骤起风波；科、道中若有人不署名，文臣间将骤起风波。”王文把可能出现的情形一一列出，道，“俭公若因一时把握不定，而伤朝廷和气，于心何忍！”

王直又低头想了想，说：“我再听听第三个不可吧。”

“父有天下传之子，三代之正道。今维护此正道者，乃一夷酋，足以令朝廷蒙羞，令我辈蒙羞，令天下读书人蒙羞。万幸者，我皇上从善如流，不因议发蛮荒而弃之。皇上所期者，我等能以议正而从之。俭公若因一时把握不定，而失天下之心，于心何忍！”王文说。

王直低头想了想，说：“千之先生，你一再称我把握不定，可是给我留足面子。”

又问何文渊，“巨川先生，你是三不可呀，还是五不可？”

“没有那么多，我只一不可。”何文渊说。

“那再听听你的高论吧。”王直道。

“我只想说说领衔之事。”何文渊说，“千之先生称俭公不在意哪个领衔，我看不然。当然，我不是说俭公一定在意哪个领衔，而是说在外人眼里俭公有在意之嫌。是何缘故？若当俭公领衔，且俭公第一个署名，没人会想到俭公在意不在意哪个领衔。若当德遵先生领衔，且德遵先生第一个署名，也没有人想到俭公在意不在意哪个领衔。今俭公与德遵先生哪个领衔在两可之间，德遵先生第一个署名，俭公随即拒绝署名，就不能不让人想到，俭公对哪个领衔甚是在意。”

“巨川先生，你和我在同一衙门议事的日子不短，你也视我是个看重名利之人吗？”王直说着，从中书手里取过笔来，对着笔端吹口气，然后郑重地在疏后签署上自己的名字。

陈循大大地松口气，因为他已经署名。王文、何文渊大大地松一口气，因为他们是决定要署名的，王直署名，使得他们可以更加堂而皇之地署名。高谷、江渊、王一宁、萧镃、商辂大大地松口气，因为他们尚未决定是否署名，王直署名，使他等用不着再费心伤神。总之，王直署名，使众多官员感到解脱。

“巨川先生，你署在俭公之后吧。”陈循对何文渊说。

“不，该当世用先生在前。”何文渊说。他的谦让是实实在在的谦让，不会被人看作犹豫不决。

高谷觉得再推让没什么意思，提笔署名。随后，何文渊、户部尚书金濂、礼部尚书胡濙、兵部尚书于谦、刑部尚书俞士悦、工部尚书石璞、左都御史王文、陈镒、杨善，先后署名。至侍郎一等，江渊第一个署名，后面王一宁、萧镃依照所兼侍郎的顺序，与各部侍郎交互署名。商辂在寺丞之后署名，再后是六科都给事中和十三道掌道御史。

让人多少有些意外的是，林聪在署名时，并没表现出犹豫。

对廷臣奏议，皇帝降诏曰：卿等所引皆古义。近者耆旧内臣，亦来劝导，与卿等奏同。朕不敢专，上请皇太后。太后曰：但欲宗社乂安，天下太平，人心如此，政当顺之。朕不敢违。礼部其具仪，择日以闻。

礼部选择五月初二日行册封皇太子礼。

在举行册立仪式前，朝廷大封东宫官属。陈懋、石亨、王直、胡濙等，兼太子太师；柳溥、陈循、高谷、于谦等，兼太子太傅；何文渊、金濂等，兼太子太保；

江渊、王一宁等，兼太子少师；吏部左侍郎俞山，兼太子少傅；兵部左侍郎俞纲，兼太子少保。另以商辂等为詹事府官，自左春坊大学士至司检、正字、检书不等。

五月初一日，虽然发生疯癫男子擅闯奉天门事件，但不妨碍第二天举行册封见济为皇太子的仪式。同时，皇帝命废皇后汪氏，册立见济生母杭氏为皇后。

第七十一章

太监陈谨一边走一边唠叨，走着走着，说着说着，忽然发觉身边的人不见了。他叫声“赵大人”，转过身找。因为背有些驼，按照习惯，他低着头看两侧，看身后，估计能看到三步之内。没见到人，他又叫声“赵大人”，头抬起一半，看两侧，看身后，估计能看到十步左右，仍没见到人。他不得不完全抬起头，在感觉上是仰视，实际上是平行看过去，见赵荣在他身后二十步开外。

“赵大人，快走呀！”陈谨招呼道。

“走不成。”赵荣在后面说。

“脚崴了吗？我去搀你。”陈谨道。他为人热心，说去搀，真往回走二十多步，去搀赵荣，忘记自己身上也是有残疾的。

赵荣没人搀还好，有人来搀，身子后仰，似乎要拉着陈谨往后坠去。

“赵大人疼得厉害吗？不妨，我略懂医道，且为你捏捏。”陈谨说着，身子弯下去。

“不劳陈公公。”赵荣拉住他，说，“我腿脚并无伤痛。”

“那是伤在何处？”陈谨问。

“各处均无伤痛。”赵荣说。

“既无伤痛，为何止步？”陈谨问。

“陈公公，你往前看。”赵荣顺着护城河前指，“再往前走，可就要到崇质殿。”

“是啊，你我就是要去崇质殿呀！”陈谨说。

“去崇质殿？”赵荣大感意外，“你不是说，去找合用的基石吗？”

“是啊，兴叔说，隆福寺外还缺少几块基石，南宫翔凤等殿石栏杆堪用，故我约你一同来看看。”陈谨说。

修建隆福寺，是朝廷近来的一项大工程，以工部侍郎赵荣和太监尚义、陈祥、陈谨等督工。兴安崇佛，对工程极为上心，连缺少石料的事情都要过问。陈谨在几员督工的太监中，资历最浅，跑腿的事多交给他办。他生怕兴安说的石料不合用，拉过去落下埋怨，故缠着赵荣同来。

“你早说是南宫的石栏杆，咱们就用不着跑这一趟。”赵荣道。

“为什么？是尺寸不够，还是质地太差？”陈谨问。

“尺寸恰好，质地绝佳，也不能用。”赵荣说。

“赵大人这么说，我就不懂。”陈谨道，“若尺寸恰好，质地绝佳，放在那里也是闲置，怎的就不能用？”

“南宫是上皇的居所，陈公公难道不记得？”赵荣质问。

“我没忘，倒是赵大人似乎不知，上皇爷居于崇质殿，与翔凤殿不是一码事儿。”陈谨说。

“崇质殿是崇质殿，翔凤殿是翔凤殿，这我知道；但崇质殿与翔凤殿毗邻，陈公公知道吗？让上皇眼看着我等拆毁邻殿，让上皇日后一睁眼，见到的是残缺的殿宇，陈公公，你我于心何安！”赵荣道。

“那得看赵大人看重哪一头。”陈谨说，“赵大人若看重崇质殿，不要说毗邻的翔凤殿拆不得，周围一草一木也动不得；赵大人若看重隆福寺，不要说用毗邻的翔凤殿几根栏杆，崇质殿的柱石也用得。共事一场，我劝赵大人还是看重隆福寺吧。你看重崇质殿，也不会有什么结果。你看，南宫周围原是林木葱郁，今日还有一树吗？”

赵荣知道，皇帝不知听信谁人之言，担心南宫遮蔽在大树高木间，日久生变，故命人将附近的树木伐之一空。拆除翔凤殿的石栏固然不为安全计，但他想保住翔凤殿的完整，只是徒劳。

“皇上命我督工，我能不看重隆福寺吗？但可做可不做的事情，陈公公还是不要勉强我做。”他说。

“赵大人说的是拆用翔凤殿石栏？”陈谨问。

“不，翔凤殿石栏合用，陈公公尽管着人去拆去运，但不要拉着我一同去看。”赵荣说。

“这是为何？”陈谨问。

“当年也先挟持上皇驻跸土城，我曾为朝廷使臣前往参谒。万一上皇隔墙叫出我的名字，问我拆殿的缘故，我无地自容呀！”赵荣说。

“赵大人念及旧情，我不好难为你。”陈谨还算通情达理，“好，我自个儿去看，量好尺寸，再说与赵大人听。”

一名司礼监太监把奏本留在礼部，揖过便走，更无二话。换别个太监，胡濙可以邀其稍坐，在叙谈中了解到一些背景。但这是一个不熟悉的太监，胡濙只能望着他的背影说：“我怀疑他把此疏送错地方。”

“源公何出此言？”萨琦问。

“廷珪先生看嘛。”胡濙指着奏本说，“写疏的是南京锦衣卫军余华敏，论的是中官十害。怎么说，也轮不到礼部议复。”

萨琦字廷珪，本是西域人，后落籍福建闽县，宣德五年进士。他知道胡濙说的是句笑话，皇上要将奏本发下哪个衙门议复，都是交代得明明白白的，内臣怎会送错！况且是司礼监官。但他还是问：“依着源公，该送到哪个衙门去议？”

“事关内臣，可送去吏部。”胡濙道。

“吏部恐怕顾不上这等琐事。”萨琦说。

“中官十害，题目何其大也，怎是琐事！”胡濙道。

“并非所论事小，而是议复其论事小。”萨琦说，“上月才选官，分行天下，考察官吏。皇上对此事看得特别重，吏部怎敢分心！”

“说的也是。”胡濙回应道，“就我所见，宣德五年，廷珪先生，即你中第那一年，擢恂如先生、廷益先生等六人为侍郎，分行各省督粮，此后再没向外差派如此众多大臣。而今次差派的大臣竟有十余人，声势又远远超过那一次。”

“是十六人，本部亦有佐卿被选。”萨琦说。礼部被差出的，是由兵部右侍郎改任礼部右侍郎的邹干。

“我记得，还有几位挂的是正卿衔。”胡濙说。

“有四位。”萨琦一一举出，“一位孙公原贞，加兵部尚书；一位薛公希琏，加刑部尚书；一位洪公英，一位王公暹，均加右都御史。”

“动作如此之大，十六人的本章都要吏部议复，我也不好意思再把这本奏章交给吏部去议。”听胡濙这么说，好像这事他真做得了主。

“源公是说，只得礼部来议？”萨琦问。

“这倒不急；吏部顾不上议，尚可由兵部议。”胡濙这么说，有一个简单的理由。“毕竟华敏是军余嘛。”

“军余非正军，华敏论的又不是兵事，将其奏章下兵部议，恐非所宜。再说，廷益先生眼下已是一心二用，源公还想让他一心三用不成？”萨琦的理由却要充分得多。

“廷珪先生说大司马一心二用，是怎么回事？”胡濙问。

“前者瓦剌、鞑靼仇杀，廷益先生意欲乘机征讨瓦剌，他的心思有一半已用在这件事上。”萨琦说。

去年，瓦剌、鞑靼发生严重冲突，起因是：脱脱不花娶也先姐，生子，也先游说脱脱不花立其为可汗的继承人，被拒绝。也先见脱脱不花与中国修好，担心会对自己不利，于是率部攻鞑靼部，杀脱脱不花。这是景泰二年的变故，传至朝廷，已是景泰三年初。于谦、石亨的反应较为激烈，主张出兵干预。大多数廷臣则认为，不如接受这个事实。于是，朝廷承认也先可汗的地位，但称之为瓦剌可汗。

“这我知道，大约半年前，廷益先生与武清侯一同上疏，奏请率京营往宣、大讨之，对吧？”胡濙自问自答，“但廷议时，反对者居多，皇上也不想廷益先生离开京师，因而明旨不准。”

“奏议虽被驳回，心却不甘，廷益先生仍立足于战。”萨琦说。

“也是，大司马不议战，要他何用！”胡濙含义不清不楚地议论了一句，然后问，“廷益先生之一心，第二用在何处？”

“挑选京营精锐，另行编制。”萨琦说。

“这于朝廷却是件大事。廷珪先生，咱们帮不上大司马的忙，也别干扰他，换一家议吧。”胡濙说着，扫了华敏的奏本一眼，“第一事论的是内官收积家财，户部该议一议。”并问，“大司徒不会也一心二用吧？”

“户部眼下只有一件事，但这一件的分量，却不亚于兵部的两件事，也不亚于吏部要议复十六名钦差的奏章。”萨琦说。

“何事这等重大？”胡濙问。

“源公还记得，接替恂如先生的是哪一位吗？”萨琦这句发问，为的是便于展开话题，并不要求回答，“是前应天府尹李公敏。朝廷升李公户部右侍郎，巡抚应天等府，皇帝并亲写手敕，命周忱之法果便于官民者，毋轻易。源公还记得，李公到任多久吗？一年又三个月。李公遵圣谕，迄今无大举措，恂如先生之法，果未轻易。”

“清静无为，户部有什么好操心的！”胡濙说。

“恂如先生已行之法，大家都看得清清楚楚；但恂如先生欲行而未行之法，又当如何？”萨琦道。

“你是说——”胡濙沉吟着。

“源公看，恂如先生所行之法，归结一点，为何事？”萨琦问。

“均赋。”胡濙道。

“不错，恂如先生定下许多细则，目的都在均赋，但均赋有一条最根本的依据，恂如先生欲行而一直不得行。”萨琦说。

“廷珪先生说的是何事？”胡濙问。

“均田。”萨琦说。

“你是说，李侍郎欲于江南行均田之法？”胡濙的语气，和问起他事时不同。看来他也认为，这件事的重要性，抵得上吏部、兵部等衙门处置的许多事务。

“李公的长处是守成，酝酿这件大事的是户部。”萨琦说。

“我亦听大司徒隐约透露过。这等大事，户部既酝酿许久，为何迟迟不行？”胡濙问。

“朝廷定策，总得江南巡抚具体实施呀！”萨琦说。

“你是说，户部不放心李侍郎的能力？”胡濙想到事情的一个方面。

“不，不，”萨琦说的却是另一个方面，“源公莫忘，李公亦是十六员钦差大臣之一，眼下他得以全力应付考察之事。”

“或许吧，”胡濙觉得谈论这件事意义不大，“均田一法，办得好，足以富民强国；办得不好，足以使天下大乱。故不可不慎呀！”

“所以，内官收积家财等事，暂不宜交户部议。”萨琦就势说。

“廷珪先生又胜一回。”胡濙虽说到胜负，但心态平和，早已不把胜负当作一回事，“还有刑部、工部、都察院，难道各个衙门都有关乎国家兴亡的大事要处置吗？”

“源公说呢？”萨琦笑问，似乎不想再胜他。

“工部还有件事，修建隆福寺，正在紧要关头。此事说大即大，说小即小，仁者见仁，智者见智。至于刑部和都察院，倒是没有什么特别的大事；但眼下正是秋审之际，一桩一桩大大小小的狱案，正等着最后敲定；一个个囚者的生死，正等着最后判决。”说到这里，胡濙自己可以得出结论，“廷珪先生，看来，这篇奏章，只好由礼部议复。”

“是你我先议，还是干脆将司官召来一起议？”萨琦问。

“你我先议一议吧；待众人议时，也好把握。”胡濙说。

“那我来读？”萨琦把华敏的奏疏拿到手。

“有劳！”胡濙一揖。

萨琦读道：“近年以来，内官袁琦、唐受、喜宁、王振专权误国，俱已败露，天下共知也。臣草茅贱陋，切见内官苦害军民，事非一端。恨朝臣缄口，不胜痛哭。望陛下防微杜渐，总揽朝纲，为子孙万世法。不然恐祸稔萧墙，曹节、侯览之害，复见于今日。”

“廷珪先生，你心悦诚服吗？”胡濙忽然插问。

“我心悦诚服吗？”萨琦愣了愣，很快明白他在问什么，“‘朝臣缄口’一句，确是以偏概全。”

“廷先生可否讲解讲解以偏概全？”胡濙问。

“一则，他提及的众奸佞，或死于天谴，或死于刑典，无一幸存者；而近之内官各衙门，既无王振第二，亦无喜宁第二。二则，论内官害政者，并不罕见，元老们以面圣之际，翰林们以进讲之际，科、道们以纠劾之际，各执事衙门以议事之际，均有进言者。”萨琦说，又把这番议论总结成两句话，“无巨奸大蠹，无所谓缄口；

择机而言，也谈不上缄口。”

“有此二者，不仅是以偏概全，且有偏激之嫌。”胡濙说。

“那么，不足以议？”萨琦问。

“不议如何复旨？廷珪先生转入正文吧。”胡濙说。

“第一事是代户部议的。”萨琦开个玩笑，开始读正文，“内官收积家财，金银珠玉动以万计。此从何而来？非盗府库之钱粮，则削生民之膏血，其害一也。”

“其事由户部议，我说得太随意。现在来看，当由刑部议，由三法司议。”胡濙更正道。

“好啊，我等可以此议复呀！”萨琦说。

“不，我更愿另以四字议复。”胡濙道。

“哪四个字？”萨琦问。

“指名纠劾。”胡濙道。

萨琦听得出，他对第一事持基本否定的态度。想想也是，敛财无非两个途径，一是盗公帑，一是敛私财。不但内官如此，文臣武将亦如此。不具体指出谁人敛财，谁人盗公帑，谁人敛私财，有什么意义呢？

“是啊，哪怕指实一人也好。”他附和道。

胡濙不想再多议，说：“廷珪先生，读第二事吧。”

“是。”萨绮应一声，读道，“内官专权倚势，侵占公侯房屋，兴工造作，役军劳民，其害二也。”见胡濙欲言，他问，“源公又有议复之言？”

“是。”胡濙应道。

“仍是‘指实纠劾’？”萨琦问。

“不，改四个字：死人不纠。”胡濙说。

“此言何意？”萨琦问。

“当年喜宁所豢养私阉，与英国公家人争田产，在京师闹得沸沸扬扬，廷珪先生难道竟忘？”胡濙道。

“不曾忘，不曾忘。”萨琦连声应道。又说，“在下之意，华敏若有新例，也应当指实纠劾。”

“但我看，他说的就是喜宁那档子事。”胡濙道。

“源公所料，想来不会错，我再读第三事吧。”萨琦不再强辩，他读道，“内官家人、义男、外亲，尽是无籍之徒，肥马轻裘，纵横豪悍，任意为非；甚至纳粟补官，贵贱不分，其害三也。”

“这一事倒与礼部挨得上边。”胡濙说。

“源公是指‘纳粟补官’吧？”萨琦问。

“是，这一款亦是言者甚多。”胡濙道。

“言者甚多，一时却难以杜绝。”萨琦说。

“却是为何？”胡濙问。

“边镇粮饷不足，纳粟补官，好歹也可缓解。”萨琦说。

“那当怎生处置？”胡濙问。

“只得暂不议复。”萨琦说。

“我看也是。”胡濙笑道。

“源公，第四事亦与礼部挨得上边。”萨琦说着，读道，“盖造佛寺，费用无算，以一已之私，破万家之产，其害四也。”

“这件事可不仅和礼部挨得上边，且是大有干系。皇上将此章下礼部议，大概主要就因为这件事。”胡濙说。

“源公之意，此事要好好议上几句？”萨琦问。

“唉，晚矣！”胡濙叹道，“要是早几个月有人谈论此事，隆福寺说不定会停造。这会儿三分工程已完成两分，议之何益！再者，造别的佛寺，内官皆恣意盘剥；为造隆福寺，闻得兴公公把家底都抖落空，你我还忍心喊停吗？”

“是啊，该礼部议的，却又无法议。”萨琦亦叹。

“廷珪先生，抓紧往下读吧。”胡濙兴趣索然地说。

“好。”萨琦接着读道，“广置田产，不纳粮刍；寄户府县，不当差徭。彼则田连阡陌，民则无立锥之地，其害五也。”

“再读。”胡濙道。

“家人中盐，虚占盐数，转卖与人，先得勘合，倍支钜万。坏国家之榷法，夺客商之利息，其害六也。奏求塌房，邀接客旅，倚势赊卖，混赖不还，商人受害，莫敢谁何，其害七也。卖放匠人，名为伴当，办纳月钱，内府监、局乏人造作，工作繁重，捶楚不堪，其害八也。家人包揽各色物件，官府畏惧，以一科十，亏官损民，其害九也。内官监工，非法酷刑，军匠涂炭，不胜嗟怨，其害十也。”萨琦读道。

只要胡濙不打断，他就一直往下读，结果，一气读完。见胡濙仍无意评说，他不得不自己收场：“源公，已读完。”

“一言以蔽之。”胡濙只说半句话，下半句显然是要萨琦续上。

“不对，是两句话。”萨琦说。

“哪两句话？”胡濙问。

“一句：指名纠劾；一句：死人不劾。”萨琦说。

胡濙笑笑，问道："廷珪先生说，如何议复？"

"我看，只有寝其议。"萨琦说。

吏部尚书王直、何文渊，侍郎项文曜，把一本奏章传来传去地阅读。何文渊抱怨道："眼下吏部事务繁剧，积之先生怎么好说走就走呢！"

积之是吏部右侍郎俞山的别字，他是浙江秀水人，以乡举伴读郕府，皇帝登极后迅速升迁至佐卿，又在不为人知的情形下引退。

"外间传言，积之先生有不得不去的理由。"王直说。

"俭公知道是什么理由吗？"何文渊问。

"不知。"王直道。

何文渊对他的回答有些怀疑，但他既说不知，自己不好再问。

"应昌先生，你该知道吧？"何文渊转问项文曜。

项文曜字应昌，浙江淳安人，宣德八年进士。他说："俭公不知，巨川先生不知，我怎会知！"

"你二位同出自浙省，私下里总会说说各自的心思吧？"何文渊道。

"巨川先生与俭公皆出自江西，巨川先生有什么心思，一定会对俭公说吗？"项文曜反过来问道。

"未必事事都说，但遇到求退之类大事，是一定会说的。"何文渊道。

王直其实对俞山坚执求去的原因，有所耳闻：在廷议易储之际，他曾上一道密疏，劝皇帝打消这个念头。他敢于这样做，无疑是依仗曾为郕府官属，与皇帝有一层亲密的关系。但皇帝不理会他的谏章，在易储后，他或是因为失望，或是因为不安，屡疏求退。

王直不愿传播此事，一是因为俞山本人没对他说，他也没向任何人求证；二是因为自己和何文渊在易储一事上态度大不一样，不想因此引起争议。他估计，项文曜肯定知道此事，他不愿对何文渊说，主要是因为两位尚书持议不同，用什么态度来说，都可能使一人不快。

"巨川先生出的题目，应昌先生休得理会；应昌先生出的题目，巨川先生休得理会。我等还是一起来应付黄廷臣出的题目吧。"王直指着奏本说。黄廷臣名仕儁，四川富顺人，正统七年进士，现官太仆寺少卿。他近日上的一道奏本，皇帝命下吏部议之。

何文渊、项文曜呵呵一笑，注意力移回正事。将黄仕儁的奏本下吏部议复，和将华敏的奏本下礼部议复不同，黄仕儁只议一件事，这件事正是吏部眼下最关注的。

“毋使猫鼠一家，豺犬同窖。”何文渊念过奏本里的两句话，说，“黄廷臣写的，当真够尖刻的。”

“尖刻归尖刻，却是有的放矢。”项文曜说，“江西民风尚淳朴，江、浙一带，里、老有权，官司受制，我可是耳濡目染，深有体会。”

里、老指里长和老人。里长之选设，由来已久；老人之选设，则本朝首创。洪武年间，命于每里选德高望重者三五人充当，管理乡里之事。里老有权，官司受制，也是黄仕儁奏本的句子。王直几十年在朝为官，不能不琢磨这两句话的真实程度到底有几分。听了项文曜的话，他很感兴趣：“是吗？应昌先生可否具体说说？”

“不用我说，黄廷臣所举事例，我均有所闻见。”项文曜边阅奏本，边说，“如前官纵容，嘱托公事，是有的；如经揽撒物，营求催办，是有的；如郡、县官行端立正，反被诬陷，是有的；如郡、县官盛席恳求，贿之钱帛，是有的。总而言之，官府反被里、老挟制，屡见不鲜。”

“这么说，黄廷臣所谓各巡抚考察官吏，不应以里、老之言定去留，是有道理的？”王直道。这是黄仕儁奏本的中心议题，他认为，考察官吏，凭里、老之言以为去留，是使猫鼠一家，豺犬同窖，邀求贿之者多获保留，而不屑应酬的正派官员反而去之殆尽。

“全凭里、老之言定去留，固然不对；完全不征求里、老之言，恐怕也不对。”何文渊对黄仕儁的议论有所保留。

“巨川先生可否具体说说。”王直对他的议论同样感兴趣。

“里、老称郡、县十人不职，未必十人均不职；里、老称郡、县十人称职，未必十人均称职。里、老称郡、县十人不职，若有一人不职，亦是考察成效，况未必十人中仅一人不职；里、老称郡、县十人称职，若有一人称职，亦是考察成效，况未必十人中仅一人称职。总而言之，朝廷以里、老管理乡里之事，不可视里、老皆为恶人。”何文渊说。

“巨川先生所言，不无道理。”王直道。

何文渊做个手势，表示他的话还没有说完。

“巨川先生请接着说。”王直道。

“再者，黄廷臣所议各项举措，未必没有弊端。”何文渊说着，一连提出几个质问，“如他提议对郡、县官彼此互询，就不担心官官相护吗？他提议巡抚官独行暗访，就不担心中人圈套吗？他提议巡抚官总揽大纲，无亲细事，就不担心巡抚官只尚清谈吗？他提议巡抚官唯从舆论，无执私见，就不担心舆论亦有私吗？”

“巨川先生是说，此等举措亦不可行？”王直问。

“不，我是说，此等举措可行之，里、老之言亦不可废。”何文渊说。

“述以这样几句话，二位看如何？”王直说的几句话，即是吏部对黄仕儁奏章的意见：巡抚考察官员，不可仅凭里、老之言，宜彼此互询，暗访其实，详审舆论，无执私见。

何文渊、项文曜都觉得，这几句话很得体。

十月二十六日，皇帝单独召于谦入文华殿议事。

“处置瓦剌事务，朕与于爱卿议过多次。”皇帝开宗明义，说出今日要议的题目。

“议过多次，仍无进展，总是臣办事不力。瓦剌事务累陛下反复斟酌，臣之罪也。”于谦说。

“瓦剌事务，议而不决，犹豫反复，错不在卿。即如年初，卿议京营出宣、大征讨，朕也以为是个好机会；无奈歧议甚多，朕只得从众。且爱卿一日不在朝廷，朕一日六神不安，故寝其事。卿好自为之，日后再有此等良机，朕一定不会错失。”皇帝说。

“臣遵旨。”于谦应道。虽然他心里在想，日后未必再有这样的机会，但皇帝的一番话还是让他很感动。

“于爱卿，”皇帝说过表示亲切的话后，转入正题，“朕今日想问问你，前者也先贡马，请朝廷遣使回报，此事当如何处置？”

“遣使之事，当由礼部议处。”于谦说。

“礼部已有处置。”皇帝说。

于谦看出皇帝对礼部议处的结果不那么满意。他说：“陛下仍难决断，宜咨询翰林出身之资深大臣，如吏部尚书王直、内阁大学士陈循等。”

“朕也咨询过。”皇帝说。

于谦感到困惑。是否遣使这样并不算十分重大的政事，交礼部议处过，又咨询过王直、陈循等重臣，几乎等于廷议过，还做不出决定吗？他想知道，礼部是怎样议处的，王直、陈循是怎样复旨的；但主动权在皇帝，皇帝不说，他是不能问的。

皇帝似乎理解他的想法，告诉他：“礼部议处，以为宜遣使；王先生、陈先生复旨，亦以为宜遣使。朕想听你的见解。”

“臣直言，若有不恭，乞陛下恕罪。”于谦说。

“好，你说。”皇帝命道。

“臣忝居本兵，知战而已；遣使之事，不敢与闻。”于谦根本不正面涉及皇帝提出的问题，难怪要先行请罪。

“爱卿以为朝廷不宜遣使，朕听得出来。”皇帝不仅不怪罪，反而甚是欣慰，“瓦刺、鞑靼仇杀，京营宜出否，当由兵部议处，朕却不得不否决兵部之议，否决爱卿与武清侯之议；今遣使否，当由礼部议处，当由翰林们议处，朕却偏要听从爱卿之议。”

于谦这才知道，他的奏议唯一的一次遭到否决，他自己没太在意，皇帝却记一年，并设法弥补。这使他又感动，又不安。

“陛下，遣使之事，臣确不敢与闻。”他说。

“朕意已决，卿不必再言。”皇帝说。

“是。”于谦知道不能再说。

“好，爱卿给朕说说兵部的事务吧。”皇帝命道。

“臣与五军都督府的都督们，正从三大营中选拔精锐军士，分营团练。兵部全力在办此事。”于谦奏道。

“朕记得此事，”皇帝道，“卿曾建言，三大营各自为令，临期调拨，兵不习将，将不习兵，宜选精锐团练。”皇帝说着，问道，“于爱卿打算选精锐多少人来着？”

“十万。”于谦答道。

“京营仅存十万，是不是太少？”皇帝问。

“不是京营仅存十万，是团练精锐有十万；未入选的军伍，仍各归本营，训练当差。”于谦解释说。

“原来如此，”皇帝点点头，又问，“十万精锐，拟分为几营？”

“臣以为，可分为十营，每营万人。”于谦答道。

“军官设置呢？称营头吗？”皇帝问。

“不，营头是兵部官员议论团营编制时起的俗名，有人说可称营头，有人说可称团头。其实，他等议的是各营发号施令的将领。”于谦说。

“既发号施令，何不称作号头官？”皇帝道。

“陛下起的这个名称好，就叫号头官吧。”于谦说。

“号头官是一营正帅吗？”皇帝问。

“不，应该说是副帅，”于谦说，“臣等计议，各营设都督一，号头官一，都指挥二，把总十，领队官一百，管队列官二百。”

“十营之上，须设官统领吧？”皇帝问。

“陛下说的是，臣等拟设十营总兵官一，于三大营都督中推举；设监军内臣一，于司礼监太监或御马监太监中推举；设提督文臣一，于兵部尚书或都御史中推举。”于谦说。

“别的官员朕不管，这个提督兵部尚书，非卿莫属。”皇帝说。

“臣立誓操练出精锐之师，绝不辜负陛下委任。”于谦道。

年底，十团营正式操练，京营之制为之一变。

第七十二章

转入景泰四年，第二代昌平侯杨杰的病愈发加重。他是杨洪的嫡子，嗣爵之初，即上言称：臣家一侯三都督，苍头得官者十六人，大惧不足以报国恩，乞停苍头杨钊等职。朝廷根据他的请求，停杨钊等的官职，但仍支给薪俸。杨杰因而得到许多好评。可惜好评当不得好身子，自景泰二年九月杨洪病死于京后嗣爵，他一直有病在身。

使他病情加重的主要原因，是获悉庶兄杨俊又惹事。如果说有一个人使他愧对，这个人就是杨俊。一来，以年齿论，杨俊为兄，他为弟；二来，在杨洪成名和爵位显赫的十几年里，杨俊一直陪伴父亲在战场上厮杀，他自己则无战功可言。但杨俊是妾出，他是嫡出，根据本朝的礼法，凡世袭的爵位，有嫡传嫡，无嫡传长，他是昌平侯的第一继承人。

原本想，凭借父亲的余威，加上本人的能力，杨俊自己可以搏出一个爵位来；但这些年他的经历坎坎坷坷，也真够杨杰操心的。

杨俊能战，正统年间即以都指挥佥事独当一面，掌独石、永宁等处军务。也就在那时，他贪图钱财、喜好奢侈的个性充分暴露，被科、道纠劾，因而召入京师。守卫京师，他于居庸关败瓦剌军，升都督佥事，充宣府参将。擒获喜宁时，他冒部将功，得重赏，加右都督衔。这也是他获得的最高职衔。

有两件事让他走下坡路。一是他因私憾杖杀都指挥陶忠，被言官连章弹劾，险些送命。皇帝完全是看在杨洪的面子上，赦免的他，命他随杨洪操练京营。二是冒功之事被揭发，受到降官的处分。

去年底京军初设十团营，于谦看重杨俊的才能，命他分督其中四营，使他的命运出现新的转机。同时，朝廷派他个差事，送瓦剌使臣北归。

从杨俊离开京师的那天起，杨杰就担心他这位兄长旧态复萌，再做几件恶事，不但没人能救得他，父亲用性命换来的爵位，也要失传。

越是担心，越难避免，杨俊在永宁卫，真闯下大祸。他借着酒醉，责打都指挥姚贵八十军棍，并命推出斩首。所幸的是被众将劝阻，没惹出人命官司；不幸的是，姚贵告状告到朝廷，官司无法避免。

杨杰听得此讯，一日里数次派家人出去打探虚实。

第一次打探得实，杨俊当真责打过姓姚的。

“端的为了何事？大哥就不记得，大明律里有杀人偿命这一条吗！”杨杰又气又急。

“公然的原因，是酗酒。”家人回答。

“难道还有不公然的原因？”杨杰觉得这个提法很荒谬。

“小的听说，是有的。”家人说。

“那是什么？”杨杰问。

“争妓。”家人说。

“争妓？”杨杰知道，按照杨俊的为人，这等事是做得出来的；但又不愿相信这是真的，“大哥在京城里不是有个每日里厮混在一起如胶似漆的娼儿吗，怎么还跑到永宁去争妓！”

“小爷，这不足为怪。”家人说。本来，杨杰嗣爵，该改称老爷；但他叫惯杨俊大爷，叫惯杨杰小爷，要是改口叫杨杰老爷，不知该怎样称呼杨俊，所以沿袭旧称。杨杰也乐意他叫自己小爷。

“你好似摸得透大爷的习性，他做何事，你都道不足为怪。”杨杰说。

“是不足为怪嘛。”家人道，“大爷争强好胜，喝起酒来，人家身边都有一二佳丽陪着，他身边独无，这口气能咽得下去？别说高娃没有同行，就是高娃同行，他也得和人争起来。”

“好了，好了，总归是丑事，你别再为他分辩。”杨杰说。家人见他闭上眼睛，以为事情既已禀报清楚，小爷大概想休息，打算悄悄退出。他却忽然睁开眼，问道：“你说大爷的相好叫什么？”

“高娃。”家人告诉他。

“这个名字有点儿怪。”杨杰自语道。

“小爷若是知道这个名字是大爷起的，就不足为怪。”家人说。

“是吗？大爷为何给她起这么个名字？”杨杰问。

“小爷想，沦落为娼者，能有什么好名字？大爷的这个相好，本家姓高，在家行三，被鸨儿称作高三。大爷说，我杨某的女人，岂得以一二三排行！自今以后，凡有叫高三者，我就割下他的舌头。”家人述道。

这像是杨俊的作派，杨杰脸上泛出淡淡的笑意。他问：“人家怎说？”

“高三是起给客官们叫的，我们反正只叫高姑娘，大爷不许叫高三，就赏她个名字吧。”家人学着女腔说。

“是鸨儿说的？”杨杰问。

“是。”家人应道。

“大哥又怎说？”杨杰问。

“她是高家娇娃，就叫高娃吧。”家人学男子粗放的声音。

“打那以后，想来人们只知高娃不知高三。”杨杰说。

“谁说不是！”家人应道，“小爷或许不知，高娃的名头，在京城里还很响亮呢。为什么？因为咱家大爷给她开的帐，咱家大爷给她起的名。”

所谓开帐，即妓女第一次接客。杨杰说：“名头响亮又怎样，不管怎么说，娼儿总是娼儿。”

“小爷别小看这个娼儿，她和别的娼儿不同。”家人维护杨杰，也维护杨俊。在他看来，维护高娃，就是维护杨俊。

“有何不同？”杨杰问。

“她对大爷一片痴心。”家人说。

“何以见得？”杨杰问。

“大爷是有家室的。小爷也知道，大奶奶那个人亦非等闲之辈。所以，大爷十日里只有两三日能与高娃共度良宵。”家人说。

“有两三日，不算少。”杨杰说。

“对大爷来说不算少；但对高娃来说呢？”家人这次维护高娃，似乎有点儿出格，“十日里两日聚首，另外八日呢？三日聚首，另外七日呢？”

“那有什么，她还可以接其他客人。”杨杰说。

“要是接其他客人，还能叫痴心吗？”家人道。

“你这话什么意思？”杨杰问。

“自被大爷开帐以来，高娃从未接过其他客人。”家人道。

“有这等事？”杨杰难以相信。

“小爷不信吗？”家人反问。

“不可思议！”杨杰换另一种说法。并说，“据我所知，娼儿接不接客，自家是做不了主的。”

“对，所以高娃吃过不少苦头。”家人说，“大爷十日里去个两三日，七八日去不了。鸨儿还好，因为大爷出手阔绰，这样的大主顾她舍不得丢掉，高娃不接其他客人，也就不接。但大爷时常外差，短则一月半月，长则半年十月，鸨儿就显出她的本色。她强逼高娃接其他客人，高娃不从，她就亲自动手抽打。一边抽打一边还问：

你说，是向客人露个笑脸舒服，还是皮肉受刑舒服？”

“高娃怎的回答？”杨杰问。

“她从未说过，向客人露个笑脸舒服；大爷不在的日子，她也从未接过别的客人。”家人说。

“高娃可敬，鸨儿该杀！大哥在京师有这等贞烈的相好，又去外边争妓，岂不负她！”杨杰叹道。

“小的也在想，大爷不该犯这个错。”家人说。

杨杰脸沉下来，道：“大爷的错处，也是你说得的吗？快去打听，这桩官司有没有闹大！”

午后，家人回禀，少保上疏谈论此事。

“哪个少保？”杨杰问。

家人原以为，一说少保，小爷就知道指谁。一被问，反而呆住：“朝廷还有许多位少保吗？”

“可不是，内阁至少有两位少保，七卿中也有少保。”杨杰说。

“不对，官好像没有那么大。”家人吃力地想，想出一点眉目，“对，记得有人说他姓叶，应该是叶少保吧。”

“你说的是叶与中先生。他正以参政之职，巡视宣府。他那个少保，是私授，非朝廷所授。”杨杰说。

“还好是个假的，要是个真少保说大爷几句坏话，大爷的麻烦就更大。”家人说着，擦一把脸，好像脸上有许多汗水。其实，初春时节，天气还很凉呢。

“叶先生说大哥什么坏话？”杨杰问。

“他说大爷昔日弃独石不守，今何颜送还瓦剌使。”家人道。

“要坏事！”杨杰一下显得很焦虑。

“怎么，这个假少保很厉害吗？”家人也变得焦虑。

“不是叶先生厉害，是大爷最恨人提及独石失守之事，他一定会做出些惊世骇俗的事来。”杨杰说。

“大爷会做出什么事来呢？”家人掩饰焦虑，想办法宽慰杨杰，“小爷不是说过，大爷还是留在京师好吗？姓叶的假少保在奏疏里，乞将大爷召回，大爷说不定因祸得福呢！”

“依眼下的情势，他还是不要回来的好。”杨杰说。

“那，小的再去打探？”家人请示。

“时辰已晚，不会有新的消息，明日再去打探吧。”杨杰说。

他的估计不对，当天晚些时候，杨俊就回到京师。有件事，他却没估计错：杨俊果真做出惊世骇俗之事，在上疏自辩时，封还所有朝廷赐给的敕书。他的初衷，是为表明自己的功绩，向姚贵辈示威，向叶盛辈示威，向一切轻视他的人示威。但在别人的眼里，或在别人的嘴里和笔下，这也可以是向朝廷示威。

杨府的家人第二天打探到他的这个举动的同时，也打探到，言路多人上疏，纠劾他的跋扈，纠劾他的轻率，纠劾他的狂妄。随即又打探到，杨俊被锦衣卫官校逮入狱中。

杨杰听罢，沉默许久，才吩咐道："去请夫人来议事。"家人走到门口，他又补充一句，"是老夫人。"

杨洪之妻、杨杰之母魏氏，身子骨硬朗，走起路风风火火。进杨杰房间，她不容分说地喝道："杰儿，躺下！"

"母亲。"杨杰不想服从。

"躺下！"魏氏又喝一声。

杨杰无可奈何地躺回床上。魏氏在床沿坐下，为他掖掖被角。

"他等说，小爵爷请我来议事，被我狠狠训斥一顿。你养你的病，有什么事好议！有天大的事，也由娘给你扛着。"魏氏说。

"母亲有担当，儿子是知道的。不仅儿子的事，要母亲扛着；整个杨府的事，都得母亲扛着。"杨杰说。

"杰儿即杨府，杨府即杰儿，这还用说吗！"魏氏道。

"大哥出事，请母亲帮他一把。"杨杰说。

"你把娘叫来，是为说他的事？这又何苦！"魏氏对杨府这个庶出的儿子很是不满，"杰儿，你病成这个样子了，他来看过你几次？你却一口一个大哥，叫得挺亲热，还为他的事操心。"

"母亲知道，我和大哥不是一类人，大哥所作所为，我也是极不赞成的。不过，"杨杰口气一转，说，"父亲英雄一世，只留下我兄弟二人。父亲想得好，两个儿子，一习文韬，一习武略。可惜我不争气，书没读成，倒把身子熬坏，以至母亲一看我没躺在床上，心里就发急。看来，能光大父亲业绩的，只有大哥。"

"胡说！你昌平侯做得好好的，就是在光大你父亲的业绩。"魏氏道。

"母亲这是在宽我的心。我为昌平侯，充其量，也只能守住父亲一点儿名声。况且——"杨杰明知后面一番话会让魏氏伤心，事到如今，却不得不说，"母亲不是不知道，我命中无子，我本人也不久于人世，要想父亲遗留的爵位传得久远，须得大哥平安无恙。"

“我是不会看到那一天的；真要看到那一天，我宁愿爵位传给你父亲的侄辈，也不愿传给他。”魏氏道。

“母亲这是赌气的话。”杨杰说，“本朝哪有不传爵位与子，却传爵位与侄的？儿子不在，大哥在，昌平侯的爵位还能传下去；大哥不在，儿子过一天少一天，爵位也保不住。再者，大哥身上虽然有些毛病，母亲看看，我几个堂兄弟，有哪个是胜过他的？论本事，能哥、信哥，不及大哥十分之一，却一样骄横，一样惹是生非。”

杨能、杨信，都是杨洪的侄子，随同杨洪在宣府征战，大大小小立过些战功，也不时因事被科、道官弹劾。

“好吧，我不和他赌气。”魏氏改变态度，她是个明事理的人，杨洪在世时，因为杨俊的母亲和她有过冲突，所以讨厌他母子，但事关爵位的存亡，她还是能做出明智选择的，“你说，你大哥的事，我怎样担当？”

“我想，大哥这次的过失没有前次大，朝廷不会处以极刑，但也不会轻易将他释出。我活一天，大哥只要保住命，出狱与否都不要紧。一旦我不在，须得设法将大哥保释出狱；他在狱里，朝廷是不会让他嗣爵的。”杨杰没给母亲出太难的题目。

鸨儿偷偷往屋里看一眼，见高娃端坐在窗前。脸是洗过，却未施粉；头是梳过，却不加簪；衣是换过，却非绸缎。几年磨合，她已摸透这个女子的脾气，硬逼不起作用，有时得低三下四地哄骗。

她拨开珠帘，踩着碎步走到梳妆台前，挑一盒脂粉，打开盖，嗅了嗅，说声“真香”；又踩着碎步走近高娃，将脂粉盒在她面前晃了晃，道：“三儿，今日是不是用它？”

“不用。”高娃说。

“这不是杨大爷送的吗，为何不用？”鸨儿问。

“杨爷不来，我为谁施？”高娃道。

“那好啊，我这儿有盒别的脂粉，人家点名送与姑娘的，姑娘不妨试着用用。”鸨儿说着，从身上取出另一盒脂粉。

“女儿从来不用其他人送的脂粉。”高娃道。

“是啊，我知道。”鸨儿表示体谅地抚摸着她的头发，“按说呢，脂粉是抹在姑娘脸上，不是抹在我这张老脸上，用与不用，用哪个不用哪个，我不该管。可杨爷送的这一盒，放在姑娘这里快一年，香气全无。这一盒呢，是新的，一开盒盖，香气四溢。姑娘不痴不呆，选哪一盒，心里该有个数呀！”

“母亲任我选，就好办。”高娃道。

“姑娘选哪一盒？”鸨儿看到希望。

“女儿不痴不呆，自然选新的一盒。”高娃道。

“好，我来为姑娘上妆。”鸨儿喜笑颜开，捋起袖子，就要动手。

“母亲等等。”高娃抬起胳膊挡住，“我今日不用，行吗？”

“人家今日送的，今日不用，却待哪一日用？”鸨儿道。

“等杨爷来的那一日再用。”高娃说。

“才说不痴不呆，怎么一下子又痴又呆！就算送的人肯等，你那位杨大爷要是再也来不了，你能等吗？”鸨儿问。

“杨爷待母亲不薄，母亲休得诅咒。”高娃道。

“非我恶意诅咒，科、道官一片喊杀声，他躲不过这一劫。”鸨儿说。

“科、道官今日说这个当杀，明日说那个当杀，到后来，也没见有几人当真被杀。”高娃道。

“这回不同，喊杀的不但是科、道官，”鸨儿说，“隔壁住着个大理寺的吏员，他说，三法司的堂官老爷也以为杨大爷触犯天条，论罪当死。”

“三法司不是还没定罪吗？”高娃道。

“若是这会儿已定罪呢？”鸨儿问。

“万岁爷不是还没批复吗？”高娃道。

“若是这会儿已批复呢？”鸨儿问。

“杨爷不是还没押赴市曹吗？”高娃道。

“若是这会儿正押赴市曹呢？”鸨儿问。

“那就更简单，我去给他收尸送葬。”高娃道。

“你！”鸨儿气得脸色煞白，说不出话来。

“母亲是心疼这盒脂粉吧？”高娃指着鸨儿手里的脂粉盒问。

“这可不是一盒普通的脂粉。”鸨儿说。

“女儿知道。”高娃道，“母亲，你实话告诉我，它值多少银子？”

“三百两也是它，五百两也是它。”鸨儿说。高娃问的不是脂粉的价钱，她答的也不是脂粉的价钱。

“女儿匣子里还有几件首饰，不值五百两，也值三百两，母亲拿去当了过日子吧。”高娃道。

“三儿，这不是个事儿！你今日把首饰都当掉，日后难道就蓬头垢面地见人？”银子有着落，鸨儿自然要流露出关切。

“杨爷出来，会给我再买；杨爷出不来，要首饰何用！”高娃道。

“好，好，看在你孝顺的情分上，我且不与你计较。你只告诉我，它，”鸨儿指着脂粉盒问，“如何处置？”

“女儿倒有个计较。”一句绝妙的答话掠过脑际，高娃忍俊不禁，赶快用一只手把嘴捂起。

“笑什么，你说！”鸨儿叱道。

“母亲那张老脸，也该用些脂粉。”高娃说。

“你——”鸨儿大怒，把手臂高高举起，在空中绕个圈，却轻轻落在自己的屁股上。她也忍不住笑了。

“爷，昌平侯府在办丧事呢。”兴安趁着皇帝在御花园里漫步时禀奏。

皇帝并不在意，仍沿着自己选好的路线漫步。走得有些累了，才停下来问：“过世的是老昌平侯夫人，还是小昌平侯？”

“是小昌平侯。”兴安回答。

“年初时，御医说，他或能熬过端午，但熬不过中秋。没想到，他竟连春日都没熬过去。”皇帝道。

“奴才发觉，爷有点儿感慨。”兴安说。

“是啊，老昌平侯去世，小昌平侯嗣爵，朕感慨，虎门为何出孺子；今小昌平侯去世，朕又感慨，本分人却不得寿。”皇帝说着，忽然发觉兴安在引诱自己说话，他问，“兴大伴，你有何话说？”

“奴才并无话说，是老昌平侯夫人有话说。”兴安道。

“她有何话说？”皇帝问。

“老夫人说，杨门丁男不旺，小昌平侯外，只有一男杨俊，现在狱中。望朝廷开恩，暂将他释出，为小昌平侯治葬。”兴安复述道。

“老夫人是正式上的奏表吗？”皇帝问。

“是。”兴安应道。

“这好办，下有司议之就是。”皇帝说。

“奴才斗胆问一句，批下哪个衙门？”兴安道。

皇帝原以为这是个很简单的问题，细细一想，还真有些麻烦。杨俊关押在都察院狱，法司初议论死，被皇帝驳回，这会儿要法司将他暂释，不是强人所难吗？关乎勋臣治丧，还可以发下礼部。但初时以跋扈和蔑视朝廷议罪，礼部恐怕也不好以暂释议复。

求人不如求己，皇帝说：“不必有司议之，朕直接批复吧。”

“是。”兴安应一声，复请旨，“奴才这就去传旨吗？”

“急什么！你现在去传旨，暂释杨俊，回府治葬；那治葬以后呢？”皇帝对这件事的想法，比兴安要多。

“爷圣明，奴才考虑不周。”兴安又站稳。

“朕记得，杨俊下都察院狱，不过是几天前的事呀。”皇帝自言自语。

“诚如圣谕，是四天前。”皇帝没问，兴安却答。

“这么快？”这比皇帝预计的日子还要短，他问，“你说，小昌平侯之死，与杨俊下狱，有无关联？”

“这个，奴才说不准。”皇帝有问，兴安反而不答。

“朕看，是有些关联。”皇帝不但这么判断，而且做出假设，“同出一门，怒其不争，因而病重不治，小昌平侯是被杨俊活活气死的。若是如此，释出杨俊，为其治葬，就不是小昌平侯自家的意愿。即便从老夫人所请，将杨俊释出，治葬后，仍要将他下狱，由法司论罪。”

“爷说的是，这种可能是有的。”兴安应道。

“或眼见廷臣攻之猛烈，担心杨俊被处死，因而病重不治，小昌平侯是被纠劾的气势活活吓死的。”皇帝又做出另一种假设，“若是如此，小昌平侯和老夫人不仅想让杨俊为其治葬，且欲保住他一条性命。”

“爷说的是，这种可能也是有的。”兴安应道。

他两次的回应似乎皆无倾向，让皇帝不高兴。

“兴大伴，你说，哪种可能更大？”皇帝问。

“这个，奴才说不准。”兴安仍不正面回话。

“不要你说准，只要你说说自家的想法。”皇帝道。

“奴才的想法嘛，”兴安思忖许久，才说，“后一种可能或大些。”

“却是为何？”皇帝问。

“据奴才所知，老夫人与杨俊母子不和，若非小昌平侯去世前有交代，她宁愿自家出面为子治葬，也不会奏请朝廷释出杨俊。”兴安说。

皇帝点点头，认可他的分析。他又问：“还有吗？”

“据奴才所知，小昌平侯与杨俊间若即若离，他欲朝廷释出杨俊，欲保住杨俊一条性命，一定有更重大的情由。”兴安说。

“你想得出是何情由吗？”皇帝很急切地问，但在兴安回答之前，他已有自己的想法，“你是说，他担心昌平侯爵位不传？”

“对，所以奴才以为，后一种可能或大些。”兴安说。

“这也是朕的想法，”皇帝道，“朕不让你马上去传旨，就是在琢磨，暂将杨俊释出，这事好办；如何善后，会有麻烦。奏请暂释杨俊，多半是小昌平侯的意思；那么，将他释出后，不能再将他送回狱中，否则何必暂释呢？真无丁男，朝廷也可为他治葬嘛。话说回来，不再将杨俊送回狱中，也还好办；是否让他承袭昌平侯，麻烦更多。”说到这里，问兴安，“这些朕尚未想好，兴大伴，你怎么想？”并警告，“记住，不准以说不准为托词！”

兴安微微一笑，说：“奴才想，爷尚未想好，何不咨询亲近大臣。”

“你估摸着，大臣们会怎么说？”皇帝说。

“或是之，或非之。”兴安虽答，却和没答一样。

“你说的也太笼统，就没确定的吗？”皇帝嗔道。

“奴才想，大司马或赞成杨俊嗣爵。”兴安说。

不说则已，说出一人，立刻引起皇帝兴趣。他问：“怎见得？”

“有大司马的文字佐证。”兴安说。

“大司马的文字？说说看。”皇帝的兴趣更大。

“据说，老昌平侯在世时，与大司马有约：他若死在前，大司马要为他撰文，或墓志铭，或神道碑，或像赞。”兴安说。

“大司马为他写了哪一篇？”皇帝追问。

“像赞。”兴安道。

“你知道大司马是怎么赞老昌平侯的吗？”皇帝问。

“大司马赞词写得不多，这篇赞词又写得特别精彩，所以奴才至今还背诵得下来。”兴安说。

“当真？那就背诵与朕听听。”皇帝命道。

“标题是：颍国武襄公杨洪画像赞。”兴安从标题背诵起。杨洪死后，被追赠颍国公，谥武襄。赞词有固定的格式，一般是四言。兴安背诵道，“神完气充，貌伟言扬。江湖宇量，铁石肝肠。”

“好！”皇帝听了开篇四句，忍不住喝起彩来，“大司马虽是读书人，但这几句写得气势磅礴，一般读书人是写不出来的。”

“爷，后边十句写得更有气势呢！”兴安说。

“快快诵来。”皇帝忘记是自己插话，打断人家的背诵。

“胸盘韬略，而鬼神莫测；手操剑戟，而星斗垂芒。摧锋万里，轰雷迅电。号令三军，烈日秋霜。功在朝廷，威震边疆。一骑前驱，万夫莫当。”兴安背诵道。

“兴大伴，”皇帝又打断，“这已不止十句呀！”

“胸盘韬略，而鬼神莫测等句，奴才是算作一句的。”兴安道。

“好，就算是十句。”皇帝懒得与他争辩，“在朕的印象里，赞今人，总得引出一两位古人来。”

“爷圣明，大司马一下引出八位古人。”兴安说。

“他是怎么引的？”皇帝问。

“知其内者，以为孙、吴、管、乐；识其外者，以为卫、霍、关、张。”兴安在每个姓氏后面都留下足够的停顿时间。

“自古以来用兵之人，得以兼誉孙、吴、管、乐、卫、霍、关、张者，能有几人！大司马对老昌平侯的赞誉，可谓极致。”皇帝叹道。

“爷说的是。”兴安应道。

“不过，赞誉归赞誉，我怎么看不出来，大司马赞成杨俊嗣爵呢？”皇帝提出疑义。

“后面还有几句，奴才一气背完吧。”兴安说着，背诵道，“曰福曰寿，自天降祥。尔公尔侯，子孙蕃昌。噫，斯人也，所谓勋业盖世，而身名流芳者欤！”

“尔公尔侯，子孙蕃昌。”皇帝嘴里念叨着这两句，说，“兴大伴，朕懂得你的意思。”

“爷，是大司马的意思。”兴安委婉地分辩。

“大司马的意思，还不是你揣摩出来的！”皇帝道，“大司马写‘尔公尔侯，子孙蕃昌’，祝愿昌平侯的爵位一代一代传下去；到你嘴里，变成大司马赞成杨俊嗣爵。这还不是你揣摩出来的！”

“爷若以为奴才揣摩得不对，可向大司马求证。”兴安说。

“朕才不去求证呢，”皇帝道，“大司马的赞是一年多以前写的，那时怎知小昌平侯不得子嗣？怎知今日小昌平侯不治？怎知今日朝廷须得决断爵位是否传给杨俊？大司马果真赞成杨俊嗣爵，朕郑重其事地去求证，他反而不好明着说。”

“爷说的是，奴才是在胡乱揣摩。”兴安承认。

“但有一点，你揣摩得不错，”皇帝道，“大司马掌兵部，昌平侯、武清侯封爵，在同一月。二侯实为大司马左膀右臂。老昌平侯之死，大司马痛心疾首；昌平侯爵位代代相传，实大司马由衷之愿。”

“奴才的揣摩，没有爷辨析得透彻。”兴安说。

“朕不向大司马求证；但他既有此心愿，朕要替他圆之。”皇帝道。

“爷的意思是——”兴安问。

“你可以揣摩呀！”皇帝取笑道。

“奴才不敢，奴才候旨。”兴安躬身道。

“昌平侯爵位，由杨俊承袭。”这是皇帝的决断，他紧接着又说，“不过，这事不急。先将杨俊释出，治小昌平侯葬；袭爵一事，朕再想一想。兴大伴，你也可在私下里与大臣们议一议。”

“奴才遵旨！”兴安应道。

杨杰是二月二十八日死的，第二天，杨俊获释，给他一个降都督佥事的处分。七十天后，即五月初九日，杨俊嗣昌平侯爵。这虽然招致一些议论，但没激起严重的反对浪潮。

第七十三章

右春坊右谕德兼翰林院侍讲徐理的妻子从江南回京后，没看到丈夫几次好脸色，今天她终于有机会还以颜色。

口角之争是从徐理无意中的一句话开始的。他说："我道王用诚不能掌国学，如何，他果然病倒吧！"

王用诚名恂，是二月中旬前国子监祭酒刘铉获准回家为继母守制后，以司业升掌国学的，距今不过三个月。

"祭酒多大的官，刘先生离职时，你断言朝廷不会准他还乡，今又称王先生不能任，别是你看上这个位置吧？"徐妻讥道。

国子监祭酒从四品，对于走上仕途二十年的人来说，真没多大的诱惑力。但侍讲正六品，谕德也只有从五品，徐理始任侍讲，在正统十二年兼谕德，到景泰三年，五年里只升半级，这么一比较，祭酒一职对他的诱惑力应该很大。

"我为何不能看上这个位置！"他赌气地说。

"你既看上，好啊，你去营求呀！"徐妻道，"你总说自家有封爵拜相的命，我看哪，升一级也难。"

"那还不是因为你！"徐理随口说道。

"你宦途不顺，怎么怨起我一个妇道人家！"徐妻不服气。

"可不是因为你吗？"徐理既开始埋怨，就埋怨到底，"要不是你狼狈南下，怎么会给人家留下口实！"

"相公这么说不昧心吗？要不是你说大祸临头，我怎会回乡！我还问你，要不要再看看？你说，还看什么，再不走，将为虏妇！你的这些话，我记得一清二楚，三堂会审我也敢说。"徐妻口无遮拦。

"朝廷没有三堂会审我，你倒要三堂会审我！"徐理气不打一处来，甩手走开，走到院子里，他朝屋里吼道，"你少说几句丧气话，看我升不升得上去，看我有没有封爵拜相的一天！你记住，等我封了爵，拜了相，我也不会为你奏请诰命。"

徐妻不敢再还嘴，也不敢问他要去哪里。

徐理自己也不知要去哪里。天色渐昏暗，他漫无目的地在街上闲逛，走到一处，抬头看去，认得是内阁大学士陈循的宅院。

我来这里作甚？他自言自语。又一想，说不定在内心深处，就是想见陈循。陈循与他说不上有很深的交情，但欠他一个人情；或者说，对他有个承诺尚未兑现。在家里被妻子抢白一顿，把晦气转嫁到陈循身上，也可能是件开心的事。

陈循不会不见他，只是和他开了句无伤大雅的玩笑："元玉，我从来不知你有夜游的习惯呀！"

"离夜还远着呢。府上不便，我去别处游。"徐理不卑不亢地说。

"有何不便！元玉要游，我奉陪。"陈循说着，问道，"元玉想怎游？"

"客随主便。"徐理说。

"那就饮酒，我请元玉尝尝新出的宫酿。"陈循决定之后，立刻招呼家人送来酒与酒具，并准备下酒的菜。

"菜就免了吧。"徐理说。

"恐元玉不惯清饮？"陈循道。

"怎是清饮，话可佐酒。"徐理说。

"也好！"陈循说着，挥挥手，让家人退出。他打开瓶塞，一股清香弥漫而出，他得意地说句"元玉好有口福"，为他斟酒。

徐理抿一口，道："好酒！饮这一瓶酒，德公欠下的债可打个折扣。"

"好说！"陈循也喝一口。觉得不对，他问，"元玉，我几时欠下债？"

徐理又泯口酒，道："一句话的事，德公用不着赖吧。"

"欠一句话的债？"陈循更不懂，"元玉，你说谁的一句话？"

"自然是德公的。"徐理道。

"我几时欠下的话？"陈循问。

"并不太久。"徐理用手指比画出五。

"五天前？"陈循问。

"五天前的事，谁耐烦记它。"徐理道。

"五个时辰前？"陈循摇着头说，"那时元玉在翰苑，我在阁中，元玉有顺风耳不成？"

"五日前的话都不耐烦记，五个时辰前的话就更不记。"徐理道。

原来是嫌五天太短，而不是太久。陈循说："元玉呀，你出的题目太不着边际，五十天前说的话，谁能记得住？"

"若不是五十天前呢？"徐理道。

“难道是五个月前不成？”陈循尽量往久想。

“还要早，五百天前。”徐珵说着，端起酒盅，“德公还有无雅致？德公不饮，我要独饮。”

陈循也端起酒盅，二人彼此示意，各自饮一口。

“元玉，五百天前，是个什么日子？”陈循问。

“特别的日子。”徐珵道。

“有何特别？”陈循又问。

“德公腰间，才系上玉带。”徐珵说。

陈循心里一动。玉带只有一品官员可佩，他是景泰二年十二月加少保衔的，从一品，得赐玉带。从那时至今，的确超过五百天。而徐珵所谓的欠债，他也琢磨出来。在他加少保衔的一个月前，徐珵对他说：观星象，公带不日将玉矣。他说：预言成真，定有厚报。没想到为一句应付的话，一年多以后竟有人来讨债。

陈循不能假装没这回事，或假装不记得有这回事，他能做的，是假装轻松地说：“一句话存放五百日，元玉是否还要收息呀？”

“不必，在下非放贷者。”徐珵道。

“那元玉要我怎样还债？”陈循问。

“我不是说，一句话的事吗！”徐珵道。

“元玉是要我再说一句话？”陈循问。

徐珵竖起大拇指，道：“德公，高明。”

“欠债总须还，元玉要我说句什么话？”陈循问。

“德公放心，绝不是离谱的话。”徐珵先宽他的心，然后问，“王用诚难掌国子监事，朝廷欲另选大司成，德公知道这事吧？”

大司成是祭酒的别称。陈循说：“这事是有的；不过，只是议议而已。”

“哪件事成，不是始自议议！”徐珵道，“亲贵如德公者，只要半句话，可促成此事。”

“为何是半句话？”陈循问。

“因为还有半句话，留着好荐人。”徐珵说。

陈循心想，这个徐元玉，真是太聪明，一句话都可以分成两半来用。换别人大概会说，亲贵如德公，一句话可促成更换大司成之事。那时自己要荐谁，不见得会被人左右。

“元玉欲求其职？”他干脆把话挑明。

“在下所请，过分不过分？”徐珵问。

“并不过分，以元玉的资历、才智，足以胜任。”陈循说。

“那么，这句话德公肯说？”徐理问。

“一句话也好，两个半句话也好，我都会说；如果需要多说几句，我也不会怕麻烦。”陈循说到这里，停顿下来，若有所思。

“德公有难处？”徐理问。

“我说这句话没什么难处，不过——”陈循略一思索，找到一个巧妙的回答方式，“元玉要我把一句话分成两半，我就分开来说。半句话促换大司成，成功的机会较大；半句话荐人，我没多大把握。”

“不会吧，以德公的身份，竟连一员祭酒都举荐不成？”徐理这么说，并不是完全不相信他的话，而是求成心切。

“元玉呀，你是个绝顶聪明的人，怎么关系到自己的事，就看不清呢？”陈循给他讲道理，“当年蹇忠定掌吏部，以三杨之亲贵，于推用大臣上，亦难进一言。相比之下，今俭公持重，不在蹇忠定之下；而我等阁员，远远比不上东翁等。你想，我敢保证此事必成吗？”

“如此说来，还得去拜求吏部堂官？”徐理知道这话不错，“德公看，是找王俭公好，还是找巨川先生好？”

“依我看，他二人都不宜找。”陈循说。

“德公的意思，拜托佐卿？”徐理问。

“不，我是说，吏部去不得。”陈循道。

“为何去不得？”徐理问。

“元玉听我说，”陈循一层一层为他剖析，“俭公古板得很，对各衙门堂官的任用，慎之又慎。你若拜求此事，他或是断然拒绝，或是多方咨询，说不定会把部、院正卿、佐卿找个遍。元玉难道愿意一人一人去作揖打点？今增巨川先生佐掌铨政，虽挂着尚书之衔，但重要的委任，他是做不了主的，你去找他也没用。倒不如请位有声望大臣，直接向皇帝举荐，反倒容易成事。”

“那么，该拜求哪位呢？”徐理问。

“只有一人：廷益先生。”陈循说。

“大司马？”徐理问实。

“对！”陈循应道。

“寻国学掌门，却主之于兵部，哈，哈！”徐理干笑两声，道，“德公，这岂不是滑天下之大稽！”

“这事一点儿也不滑稽，”陈循却说，“而今朝廷之上，大臣举荐用人，皇上一定下吏部议之；唯独一人，朝有举荐之词，夕得委任之旨，这个人就是廷益先生。而且，其他大臣的举荐，皇上也常常咨于廷益先生。元玉，我给你讲个故事，目前这位昌平侯，该不该嗣爵，皇上原本并无定见，不知从谁人那里得知，廷益先生主张他嗣爵，竟不再使廷臣议之，直接命内阁拟旨。公侯之嗣尚且如此，况一祭酒！”

“这未免太过分！”徐珵说。

“是啊，觉得过分的不止元玉一人。有人议论，皇上任用廷益先生太过，元玉，你知道兴公公是怎么答复的？他说：为国家分忧如于公者，宁有二人！这话虽出自兴公公之口，实发自皇上之心。再说，”陈循口气一转，道，“元玉是拜求他进言，何必管他过分不过分！”

“话是不错，但我和廷益先生并无交情呀！”徐珵说。

陈循知道，他心里还有个更大的顾虑：当年土木之变的消息传回京师，朝廷一片混乱，他是最明确提出国都南迁的官员，而于谦斥之曰：言南迁者，可斩也！不打消这个顾虑，他绝不敢动拜求于谦的念头。

“廷益先生待人待事，胸襟坦荡。事情过去几年，他不会再有成见。只要觉得你宜任祭酒，他一定会举荐的。”陈循缓缓言道。

“怎样才能使他相信，我宜任祭酒？”徐珵问。

“元玉毛遂自荐，亦无不可。”因为断言于谦不会再有成见，所以这句话是要说的；陈循心里想的却是：你若毛遂自荐，就要自毁前程。他紧接着说：“不过，依我看来，元玉最好先不要直接去找廷益先生。在兵部，有他一两位得力的助手，他对他等言听计从。元玉若能找到这样一位，请廷益先生出面则不在话下。”

“这不难。”徐珵在应答时已经想好找谁。

早朝后，皇帝单独召入于谦的次数，比单独召入其他大臣的次数，要多得多。于谦每次被召后回衙，都会把自己在小室里关上一会儿，然后把某位侍郎，或某位司官，甚至某位主事请进去，商议及部署。这已经司空见惯。但这日王伟见于谦回到衙门，心里很不安。这不仅因为他近日擢升右侍郎，肩上的责任更重，而且因为于谦凝重的脸色表明，有很不愉快的事情发生。

他的直觉告诉他，这件事和自己有关系，于谦很快就会找自己说话。因此，他匆匆跟到小室外。这里，一直有一名衙役站立。他是守候在小室外专职通报和传命的。按照惯例，于谦要找谁，会交代给他。

和王伟这样高位的官员面对面地站着，该衙役很不自在。他指指小室内，悄声问：“大人有要紧事吗，要不要小的立即通报？”

王伟摇摇头，没有作声。

“要不大人先回去，有事小的去通报。”该衙役提议。

王伟又摇摇头，并把手指放在嘴边轻嘘，示意他不要说话。

二人一言不发地站着，直到小室门被推开。

“你去——”于谦才说两个字，发现站在他面前的是王伟，奇怪地问，“士英，怎么是你？”

“晚生想，廷益先生或要传我回话。”王伟特意说得很谦卑。

“什么回话，是议事！”于谦更正道。并问，“你怎知我要找你？”

“晚生知道，廷益先生没有特别的事要禀奏；晚生也问过，京营、边镇均无大事发生。所以，皇上召入廷益先生，可能是为晚生所说之事。”王伟说。

“看来，你对此事还真的挺上心。”于谦道。他的脸色不像才进衙门时那么难看，语调也很平和，听不出是在责备，还是在夸奖。他往里让道：“来，士英，进来说话。”

王伟随他入室，小心地把门带上，不安地问：“该事是否不顺？”

“你说呢？”于谦的怨气明显地又被勾起。

“晚生知道，”王伟是个聪明人，早就看出端倪，“此事皆由晚生而起，若给廷益先生带来麻烦，甘愿领罪。”

“麻烦说不上；不过，今日之尴尬，皆拜士英所赐呀！”于谦叹道。

“廷益先生今日被单独召入，是为举荐祭酒事吗？”王伟趁机问。

“是，完全是为此事。”于谦加重语气说。

“皇上怎说？”王伟又问。

“皇上有两句话。第一句问：此议南迁徐理耶？”于谦复述道。

“糟糕，没想到皇上还记得他的名字。”王伟叫苦。

“岂止记得他的名字！”于谦道，听他这么说就可以判断出，皇帝的第二句话更为严重，“皇上第二句说的是：其为人倾危，将坏诸生心术。”

想象得到，听了这两句圣谕，这两句用来答复自己奏请的话，于谦该是何等诚惶诚恐，该是何等无地自容！他方才只说尴尬，实在是轻描淡写。王伟记得，“倾危”二字出自《史记·张仪列传》的后赞，原话是：此两人真倾危之士哉！此两人，指苏秦和张仪。如果说，太史公所谓“倾危之士”，指的是多权变，并没有一棍子打死；那么，今日皇上引用这两个字，则表明绝不能再重用他。

王伟觉得，有必要把徐理和自己的关系说清楚：“晚生读馆时，元玉先生已是翰林院官。晚生读书有不解处，常向他请教。他有问必答，虽三言两语，无不切中精义。散馆后，晚生与他甚少来往。但对他的学识，一直是敬佩的；对他的教诲，也一直心存感激。所以，他这次请我帮忙游说，我随口应允，却忘他有一段不足为人道的经历。谁知竟连累廷益先生，晚生实在愧疚。”

“士英，你惜其人之才，故向我提起，没有错，用不着愧疚。我若不是念及其人可用，也不会向皇上举荐。”于谦先安慰他两句，然后恳切地说，“经此一事，更见皇上圣明。人这一生，都会犯错。但有的错大，有的错小；有的错可谅，有的错不可谅；有的错可恕，有的错不可恕。关乎国家危亡，将陷国家于灭顶之灾的错，是不可谅，不可恕的。平心而论，朝廷把徐元玉留在朝廷，留在翰苑，已是十分宽大，我等不该再为他奏请要职。”

“是，经此一堑，晚生会长一智。”王伟说的也很恳切。

“还有一事，士英切记！”于谦又说。

“请廷益先生吩咐。”王伟道。

“皇上的话，不可传之于外。”于谦说。

“这是为何？”王伟不解他的用意。

“宫禁秘语，皇上欲宣之于外，自会传旨，不可由我等之口外泄；再说，这话传出去，有好事者再群起而攻之，徐元玉更无法在朝廷立足。我等帮不了他，又何必害他。”于谦说。

王伟点点头，表示理解。并问：“对元玉先生本人也不可说吗？”

“对他本人也不要说。”于谦道，“我想，升不升职，对他来说，尚不打紧；若是知道皇上这话，他将难以自安。”

“是。”王伟应道，并叹，“廷益先生惜才之心，可谓无微不至。”

每等一天，希望就减少一分，徐珵实在按捺不住内心的焦急，离馆后，快步走到东华门，藏身于一株大树下，看着各部官员陆续离去。

好不容易见王伟走出衙门，却是和于谦同行，谈话谈得很热烈，两领小轿跟在后面。徐珵知道，此时不便与于谦见面，只得尾随在后。好在隔着轿子，于、王二人即使回头，也看不到他。直到二人相揖分手，于谦首先上轿，王伟躬立一旁，目送他的轿子离去，徐珵才快走几步，在王伟将要登轿时，叫住他。

王伟面色微酡，心情窘迫，搪塞地说：“是元玉先生呀，方才与廷益先生在议琐事，无暇旁顾。”

“我知。”徐珵道。

“元玉先生见到？”王伟吃惊的表情，看上去多少有些做作。

“是，我跟在二位大驾之后一路走来。”徐理说。

“这么说，是专程来找我的？元玉先生有事吗？”王伟明知故问。

“拜求之事，过去多日，特来听听回音。”徐理心急，更不虚饰。

“多日吗？只有数日呀！”王伟应付道。

“在士英兄看来是数日，在我看来是多日，可见事情是否关已，缓急大不相同。”徐理话语中流露出不满。

王伟看看等他登轿的轿夫，对徐理说：“元玉先生要去哪里，我陪着走一段如何？”

“就往士英兄回家的路走吧。”徐理说。王伟的家和他的家，是两个方向，要不是有事求人，他才不会吃这个亏。

二人并排而行，边走边说，开始声音低到近乎耳语。轿夫知道他们谈的是私事，不愿让别人听到，知趣地放慢脚步，有意拉开距离。

“元玉先生，我可不是不急呀！”王伟适度地表明自己的心迹，“所托之事，我次日就说与廷益先生。”

“大司马有何表示？”徐理问。

“他当即应承下来。”王伟说。

“是吗？”这是徐理没想到的，他问，“是仅仅应承下来，还是把这件鸡毛蒜皮的小事当作一回事去办？”

“廷益先生应承下来的事，总是当作一回事办的。”王伟说。

“这么说，大司马向皇上提及？”徐理道。

“应该是吧。”王伟不敢说得太肯定。

“大司马向皇上提及此事，是士英兄自家估摸的，还是大司马明确对士英兄说的？”徐理不放心地问。

“这个嘛，”王伟想了想，说，“廷益先生并未明确对我说过，我只是听他的口气，自家估摸的。”

徐理是个很情绪化的人，一下由充满希望变成大失所望。他盯住王伟的眼睛看，看得王伟心里发毛。看了一会儿，他嘴一张，吐出几个字来：

“士英兄，不对！”

王伟一惊，问：“元玉先生是说我说得不对吗？”

“不，我是说你估摸得不对！”徐理道，“大司马应承下来的事，总是当作一回事办，你估摸得不对；我的事，大司马已向皇上提及，你更估摸得不对。而且，错得离奇。”

“元玉先生是说——”王伟问。

“大司马应承下来，根本就是在应付士英兄，此事他绝没向皇上提及。不然，以皇上对他的宠信，早该有旨。”徐理说，如果他只是说得很肯定，还没什么，但后面一句话，任谁听到，都会怦然心跳，“人家拜求到你，你不愿帮忙，不妨说一声，人家也不会把你怎样。我最看不惯的，是虚情假意；谁也别想在我面前虚情假意而不被报复！”

“元玉先生是在说我吗？”王伟问。

“不，士英兄是不会虚情假意的。祭酒之事，士英兄一定向大司马说过；但大司马，”徐理用最温和的句子表达他的不满，“太让人失望！”

“元玉先生！”王伟提高嗓音唤一声，他很想把真实情况告诉徐理，但想到于谦的嘱咐，又把一席话咽回去。

“士英兄还有话说？”徐理问。

“再无。”王伟懊丧地说。

“士英兄没话，我却还有句话。”徐理说。

“是吗？请讲！”王伟让道。

“士英兄可知，自家被人喻为何物？”徐理问。

“不知，请元玉先生赐告。”王伟道。

“大司马身边一走卒。”徐理说。

“走卒？”王伟曾听到一些议论，但这样刺耳的比喻，他还是头一次听到，他苦笑着自我解嘲，“倒没人把我喻为大司马厩边的家犬。”

“有何不同！”徐理冷冷地说。

“不会是元玉先生这样说我吧？”王伟问。

“自然不是我说的，但我也认同。除非士英兄让我看到，自家并非仰人鼻息、唯命是从之徒。”徐理说罢，一声告别的话也没有，转身而去。

王伟留在原地，呆呆地站立好一阵，轿子停在身边都没感觉到。

皇帝无意把对于谦说的话传之于外，他不是顾及徐理的面子，而是不愿伤害于谦的面子。但宫禁秘事，从来不是密不可闻，皇帝关于徐理的两句话，多少传出来一些。

陈循听到传闻，决定采取主动，把徐理约来做个交代。

“德公急如星火把在下唤来，有何吩咐？”徐理问道。

“来，元玉，坐下说话。”陈循招呼道，等徐理坐下，他讲述朝廷新近的一个变化，“更换大司成一事，我与俭公议过，他已赞成，说要在廷议时商量商量；但不知怎的，忽然又传话说不议。”

“德公不必再说，”徐理两手连连摇摆，心灰意冷地说，“谋大司成之职，我是有那么一两天曾想过，而今已经不想。”

陈循看他一眼，问：“此话当真？”

“我的一颗心，难道就永系于该职？德公未免太小觑我。”徐理说。

“果如我料！”陈循两掌相击，道，“我说嘛，元玉志向远大，区区祭酒，何至于潜心谋求！”

“不谋求是不谋求，但有一事，要向德公求证。”徐理说。

他没得到祭酒一职，陈循总觉得欠债未还；他自愿放弃，那是再好不过。陈循摆出你什么都可问、我什么都肯答的架势：“好，你说！”

“在下区区之事，大司马曾否达于圣驾前？”徐理问。

这是最难回答的问题，一来，陈循知之不确，又不能不给出个答案；二来，回答稍有不慎，有可能引起轩然大波。

“说法不一，元玉听到些什么？”陈循圆滑地反问。

“在下听说，他曾向皇上奏请过。”徐理道。

“我也听说过，看来此事是实。”陈循顺着他说。

“此事若实，德公所言必不实。”徐理马上跟进一句。

陈循眨眨眼，问：“此话怎讲？”

“德公不是说，大司马朝有举荐之词，夕得委任之旨吗？”徐理道。

“是啊，我亦甚为不解：廷益先生既举荐元玉，这些日子过去，怎不见降旨呢？”陈循装腔作势地说。

“德公仍相信自家所言是实，那只有一种可能。”徐理说。

“哪种可能？”陈循问。

“大司马并未向皇上举荐。”徐理说。

看来他对传言只知其一，并不全知。陈循想，这也不足为怪。自己几乎每日和司礼太监来往，从他们那里听到一些宫禁秘事，并不是人人都有这个机会的。再者，徐理虽有才智，却无肚量，皇上关于他的两句话，等于对他处以极刑，他若得知，谁知会闹出什么乱子！别人不愿惹这麻烦，自己干吗要惹这麻烦！

“讹言相传，时或有之；元玉推测，或是不错。”他说。

“德公亦以为不错，那就不是我胡思乱想。”徐理说着，一张脸忽然变得阴沉，说起话来近似咬牙切齿，“国学祭酒我是不去想它，但被人戏弄一回，也不能就此罢休。德公，我有两句话，愿说在前面。”

“是哪两句话，愿闻其详。”陈循说。

“以德报德，以怨报怨。”徐珵道。

陈循不由倒吸口凉气。这两句话从徐珵嘴里说出来，以德报德，是不用想的；以怨报怨，他必定不遗余力。

陈循勉强挤出一丝笑意，道：“元玉不是要向我报怨吧？”

“自然不是。”徐珵说。

“对元玉，我也不敢以德自居；不过，我倒是愿意做个诤友，想劝元玉做一件事。”陈循道。

“德公请讲，在下无不听从。”徐珵揖道。

“元玉改个名字吧。”陈循说。

“改名？”徐珵怎么也想不到会是这件事。

“是啊，我曾询问过仝大师，元玉为何宦途不顺。他说，名字不好，若改，则无障碍。”陈循说。

“仝景明说否，在下名字有何妨碍？”徐珵问。景明是仝寅别字。

“他说，郕、珵谐音，郕府已不在，珵字也不该再叫。”陈循道。

如果说，对仝寅劝自己改名，徐珵是半信半疑；那么，对必须改名的这个理由出自仝寅之口，他完全不信。仝寅测字的功夫再不济，也绝不会用谐言来对付。不过，自己这个名字的确太敏感。别说于谦不肯举荐，就是于谦肯举荐，皇上那一关也未必过得去。

想到这里，他向陈循深作一揖，道：“多谢德公赐教。从今日始，朝廷再无徐珵其人。”

更名用不着别人帮忙，回到家里，他把各写一字的一百张纸片揉成团，然后沐浴焚香，从中抽出两个字来，曰：有贞。

早朝后，许多关系比较密切的官员，包括兵部的属官和其他各部的佐贰，邀王伟一起回衙，他都婉言拒绝。他在左顺门朝房里坐一会儿，以至于坐在里面歇一歇脚的官员们，以为他要找自己，都抬头看他。他不得不向这位笑一笑，向那人点点头，然后离席而去，走得有点儿狼狈。

在东华门外，他放慢脚步，踯躅不前，以至于守门的官校走过来，和他打招呼。官校回到原位后，守门的内臣又走过来，和他打招呼。他们都以为他在巡视门卫。他不得不向这人嘱咐几句，向那人打个招呼，然后快步离开，走得更加狼狈。

到兵部衙门外，他才可以不受任何干扰。进进出出的官员们的任何表示，他都不必理会；门役的任何表示，他更不必理会。

好似受一种魔力的诱惑，他做了一件自己并不想做的事情。好似被一种魔力牵制，他不愿走进兵部衙门。

见于谦低头走过来，他迅速地迎过去，把于谦惊得往后退两步。

“士英，是你呀，怎么不进去？”于谦问。

“晚生忽患腿疾，行走迟缓，还没来得及进去。”王伟编句谎话。

“不会吧，你方才那几步，快捷如飞，哪像有腿疾？”于谦笑笑，说：“我看，你是特意在这里等我吧？”

王伟也笑，但笑得极不自然，与其说笑，更像在哭。

“正好，我也有事找你，进去说吧。”于谦说着，率先走进衙门。

王伟跟随在后，这次真像患有腿疾；或者说，两腿像被灌注铅汁，抬一抬都很费力，于谦在前走三步，他在后只迈出一步。走到院子当中，他干脆停下来，冲着前边唤道：“廷益先生！”

于谦回头望一眼，问：“怎么？”

“晚生想知道，皇上今日召入廷益先生，有何谕旨。”王伟说。

于谦向过往的官员们扫一眼，还朝着一名司官点点头，才问：“士英，就在这里说吗？”听他的口气，在这里说，对他倒没有什么，但不知对王伟方便不方便。

“廷益先生要在哪里说，就在哪里说。”王伟道。

他像是豁出去，话一出口，再跟着往里走，显得不那么艰涩。

于谦走进小室前，吩咐守在外面的衙役：“我有事办，任谁来，一律不见。”见王伟在几步外停下来，他招招手，道，“士英，不是说你。”

他扶住门框，等王伟进去后，亲自把门关好。王伟把这看作一个信号，心想，恐怕这就要发难。

于谦没有发难，但看得出，心情很不平静。他在王伟面前走过来，走过去，自己不坐下，也没有请王伟坐下。直到心情平静下来，他才在王伟面前站定，道：“士英，昨日所议之事，你是对的。”

王伟一怔，想说什么：“廷益先生——”

于谦摆摆手，阻止他说下去。

“士英不是想知道皇上召我何事吗？”于谦告诉他说，“皇上问的正是你我昨日所议之事。我禀奏道：昨日兵部议论，臣以为当如何如何，右侍王伟以为当如何如何，臣回去后仔细斟酌，悟到王伟的如何如何，比臣的如何如何高明，王伟所议是。”

“廷益先生，回去后，晚生也在想这件事。”王伟道。

“我知道。”于谦说。

“廷益先生若无他事，我这就去处置。”王伟一身轻松，看起来像是于谦急着找他说话，而不是他急着找于谦说话。

于谦点点头，应道：“好！”但在王伟正要推门而出后，他忽然说：“士英，等一等。”他走到王伟面前，从袖口抽出一本奏章，递到王伟手里，说，“我思之再三，还是物归原主的好。”

王伟不用看就知道，这正是他昨夜所拟、今晨所进的奏疏。在奏疏里，他劾论于谦处置不当；他也知道，一定是皇上把奏疏交与于谦的。

于谦笑笑，说：“我有失，望君规我，何至于走到这一步！”

“廷益先生！”王伟深感愧疚，无话可说。

第七十四章

总督漕运兼巡抚凤阳、淮安等府的右佥都御史王竑，带领一干随从人员，日夜兼程，从凤阳赶往淮安。

今夏雨大，多条河水泛滥，淮河尤为严重，沿淮多个府、州、县，夏粮秋粮无收。入秋以后，灾情立刻显露出来，灾民四处流浪觅食，嗷嗷待哺，饿死病死沟壑者，不知有几。

王竑首先巡视凤阳，除了它的灾情也很重之外，还有一个原因：凤阳系祖陵所在，凤阳的泗州系皇陵所在，它的地位仅次于北、南二京，是万万乱不得的。

在巡视灾重的州、县时，他只有一个念头：凡遇粮仓，管它是直属朝廷的粮仓，还是由地方管理的粮仓。一律开仓放赈。不料，在开第一个粮仓时，就遇到管粮仓官的顽强抵制。

“大人，没有朝命，开不得仓呀！”管粮仓官大叫大嚷。

“你开不得仓，我却等不得朝命，你说怎办？”一开始，王竑态度还比较缓和。

“粮仓的锁钥都挂在卑职身上，要不，大人杀死卑职；要不，卑职守住锁钥，亦即守住粮仓。”管粮仓官说。

“你以为我不敢杀你？”王竑冷笑，“你可知道，当年在午门外，第一个站出来揪住马顺，第一个挥拳殴击、第一个怒斥其罪的，是谁吗？”

“我知道，是大人。”管粮仓官说。

“你不怕吗？”王竑喝问。

“卑职不怕。”管粮仓官说。

“你为何不怕？”王竑喝问。

“卑职但尽职守，并非奸臣。”管粮仓官说，“在下只知有殴杀奸臣的公度先生，不知有殴杀尽职者的公度先生。”

王竑字公度，湖广江夏人，正统四年进士。

“哼，你以为你是尽职守吗？我问你，朝廷设粮仓为的何事？难道不是为的应付大灾荒吗？今遇大灾荒，你不仅不主动开仓赈济，而且不让本都宪开仓赈济，你是尽职，还是失职？你是小有失职，还是大为失职？大为失职者，该不该杀？”他一句严厉过一句地质问。

“卑职并非不知，大人的话是对的；但没有朝命，卑职绝不敢把粮仓打开，绝不敢把锁钥交出。”管粮仓官极是顽固。

“真是好笑！”王竑道，“我命人从你身上搜出锁钥，还不易如反掌？”

“大人敢命人抢夺，卑职有死而已。”管粮仓官说。

“不可理喻！”王竑道，“不取锁钥，我就不能开仓吗？我要是命人将仓门砸开，日后修理粮仓可是你的事。你信不信？”

“大人敢命人砸门，卑职亦有死而已。”管粮仓官说。

王竑对他气不得，恼不得，只得使出最后一着。

“来人，把他绑起来！”他喝道，“你想尽职而死，我偏不让你死。等散完粮，我着人来放你。看看那时你再寻死，是尽职还是失职。”

管粮仓官束手被捆绑，一点儿没有反抗。在开仓放粮的整个过程中，他都没有叫喊。看来，他就是需要被捆绑起来，以表示自己是尽职的。

在驰往淮安的路上，王竑一直在思考凤阳放赈的得与失。淮安地区的灾情，比凤阳地区可能更严重，因而放赈的担子也更沉重。总的原则还是一个：凡有灾民的地方，凡有饥馑死人的地方，一定要开仓放赈，管它是直属朝廷的粮仓，还是地方管理的粮仓。在做法上，“以势压人”是可取的。有惊堂木时，拍惊堂木；找不到惊堂木时，放开嗓子吼叫；必要时，可以把刀架在脖子上。总之，要逼迫人就范。在经过一番恫吓后，管粮仓官肯配合的，叫来一起办差；仍不配合的，捆绑起来了事。当然，也有人在恫吓之前就俯首听命。

根据凤阳放赈的经验，府、州、县官几乎没有敢做主开仓的。这也不能怪他们，因为赋予他们的职权太有限。而自己一州一县地跑，一仓一仓地放粮，又太迟缓。要知道，晚放赈一日，就会多死数十人，甚至数百人呀！他决定在幕僚里选几个得力能干、公正廉洁的，带上总督漕运兼巡抚凤阳、淮安等府衙门的公文，分往山阳、清河、盐城、邳州、宿迁等灾情严重的地方，与州、县官一起开仓放赈。给他们的权限是：州、县官愿意做这件事，他们全力配合；州、县官畏首畏尾，可以撇开州、县官行事。给以权限，就会提出要求。对他们唯一的要求是尽量少死人，最好在开仓放赈以后不再死人。

在接近淮安时，选中的幕僚分头而去。王竑自己则带几个人，径奔淮安城以南的运河码头。他想在仓粮之外，开辟另一条放赈的途径。

分守淮安的参将，接他檄文，早早地赶来码头等候。王竑到时，他迎上前去，行叩拜礼，称道：“末将见过都堂大人。”

王竑总记不住他的姓名，问道：“将军贵姓？”

“末将姓周，名——”参将打算把姓名、籍贯、经历一一报上。

“好，周将军。”王竑只听一个姓氏就可以。他问，“你也姓周，和平江侯是否有渊源？”

“末将曾为老平江侯的家丁。”周参将回话。

他说的老平江侯，即周瑄，在永乐、洪熙、宣德三朝任漕运总兵官，驻扎淮安。现在的平江侯周豫是他的孙子，镇守临清。

“老平江侯家丁，升至参将，必有过人之处。周将军，今日我要借一借你的虎威。”王竑说。

“末将赶来，正为听都堂调遣。”周参将揖道。

“好！”王点点头，问道，“你今日带来多少人？”

“末将来得匆忙，只带三十卒伍。若不足，末将可命属下回营召集，大约可有三百余人。”周参将说。

“足矣，足矣！但不知有舟否？”王竑问。

“有两只小舟。若不足，末将可命属下调来大船。”周参将说。

“足矣，足矣！三十人，两小舟，足够演一场大戏。”王竑说着，问自己的亲随，“那边可否准备好？”

“禀大人，桌椅、壶盏已摆好，水尚未煮滚。”随从道。

“周将军，请！”王竑让了让，自己在前，向码头那边走几步。

他的亲随们清理出一块地方，不知从哪里搬来的桌椅，桌子缺一角，椅子只有一把，放在正中，桌子边侧摆上一把凳子。壶盏更不堪入目，壶底、壶嘴、壶身，布满茶垢。茶碗不仅有茶垢，还有土锈。

王竑却很满意，连连赞道：“不错，不错！”他对周参将做个手势，道，“周将军将就着坐吧。要是能找张虎皮铺上，就更威风。”

“都堂请坐，末将站在都堂身后即可。”周参将说。

“那怎么成，是我借将军的虎威，又不是将军借我的虎威。”王竑道。

周参将往桌子边侧的那把凳子走过去，边走边说：“末将可没什么虎威，充其量有点犬威而已。”

“周将军，不是那边，是这边。”王竑手指正中的椅子说。

“都堂呢？”周参将问。

“我坐那边。”王竑指向凳子。

“不成，不成，本末倒置，岂不折杀末将！”周参将道。

“换过来坐也成。不过，坐当中的不用说话，坐边上的须得说话。周将军看坐哪里好？”王竑出道难题。

“都堂面前，哪有末将说话的份儿！”周参将道。

“既如此，不必争。”王竑说着，往凳子上坐下。

“都堂，末将有个不情之请。”周参将忙说。

王竑点点头，道：“你说！”

“当中的位置，末将斗胆去坐；但椅子和凳子，还望换一换。都堂要说话，理当坐得舒服一些。”周参将说。

“这一条尚可通融。”王竑见他说得诚恳，答应下来。

王竑请来第一位客人，周参将就明白他在演什么大戏，并觉得自己完全是多余的。所谓请来的客人，只是说起来好听一点儿，实则是被游弋于运河的小舟上的官军强邀来的商人。

商人向坐在当中的周参将躬身行礼，对坐在边侧的王竑看都不看。周参将一条胳膊举在空中，手掌不停地转动。

商人瞪大眼睛看着，不解其意。

“真笨哪！”送他过来的军士推他一把，“我家将军命你转过身去。”

“是，是！”商人不知往哪边转，转一圈，才面向王竑。

“周将军是命我问话吗？”王竑客气地问一句。

周参将点点头，不吱声。

“姓名？”王竑问商人。

商人报上姓名，无非张三、李四之类。

“家居何处？”王竑问。

“芜湖。”商人回答。

“来自何处？”王竑问。

“芜湖。”商人回答。

“做何营生？”王竑问。

“行商。”商人回答。

“可是正经商人？”王竑问。

“一本正经，如假包换。”问题过于简单，商人敢于说句俏皮话。

王竑一笑，接着问：“贸易何物？”

“米。”商人回答。

“其数量若干？”王竑问。

“约五百石。”米商回答。

“生意不小嘛。”王竑唠叨一句，又问，“运往何处？”

“山东。”米商回答。

“哎呀，失敬失敬。”王竑站起来，向米商一揖。

商人尚未反应过来，周参将却坐不住。他站起身来，向王竑躬身而立，还一揖。米商大概看出二人身份的高低，忙跪倒磕个头，说声“大人夸奖”，再站起来回话。

“阁下原来是位义商，义民，令人肃然起敬。”王竑道。

“大人的话，小民没听明白。”米商赔着笑脸说。

“你看，山东发水，秋粮无收，你从芜湖运米去赈灾，这还不是义商、义民吗！”王竑道。

“小民不是——”米商欲分辩。

“我知道，你不是为虚名，是为救人。”王竑哪里容他开口，“你大概不知道，我却是计算过的，五百石米，可以救活两千人。两千条性命由你而得救，天呀，那真是功德无量！”

“大人，小民不过是个小小商人。”米商插话。

“唉，抱歉，又说到虚名上。”王竑道。

“小民的意思，这五百石米是小民应承运到山东的。”米商说。

“是啊，于行商而言，信誉为根本。”王竑道，“不过，你想过没有，今岁淮安之灾重过山东，也有数以万计的灾民等待赈济，一口饭、一碗粥，即可救活一条人命。阁下五百石米运到山东，是为救人，却放着淮安灾民不赈，不救，合天理吗？合人道吗？”

“大人，小民辛辛苦苦把五百石米运去山东，是有所图的。”米商终于得到机会把自己要说的话说出来。

“有所图？那是自然。”王竑故意曲解他话里的意思，“你不图虚名，但实实在在的名声，是要图的。不瞒你说，别的眼下还不好说，但本官亲笔题写的一块匾，是一定要赠与你的。就写‘赈米救人’四个字，你看实在不实在？”

“受之有愧，受之有愧！”米商抱抱拳。他心里想的，与嘴上说的，完全不同。他心里想的是：你这四个字，值几个钱！

“你想问：大人的四个字，值几个钱，是不是？”王竑道破他的心思，“夸句海口吧，你留下几多米，这四个字就值几多钱。”

“是吗？我留下这个数，行吗？”米商伸出一指。

“一百石吗？”王竑问。

“十石。”米商说。

王竑仰起头，一阵狂笑。笑得快，收得也快。收住笑后，他对周参将说：“周将军，看来他不识你的虎威呀！”

“更不识都堂墨宝。”周参将一开口，就暴露他的身份。

米商对官场的规矩知之不多，对官场的称呼还是知道的。都堂，在朝廷，指都察院堂官；在外，指总督、巡抚等文职。不管在朝在外，还从来没有一位如此尊贵的大人，和他这样面对面地说许多话。冲着这一点，割下身上一块肉，也是值得的；更何况看今日的架势，不割下一块肉，这一关恐怕也过不去。

“小民不识将军虎威，不识都堂墨宝，乞大人恕罪。小民愿用都堂大人说的数目，求回都堂大人墨宝。”米商说。

“我的话还没说完呢，”王竑道，“一百石米，我可以从四个字里，挑一个比画最多的字赠与你。不过，你要想好：一块匾上只有一个字，可不怎么好看呀！”

“大人这四个字，要几多米？”米商问。

“一口价，这个数。”王竑伸出三指。

“三百石？”米商差点把眼珠子瞪出来。

“不错！”王竑点头。

“大人，小民的这点本钱，是要养家糊口的。”米商乞怜。

“本官心里有数，”王竑为他详加剖析，“一次筹米五百石外运，你的本钱起码十倍于此，就是拿这五百石悉数放赈，也不会败家。我只要你放赈三百石，另外二百石踏踏实实运去山东，卖个好价钱，这一趟就不赔钱。我劝你，沿运河而上，到临清不要再往前走。那里无灾，仍可照常贸易。你知这位周将军是谁？他与镇守临清的平江侯是一家，我请他写本书柬与你，到临清投与平江侯府。有爵爷照应，你不但这次生意做得顺利，以后必将次次顺利。你看合算不合算？再者，在平常年景，你花上一千石米，能捐得一官，却未必能换回一匾；况且，我应承的是本官亲笔题写的匾。事后，本官还要向朝廷奏请，极有可能，获得朝廷的褒奖旌表。你看合算不合算？”

“大人把账目算得这么细，小民还有什么可说的？就请大人随小民去计数过船吧。”米商道。

王竑起身，向米商一揖，说：“阁下深明大义，义商二字，我用得不错。”又向周参将一揖，说：“卸粮之事，偏劳周将军。”

第二位客人也是商人，高大强壮。他一到，就把气氛搅得很紧张。因为不是军士们推搡着他来的，而是他推搡着军士们来的，至少是相互推搡着来的。周参将想，都堂大人要借的虎威，到这时该发一发。

“大胆刁民，敢到这里来撒野！”他大喝一声。

彼此不再推搡，商人动起嘴来。他嘟囔道：“说是请我来见大人，有不管人家愿意不愿意，这么请人的吗？”

“别时不这么请，今时就要这么请；别处不这么请，此处就要这么请；别人不这么请，本将军就要这么请。”周参将想用几句掷地有声的话把对方镇住，见对方不再嘟囔，他学着王竑问，“姓名？”

“黄爷。”商人回答。

“原来姓黄，名字呢？”周参将问。

“不是说黄爷吗！”商人又开始嘟囔。

“有起这等名字的？”周参将问，“你有老子吗？”

“我又不是从石头缝里钻出来的，能无老子！”商人道。

“他如何唤你？”周参将道。

“老子唤儿子，没有连姓一块唤的，他唤我小爷。”商人说。

“你有兄弟吗？”周参将问。

“有七八个呢。”商人回答。

“他等如何唤你？”周参将问。

“我行大，唤我大爷的也有，唤我老爷的也有。”商人回答。

“这些都免，我唤你老黄吧。”周参将说。

“随大人高兴。”商人道。

周参将提一大堆问题，才改问第二件事：“家居何处？”

“皇陵。”商人回答。

“休得胡言，我是问你籍贯。”周参将道。

“小民没有胡言，小人世代居住皇陵乡。”商人说。

“我看你最好钻进皇陵里去住。”周参将气恼地说。

“那不成，小民祖辈是守陵的，不是盗陵的。”商人说。

周参将被顶回去，不知说什么好。

王竑一直在倾听、观察，对眼前这个商人的来历有所了解。

“周将军，我和他说几句？”他和周参将招呼。

“都堂请。”周参将早想退避三舍。

“皇陵乡的黄爷，有多少年没回皇陵？”王竑问。

“这不归大人管。”商人说。

“黄陵乡祖宗牌位前，你还敢去叩拜吗？”王竑问。

“为何不敢！”商人口头很硬，内心却发虚。

“因为你入赘到徽州呀，要去叩拜别人家的祖宗呀！”王竑说。

商人眼睛仍瞪得很大，却失去凶光；嘴张得很大，却发不出声音。

“胆大刁民，竟敢哄骗本将军！”周参将用力一拍，险些把桌子掀翻，“本将军问你居住何处，你说皇陵乡，原来却居住徽州。”

“多半他也不居住徽州。”王竑有相当把握地说。

“那他居住何处？”周参将问。

“他应居住在扬州。”王竑说。

“说，是居住扬州吗？”周参将问商人。

“是，这位大人料得不错。”商人回答。

周参将比商人的眼睛瞪得还要大，嘴张得还要大。

王竑不理会二人的惊诧，继续问道：“你做何营生？

“行商。”商人回答。

“是做盐的生意吧？”王竑道。

商人实在憋不住，问道：“大人如何知晓？”

“你先说是与不是。”王竑命道。

“是。”盐商回答。

“这就对了。”王竑把他撂到一边，对周参将解释道，“周将军可知，天下商贾，哪一行当最富有？盐商。哪一行当最骄横？盐商。别的商人见官军，唯恐躲避不及；只有盐商，敢与军士较量较量。因此，他往前面一站，十分中我就看出三分。但盐商是分区划的，只听说徽州人做盐商的多，没听说凤阳有人做盐商呀。于是我想，他或是入赘到徽州盐商之家，承继老泰山的行当。谁知试着一问，竟坐实。因此，十分中我又看出三分。我还知道，盐商多在扬州置房产，养小妾。听他的口音，夹杂不少扬州方言；看他一身行头，也像是扬州裁缝制作的。我试着一问，又问对。因此，十分中我又看出三分。”

“大人真是料事如神呀！”周参将奉承一句，忍不住要问，“十分中都堂看出三个三分，还有一分呢？”

“那得问他自已。”王竑说。

“问他自己？”周参将看看他，看看盐商，不知该问什么。

“是啊，问他还愿不愿做盐商的勾当。”王竑说。

盐商一听，心里发慌。他说：“大人这话是什么意思？我做盐商做十几年，做得好好的，干吗不愿意做？”

“愿做就好。”王竑点头赞许，随即口风一变，“不过，仅你愿做不成，还得看我愿不愿你做。”

“小民做盐商的勾当，和大人有何相干？”盐商问。

“周将军，你告诉他。”王竑命周参将。

“你做不做盐商的勾当，和这位大人当然有关系，且密不可分。”周参将说句空话，然后问王竑，“都堂，有何相干呀？”

“周将军和我相识有些日子，还不知我的官衔吧？”王竑反问他。

“都堂，怎么不知！”周参将道。

“那是俗称，本官正式职衔是：总督漕运，兼巡抚凤阳、淮安、扬州、庐州等处都御史。淮安、扬州，本官是特别要管治的。”王竑说。

“两淮都转运盐使司也归大人管吗？”周参将问。

“那不归本官管。批不批给盐引，支不支给食盐，我说的不算。但有一条，”后面的话，王竑摆明是说给盐商听的，“做两淮盐的生意，总得在淮安、扬州等地奔波吧？打个比方，我要是说，此人不得入淮安，周将军，你会不会把他拒之门外？”

周参将有点儿犹豫，但还是说：“都堂之命，末将焉敢不从。”

“我得给你个理由，对吧？”王竑很善解人意，“这简单，我要让他认祖归宗呀。他祖辈守皇陵，他也该守皇陵呀！”说完，还不忘问一声，“周将军，你看这个理由够不够？”

“够，够！从今日始，他就别想入淮安境内。”周参将说。

“你说，他做不做盐商，和本官相关吗？”王竑问。

“岂止相干！照我的说法，是密不可分。”周参将道。

盐商一直关注地听他二人的对话，听到最后，好像真的入不了淮安境，真的做不成盐商。他问：“要怎样，大人才让小民继续做盐商？”

“周将军，你告诉他，我等为何在此。”王竑道。

“劝赈，拯民于水火。”周将军说。

“此乃天大的好事，小民何乐而不为？”盐商小心地问，“似小民这等商户，不知出多少钱合适？”

王竑两手摊平，伸到周参将面前，问：“周将军，你看如何？”

“十两银子？”盐商问。

“十两纹银，我只能保证你平安过个年；百两纹银，我保证你一年之内平安出入淮安、扬州等地。我还要告诉你，最多只准你放赈三百两，三年之后的事，今日免谈。”王竑说。

盐商思前想后，终于下定决心，在王竑、周参将的期待中说：“好吧，我愿以三百两银子，换三年平安。”

十一月十九日，皇太子见济薨。他是皇帝的独子，这件事对皇帝的沉重打击，可想而知。一连三天，皇帝除了在第一天说句完整的话，再没有说话，而这句完整的话，也让人摸不着头脑。

他说的是：朕真想杀了他！

他，可以指太医院使和御医们。皇太子体弱，所以才让他们每日去东宫号一次脉，他们总是称皇太子身子见好；但在一夜之间，忽然病情加剧，驾鹤西归。你说当杀不当杀！

他，也可以指废后汪氏。她曾妄言，皇太子并非福厚之人，皇太子简直就是被她咒死的。你说当杀不当杀！

当然，他，还可以指其他人，可以指宫里的任何一名宦者，可以指外朝的任何一名官员，可以指天下任何一个人。甚至可以指被废的皇太子见深，因为他会使人们产生许多联想；可以指幽居南宫的太上皇帝，因为皇太子薨，他可能最高兴。

天威难测。在这几天里，不奉宣召，谁也不敢来见皇帝。王诚自以为最会安慰皇帝，从御马监来；但只在宫外转了转，又回御马监。舒良自以为最能使皇帝开心，从崇质殿来；但只在宫门口站了站，又回崇质殿。

只有兴安不能不见皇帝，他每日必须把内外官员的奏章讲给皇帝听。不错，因皇太子薨，奏章减少。但减少不等于没有。每日朝廷仍要议事，重大之事，或官员们自以为是重大之事，仍会写成奏章。

“昨日廷臣议也先称号，各不相同，请旨定夺。”兴安禀奏。

说完题目，要等一等皇帝的反应。皇帝要是眉头紧锁，接下来一定会把手一挥，那就不必再往下说；皇帝要是脸上没有什么表情，那就往下说具体内容。当然，说具体内容，皇帝也不会做出任何裁决，所以，说得越简单越好。

兴安已经摸到这个规律，见皇帝脸上没有表情，他简洁地说：“礼部、都察院堂官请称瓦剌可汗，以示羁縻；安远侯柳溥以为，仍称瓦剌太师为宜；吏科都给事中林聪称，报书也先，不当从其伪称；礼部仪制司郎中章纶称，可汗实为夷狄尊号，如尊唐太宗为天可汗、元太祖称成吉思汗等，今不可加于也先。”

皇帝的表情很复杂。可以理解为：这等芝麻大的事，值得廷臣们议来议去吗？也可以理解为：除了这些，难道没有更高明的议论吗？还可以理解为：除这件事，有没有其他的章奏？

兴安很快决定，就按照最后一种理解去处置。

“漕运总督王竑有一本奏章。”兴安说一句后，照例停下来；见皇帝没有表情，又加上一句，“是陈奏赈灾之举的。”见皇帝露出关注的表情，他才放心地说下去，今夏大水，只是一带而过，重点是几个数字，“开仓放赈及劝富人助赈，共计米、麦、谷、粟二十五万七千三百四十余石，银三千六百七十余两，钱、布半之。共计赈济灾民五十五万七千四百七十九家，存活一百八十八万八千五百余人。又给七万四千三百九十七家农具、牛、种，安辑他境流民一万六百余家。”

皇帝做个手势，这是几天来皇帝的第一个手势。兴安忙问：“爷有没听清的吗？”

“你念的数目朕没听清。”皇帝说。这是几天来皇帝关于臣下奏章说的第一句话，其实也是皇帝几天来说的第一句话。

“奴才念慢一点儿。”兴安说着，重新报上数字，“放赈米、麦、谷、粟，共计二十五万七千三百四十余石。”

“不是这个数目，是后面的数目。”皇帝说。

相比之下，银、钱、布的数目不那么重要。兴安说：“共计赈济灾民五十五万七千四百七十九家，给农具、牛、种七万四千三百九十七家，安辑他境流民一万六百余家。”

皇帝见他不往下念，问：“还有呢？”

“别无数目。”兴安答道。

“兴大伴呀兴大伴，朕要听的，你怎么偏偏遗漏！”皇帝责备他。

兴安比以前听到嘉奖还兴奋，他一边说“奴才该死”，一边一目数行地扫阅王竑的奏疏，很快就找到。

“爷要听的，是这个数目吧？”他用手指点在那一行上，生怕读错，“共计存活灾民一百八十八万八千五百余人。”

“一百——”皇帝听清楚，仍记不住。

“一百八十八万。”兴安想个巧招，先念数目的一半。

“对，一百八十八万。”皇帝跟着他说。

“八千五百余人。”兴安再念后边一半。

“对，八千五百余人。”皇帝把数目念完，大发感慨，“兴大伴，你是信佛的。按照佛法，救人一命，胜造七级浮屠。存活一百八十八万八千五百余人，该是造多少浮屠呀！”

“爷说的是，此真功德无量！”兴安说。

“这个王竑，就是当年在午门率先殴击马顺的王竑吧？”皇帝问。

“是他，马顺之子至今对他耿耿于怀。要不是爷圣明，差点儿降罪于他。”兴安说。他高兴的是，皇帝终于可以正常处分朝政。但一高兴，不该说的事也说出来，因为当初听信马顺之子话的，正是皇帝。

皇帝没有在意，又赞一句：“好个都御史！”

第七十五章

于谦摸黑下床，摸到头天晚上折叠好的官服，抖了抖，往后一甩，伸胳膊穿上。卧室出来，是集吃饭、读书、会客于一室的书房。这条路他是熟悉的，走过去不会磕到碰到。月儿快圆，在院里借着月光，从正房走到厢房，也不会出什么差错。一进西厢房书童睡的那间小屋，却不好办，谁也不知道他睡觉前会把灯放在哪儿，把凳子摆在哪儿，把鞋踢到哪儿。所以，于谦进门后轻轻呼叫一声，不再往里走。

“是老爷吗？”一向睡觉警醒的童儿问。

“是我。”于谦应道。

“老爷，还早呢。”童儿往窗外看一眼，就能估摸出时辰。

“今日要早些走。”于谦说。

“老爷想早些走，轿子到得了吗？”不起床的理由很容易想出来，童儿能赖一会儿就赖一会儿。

“今日走着去。”于谦说。

“老爷昨晚一直咳嗽，又是一夜未眠吧？走着去，行吗？”童儿问。

“所以才想走一走。”于谦道。

童儿再没理由赖着不动，他一个鲤鱼打挺坐起来，边穿衣服边说：“老爷去漱口，小的这就准备好。”

主仆二人出门时，守在门口的仆人被吵醒，他擦着火石，把平日用的灯笼点亮，递给童儿。

“今日月光好，不用。”于谦说。

于谦的步子大，童儿的步子小，于谦走几步，停一步，等童儿赶上来。其实，平时于谦乘轿，轿夫们走得比他还要快，童儿都不曾被落下。他今日有意走慢，是因为他知道：老爷想步行，一定是有心思；排解心思的最好法子，是诱使他说出来。

“老爷服用太医们开的药，痰疾见好，昨晚怎么又犯？”童儿问。

“想念一位故人，心里难受。”于谦说。

“老爷说的故人是谁呀？”童儿问。

“钱塘老家的一位老婢。”于谦说。

“老婢，不也是使女吗？老爷至于为她不眠？”童儿大觉奇怪。

“你有所不知，”于谦沉浸于对少年时代的回忆中，“我和你差不多大时，在家里读书，父母让她来服侍。那一年，她刚好五十岁。我今年已经五十七岁，你想想，她有多老！”

“哎呀，那还不得九十岁！”童儿叫道。

“只会多，不会少。”于谦说。

“老爷想念一个人，就要吟诗。昨夜没吟吗？”童儿问。

“不瞒你说，诗是想出几句，只是没来得及写。”于谦说。

“要不要我帮老爷记下来？”童儿问。

“你能帮我记下来？”于谦不信。

“老爷别小看我，”童儿说，“老爷吟一遍，我诵一遍，就可记下来。”

“这诗可不短呀！”于谦道。

“是五言，还是七言？”童儿问。

“你几时也懂得五言、七言？五言怎样，七言又怎样？”于谦问。

“若是五言，老爷一次吟四句；若是七言，老爷一次吟两句。小的复诵一遍，保证记得下来。”童儿说。

“好，今日就来试试。”于谦说着，吟道，“吾家有老婢，行年过五十。虽云极丑陋，所幸少过失。”

“吾家有老婢，行年过五十。虽云极丑陋，所幸少过失。”童儿重复。

“我昔少年时，垂髫发如漆。锐意取功名，辛苦事纸笔。”于谦吟道。

“我昔少年时，垂髫发如漆。锐意取功名，辛苦事纸笔。”童儿重复。

“双亲命老婢，给使读书室。余时方气刚，未知抚爱术。”于谦吟道。

“双亲命老婢，给使读书室。余时方气刚，未知抚爱术。”童儿重复。

“斯须不如意，骂詈信口出。老婢受不辞，未始怨且泣。”于谦吟道。

“老爷当年是这性子吗？怪不得今日想起会难受。”童儿说。

“还不快诵一遍，不怕忘吗！”于谦催促他。

“斯须不如意，骂詈信口出。老婢受不辞，未始怨且泣。”童儿重复。

“我忝科名，旋登显要职。老婢亦欣慰，且言所愿毕。”于谦吟罢，怕童儿听不懂，解释说，“忝者，愧居也。”

“连这个字也不懂，我岂不是忝在于府！”童儿道。

“说得好！”于谦不禁笑出声来。

“记住忝字，这四句就能记住，老爷往下吟吧。”童儿说。

“家人自南来，致意我家室。此意久未报，我心恒郁郁。”于谦吟道。

“昨日来家里的，原来是老爷老家的亲属。”童儿说。

“不错，要不是问他，我怎知老婢仍在？”于谦道。

“家人自南来，致意我家室。此意久未报，我心恒郁郁。”童儿诵罢，说，“老爷若托家人把诗送回去，老婢一定想都想不到的。”

“我正有此意，”于谦说，“等一会儿，我直接去朝房，等着上朝，你去衙门，到我的那间屋里，找纸找笔，把这首忆老婢的诗写下来，送到朝阳门内的东升客栈，好不好？”

“那有什么不好，老爷把这件事交给我办，尽可放心。”童儿说。

“守门的衙头姓王，你叫他一声王叔，说是我让你去的，他不会阻拦。”于谦不放心地交代。

“老爷真会说笑！”童儿道，“从正统十二年老爷任兵部侍郎起，今年是第八个年头；从正统十四年老爷出掌兵部起，今年是第六个年头。衙门里若还有不识得我的，不是他失职，就是小的失职。”

“你非忝居，当然不会失职。”于谦表示这件事说到此为止。

“老爷，就这么说定吗？”童儿问。

“是啊，你还有什么话要说？”于谦道。

“只有一句：老爷的诗吟完没？”童儿问。

“幸亏你提醒，否则短缺结尾。后面还有两句，”于谦说着，吟道，“作诗寄所怀，相见应有日。”

于谦主仆二人沿长安街走到台基厂，有两条路可以选择：一是继续往西走，进长安左门，转北；一是顺玉河北转，走到东安门，转入。前一条路，方便去朝房；后一条路，方便去衙门。于谦提出走后一条路，童儿坚持走前一条路。于谦争不过童儿，只得仍走长安街。

接近长安左门时，于谦蒙蒙眬眬觉得门前和往日异常。

“你眼睛好，看看前面是不是有人？”他对童儿说。

“是，”童儿早就看见，“似是有人跪在那里。”

“怎么回事，没听说哪个衙门有人受罚呀！”于谦道。

处罚有过失的官员，方法不一，其中之一是在午门外甚至承天门外罚跪，这既是对身体的惩罚，也是对人格的一种羞辱。于谦数数，今日是正月十二日，年节还没过去，各衙门还没正式办事，皇帝不该在这时候处罚什么人的。

“老爷过去看看不就知道。”童儿说。

再走近些，果然有个人跪在那里。但不是官员，是个百姓，年纪在三十开外。他身边还跪着个孩童，看上去不到十岁。孩童已睡熟，要不是靠在成年人身上，早就摔倒。附近有几个逻卒，不是站在西边，就是站在北边。看来，他们不打算劝跪者离开，只是防止他进入长安左门，或者跪到承天门下。

“大人怎么来得这早？”逻卒中有认识于谦的，过来和他招呼。

于谦顾不上回答，指着跪者问：“怎么回事？”

“小的不知，”逻卒道，“昨晚小的几人巡逻到此，便见他跪在那里。小的问他何事，他说有冤情。小的又问他有何冤情，他不肯说，只是反反复复地说有冤情，要朝廷做主。小的们本该两个时辰轮换一次，但怕他往里闯，不敢离开半步。原来是想，等到上朝的大人们经过前，无论如何也要把他请走，没想到大人这么早就来。”

“你等很尽职，待我问问他。”于谦说着，走到跪者面前，围着他转一圈，问道，“你有冤情？”

“是，小民有天大的冤情。”跪者说。

“能和我说一说吗？”于谦问。

跪者瞥他一眼，又向他身后瞥一眼，然后失望地垂下头。

于谦不懂他这一瞥的含义，用眼神询问和自己对话的逻卒。

“他在找轿子呢。”逻卒笑着说，“他的冤情要向朝廷诉，怎么也得找个货真价实的大人吧？哪有大人既不乘轿，也不骑马的？”

“这也难怪。”于谦道。

“我告诉你，”逻卒又对跪者说，“别光看轿子，也看看人。你睁大眼睛，看看眼前这位大人是谁，他是兵部于大人。”

“兵部哪个于大人？”跪者问。

“我不知道兵部有几个姓于的，但说起兵部于大人，除保住京城的于少保，还能有谁！”逻卒道。

“他真是兵部于尚书？”跪者问逻卒。

“你自己看嘛！”逻卒道。

“你家老爷真是兵部于尚书？”跪者问童儿。

“如假包换。”童儿道。

“大人真是兵部于尚书？”跪者最后问到于谦。

“不错，我是。”于谦道。

跪者猛然把身子转向于谦，连连叩头，口称："大人给小民做主啊！"

他身边的孩童没有防备，身子晃几晃，眼看要倒下去。

于谦一弯腰，把孩童扶住。跪者趁势把他搂过去。

"有话起来说，好不好？"于谦道。

"不，小民就跪着说。"跪者不肯。

"随你。"于谦不再劝说，但问，"究竟为的何事？"

碰到心目中货真价实的大人，跪者的陈述变得有条理："小民是京西良乡县人，半年在家种田，半年进山打猎。"

"眼下正是进山打猎的日子吧？"于谦问。

"大人说的是。"跪者应道。

"却为何进城来？"于谦问。

"这事要从好几天前说起。"跪者道，"那日，小民在山间行走，遇到一队贡使。队伍里有三两个女子，其中一人，虽也穿夷妇衣装，但小民看着眼熟，不由多看几眼。这一看不打紧，小民情不自禁，随着队伍走啊走啊，走下山，走进城。"

"那妇人是谁？"于谦问。

"是他的母亲。"跪者说着，把孩童搂得更近。

"这孩儿是谁？"于谦又问。

"是小民的儿子。"跪者说。

虽然已经猜到，于谦还是禁不住打个冷战。

"你的意思，那妇人是你妻子？"他多余地问一句。

"是。"跪者应道。

"不会看错吗？"于谦问。

"小民开始也怀疑看错，所以一路跟进城，眼看着他等进入一处官邸。小民和人一打听，才知那是会同馆。"跪者说。

"贡使是要去会同馆的，但怎知那妇人是你妻子？"于谦问。

"那妇人进馆前，曾回过头，恰好与小民四目对视。小民看得真切，她即刻泪流满面。因此，小民确定，她就是小民妻子，借用这位小哥的话，如假包换。"跪者说。

"既是你妻，怎么现身于贡使的队伍里？"于谦换个问题。

"说来话长，前年秋天——"跪者把话头引到一年多以前。

"是景泰三年吗？"于谦问实。

"是。"跪者应道，"小民的妻子是隆庆州人。景泰三年秋天，她老母病重，着人送来口信。她父亲死得早，是母亲含辛茹苦把她养大的，所以一定要赶过去。我那时田里正忙，只得让她一人先走，想等田里的活做完，再去接她。谁知她这一走，再无音讯。”

“你可去隆庆？”于谦问。

“小民是半个月后去的，到后才知，丈母娘已去世，而小民的妻子压根儿就没回过娘家。”跪者说。

听他讲述的人，包括年纪不大的童儿，都会想到发生什么事情；但是，谁也不忍心讲出来。只有童儿说：“坏了，她被虏寇掳去。”

“多嘴！”于谦训斥过他，又问跪者，“那妇人，噢，就是你妻子，进会同馆后，你又见到她吗？”

“没有，小民妻子进去后，再没出来过。会同馆小民又进不去，只得回良乡去领着儿子，连夜返回城里。”跪者说。

“你连夜返回，怎么进的城？”与于谦对话的逻卒问。

“我父子二人夹在给宫里送菜的车队里，无人盘问，就这样糊里糊涂地进来。”跪者说。

“人被逼急，真是什么事都敢做呀！”逻卒阴阳怪气的一句话，不知是说他敢蒙混进城，还是说他敢在长安街上叫冤。

“百姓跪阙，还真得有点儿勇气。”于谦对这个举动却很赞赏。

“勇气可嘉，未必有用。”逻卒说。

“你这话何意？”于谦问。

“大人问问他，乞朝廷做主，是让朝廷做什么主？”逻卒道。

“这我知道，他要朝廷替他讨回婆娘。”童儿抢着说。

“朝廷要笼络夷人，肯为他伤和气吗？”逻卒道。

于谦心想，别看他只是个逻卒，说话却一针见血。第一，他认准那妇人是他妻子，但是与不是，仍在两可，朝廷恐怕不会给他当面指认的机会。第二，即便百分之百确定，妇人是他妻子，朝廷怎么替他讨回？与贡使协商，不会有结果；采取强硬手段，岂不是要打破好不容易取得的平静？但看到丈夫失去妻子后的伤痛，儿子失去母亲后的悲哀，于谦不能无动于衷。

“你想朝廷为你讨回妻子，是吧？”他边问边考虑如何应对。

“那位小哥说的是。”跪者道。

“你想我为你向朝廷奏乞，是吧？”于谦问。

“小民万万想不到有此幸运，跪上半夜，竟跪来大人。”跪者道。

“我若为你向朝廷奏乞，你肯起来吗？”于谦问。

“大人要小民起来，小民即刻起来。”跪者道。

“你起来吧。”于谦说。

跪者一条腿已变成蹲式，但想到什么，又跪下去。

“怎么？”于谦问。

“乞大人给小民定个日子。”跪者说。

“好。”于谦决心已下，“我这个童儿，要去客栈办事。我让他给你父子订个床铺，再留几个钱吃饭。三日之内，必定给你回音。”

“三日之内有消息，忍饥挨饿，流落街头，都不在话下。”跪者说。

“那你去吧。”于谦搀扶跪者起身时又问一句，“你可知道，你妻子所在的那队贡使，来自何处？”

“小民问过会同馆的老爷，说是瓦剌使臣。”跪者回答。

散朝后，于谦不回兵部衙门，却去提督四夷馆。在馆里办事的礼部右侍郎萨琦见他，吃惊地问：“廷益先生怎到此间？”

“随便走走，找个人。”于谦说。

“要我帮忙吗？”萨琦问。

“不必，不必，我自家去找。”于谦说着，和萨琦揖别。但只走两步，他又退回来，难为情地对萨琦笑笑。

“说吧，要找谁人？”萨琦道。

“廷珪先生蒙古馆里有熟人吗？”于谦问。

“都熟。”萨琦说。

“那好，请廷珪先生帮我找个当值的通事。”于谦说。他对四夷馆的通事、写字生都不熟，这本来没关系；但他想到，萨琦见他出现在四夷馆都吃惊不小，他要是冒冒失失找到蒙古馆，找到当值的通事，恐怕要把人家吓坏。既然萨琦都熟，就请他出面应付一下吧。

萨琦不问他找人何事，带他来到蒙古馆。里面只有一人，萨琦招呼道：“老昌，有人找你。”

通事闻声而起，边迎过来边说：“廷公要找我，差人来叫一声就是，怎敢劳大驾亲临。”看来，他和萨琦确实很熟。

“不是我找你，是别人找你。”萨琦说着，向旁边一移，让于谦现身。

通事站在原地不动。他从来没想过，在四夷馆里会见到于谦，而于谦的到来是为找他。还有一件事，他不知道怎么办好：他称萨琦廷公，这是习惯的称呼；当然，要是一开始就见到于谦，他可能会改变一下称呼。现在可好，连转圜的余地都没有。既然称萨侍郎廷公，不能再称于尚书廷公吧？称益公，或廷益公，似乎也不合适；至于称廷益先生，连考虑都不用考虑。幸亏他脑筋还算灵活，很快想出一个不管用在什么人身上都不会错的称呼。

“大人找我？”他喃喃地问。

“是啊，他找你。”萨琦先回答通事，然后转向于谦，“廷益先生，你是有事吩咐，还是有事请教，直接对大通事说吧。”

“自然是请教。”于谦道。

“不敢当，大人有事请吩咐！”通事说。

“大通事姓昌，对吧？”于谦问。

“是。”通事应一声，又连连摇头，“唉，不是。”

“老昌，廷益先生问你话，怎么又是又不是的！”萨琦道。

“大通事，不是，小小通事而已；姓昌，是，下官姓昌名英。”通事自然而然地报上姓名，说话也渐渐有条理。

“廷珪先生呼你老昌，也不怕把你呼老，我呼你大昌吧。”于谦说。

“大人随意，”昌英道，“下官这个年纪，做到大通事，还不算老；做个普通通事，着实是老。廷公又呼下官老昌，又称下官大通事，也不知哪句话是真，哪句话是假。”

能说出这些话来，显然是不再紧张。萨琦觉得自己可以离开，也应该离开。他笑着对于谦说：“廷益先生，我是不是也可以随意呀？”

“廷珪先生请便，有事我再找你。”于谦向萨琦一揖，以示感谢。等萨琦走出房间，他对昌英说：“大昌，向你打听件事。”

“大人请问。”昌英道。

“这些日子有瓦剌贡使入京吗？”于谦问。

“昨日确有一起瓦剌贡使入京，这是今年第一起贡使。”昌英说。

“你与他等见过？”于谦问。

“是，昨日得讯，我就赶去会同馆，与他等交涉。”昌英说。

“你看正使为人如何？”于谦问。

昌英没贸然回答，反问一句：“大人问的是哪方面？”

“譬如他在瓦剌部的身份。”于谦举一事。

“大人是知道的，太师也先从不以兄弟或子侄充贡使，但贡使一定是他的心腹。”昌英说。

“确是如此。”于谦点点头，又问一事，“再譬如他易交否。”

“性子颇直，也易交，也难交。”昌英说。

这个回答简单含糊，于谦无从判断易交到什么程度，难交到什么程度，默想接下来怎样发问。

“大人有事与他交涉？”昌英问。

“是这样，”于谦想，不知怎样问下去，不如直言其事，“该贡使随从人中，有一女子，是汉人，我想与贡使交涉，将她留下。”

“将她留下，为何？”在昌英眼里，这不是件小事。

“先别问为何，且说办得成办不成。”于谦道。

“不易办成。”昌英连于谦方才提出的问题一起回答，“无论易交与否，这等事都不易办成。”

“说说看。”于谦道。

“瓦剌贡使来京，好长一段路程荒无人烟，要自家生火做饭。仆妇随队，不可或缺；随队入京，也是准许的。此乃惯例。朝廷从未将随队妇人扣留，今日骤然提出，恐怕会发生纠葛。”昌英说。

“还有呢？”于谦知道他的话没说完。

“大人言及，随队妇人中，有一汉人，这也不足为怪。”昌英继续说，“就下官所见，几乎每次贡使的随行人员中，都有汉人。有汉人男子，也有汉人女子。朝廷从未与其交涉，从未提出将其留下。”

“即便明知为北人掳去，即便丈夫指认为妻，孩儿指认为母，也不成吗？”于谦不由流露出激愤之情。

“不瞒大人，这些年来，每逢瓦剌贡使入京，老父唤子，稚子唤母，兄弟互唤，夫妇对泣，下官见过多起。”昌英说。

“为何不奏明朝廷？”于谦问。

“大通事的职责，也只是把朝廷的旨意下达外使，把外使的奏言上达朝廷；何况下官只是普通通事，怎敢多事。”昌英道。

“是啊，此事是要大臣上奏朝廷。”于谦在自言自语之后，拿定主意，“与贡使交涉，我向朝廷奏请。大昌，你且告我，怎样交涉易于成功。”

“依下官看，莫若给赏。”昌英虽碍于地位卑下，不敢向朝廷奏请，但交涉一事，他关起门还是想过的。

“你是说，赎买？”于谦问。

“对。”昌英应道，“北使随从人等，有被掳汉人者，准许家人指认。朝廷定下赏格，还一男丁，给赏若干，还一妇女，给赏若干，还一孤老及未成丁者，给赏若干。北使所携随从人等，特别是仆妇，为的是沿途役使，从朝廷得到赏银，想来不会阻挠被掳汉人留下。”

“你所谓若干，应是多少？”于谦问。

“容下官与贡使交涉。”昌英道。

“好，你这就去会同馆交涉三事。”于谦掰着手指说，“其一，留下经父子二人指认的妇人，他要多少赏银；其二，其他随行汉人，经指认后留下，各要多少赏银；其三，请他广为传告，凡携汉人入京，一经指认，朝廷皆给赏赎之。”

“大人，前二事，下官可马上交涉，第三事是不是等等？”昌英请示。

“等什么？”于谦问。

“朝廷应允给赏赎之，方好广为传告呀！”昌英说。

于谦摇摇头，道：“大昌啊，你有你的道理，我也有我的道理。我今日就写奏本，请于朝廷，但皇上何时批复，不得而知。若不尽早交涉，只怕朝旨下时，贡使已去，即便朝廷应允给赏赎之，却与哪个交涉？若谓朝廷未应允，第三事不宜交涉；那么，第一、第二事亦不宜交涉。但我想，朝廷以民为本，为民之事，不会不应允的。”

“是，下官这就去交涉。”昌英应道。

于谦在小室里小憩，衙役进来禀报，有一御史请见，同时把名刺递给他。名刺上写的是：晚生贵州道御史钟同。他知道此人是江西永丰人，父亲钟复是宣德年间进士，他自己是景泰二年进士。和父子二人，于谦都没打过什么交道。

因朝廷倚重日深，于谦在待人接物上也日益谨慎。从前对求见者可以随心所欲，愿见者见，不愿见者不见，现在则不成；从前可以约到家中去见的，现在不便约。一方面是求见者能见的一定见，一方面明示各官，勿去舍下打扰。因此，凡是找到衙门来的，一般都要见。

御史来，为私事者少，就更要见。

于谦说声“有请”，同时站起来整理整理衣冠。

钟同入室，深作一揖，道：“晚生见过廷益先生。”

“世京不必多礼，来，请坐。”于谦呼着他的别字，让道。等钟同坐下，他问：“世京任御史三年，还没来过兵部衙门吧？”

“是，晚生腿懒，不曾往这边走。”钟同说。

“你不是腿懒，是立身严正。”于谦称赞道，复问，“世京今日肯来，为的何事呀？”

“道一声喜，道一声忧，廷益先生先听哪个？”钟同出口不凡。

“一般而言，我关注的是忧。”于谦说。

“那就先道忧吧。”钟同道，“日前定州新乐县擒贼二人，押解至京，该着晚生讯问。二贼皆云，受也先指使，窥视中原形势，并各要害处。二贼复云，也先帐下南人甚多，我之虚实，皆在其掌握。晚生闻得此言，深为寒心，特来禀与廷益先生知道。”

“这个忧有不少人报过，世京是要告我何以解忧吧？”于谦问。

“欲解忧，须知忧。”钟同道。

“愿闻其详。”于谦一揖。

“晚生愿为廷益先生说个寓言。”钟同道，“燕雀乳堂，子母熙熙相得。灶突烟上，燕雀不知祸之将及，安逸如常，其颜不变。”

“世京说的是列国时孔子顺的故事吧？”于谦替他把这个故事说完全，“昔秦伐赵，诸侯安然自若，独子顺谏于燕王，讲了这段寓言。惜时人不省，反以狂人视子顺。”并说，“世京啊，今日不会有人视你为狂人；但举朝对也先狼子之心，也不是熟视无睹。”

“是吗？我怎么发觉满朝大臣，恬不介意呀？”钟同说着，不客气地加上一句，“恕晚生直言，廷益先生似乎也不放在心上。”

于谦苦涩地笑笑。钟同发这一通议论，意在利国，这是不用说的，但真的有点小题大做。从德胜门外击退瓦剌军，到宣府、大同等边镇御虏，到迎还上皇，到今日北边略趋平静，经历过多少大事呀！你不能因为擒获两个谍者，就把一切都否定吧？当然，他只能这么想，不能这么说。他说的是：“看来，朝中大臣，当然，包括我这个掌兵政的尚书，对也先动向都得更加留意才是。”

“此事晚生要上疏言之。”钟同说。

“好啊，皇上若将大疏下兵部计议，我请世京来大发议论。”于谦道。

话一出口，他就后悔：不管有意无意，这话总有些讽刺的意味。作为才被批评的大臣，也作为长者，说话时不该带一丝个人情绪。

钟同也听出讽刺的意味，不再说话。

“世京，朝廷近日有何喜事吗？”于谦主动打破僵局。

“与其说是朝廷的喜事，不如说是廷益先生的喜事。”钟同说。

“我有喜事？喜从何来？”于谦问。

“提督四夷馆与瓦剌贡使交涉成功，夫妻母子终得团聚。晚生闻得，廷益先生为此事煞费苦心，实乃功德一件。”钟同说。

“唉，保国安民，为我辈职责，今任由百姓身陷虎狼之口，还有什么脸面说功颂德！”于谦道。他不接受对也先窥视中原的举动恬不介意的指责，也不接受对从贡使手里讨回被掳汉人的称许。

“廷益先生当真这么想？”钟同问。

“我为何要诳世京。”于谦道。

“既是当真，晚生正有一件大功德之事禀明。”钟同说。

“那是何事？”于谦问。

“廷益先生，储君之位已空虚半年。”钟同说。

于谦一惊，恨不能早些把耳朵堵住。他板起面孔说：“世京曾言，道一声喜，道一声忧；现喜亦道，忧亦道了，其他不敢与闻。”

第七十六章

景泰五年五月十二日清晨，钟同欲牵马出厩。此马一向驯服，一向与他亲近。今日不知怎的，兼着马夫的老仆往马背上放鞍子时，它把屁股扭来甩去，不肯就范。等钟同拉住缰绳往外牵时，它不住地前蹄高扬，几乎要站立起来，不住地把头往后拧，不住地喘着粗气。

“这是怎了，是夜里吃多，还是饿着？”钟同问。

“没有啊，小的昨夜喂的豆草，和平日一样。”老仆说。

好不容易把马牵出马厩，在把马牵出院子时，又费一番周折。好不容易把马牵出院子，要抬腿上马时，又费一番周折。钟同在老仆扶持下，好不容易上马，一勒缰绳，马不前进，反而后退，他把缰绳紧一紧，松一松，马儿干脆前腿一屈卧下。

“取鞭子来！”钟同怒声喝道。

“少爷对它可是从不加以鞭挞。”老仆说。

“你看它这个样子，怎能不鞭之！”钟同道。

“少爷，依小老儿之见，今日告个假，不去上朝吧。”老仆说。

“为何不去？”钟同问。

“咱家的马从来没闹过这毛病，它或是在警告少爷呢！”老仆说。

“岂有此理！因马匹闹别扭，就可以不上朝？我拿着朝廷俸禄，别说马匹闹别扭，就是天塌下来，地陷下去，也得上朝。”钟同说着，又喝道，“取鞭子来！”

老仆被逼不过，只得回院里取来马鞭。钟同接过马鞭，凭空甩两下，然后向前一鞭，抽到马的颈部，向后一鞭，抽到马的臀部，嘴里还念叨着：“你小爷不畏死，要你来扭捏作态！”

那马一声嘶鸣，飞身跃起，向前奔去。

散朝后，钟同又想去一趟兵部衙门，被正要回衙的章纶拦住。

“世京先生，去我那里坐坐吧。”章纶邀道。

“见过大司马，再去与大经先生说话。”钟同应道。

章纶字大经，浙江乐清人，正统四年进士，现官礼部仪制司郎中。听钟同说要去见于谦，他问：“是衙门的事？”

“一件衙门的事，还有一件私事。”钟同说。

“为私事去见大司马？”章纶觉得不可思议。

“不是谋利的私事。”钟同说，“近日读得大司马一首五言诗，有几句，欲当面请教。”

“不知哪几句？”章纶问。

“我家有老婢，行年过五十。虽云极丑陋，所幸少过失。”钟同吟道。

“就这几句诗，世京先生不必请教大司马，请教我即可。”章纶说。

“怎么，大经先生也读过它？”钟同问。

“不仅读过，还知道篇名为《忆老婢》。据说，当大司马少年时，此老婢曾服侍读书。大司马不忘旧情，故吟诗纪之。”章纶解说道。

钟同等了等，问：“仅此而已？”

“就是一篇忆旧的诗，难道不是？”章纶道。

“大经先生恐怕解读得太肤浅。”钟同说。

“你是说，还能引申出深意？”章纶问。

“自然该有所引申。”钟同说。

“那我倒要请教。”章纶道。

“老婢，名义上谓曾服侍大司马者，实则另有所指。”钟同说。

“不知指的谁人？”章纶问。

“大经先生不妨想一想，虽云极丑陋，所幸少过失，除用在老婢身上，还能用在哪些人身上？”钟同启发他。

章纶没立刻理解他话里的意思，但稍加揣摩，便有所悟：“世京先生是说当道大臣？”

“大经先生与我，真是心心相印呀！”钟同道。

“不对，不对！”章纶边说，边摇头，“谁不知道，今日所谓当道大臣，大司马不是第一人，也是第二人。难道他愿意给自家加一个老婢的卑贱身份，愿意用极丑陋来喻己？”

“大司马知道，在众人眼里，自家并非极丑陋。”钟同说。

“那么，极丑陋者是谁呢？”章纶问。

“总之是有其人的。”钟同说。

“不对，不对！”章纶仍然难以苟同，“世京先生的解读倒是不肤浅，但是不是太牵强附会？”

“怎叫牵强附会！大经先生是不是觉得，当道大臣并非极丑陋的老婢？”听钟同的语气，章纶再反驳的话，也要被归为极丑陋的老婢。

钟同为人，较为偏激，章纶早领教过；他也清楚，造成钟同在想法上和行为上偏激的根源是什么。当年翰林侍讲刘球约钟复上疏议论时政，攻击的目标是王振。钟复开始应允；但回家和妻子商量，妻子反对，他故而避开刘球。后来，刘球下狱惨死，钟复虽躲过一劫，不久即病死。钟复妻子对自己的行为悔之不已，每当哭夫时都会说：早知如此，何不任由你与刘君同死。这件事在钟同的心灵打上太深的烙印，他立志成为敢作敢当的人，让母亲为他自豪，不再为父亲一时的怯懦遗憾。

换成别人，听了钟同的话，大约会一笑了之。偏偏章纶的偏激，不在钟同之下。他说：“当道大臣唯唯诺诺，一无建树，怎么不是极丑陋的老婢呀！我是说，痛斥老婢，该出自世京先生之口，该出自我之口，不该出自大司马之口。”

“哈，大经先生，你这话说对一半。”钟同笑道。

“哪一半？”章纶问。

“以极丑陋喻当道大臣，确出自我之口。”钟同说。

“此话怎讲？不是大司马以老婢喻当道大臣吗？”章纶不解。

“大司马若以老婢喻当道大臣，亦受我启迪。”钟同说，“数月前，我与大司马言及也先使人窥视中原时，有一句话：满朝大臣，恬不介意。于国家安危，恬不介意，你道丑陋不丑陋！”

“此事不应只与大司马讲。”章纶道。

“是啊，我曾与大司马约，此事我要上疏的。”钟同说。

“世京先生说是数月前，究竟上疏未？”章纶问。

“我今日就是来告诉大司马，疏本已上。”钟同说。

“这就是你说的衙门里的事？”章纶问。

“正是。”钟同应道。

“你很讲情义呀！写疏斥之，还要先打个招呼。”章纶挖苦一句。

“要打招呼，我宁愿与大司马打，他至少肯办实事。”钟同说。

“倒也是。”章纶对这一点是认同的。钟同的奏疏明确指向大臣，也引起他的兴趣。他问：“但不知世京先生是如何诠释恬不介意的？”

“我曾对大司马引用过孔子顺燕雀乳堂的寓言，今上疏，复用之。”钟同说着，颇为得意地背诵写过该故事后的一段话，“当是时，皆以子顺之言为狂，后燕果败，而子顺之言验。今在朝大臣，有不变之颜矣。臣今言之，不以为狂，必以为谬。且臣居草茅时，闻内臣构恶，戕戮忠臣刘球，由是谏官钳口。当时使有数人委身直谏，必能止太上皇之行，而无今日达贼之祸。”

“世京先生，写得好！”章纶赞道。钟复失约于刘球，知道的人不少；钟同颂扬其人其事，让他真的很敬佩。敬佩之余，也激发起他的热情。他说：“方才我说痛斥老婢之言，该出自世京先生之口，该出自我之口，不该出自大司马之口，世京先生称我说对一半；我没有说对的一半是什么？是该出自我之口，却未出自我之口吗？”

“大经先生，我指斥的是当道大臣。”钟同说。

“我未与你一起指斥当道大臣，亦当指斥。我虽年长于你，但今日议事，你为我师。”章纶说。

“不敢当，绝不敢当！”钟同揖道，又说，“不过，在下一疏，不仅指斥大臣，对皇上亦有微言。”

“是吗？世京先生是怎么写的？”章纶问。

“大经先生当真想听？”钟同问。

“自然想听。”章纶十分肯定。

“好，我背诵与你听。”钟同说着，背诵道，“既而皇上中兴，诛强梁，旌忠直，亲命六师，御敌于郊，不战而三军之气自倍，达贼丧气，俯首北归。臣谓皇上有尧、舜之仁孝，汤、武之智勇，周文之小心，足以鞭挞四夷，坐致太平。奈何达贼甫退，疮痍未复，而侈心遽生！伏望皇上鉴前车之覆辙，奋今日之有为，亲庶政以总威权，敦伦理以厚风俗，辨邪正以专委任，严赏罚以彰善恶，崇风宪以专弹劾。去无益之费，罢冗杂之员；禁僧道之蠹民，择贤将以养军；无徇于货色，无甘于游戏。然后亲率群臣，躬祷郊庙，谢过如成汤之六事，自贵若太宗之十渐，即以延揽英雄，讲明方略。如此，则天意可回，中国可安，而达贼可徐图之矣。”背诵罢，或出于自得，或出于激励，他又说，“犯颜直谏，是我辈言官的本分，在下不敢强求他臣。”

“说来说去，不就是句‘侈心遽生’吗？在我看来，也仅是‘微言’而已。世京先生且看，他臣敢不敢犯颜直谏！”章纶道。

钟同欲激人，反被人所激。他说句“大经先生且听这一段”，诵道：“父有天下，固当传之于子。乃者太子薨逝，足知天命有在。臣窃以为上皇之子，即陛下之子。沂王天资厚重，足令宗社有托。伏望扩天地之量，敦友于之仁，蠲吉具仪，建复储位，实祖宗无疆之休。”

“世京先生议论过复立储君？”章纶问。

“大经先生仍以为，仅是‘微言’而已吗？”钟同甚是自得。

章纶的惊愕，不在那日于谦听钟同说储位空虚时的惊愕之下，倒不是易储这件事本身。自皇太子薨逝，八九成的官员想过，需要册封一位新的皇太子；想过这件事的官员中，八九成以为，恢复沂王储君之位最顺理成章。想是在想，却无人公然上疏议论，这是因为，言易储，首先要言及皇太子薨逝。皇上才摆脱失去皇太子的哀痛，说好听些，谁忍心再去揭皇帝心头的疮疤？说得不好听，谁敢这样去做！

与于谦不同的是，章纶并不回避。他感慨地说："皇太子薨逝半年，复立储君之事，该有人出头议论。"

"但大经先生没想到，会是一科、道出头议论的吧？"钟同问。

"不错，原该礼臣议论的，却让世京先生占先。"章纶说。

"紧随其后，亦不为迟呀！"钟同出于自得或出于激励地说。

"你莫太小觑前辈！我若进言，绝不止你那两句话。"章纶说。

"立场呢？"钟同问。

"什么立场？"章纶没转过弯来。

"大经先生也主张复立沂王吗？"钟同问。

"这个嘛，疏本上过，我自会告与你知。"章纶说。

皇帝将钟同的奏疏下礼部议，内阁大学士及部、院堂官皆与会。

胡濙早早地来到朝房，拣个角落里的椅子坐下。等人到齐，还有好一阵，他希望躲在角落里，安安稳稳地打个盹儿。但在他之后进来的第一个人的第一声招呼，就把他吵醒。

招呼他的是阁臣王文。

"千之先生？"胡濙眯着眼睛说，"来得好早！"

王文指指他身边的椅子，他点点头，做个请坐的手势。王文边坐边问："源公昨晚没睡好？"

胡濙不说有没有睡好，却说："千之先生到我这个年纪就知道，没有劳心事，也难睡个囫囵觉。"

"何况有劳心之事？"王文替他补充完整。

"对，何况有劳心之事。"胡濙并不否认。

"源公再有劳心事，也不该不让我等睡上囫囵觉呀！"王文道。

胡濙听这话刺耳，忙问："千之先生此话怎讲？"

"钟世京的陈奏，皇上命礼部议复，源公偏要举朝议之。"王文说。

"是这事呀！"胡濙怕的是别事，这事他在心里早盘算好，"我有三说，千之先生怪不得我。"

“其一？”王文问。

“廷议是奏准了朝廷的，非我自作主张。”胡濙道。

“其二？”王文问。

“千之先生想睡好囫囵觉，可以不劳心呀！”胡濙道。

“其三？”王文问。

“千之先生不管睡不睡得好囫囵觉，都要为此事劳心。”胡濙说。

“怎见得？”王文问。

“不欲劳心，为何这早就来？我看哪，真不让你为此事劳心，你反而睡不了囫囵觉。”胡濙说。

王文微微一笑，道：“让源公说个正着，此事真让我放心不下。”

“不会是因为他在奏疏里把当道大臣说成全不介意、全无心肝，早私下里把当道大臣喻为极丑陋的老婢吧？”胡濙亦笑道。

“这算什么！源公会计较后生辈无稽之言吗？”王文问。

“不会。”胡濙说。这一点，他可以保证。

“源公不会，我也不会。”王文说着，话锋一转，“但他议边事，议得好好的，其中不乏精彩处，却突然议及储君。这就让人放心不下。”

“若非议及储君，皇上怎会命礼部议复！”胡濙道，“储君一事，言之者不多，思之者不少。后生辈首先倡言，亦当嘉勉。”

“源公当真这么想？”王文问。

“千之先生难道不这么想？”胡濙反问。

王文点头，表示的确不这么想。

“千之先生不这么想，却怎么想？”胡濙追问。

“世京之议，不合时宜。”王文说。

“怎的不合时宜？”胡濙问。

“我亦有三说，望源公思之。”王文道。

“其一？”胡濙学着他的方式问。

“皇太子薨逝仅半载，宫中再无其他皇子，与其今日倡言立储，不如等个一两年，或三五年，皇上自言立储。”王文说。

“你是说，届时皇上或再有子嗣？”胡濙问。

“世事难料，况皇上正在鼎盛之年。”王文说。

“世事难料，这几个字说得好呀！”胡濙则从另一层意思理解。

“仍无皇子诞生，皇上对此事或已想通。”王文也说另一层意思。

“但国不可一日无储君呀！”胡濙说。

“这话不对，国不可一日无君，却不是不可一日无储君。”王文更正。

“但一两年，或三五年，过于长久。”胡濙道。

“长久固长久，但以今日情势，肯等，才得以缩短时日；不肯等，或许还要长久。”王文说。

胡濙无话可说，便问：“其二？”

“今日不宜言复立储君，尤其不宜言复立沂王为储君。”王文说。

“这是为何？”胡濙问。

“皇上讳言；为臣子者，亦当讳言。”王文说，“昔沂王册立为皇太子，在皇上登极之前。若非国祚危殆，若非大臣们持议，若非皇太后圣裁，入继大统的就不是皇上，而是沂王。圣主心态有时和常人心态是相通的，源公想，皇上对此能无忌讳吗？”

“故——”胡濙欲得出一个适当的结论。

“故言复立储君尚可，言复立沂王必挫。”王文先说出来。

“其三？”胡濙问。

“今日不宜言复立沂王，尤其不宜言及太上皇。即便皇上有复立沂王为皇太子之心，一旦言及太上皇，此议定然行不通。”王文说，见胡濙沉吟，他问，“源公不以为然吗？”

“不，这个道理我是懂的。”胡濙说着，请教道，“但沂王与太上皇，乃二而一，一而二。言复立沂王，势必言及太上皇，奈何？”

“我匆匆赶过来，就是为的和源公说说这件事。”王文道。

“是，是，以千之先生智慧，必有高明招数。”胡濙揖道。

“处置今日之事，只用三个字。”王文俯在他耳边说，“寝其议。”

“寝其议？”胡濙感到为难，“集廷臣议之，是我向朝廷奏请的。各衙门均已奉旨，怎好又以‘寝其议’复奏？”

“源公可以说，纳智者之言，宜寝其议呀！”王文开句玩笑，又认真地说，“源公大可放心，只要礼部奏寝其议，皇上必不追究。”

两天后，章纶、钟同再次遭遇时，一个兴奋，一个沮丧。

“世京先生，听说你那本奏章不了了之？”章纶问。

“我最咽不下这口气的，就是为此。哪怕批上一派胡言四字，也比寝其议让我心里舒服一些。”钟同说。

“不对，还是寝其议好些。”章纶却说。

“是因为大经先生有笑话好看吗？”钟同不满。

“非也，若批一派胡言四字，让紧随其后者怎生进言？”章纶没忘记他那句自鸣得意的话。

“大经先生已上疏？”钟同问。

“正是。”章纶应道。

“也指斥当道大臣？”钟同问。

“那写在另一本奏章里，这一本奏章皆是犯颜直谏。”章纶说。

“也言及复立储君一事？”钟同问。

“共言三事：第一事，养圣躬；第二事，勤论政；第三事，复立储君。”章纶说，并问，“世京先生是三事都听，还是只听第三事？”

“所急迫者，复立储君也；我心所系者，亦复立储君也。”人家一腔热忱要说，钟同当然不好直接说不欲听另二事。

“复立储君，我用的题目是惇孝义。”章纶做一说明后，字正腔圆地背诵一大段文字。背诵之后，怎么也得喘口气。

钟同趁机问他：“大舜故事，大经先生写的是‘故大舜父顽母嚚，克谐以孝’吧？”

“是这两句。”章纶应道。

“唐明皇故事，大经先生写的是‘唐玄宗初即位，为长枕大被，与兄弟同寝殿中；或设五幄，与诸王更处其中；或置花萼楼，召诸王同宴，衣不解带’吧？”钟同又问。

“是这几句。”章纶应道。

“以大舜事例言孝，以唐明皇事例言弟，可是失之千里。”钟同质疑。

“但世京先生不得不承认，玄宗是对兄弟友爱的表率吧？”章纶道。

钟同可以不承认，但这并非主旨。他问：“大经先生下面是怎写的？”

“以孝期于皇上者，我写的是：臣伏望皇上于退朝之暇，必朝两宫，尊奉上圣皇太后、太后，而修问安、视膳之礼，是即虞舜、周文、汉高、文帝之孝也。以弟期于皇上者，我写的是：太上皇君临天下十四年，是为天下之父也。与皇上同气异胞，是为至亲之兄也。皇上曾亲受上皇之册封，是为上皇之臣子也。上皇为陛下同气之亲兄，陛下为上皇同气之亲弟，形虽为二，其实一人。况上皇天性谦冲，意无彼此。伏望皇上于朔望日或节旦幸南宫，率群臣朝见上皇于延安门，以叙连枝同气之情，以极尊隆崇奉之道。”章纶述说大意。

“看来，大经先生也主张复立沂王为皇太子。”钟同说。

“我尚未言及，世京先生怎知？”章纶问。

“这一大段文字，都是在做铺垫呀！”钟同对他的写法略有微词，“我只写句‘上皇之子，即陛下之子’，大经先生却写这么一大段，会不会本末倒置？”

“世京先生莫忘，这一事的题目是‘惇孝义’。”章纶反驳道。

“也是。且听大经先生如何从一般‘惇孝义’言及立储。”钟同说。

“莫急，其间尚有一议。”章纶道，“我以为，所谓义者，不仅言及兄弟，亦言及夫妇。我议道：中宫之位，不可以久虚。伏望皇上复召汪氏于正宫，则皇子大本，不期而有；六宫仪范，不期而正。”

“欲言复沂王储位，怎么又言及复汪氏中宫？这可是节外生枝。”钟同道。

“非要在‘上皇之子，即陛下之子’之后，便切入建复储位，不成世京先生奏本的翻版？我觉着加入复汪氏中宫一段，更为自然。”章纶说。他所谓自然，指汪氏当年因反对易储而废，今欲复沂王储君之位，当然也该复汪氏中宫之位。他最后写的是：“至于皇上推念同气犹子之义，诏沂王复居储位，以候皇子之生，如此，则五伦全备，而和气充溢于宫廷；万姓爱戴，而欢声洋溢于四海。殆见天心自回，灾异自弥，而胡虏不足平矣。”

“有意思，我以言备虏开始，大经先生却以言平虏告终，此可谓殊途同归。”钟同说。

“世京先生尚有异议否？”章纶问。

“以复沂王储位立意，我绝无异议。”钟同道。

大内总管太监王恒被抓个急差。他手捏一张御用纸笺，出乾清宫，一路小跑，直奔玄武门而去。按说，这差事可以找任何一个太监去办，就是不该让他去办。但夜已深，到任何一个内监衙门找个当值的太监，估计没一两个时辰赶不到，皇帝等不及，王恒也不敢让皇帝等。御笺上，皇帝手写八个大字：着逮章纶、钟同下狱。这还没有什么，要命的是皇帝对王恒说的两个字：即办！这两个字几乎是从牙缝里挤出来的，充满杀气，让王恒不得不立刻去办这件不该他办的差事。

捧着皇帝手书，几乎没往北出宫的。王恒选择出玄武门，是因为它距后宫最近，只要出宫，就可以骑马。他盘算的是：皇帝手书送达锦衣卫衙门，出玄武门，比出西华门绕远，但总计时间，还是要快。

盘算得虽好，一到玄武门，却出岔子。天黑后，各门上锁，而拿着锁钥的守门太监却不在。

“他去做甚？”王恒问。

“拉肚子，说是去御药房里讨剂药吃。”该太监的长随小心地说。

“嗨，他不错，拉肚子也会选日子。”王恒不知在嘲笑那个太监，还是在嘲笑自己倒霉，“我要出宫，你说怎办？”

“叔莫急，且等我家公公回来。”长随说。

“等不得！”王恒断然言道。

“那就只有砸门。”长随亦无奈。

“你砸得开？”王恒问。

“小的砸不开。”长随心里说：就是砸得开，谁又敢砸！

王恒焦急地在原地转圈。转着转着，拿定主意。他命长随：“擂门！”

长随不情愿又不敢抗命，轻轻地擂几下。

“用力擂！”王恒命道。

长随横了横心，握紧双拳，一下接一下地擂门，很快听到外面的脚步声传进来。王恒指指自己，指指外面，然后朝长随挥挥手。长随会意，从门缝向外喊道：“外面听着，总管王叔与你说话！”

说罢，闪到一旁。王恒走到他的位置，问外面：“有锦衣卫官校吗？”

外面嘈杂声平息后，有人回话：“卑职在。”

“是哪个？”王恒问。

“锦衣卫千户门达。”外面的人报上姓名，道，“听候公公调遣。”

王恒记得，此人原是锦衣卫镇抚，才提升为千户。虽说连夜抓人，千户的职位略低；但在他印象里，此人干练有余，应不会误事。他说：“门达，有件差事要你去办。”

“是，卑职愿为公公效力。”门达说。

“胡说！我有什么差事要你办，是万岁爷交代的差事。”王恒说。

门达大概从来没想过，其他人也不会想到，皇帝的差事会直接交到他手里，外面肃静下来。门达的话音都有些发颤：“是，卑职听旨。”

“门一时打不开，我把爷的手谕从门缝里推出，你接好。”王恒说着，把御笺塞进门缝，用力一推，眼看它落在门外。稍等一等，他问，“认识这两个人吗？”

“卑职不认识。”门达回答。

“那这差事办得了吗？”王恒问。

“逮拿两个秀才，不在话下。”门达说。

“我知道，这差事你一人就办得了。但圣谕有十个字，你一个字也别忘。”王恒关照他说。

门达没立刻回话，王恒想，他一定在数御笺上的字数。

果然，门达说："启禀公公，是八个字。"

"手谕是八个字；还有两个字是口谕：即办。"王恒告诉他以后，问道，"门达，即办何意，你懂吗？"

"一刻不得延挨。"门达回答。

"那你知道该怎么办吧？"王恒问。

"卑职这就去打听章、钟二人住处，由远而近，一个一个地逮拿，然后一起解去锦衣卫狱。"门达说。

"好，你去吧。"王恒这才放心。

章纶、钟同连夜被逮入诏狱。

第七十七章

晚饭后，也先和伯颜帖木儿在大帐外说话。伯颜帖木儿心不在焉，对也先的话置若罔闻。他根据星星认准东南方向，两眼直直地望去。

也先说：“阿剌知院想要回长子，伯颜，你看呢？”

伯颜帖木儿却说：“已过五个秋天和春天。”

也先不得不就着他的思绪，问道：“怎叫已过五个秋天和春天？”

“上皇是景泰元年八月被送还的，而今是景泰六年的春天，按照汉人的历法，这不是五个秋天和春天？”伯颜帖木儿道。

“伯颜，你仍在想南朝上皇？”也先问。

“大哥不想吗？”伯颜帖木儿反问。

“按照汉人的历法，按照伯颜的说法，他回去五个秋天和春天；但却连句致意的话都没有，我干吗要想他！”也先道。

“上皇并非无情无义，他不致意，可见不得其便。”伯颜说着，又想到当年的争执，“我曾言道，上皇不复大位，不可让他回去。大哥看看，他以上皇名义还朝，日子不好过吧？也没带给瓦剌任何好处吧？”

“多少年的陈年老账，伯颜怎么还去翻！我不是承认，让上皇就那么回去，是做得仓促草率吗！”也先道。

“大哥休怪，当初上皇随我住一年，我不时侍宴、侍寝。这一番情义，难以割舍。”伯颜帖木儿说。

“我的意思，伯颜别再往南朝看，还是看看身边吧。”也先道。

“是。”伯颜帖木儿应一声，问道，“大哥才说的什么？”

“阿剌知院说，兀良哈盗掠其部马匹，要其长子率部归，合讨兀良哈。”也先重复这个消息。

“大哥是问我准不准他？我看，准是个做法，不准是个做法。”伯颜帖木儿对这件事考虑得很周到。

“说说看。”也先道。

“阿剌为何与大哥反目，大哥还记得吗？”伯颜帖木儿问。

“记得。”也先道。他称太师淮王时设二知院：一是本家族的知院，即伯颜帖木儿；一是外家族的知院，即阿剌。等朝廷赐封他为瓦剌可汗，阿剌声势渐大，不甘心只作知院，向也先讨太师的名衔。也先没答应，二人结怨，两大部处在敌对的状态。

也先自忖，以武力征讨，难以取胜。他心生一计：让自己的儿子守西番，同时让阿剌派两个儿子助守。

阿剌不知是计；或明知是计，也没放在心上。等他的次子死于非命，据传是喝也先的毒酒死的，他也百分之百地相信是被也先毒死的，才决心和也先做个了断。但在行动之前，他先得解救长子。

也先不是不知道阿剌的目的，他是因为拿不准放其长子走好，还是不放其长子走好，才问伯颜帖木儿的。

“阿剌因求太师不得而与大哥反目。”伯颜把这个过程归纳成一句话，仍延续着自己的思路问，“大哥看，与阿剌知院孰强孰弱？”

“伯颜连这个也看不出来？”也先不屑回答，或不愿回答。

“我要大哥说。”伯颜帖木儿一定要他说。

“我为太师，为淮王，为可汗，他仅是知院，自是我强。”也先说。

“我也是知院，但不敢和他那个知院较量。”伯颜帖木儿道。

“他可称知院中的强者。”也先退一步。

“他敢向大哥要太师的名衔。”伯颜帖木儿道。

“他这个知院强到要和我较量。”也先再退一步。

“大哥不准，他虽怒，而未自立。”伯颜帖木儿说。

“他尚不敢独树一帜。”也先又进一步。

“大哥要他遣子守地，他把两个儿子都差来。”伯颜帖木儿说。

“太师仍是太师，知院仍是知院。”也先再进一步。

“大哥看，自家强还是他强？”伯颜帖木儿问。

“伯颜说的四件事，两件他占上风，两件我占上风。是不是在伯颜看来，我与他势均力敌？”也先道。

“不，还是大哥稍占上风。”伯颜帖木儿说。

“为什么？”也先不理解。

“因为他长子还在大哥的掌握之中。”伯颜帖木儿说。

“伯颜的意思，其长子不可放回？”也先说着，忽记起伯颜帖木儿方才的话，

“不对呀，伯颜才说，准有准的做法，不准有不准的做法，怎么一下变成不可放回？”

“大哥才不对呢，我与大哥议的是准不准阿剌所请，不是放不放回其长子。”伯颜帖木儿说。

“此二事并无不同呀！”也先道。

“怎无不同！不准阿剌所请，其长子固然回不到他身边；准阿剌所请，其长子也不一定能回到他身边。”伯颜帖木儿说。

“伯颜是说——”也先悟出他话里的含义。

“阿剌长子骁勇，在大哥掌握之中，大哥稍占上风；回到阿剌身边，阿剌稍占上风。不让他回到阿剌身边，这一条确定无疑。所以我才说，阿剌所请，准是个做法，不准是个做法。”伯颜帖木儿说。

也先斟酌再三，道：“还是准吧。我记得伯颜给我讲过一句汉人的成语：身在曹营心在汉。把他留下，早晚是个祸害。”

“此事可交与赛刊去办。”伯颜帖木儿说。

也先传令，准阿剌长子返回其部，使赛刊相送。分别时，赛刊设宴，二人痛饮。分别后，阿剌长子不明不白死在途中。

二子俱丧，使阿剌与也先的最终决裂提前。他借着一股冲天的怨气，率部众三万余人奔袭也先大营。

此时，也先部属中最善战的赛刊，送阿剌长子过河，尚未返回。也先召集其他各部，仓促迎敌。

双方摆开阵势，阿剌一马当先，冲到阵前。

“也先那厮，出来说话！”他叫道。

“大哥命放乱箭，可射杀他。”伯颜帖木儿悄声说。

也先比量一下，说：“离得过远，未必射得到；再者，他还是知院，且听他说些什么。”

“他直呼大哥的名字，早不把大哥当成太师，当成可汗；大哥还把他当成知院？”伯颜帖木儿不以为然。

“仁义之师，不都是这样吗？”也先和伯颜帖木儿开个玩笑。关于仁义之师的种种说法，都是伯颜帖木儿说给他听的。

“大哥真有意思，从来不讲仁义之师的，这会儿却讲起仁义之师。”伯颜帖木儿哭笑不得，他叮嘱道，“大哥一定要和阿剌说话，可借故拖延，等赛刊归来再战。”

“我自有分晓。”也先说着，策马而前。在距阿剌数十步时，他勒紧缰绳，让坐骑原地转几圈。

“也先，你只顾享乐，已然连马都不会骑。”阿刺嘲笑道。

“阿刺知院，说话客气点儿。”也先说。

“怎么客气，再称一声太师淮王，还是再称一声瓦刺可汗？”阿刺恨恨地说，“有人叫阵，你迟迟不敢出来应战；既出来，又毫无豪迈气概。你早不配做太师淮王，更不配做瓦刺人的可汗！亏你有脸要我客气点儿，我对你客气了，你对我客气吗！”

“我对阿刺知院一向是客客气气的呀！”也先说。

“好一个客客气气！”阿刺质问，“也先，我问你，上一年我次子是怎么死在你军中的？”

“这我有所耳闻，听说他是食病羊而中毒的。”也先道。

“他与谁人一起就食？”阿刺问。

“犬子火儿忽答。”也先道。

“一起就食，为何我子死，你子还活着？”阿刺问。

“火儿忽答那日斋戒，不食肉。对，他还劝告你子不要食肉。无奈你子不听呀，他的死，实在怨不得别个。”也先找的理由有些笨拙，但他说起来毫无羞色。

“这番话有谁信！我且不与你分辩。你再说，我长子为何不久前又死于你军中？”阿刺接着质问。

“听说他酒喝多。”也先说。

“喝酒也会死人？”阿刺问。

“阿刺知院，喝酒喝死的，你又不是没见过。”也先说。

“那么，他与谁人一起喝酒？”阿刺问。

“我弟赛刊。”也先说。

“一起喝酒，为何我子死，你弟还活着？”阿刺问。

“或是我弟酒量大，你子酒量小；或是你子有病，我弟无病。这谁能说得清楚！”也先道。

“你说不清楚，我却说得清楚，我二子，都是被你毒死！”阿刺说。

“阿刺知院，莫要听人挑拨，坏你我和气。”也先劝道。

“听人挑拨？二子尸骨，我皆亲见，你说一个食肉中毒，一个喝酒喝死，怎么死后都是一个模样？”阿刺质问。

“我皆未见，怎知你说的不假！”也先道。

“我是条汉子，是一说一，是二说二，浑不似你！”阿刺说。

“你是汉子，我是何等人物？”也先问。

“你似妇人，背后做坏事，当面不敢认账！”阿剌说。

“阿剌，你莫欺人太甚！我当面取你二子性命，以及取你性命，有何难处，非得背后下毒！”也先受辱多时，终于变脸，但仅还击两句，他又软下来，“阿剌知院，我和你赌个咒：你二子若是被我毒死，我也让你毒死我两个儿子。”

“我子被你毒死，我为何向你子索命？”阿剌道。

“你待怎的？”也先问。

“我要径向你索命！”阿剌说着，手指也先，数其罪状，“你杀无数汉人，汉人血在你身上；你杀兀良哈人，兀良哈人血在你身上；你杀脱脱不花，脱脱不花血在你身上；你杀我二子，我二子血在你身上。苍天之道，一报还一报，今日该当你血溅我身！”

“阿剌！”也先大叫一声，冷笑道，“你说的这些，有的，没的，我都认。你有本事索我命去，才是一报还一报呢！”

“这有何难，你放马过来。”阿剌挥刀，做冲杀状。

“等等！”也先止住他。

“你还有什么话说？”阿剌不耐烦地问。

“你我厮杀，还不知谁死谁手。但有一事，今日我吃斋念佛，不得杀人。我伸出头去让你砍，你也算不得条汉子吧？”也先道。

“依你，几时厮杀？”阿剌问。

“三日之后。”也先说。

“我知你要等赛刊回来，我不惧你，难道惧他？”阿剌勒转马去，又回过头说，“就让你多活几日，三日后我来取你性命！”

阿剌的亲随将三条壮汉引进时，营帐里已摈去一切部属。三人站成一排，躬身向阿剌行礼。阿剌走到右首汉子面前，拍拍他肩膀；走到中间汉子面前，捶捶他胸膛；走到左首汉子面前，没有任何表示，眼看就要走过去，忽然抬腿踢向他屁股，然后哈哈大笑。三个汉子也随他欢快地笑起来。

“我料定今夜你三人该来。”阿剌说。

“参见知院。”三人重新行礼。

“好，好！”阿剌挥挥手，在三人面前走来走去，“与你兄弟十个年头不见，我已分不清谁是马，谁是牛，谁是羊。”

所谓马、牛、羊，是临别时起的绰号，并非三人的真实姓名。

“在下是马。”站在当中的汉子说。

“在下是牛。”站在右首的汉子说。

“在下是羊。”站在左首的汉子说。

“你这只羊长得结实，我一脚竟然没把你踢倒。”阿剌说。

“是知院疼惜，脚上没用力气。”绰号是羊的汉子说。

“来，都坐下，喝酒！”阿剌说着，率先坐在当中，三个汉子分坐在他前面，他依此递给每人一个酒囊，说，“这十年你等喝太师的酒喝惯了，不知还喝不喝得惯知院的酒。”

“我等的性子，知院是知道的。从谁那里喝的第一口酒，别人的酒再好，我等也不当作酒。”绰号是马的汉子说。

“我等认准第一个恩人，别人恩情再大，也不当作恩人。”绰号是牛的汉子说。

第三个汉子没说话，阿剌问：“你没得说吗？”

“我和他二人不同。”绰号是羊的汉子说。

“有何不同？”阿剌问。

“除知院的酒，我没喝过别人的酒；除知院的恩惠，我没受过别人的恩惠。”绰号是羊的汉子说。

“这话怎么讲？”阿剌又问。

“离开知院时，我三人都是裨将，今日他二人一个已是平章，一个已是都督，我却仍是裨将。”绰号是羊的汉子说。

“原来没长进，是你不努力吧？”阿剌笑问。

“在太师那里，我有意龟缩在后；今日回到知院这里，我定要大展身手。”绰号是羊的汉子说。

“谁说你三人今天就回来？”阿剌问。

“没人说，我等自己就回来。”三人回答。

“谁说你三人今天就不回去？”阿剌又问。

三人面面相觑，不知他为何问出这话。

“约定三日后厮杀，知院正要人出力。”绰号是马的汉子说。

“我若要你等在疆场上出力，当初何不带领你等征战，却让你等投在也先麾下！”阿剌道。

“知院是说，要我等在疆场之外出力？”绰号是羊的汉子灵巧，最先揣摩出阿剌的良苦用心。

“对！”阿剌点点头，说，“你等若能让也先无法出现在疆场，两军不必在疆场厮杀，那才是一件奇功呢。”

“让太师无法出现在疆场，如何？”绰号是马的汉子不知在问谁。

“让两军不必在疆场厮杀，如何？”绰号是牛的汉子也不知在问谁。

两个人几乎同时说：“两件事办成一件都难，更别说办成两件。”

“这话不对！”绰号是羊的汉子说。

“有何不对？”二人问。

“太师无法出现在疆场，两军就用不着厮杀；两军不必在疆场厮杀，必是也先无法出现在疆场。所以，这两件事其实是一件事。”绰号是羊的汉子说。

“我看你说的不对，”绰号是马的汉子说，“太师无法出现在疆场，还有伯颜知院在；赛刊王回来，还有赛刊王在。两军仍要厮杀。”

“我也看你说得不对！”绰号是牛的汉子也说，“两军不必厮杀，不一定是太师无法出现在疆场；可能是太师不情愿厮杀，也可能是知院不情愿厮杀。”

“我先回答你，”绰号是羊的汉子对绰号是马的汉子说，“有伯颜知院和赛刊王，两军仍要厮杀；所以，太师无法出现在疆场，最好伯颜知院也无法出现在疆场，最好在赛刊王回师前，了结这件事。”又对绰号是牛的汉子说，“我再回答你。太师不情愿厮杀，你用不着多想，他根本就没情愿过厮杀。知院不情愿厮杀，他就在此，你不妨问问：杀子之仇，难道不报？”

别说两个汉子，连阿剌都听得发呆。

“好小子，官职没长进，见识却有长进！”阿剌称赞道。

“在下在伯颜知院帐下候命，每日里听他谈今说古，受益不浅。”绰号是羊的汉子说。

“那你说说，怎样让也先无法出现在疆场。”阿剌命道。

“他二位跃跃欲试，让他二位说。”绰号是羊的汉子说。

“再简单不过，在他睡觉时，用粗大绳索捆住他手脚，看他怎么出现在疆场！”绰号是牛的汉子说。

“还有个更简单的法子，往他喝的酒里下一包泻药，让他日夜泻肚，走路都走不动，更不要说前往疆场。”绰号是马的汉子说。

“唉，二位老哥还是没有听懂知院的意思。”绰号是羊的汉子说。

“怎没听懂？”二人问。

“知院并不是要太师无法出现在疆场。”绰号是羊的汉子说。

“知院明明说的是我等若能让太师无法出现在疆场，才是一件奇功，怎么又不是要太师无法出现在疆场！”绰号是马的汉子驳道。

“是啊，你说两件事其实是一件事，还说得过去；怎么转眼的工夫，怎么又变了！”绰号是牛的汉子驳道。

“知院所言让太师无法出现在疆场，亦即要他死在疆场之外。”绰号是羊的汉子说罢，问阿剌，“知院，我说的对否？”

“而今你是知院，你说的才算数。”阿剌笑道。

“知院真把知院让给他做？”绰号是马的汉子颇不甘心，对绰号是牛的汉子说，“你那法子改一改，把泻药改成毒药，不就让太师死于疆场之外了吗？”

“你那法子也可改一改呀！把他手脚捆住后，一剑刺向咽喉，他还有命吗？”绰号是马的汉子回敬道。

“恐怕不成。”绰号是牛的汉子说。

“为何不成？”绰号是马的汉子问。

“太师睡觉时，谁能接近他！”绰号是牛的汉子道。

“那么，你改的法子也行不通，太师进食时，你我都无法出入他的营帐。”绰号是马的汉子说。

二人互使眼色，齐声说：“且听假知院有什么妙策。”

“你两个小子也不错，学会刁难能者。”阿剌明着是责备他二人，其实也是逼迫绰号是羊的汉子开口。

“两位老哥的法子都不错。”绰号是羊的汉子说。

“仔细说来。”阿剌命道。

“太师睡觉时得以接近，则在他睡觉时下手；太师进食时得以进入他的营帐，则在他进食时下手。”绰号是羊的汉子说。

“人家说，睡觉时接近不得，进食时进入不得。”阿剌说。

“那就在得以进入他的营帐时下手、在得以接近他时下手。”绰号是羊的汉子说。

“这话我等也会说。”另两个汉子说。

“但几时得以进入他的营帐，几时得以接近他，你等算计得出来吗？”绰号是羊的汉子问。

“难道你算计得出来？”另两个汉子反问。

“不错，我算计得出来。”绰号是羊的汉子得意地说。

“几时？”另两名汉子，还有阿剌，一起问道。

“明晚。”绰号是羊的汉子说。

“为何是明晚？”三人问。

“三日后厮杀，明日赛刊王仍回不来，太师一定心慌，一定召集众将议事。故那时可进入太师营帐、接近太师。”绰号是羊的汉子说。

三人一想，不错，也先召集众将议事时，的确是动手的好时机。但绰号是马的汉子马上提出疑问："若是赛刊王回来呢？"

"太师一定心定，更要召集众将议事。"绰号是羊的汉子说。

"你不如说太师一定要议事，何必又说赛刊王回来不回来！"绰号是马的汉子嘟嘟囔囔，但不能否定这个判断。他对阿剌说："知院，我等三人就在明晚动手吧。"

"不，是你二人明晚动手。"绰号是羊的汉子说。

"你呢？"绰号是马的汉子问。

"我观望。"绰号是羊的汉子说。

"为何我二人动手，你却观望？"绰号是牛的汉子问。

"两位老哥一是平章，一是都督，坐得离太师近；我不过一裨将，坐得离太师远。两位老哥动手，一剑可中要害；等到我动手，不是太师已死，就是我三人一起丧命。"绰号是羊的汉子说。

另两个汉子无话可说。

"知院，"绰号是羊的汉子又对阿剌说，"伯颜知院讲三国故事，有一段道是，关将军、张将军领军令，问诸葛先生，我等去拼命，你却作甚？诸葛先生说，我什么也不做，只等给两位将军庆功。听故事的人很多，他二位没记住，我却记住。"

"好，这个假知院，你受之无愧！"阿剌说。

也先大营以东千里之外，鞑靼一部的首领孛来，和手下得力的头目毛里孩，且惊且喜地谈论着最近瓦剌部发生的大事。

"毛里孩，那个被南朝先封为太师淮王又封为瓦剌可汗的也先，真会在他的营地被杀？"孛来是和毛里孩一起听到的消息，却以为毛里孩能够比他知道得多一点儿。

"从宁夏回来的探子和从大同回来的探子都这么说，属下想，应该是靠得住的。"毛里孩说。

"伯颜知院也死？"孛来一点一点整理听到的消息。

"是同时被杀的。"毛里孩说。

"赛刊王稍后被手下射杀？"孛来问。

"据说，赛刊王率七千人返回大营，得知也先、伯颜被杀，席卷财物，弃众而去，被属下追及，射杀。"毛里孩说。

"长兄、次兄死于非命，不想着收拾局面，为兄报仇，却弃众而逃，这等人，该死！"孛来鄙夷地说。

“大首领说的是。”毛里孩附和道。

“也先一向猜忌心重，处处防范，怎会在自家营帐里被杀？”孛来把话题拉回到也先之死。

“据说，他召集众首领议事时，忽有二人拔剑跃起，一剑刺向也先，一剑刺向伯颜，另有一人，双手各持一剑，指向其他首领，行刺后，三人从容而退。”毛里孩讲述的是二人皆知的探报。

“跃起而刺，坐的应该离也先不远吧？”孛来道。

“依座次，一是右侧第三人，一是左侧第四人。”毛里孩说。

“应该说，也是心腹。”孛来道。

“无疑是多年的心腹。”毛里孩说。

“既是多年的心腹，为何行刺？”孛来问。

“属下也在猜疑，既是心腹，为何行刺？”毛里孩道。

“会不会和阿剌有关系？”孛来推测。

“大首领言之有理，”毛里孩附和道，“阿剌大兵在外，而营帐内有人行刺，行刺后又不知去向，应该和阿剌有关系。”

“也先的心腹，却受阿剌指使，想起来，好不可怕！”孛来道。

“或是阿剌早先使人投在也先帐下，伺机而动。”毛里孩说。

“那就更可怕，”孛来道，“外人投在也先帐下，博得也先信任，那得下多少年的功夫呀！我常听汉人说一句话，叫作——”虽说是常听，但话到嘴边，又说不出来。

“深谋远虑。”毛里孩替他想句成语。

“这句完全是称赞，我说的不是它。”孛来道。

“居心叵测。”毛里孩改句成语。

“对，就是它！”孛来道，“方才我还在想，也先逼迫我鞑靼多年，他一死，两部从此可相安无事，甚至可以和阿剌联手行事。谁知他竟如此居心叵测！看来，有他在，不可能无事，须得多加提防。”

“好在他心机虽多，实力却不够。”毛里孩说。

“说得好，此乃我鞑靼之幸！”孛来道，“也先在，我尚不敢妄动；他替我把也先除去，却不知他如何自保。”

“大首领欲攻阿剌，属下愿为前部。”毛里孩请命。

“攻阿剌的事，好办，我想的是攻阿剌以后的事。”孛来说。

“大首领说的是——”毛里孩猜不透。

“你想想，也先是什么身份？”孛来问。

“瓦剌大首领。”毛里孩答。

“还有呢？”孛来又问。

“大首领说过的，南朝赐封，太师淮王。”毛里孩答。

“还有呢？”孛来三问。

“瓦剌可汗。”毛里孩道。

“达达可汗死，瓦剌可汗也死，你不觉得大漠之中，缺少点儿什么吗？”孛来问。

“不错，可汗名头，该归于大首领。”毛里孩说。

“凡做可汗的，都不得好死，我才不要做什么可汗！但鞑靼要再振雄风，又不能没有可汗。”孛来道。

“大首领是想找个人来做可汗？”毛里孩问。

“是啊，要不是怕你交上厄运，我都想推你来做这个可汗。”孛来说着，问道，“毛里孩，你怎么想？”

“属下想，若寻到达达可汗后人做可汗，不但易为我鞑靼部人拥戴，且易为明廷接纳。”毛里孩说。

“话是不错，有没有后人可寻呢？”孛来问。

“达达可汗遇害后，所部由其子麻儿可儿统辖，现已衰败不堪。大首领若以为可立，属下去把他找来。”毛里孩说。

“好啊！越是衰败，越容易扶植，就立他！”孛来当机立断。随即又产生一个想法，“立他之前，要给他一个名目。”

“大首领说的是什么名目？”毛里孩问。

“你看啊，拥立他以后，他就是可汗；但拥立他以前，他还不是可汗。你说，你我怎么称呼他？所以，要为他想个名目。”孛来说。

“称首领、大首领，不成吗？”毛里孩问。

“不好，你我称首领、大首领，他也称首领、大首领，怎加区别？有人会说，干吗要拥立他？”孛来道。

“汉人称大户人家的儿子为公子，称亲王的儿子为王子，称皇帝的儿子为皇子，他是可汗的儿子，要不就称可汗子？”毛里孩提议。

“不，王子听起来很顺耳，就称他王子。”孛来确定下来。想了想，又说，“为区别汉人的王子，前面再加个小字吧。”

“小王子。”毛里孩品位着这三个字，赞道，“着实好听，我鞑靼再振雄风，或自此三字始。”

杀也先后，阿剌部成为瓦剌各部中最重要的一支。但在随后与孛来部的交战中，阿剌部溃败，他本人被杀。也先族人，除伯颜、赛刊已死外，其子火儿忽答北徙，其弟伯郡、其侄兀忽纳等投奔哈密，伯郡亲姐是哈密王母，他等在那里逐渐立足。

孛来、毛里孩等拥立脱脱不花子麻儿可儿为可汗，汉人俗称为小王子，鞑靼复强盛。

第七十八章

景泰改元以来，内阁的情形发生显著改变：一是规格高，皆以侍郎，或侍郎兼学士，入阁办事，至景泰三年底，王文以左都御史入阁，更开创二品大员入阁办事的先河；二是阁臣不囿于阁中办事，外差的机会增多，如景泰五年正月，江渊安抚山东，三月，王文抚缉淮安。

江渊差派山东约半年，召回朝中后又约半年，晋太子少师兼工部尚书。他这个工部尚书不是空衔，是要视事的。因为工部尚书石璞恰好在这前后，改兵部尚书，佐于谦理兵部事。

奔波于内阁和工部两个衙门之间，已经很累人；何况自河决沙湾以来，已历七年，治河工程没有间断过。而漕运总督王竑又奏请疏浚运河。隔不几日就要议一议治河事，这使得江渊甚感疲惫。

回到阁中，他一喜一忧。喜的是：阁中人不多，他或者可以静静地坐一会儿。而今内阁有六名阁员，虽说阁臣与一般官员不同，与一般大臣也不同，应该做到沉着稳重，但六个人都在，你一句，我一句，或同时有两三个人开口，也够乱的。忧的是：留在阁中的二人，陈循坐在一角，高谷坐在一角，他不知选在哪个位置坐下，才不偏不倚。同在内阁办事，这两位资深阁臣的不和，他比外人看得更清楚。二人不和，陈循无疑应该负更大的责任。他作为排在第一位的阁臣，太过独断专行，别说和他同年中第的高谷，连江渊都感受得到压抑。当然，高谷也不能说全无责任。他过于直率，过于较真，经常让陈循下不来台。但不管怎么说，二人都是前辈，江渊谁也不愿得罪。

“大司空。”江渊再也想不到、也倍感为难的是，陈循、高谷竟一起招呼他。因为他和高谷的别字相同，又没有让其中一人改字的道理，二人都在内阁时，大家都以职衔称呼江渊。

江渊还没回过神来，陈循、高谷相互看一眼，都把脸转向别处。

让我选择回应哪个，休想！江渊在心里说。当然，也不能一无表示，他变被动为主动地说：“二位可料得到，工部为徐先生着想，徐先生却不领工部的情？”

这正是陈循、高谷都想问的事。不过，一想方才同时招呼的尴尬，二人偷瞥对方一眼，都不肯先开口。

“是我不好，人回到阁中，心却仍在工部。”江渊自嘲道。

“大司空别这么说，漕河疏浚一事，内阁人人都留意的。”陈循说。

“当真？”江渊特意问一句。要是高谷的说法不同，就让他二人去争辩；要是高谷的说法相同，他才好说漕河一事。

“对徐先生，也是人人留意的。”高谷却说。

还好。徐先生督漕工，留意漕工，留意徐先生，并非风马牛不相及。

“大司空说工部为徐先生着想，是怎么回事？”陈循问。

“皇上虑漕运事急，欲速漕河工程。工部议，差文、武大臣督京军五万人前往助工。这不是为徐先生着想吗？”江渊先述前因。

“此事大司空回阁中说过。工部所议，朝廷不是已准吗？”陈循问。

“朝廷虽准，徐先生却不准。”江渊说。

“这话言过其实吧！朝廷准的事，还要徐先生再准？”高谷道。

二人都在关注，江渊不再有顾虑。他说：“工部所议之事，朝廷所准之事，徐先生却进一言，以为不当。我看，工部所议之事，要作废；朝廷所准之事，要改正。”

“京军助工，可速漕河工程，徐先生为何说不当？”陈循问。

“京军一出，日费不赀，遇涨水则束手坐视，无所施力。今泄口将合，决堤已坚，但用沿河民夫，自足成事。”江渊再述后果。

“他的话也不错呀！”陈循道，“京军不仅费用多，且沿途骚扰。大司空，这一情形，你难道不知吗？”

“我怎会不知？不是急于求成嘛！”江渊说。

“皇上也急于求成，你怎断定，朝廷所准之事要改正？”陈循问。

“因为皇上已将徐先生的奏本下工部。工部除求快，再说不出别的理由。皇上圣明，一定会采纳徐先生之议。”江渊说。

“大司空求速，为的是朝廷；徐先生求省，也是为的朝廷。我看，此事无须再争，大司空也无须为此烦恼。”陈循道。

“不烦恼。徐先生止遣京军，于工部也是好事。”江渊说罢，觉着和陈循的话说得够多，下面该和高谷说几句。他向高谷一揖，问：“请教高公，为何说对徐先生也是人人留意的？”

“廷益先生今日和我说句笑话。”高谷道。

听似和自己的问题无关，但江渊知道，一定是有关联的。他问：“廷益先生怎么说？”

“他说：徐先生五墨匠耳，怎让他去挖沟渠！”高谷述罢，道，“漕河工程，廷益先生甚少留意，却对徐先生督工发句议论。我说人人留意，并不过分吧？”

“不过分。工部之事，廷益先生是难得过问的。”江渊说。

“我原本想，朝廷命徐先生治河治漕，可能真选错人；但听大司空一席话，我的想法改变。”高谷说。

“高公是说，人选得对？”江渊问。

“岂止是对！”高谷道，“工部议遣京军，是想替徐先生挑一部分担子，但他硬是拒绝，硬是要自己在那里挑。如此肯担当，令人敬佩。我看，他这次治河，定有作为。”

陈循说徐先生的好话，高谷说徐先生的好话，江渊自己其实也想说徐先生的好话，因此，阁中一团和气。

他们提到的徐先生，即徐有贞。称徐先生，而不用其他称呼，是因为他名改，字没改，以字称呼，说的人听的人自然会想起从前的那个徐珵，这违背他改名的初衷。三个人都是翰林出身，不管对徐珵那年倡议国都南迁有什么看法，都对他因此而一蹶不振持同情态度，希望他改名以后命运也有所改变。

皇帝和兴安说起徐有贞，不会有那么多顾虑。

皇帝把工部的奏议推到一边，说：“这个徐有贞，好生了得，寥寥数言，工部的面子丢尽，江先生的面子丢尽，朕的面子也丢尽。”

“爷要不给他面子，批上‘不准’二字即可。”兴安说。

“那你说，出动京军工可成，专用沿河民夫工亦可成，你如何抉择？”皇帝问。

“奴才会专用沿河民夫。”兴安答道。

“连你都这么说，连工部都不驳他，朕为何要驳他！”皇帝道。

“那是不是命内阁拟旨，准其所奏？”兴安请旨。

“先不忙，你去帮朕找点儿东西。”皇帝说。

兴安遵照皇帝的吩咐，找来徐有贞一年多以前上的一篇奏疏，还从兵部带来一本详尽的山东舆图。

“这道奏本，朕当时没在意；廷臣因它而推徐有贞治水，朕即准。今日倒要好好读一读。”皇帝说。

“奴才读给爷听吧。”兴安欲献殷勤。

“不，朕自己来读。”皇帝说。

徐有贞上的是沙湾治河三策疏。沙湾位于山东寿张，正统十三年，黄河冲溃沙湾，使运河遭到严重损坏。从那时起，对黄河的治理和对运河的治理就联系在一起。朝廷先后差工部侍郎王永和、山东巡抚洪英、河南巡抚王暹、工部尚书石璞等督工，都没有显著效果。

徐有贞治河的第一策是置造水门，他写道：

> 臣闻水之性可使之通流，不可使之堙塞。昔禹凿龙门，辟伊阙，无非为疏导计。故汉武之堙瓠子，终弗成功；汉明之疏汴渠，逾年著绩，此其明验也。世之言治水者虽多，然于沙湾，独乐浪王景所述制水门之法可取。盖沙湾地土皆沙，易致冲决，故作坝作闸，皆非善计。臣请依王景法为之，而加损益于其间，置门于水而实其底，令高常水五尺。水小则可拘之，以济运河；水大则疏之，使趋于海。如是，则有通疏之利，无堙塞之患矣。

皇帝读完这一段，问兴安："瓠子是条河吗？"

"是。"兴安应道，"古有瓠子河，为大河冲决，汉武帝亲临督修，并作《瓠子之歌》。"

"瓠子河位于何处？"皇帝问。

"据奴才所知，应距沙湾不远。"兴安只能说出大概。

"这么说，徐有贞举此事例很是恰当。"皇帝说着，又读下去。

徐有贞治河的第二策是开分水河，他写道：

> 凡水势大者宜分，小者宜合。分以去其害，合以取其利。今黄河之势大，故恒冲决；运河之势小，故恒干浅。必分黄河水，合运河，则可去其害而取其利。请相黄河地形水势，于可分之处，开成广济河一道，下穿濮阳、博陵二泊及旧沙河二十余里，上连东、西影塘及小岭等地又数十里余。其内则有古大金堤，可倚以为固；其外则有八百里梁山泊，可恃以为泄。至于新置二闸，亦坚牢可以宣节之，使黄河之水，大不至泛滥为害，小亦不至干浅，以阻漕运。

"河尚未开，他怎么连名字都取？"皇帝问。

"爷说的是广济河吧？"兴安道，"广济河也是一条古水，原名五丈河，宋代更名，是漕运四大渠之一。奴才想，徐有贞的意思，是开一条和广济河一样利于漕运的新河，断不敢擅自取名。"

"应是如此吧。"皇帝认可他的解释。

徐有贞治河的第三策是挑深运河，他写道：

> 臣唯水行地中，避高趋卑，势莫能遏。故河道深则能蓄水，浅则弗能。今运河自永乐间，尚书宋礼即会通河浚之，其深三丈，其水丈余，但以流沙，恒多淤塞。后平江伯陈瑄为设浅铺，又督军丁兼挑，故常疏通。久乃废弛，而河沙益淤不已，渐至浅狭，今之河底，乃与昔之岸平。其视盐河上下固悬绝，上比黄河来处，亦差丈余，下比卫河接处，亦差数尺。所以取水则难，走水则易，诚宜浚之如旧。

"昔平江伯以军丁疏浚，今徐有贞以民夫疏浚，其功应不在平江伯之下吧？"皇帝似问兴安，又似问自己。

"他治水若成，功应不在平江伯之下。"兴安做一点小的更正。

"不错，今日尚未至论功之时。"皇帝同意。并说，"来，咱们看看，这个徐有贞到底在什么地方忙碌呢。"

兴安会意，在御案上把山东舆图铺展开。

皇帝走来走去，等着看舆图。忽然他无意似的问一句："这篇治河疏，是徐有贞的第一篇奏疏吧？"

兴安一怔，随即说："在这之前，他应写过其他疏本。"

"是吗？朕怎么不记得？"皇上道。见舆图已铺好，他立刻把注意力转移到图上，没有再问。这是一份旧式的舆图，布满代表不同地形的各种标志，以及大小不等的地名。皇帝很快找到济南，但要找其他地方，则不那么容易。

兴安知道皇帝要找哪里，远远地瞄着图看。看着看着，他忽然指着在济南西南的一处说："爷，兖州在这里。"

皇帝往他手指的方向看去，看到兖州府三个字。

"朕为何要找兖州府？"他问。

"沙湾位于寿张，寿张隶属兖州府。"兴安说。

"好，你就帮朕把沙湾找到吧。"皇帝不否认这是他要找的。

兴安很有心计，记性也极好，这些年朝廷经常议论治河，有关的地名他记住不少，并记得寿张在济南西北。但在图上要找时，却找不到。在济南西北，一个较大的圆圈边，标着东平州三个字；东平州周围的几个小圆圈，则没有标注，想来应是隶属东平州的几个县。寿张县应在东平州哪个方向，他没记住。

无奈中，他随便一指，说："奴才想，寿张应在此处。"

他站得离图较远，这一指，可以是任意一个小圆圈。

"是这里吗？"皇帝指明一个小圆圈问。

"或是那里。"兴安指头稍微动动。

皇帝知道他不能确定，不再追问。好在知道是黄河发水，冲决运河，他找到黄河和运河交叉点，盯住那里看一会儿。

目光离开舆图时，皇帝对兴安说："寿张都找不到，沙湾就更找不到，兴大伴，咱们真该制作一份更详尽的舆图。"

"爷前些日子说过这话，奴才将圣意传达给内阁陈先生等人，阁臣和翰林们正在张罗着办这件事呢。"兴安禀奏。

"他等可拟好名字？"皇帝问。

"陈先生等说，乞爷赐名。"兴安说。

"朕看，可名曰寰宇通志，你意如何？"皇帝问。

"爷取的名字实在大气，必能激励翰林们下功夫编纂。"兴安说。

舆图再没什么好看的，皇帝示意兴安收拾起来，自己则在御案前来回踱步。编纂这么一部通志，他已经想了很久；但内忧外患，不是需要集中精力对付瓦剌也先，就是需要在储位之争中与廷臣较量，一直没着手去做。现在应该认真去做。

这个念头在皇帝脑海里一闪而过，他想的多的仍是治水和徐有贞。兴安还没有把舆图收拾好，皇帝突然停在他身后，在他肩头拍一下，问道："兴大伴，你方才说，徐有贞还写过其他疏本？"

兴安手上的动作停止，他犹豫一会儿，道："奴才是这么说的。"

"他还写过什么疏本？"皇帝问。

兴安想，与其说几篇徐有贞曾写过的奏疏，不如索性说出徐有贞究竟是谁。他回转身来，反问皇帝："爷当真不知此人来历？"

"当真不知，朕只隐约记得，他是翰林出身。"皇帝道。

"爷说的是，徐有贞即原翰林院侍讲徐珵。"兴安说。

"是他！"皇帝本要发怒；又一想，才对他有许多褒奖之词，一发怒，心中的怨气可以平息，但那些话岂不是也白说？因此，他只是平平淡淡地说，"他怎么偷偷摸摸地改名？"

"并不是偷偷摸摸改的，他曾上疏奏陈。"兴安说。

奏陈而皇帝没留意，太监们没留意，大臣们没留意，是完全可能的。一来，改的只是名，而不是连姓也改；改名比起认祖归宗，是件太小的事。二来，改名的只是侍讲，而不是内阁大学士，而不是尚书，甚至不是翰林院学士，谁会留意他！

“是在督理河工之前改的名吧？”皇帝问。

“是。”兴安应道。

“为何不告与朕？”皇帝责问。

“奴才之罪。”兴安跪倒，叩头道，“奴才以为，此事爷是知道的；但慈悲为怀，给他一条自新之路。”

皇帝心想：这话说晚。早一刻说，朕就假装知道此事，也落个慈悲的好名声。既然说到慈悲，不如慈悲到底，慈悲得更爽快。

“知耻者近勇，他连名字都改，说不定真能成为社稷之臣。”皇帝说着，命道，“徐卿所奏，朕准。兴大伴，你去让内阁拟旨吧。”

“奴才遵旨！”兴安应道。今天这一关，早晚是要过的，过得如此轻松，是他没想到的。

寿张稍北的东阿县，境西南有张秋镇。徐有贞议的是沙湾治河，朝廷命他于沙湾治河。但黄河成大患，在张秋；治河最难的一段，在张秋。徐有贞曾差人，向南京工部尚书王来请教治张秋水要诀，王来回书，只写六个字：分水势，寻水源。

分水势，和徐有贞的想法不谋而合；寻水源，则是他不曾想到的。通过和当地许多人接触，其中不乏有识之士，他得知，张秋一段的黄河水底，有个水的源头。黄河在这里频繁成患，大水不仅来自上游，也来自这个水源。他开始对这个说法颇感怀疑，但随着工程屡屡受挫，他逐渐相信。你看，别的地方筑坝修堰，都很容易合拢，唯独张秋一段，即使上游的水势很平稳，坝堰不是在修到一半时被冲垮，就是在将要合拢时被冲垮，大水不是来自水源，又是来自哪里！

他想方设法寻找水源，通过较长时期的努力，自信找到。他想方设法堵塞水源，这比寻找水源更难，经过较长时期的努力，却至今仍未成功。堵塞水源，或许和他“水之性，可使之通流，不可使之堙塞”的信念相冲突，但这是河底的水源，和地面之上的治水不同。你无法预测它几时会来，水势会有多凶猛，不把它堵塞，又怎么办！

张秋一段的坝堰再次兴工修筑，再次到合拢的关键时刻。徐有贞留在镇上，等候报信，而不敢去现场观看；或者他预料到又是一次失败，不愿亲眼目睹大水冲垮坝堰的惨状。

刚才赶到张秋镇的，是他一接手治水就聘请的姓白的幕僚。

“堰坝的规制，新河的里数，这么快就测算好？”徐有贞问。

“在下已测算好，都记在脑子里。”白先生说。

“好，你说，我记。”徐有贞要这些数据，是为写奏表用的，亲手记下来，才放心。

“先说大的，还是先说小的，请大人示下。”白先生道。

“何为大，何为小？”徐有贞问。

“里为大，丈、尺为小。”白先生说。

“先说丈尺之数吧。”徐有贞道。

“那么，先说上，还是先说下？”白先生又请示。

“白先生，你今日真够啰唆，随你！”徐有贞有点儿不耐烦。

“在下从堰说起吧。”白先生仍不慌不忙，“大堰之高三十六尺，盈缩不超过三尺；厚三十六丈，盈缩不超过三丈。”

“盈缩之数反正不超过十之一，不必说它。”徐有贞边记数字边吩咐。

“是。”白先生应道。又说，“水门造于大堰之上，阔二十六丈，厚五十二丈。大堰下以防堤缭绕，高三十六尺，厚五十二丈。”

“这几个数字都是你亲自丈量过的吧？”徐有贞问。

“是。”白先生应道，“大人再三嘱咐细心，在下不敢玩忽。”

“但新开河的里数，你也是亲自丈量的吗？”徐有贞问。

“在下是一站一站走过来的，不敢说准确到尺、寸，但里数绝不会差，丈数也应相差不远。”白先生说。

“你一站一站走过来，就一站一站说吧。”徐有贞吩咐。

“是。”白先生这会儿脑子里大概只有数字，恨不得一口气倒出来，“自张秋金堤起始，西南至濮阳泺，九里；又至博陵陂，九里；又至寿张沙河，六里；又至东、西影塘，八里；又至白岭湾，十五里；又至李崋，三里。”

“以上共计五十里。”徐有贞算出。

“大人算得好快！”白先生赞道，“这五十里中，每一段若有盈缩，当在十丈之内。”

“合而计之，盈缩在六十丈之内，亦即在半里之内。”徐有贞又算出。

“在下有这个把握。”白先生说。

“后面的里程，盈缩之数是否会大？”徐有贞问。

“后面的里程也长得多。”白先生道，“自李崋而上，至竹口莲花池，二十里；又至大伾潭，三十里。逾范、濮二水而西，经澶渊以接黄河、沁水，凡数百里，在下未亲自丈量。”

“有数百里的大概数字，已够。”徐有贞说，“我记得，自李崋而上，至河、沁，共筑九座大堰，对吧？”

“大人说的是，九座大堰，在下倒是一一看过。”白先生道。

“还有个数字，你未必不知。”徐有贞说，“自沙湾而北，至于临清，计二百四十里；沙湾而南，至于济宁，计二百一十里。其间共造水闸八座，以节制水之出入。”

“这两处是大人亲自阅视的吗？”白先生问。

“我一颗心全挂在张秋，哪里顾得上别处！”徐有贞道。

“我这一走半个多月，水眼仍未堵住？”白先生吃惊地问。

好像有意让徐有贞免开尊口，不等他回答，派去现场监督大堰合拢的幕僚匆匆赶来。该幕僚才唤一声“大人”，即被制止。

“不必说！”徐有贞察言观色，已经知道结果，他对白先生说，“都算好这些日子不会发水，我才决心再试一试，谁知又被无名水冲垮，看来，水源不堵塞，张秋修坝永无成日。”

“对了，大人，”白先生想起一事，“在下往回赶时，遇一老僧，化缘修庙。在下欲舍十两银子，他说少，十两银子只能障人眼，难障水眼。在下问他，多少银子可障水眼。他却说障水眼，须有缘，你非有缘之人。在下一路在想，有缘之人，说的是不是大人呀？”

“你是说，和尚也懂治水？”徐有贞半信半疑，但还是问一句，“云游僧人，如何寻得到？”

“在下是在二十里外遇到他的，路旁有个破庙，废弃已久，他说今晚就在里面打坐。”白先生述道。

“二十里外，不远，白先生，你陪我去会会他。”徐有贞说。

“天要黑，不如明日再去。”赶来报信的幕僚说。

“机缘稍纵即逝，他今晚打坐，明日却去哪里寻他！”徐有贞道。

“那也得多带兵丁，以防不测。”该幕僚又提议。

“用不着。”徐有贞道，“他若是高僧，可保我无恙；他若非高僧，更无须兴师动众。白先生，我们走！”

徐有贞只带一个心腹校尉，由白先生引路，很容易找到他白天路过的破庙。三人把马拴在路旁，绕破庙走一圈，果然看到老僧在破庙后的一棵大树下打坐。白先生上前，双手合十，道：“师傅，我家大人来会。”

“老衲眼里，只有施主，没有大人。”老僧说。

这分明是在要钱。徐有贞浑身上下一摸，糟了！走得匆忙，身上一文钱也没带。他伸出双手，一手向白先生要钱，一手向心腹校尉要钱。

“不必，施主留下身上一物即可。”老僧说。

徐有贞没想到，老僧有这么好的眼力，在漆黑的夜里居然能看到自己的举动。他两手回缩，又在身上摸索起来。摸来摸去，官袍脱不得，内衣不好脱，最容易取下的只有腰带。

就在他要解开腰带时，老僧又说："朝廷所赐，受不起。"

徐有贞双手只得离开腰带，去别处摸索。一手摸索到头顶时，触到一物。他心一动，取下来，原来是拢住头发的玉簪。

他手握玉簪，送到老僧面前，然后把手张开，问："此物如何？"

"是个有缘人。"老僧说着，把玉簪接过去。

"师傅白日里说到障眼，我就是来求教障眼法的。"徐有贞说明来意。

"老衲知道。"老僧说。

"师傅既言我有缘，就请赐告。"徐有贞揖道。

"缘分够，却不知悟性够不够。"老僧说。

"师傅放心，我家大人悟性最高。"白先生插话道。

"悟性既高，有四个字，施主回去拆解吧。"老僧说着，似作偈语般吐出四个字来，"圣人无欲。"

"师傅——"徐有贞想让老僧再多说点儿什么。

"老衲与施主缘分，只此四字。"老僧道。

"白先生，你嘴也太快。"徐有贞埋怨道。

"我怎么知道，老师傅善抓人把柄。"白先生叫屈。

"二位施主休得相互埋怨，悟性高也是这四个字，悟性低也是这四个字。"老僧说着，眼一闭，头一垂，不再搭理他们。

徐有贞知道多言无益，深作一揖，倒退两步，转身离去。白先生和心腹校尉紧跟着离去。三人走上大路，心腹校尉先牵来徐有贞的马，服侍他骑上去，又帮着白先生骑上去。该着他自己上马时，他却说："大人，容卑职方便方便。"

"你去吧！"徐有贞道。

心腹校尉一转身，悄无声息地向破庙方向疾去。

"大人，他去作甚？"白先生问。

"你我做不到的事情，他还要试一试。"徐有贞说。

"哎呀，他千万别动粗，伤害有道高僧。"白先生不放心地说。

"有道高僧，岂是他伤得了的！你还是为他操操心吧。"徐有贞说。

二人策马而行，不多时，心腹校尉从后面追赶上来。

"大人，人已不在。"他一脸惊骇地说。

“谁人不在？”徐有贞问。

“和尚不在。”心腹校尉说。

“那是你运气好；他若还在，有你苦头吃。”徐有贞说。

心腹校尉心里有许多疑惑，但看大人的脸色，似不想多说，因此他不敢再问。白先生暗自吐吐舌头，既惊讶于遇到神僧，又惊讶于这一切好像都在大人的预料之中。疑惑和惊讶在前一段路程支撑着二人，到后一半路程，疑惑和惊讶化解于无形，二人昏昏欲睡。而徐有贞的情绪却越来越好，到后来甚至哼起江南小调，总算给他们提了提神。

到张秋镇外，二人只想快回到驻地，睡一小觉。

“二位，路选错了，应走这边。”徐有贞指着河边的方向说。

二人掉转马头，昏昏沉沉，跟随他走。

“备料中可有数丈长的铁管，要空心的。”徐有贞边走边问。

“应该不难找到吧。”白先生说。

“别说应该，天亮后即刻去找。”徐有贞吩咐。又问，“军丁或民夫中，可有识得冶铁者？”

“卑职略识。”心腹校尉说。

“再好不过。”徐有贞道。并问，“你看，筑一冶铁炉，须得若干日？”

“三五如亦可，三五月亦可，视炉大小而定。”心腹校尉说。

“我只要个普通的炉子，你五日与我造好，如何？”徐有贞问。

“卑职尽力而为。”心腹校尉应道。

说话间来到水源附近。徐有贞下马，白先生和心腹校尉随之下马。徐有贞边在河边转来转去，边瞄准水源的方向看。白先生猜测，他在找一个距水源最近的地方。

“这里最近，就在这里吧。”果然，徐有贞停在一处说，“铁管可从此处斜插向水源，或如老僧所言，称作水眼吧。冶铁炉修在一旁，炉底与铁管上端衔接，烧出铁水，可直接注入水眼。”说罢，问二人，“你等可听得明白？”

“听是听得明白，可不明白在做什么。”心腹校尉说。

“这是大人领悟的‘圣人无欲’吗？”白先生则问。

“天机不可泄露，等事办成再对你讲。”徐有贞道。

数日后，冶铁炉造成，炼出的第一炉铁水全部泄入河底。观察一日，原来总是沉渣泛起、骤起波澜的地方，偶起四五次微波。接着炼第二炉铁水，又全部注入河底。观察一日，仅偶起一两次微波。等第三炉铁水注入，该处比别的地方看上去更加风平浪静。

“大人怎的想起这个法子？”白先生问徐有贞。

“就是因为‘圣人无欲’这句话呀！”徐有贞道，“河底水流不断而又堵塞不住之处，必为龙窟。龙所欲者，珠也；龙不他迁，此处必多珠。铁汁可蚀珠；珠不存，龙将去矣。”

“大人悟性，非在下等可比。”白先生叹道。

景泰六年七月，徐有贞上奏朝廷，治水告成。皇帝命所修大闸名“通源”，所开河渠仍名“广济”。

第七十九章

王文远远地看见于谦手拿一纸，边走边读。这本来没有什么可奇怪的，但于谦很快读完后，把纸卷起，掖进衣袖。走不几步，又从袖口抽出纸来阅读；读罢，又掖进袖口。如是，不长的一段路，一卷纸从袖口进进出出，往返三次。这就使王文觉得又有趣，又奇怪。他迎上去，招呼道："大司马兄！"

于谦本来准备第四次把纸取出阅读，听到招呼，手停在袖口不动。

"千之兄，只有你想得出这等离奇古怪的称呼。"他笑着说。

王文的称呼确有些离奇古怪。作为同科进士，最普通的称呼是某某兄；他们的职位都相当高，年纪都相当大，称某某公，也在情理之中；称一声大司马，哪怕称一声大司马公，也是有的。他却偏偏称大司马兄，除他之外，这个称呼真没人用过。

"廷益兄可曾听过一句话？"王文问。

"哪句话？"于谦问。

"人逢喜事精神爽。"王文道。

"千之兄是说自家有喜事吗？"于谦问。

"我是说廷益兄精爽气清。"王文道。

他说话时，眼睛一直盯着于谦的袖口。于谦知道，自己一次一次取出信札读的情景被王文看到；也知道，他这位年兄对别人的隐私有一种与生俱来的好奇心。他所持信札虽是私人信函，写的却是举朝皆知的事件，拿给王文读读亦无不可；不过，让他读以前，先要弄清他话里的意思。

"我喜从何来呀？"于谦问。

"也先死去，岂不是件大喜之事！"王文道。

"千之兄说的是这件事呀！"于谦应了一句。

话里明显包含着其他意思，王文不可能听不出来。

"廷益兄的意思，也先之死尚难断真伪？"他问。

"不，也先之死，还有伯颜帖木儿之死，已坐实。"于谦说。

"那么，廷益兄以为，也先之死，不足为大喜之事？"王文又问。

“大喜事是大喜事，假若阿剌不死，就更是大喜事。”于谦说。

“廷益兄是说，若无瓦剌掣肘，会出一个鞑靼也先？”王文问。

“千之兄无此虑吗？”于谦反问。

“是啊！鞑靼、瓦剌，此消彼长，交替为患。也先既死，瓦剌既衰，不可不虑鞑靼。不过，”王文语气一转，说，“也先既死，实实在在威胁北边的瓦剌不复存在，鞑靼复盛尚在两可之间，两相比较，仍喜大于忧。”

“千之兄言之有理。”于谦点头道。

“那么，我这一贺，廷益兄仍会拒之吗？”王文问。

“仍会拒之。”于谦毫不犹豫地说。

“仍会拒之？”王文想不到他会这么快回答，问道，“为何？”

“若以也先之死为大喜之事，则并非兵部一家之喜；千之兄向我道贺，我又要向千之兄回贺。贺来贺去，岂不将正事耽误？”于谦道。

“廷益兄说的正事是——”王文问。

于谦从袖口抽出纸卷，扬了扬，道：“千之兄，我知道你在惦记它呢。”

王文很想伸手索要，又顾及于谦不给，就难堪。不过，他有一个于谦一定会把该篇文字交给他看的法子。

“是匿名帖吗？”他问。

“千之兄入阁办事，怎么做御史的习性还没改？”于谦对他近似无赖的招法毫无办法，把纸卷递给他，说，“是署名函，不是匿名帖。”

既有署名，王文把信札展开后，先看左下端。署名是杨集。

“杨集者，何许人？”王文问。

“去年的进士。”于谦说。

“授的京职？”王文又问。

于谦点点头，说：“试礼部主事。”

“一年多，仍未实授？”王文觉得是件怪事。

“去年试职进士，多有未实授者，兵部也有。”于谦说。

“原来如此。”王文点点头，准备读杨集的信札。读之前，还调侃地问一句：“廷益兄，没什么不便吧？”

“千之兄实乃枉费心机。”于谦也调侃一句，“不遇于途，我也会差人把它送与你读，请教尊意。”

“若是用兵方略，廷益兄莫怪我一言不发。”王文客气一句后，开始读信札。杨集写的不是用兵方略，而是储君事。寥寥数语，从景泰三年易储，到景泰五年议复沂王储君，从大臣们的沉默，到下层官员的力争，都提到：奸人黄竑献议易储，不过为逃死计耳，公等遽成之。公国家柱石，独不思所以善后乎？今钟同、章纶等又下狱矣。若诸人死杖下，而公等坐享崇高，其如清议何？

读罢，他知道于谦为何会读一遍又读一遍；而且，他自己也在读第二遍。他的理解能力和判断能力极强，这在他是少有的。

读完第二遍后，他说："廷益兄，此札你幸亏是给我看。"

"千之兄何出此言？"于谦不解。

"廷益兄读之再三,一定有所感触吧？"王文问。

"是。"于谦没想否认。

"黄竑骤升都督，是兵部议奏的，廷益兄是否愧疚？"王文问。

"那倒没有。他所升不过是个虚衔，却可以息事宁人。今日想来，也未必是件坏事；何况他本人已死。"于谦说。

"但他是因倡议易储而升迁的。"王文说。

"彼时易储是大势所趋。"于谦回应一句，问道，"难道不是？"

"那么，章纶、钟同下狱，廷益兄是否愧疚？"王文跳跃式地问。

"实不相瞒，确有些愧疚。"于谦说。

"因何而愧疚？"王文问。

"小臣敢言，大臣不敢言；小臣知所云，大臣不知所云。"于谦说。

"在廷益兄看来，沂王复储位也是大势所趋吧？"王文问。

"眼下尚不好说是否大势所趋，但总是一途。"于谦说。

"那么，廷益兄欲奏请释章、钟二人？"王文问。

"正在犹豫之中。"于谦说。

"我说此札幸亏拿给我看，正是为此；此言必不可进！"王文道。

"千之兄是说我不可言之？"于谦追问一句。

"人人皆不可言之，廷益兄尤不可言之。"王文说。

"这是为何？"于谦问。

"复沂王储位，出章、钟于狱，若当议之，该礼部进言，该内阁进言。今礼部不言，内阁不言，大司马却言之，是不是有越俎代庖之嫌？"王文说着，伸出一指，"此乃其一。"

"这也是我顾虑的。千之兄再说。"于谦道。

"复沂王储位，出章、钟于狱，是一件事的两面。廷益兄称，复沂王储位，不好说是否大势所趋，那么，如何能把出二人于狱之事议得透彻？"王文伸出两指，说，

“其乃其二。”

“我欲求教于千之兄的，正是此事。”于谦说。

“廷益兄问错人，我也属不知所云者。”王文道。

于谦笑笑，问：“还有其三否？”

“其三最不足道，但廷益兄幸而听我之劝，或是为此。”王文道。

“此话怎讲？”于谦问。

“章、钟二人安危，或系于此。”王文道，“他二人下狱一年有余，并无旨加刑。杨集言诸人死杖下，却是何意？他是担心皇上用刑，还是提醒皇上用刑？廷益兄啊，在我看来，让皇上记起狱里还关押着这两个人，实在不是件幸事。”

“但言事而禁锢，终伤朝廷祥和之气。”于谦说。

“待时机一到，储位议定，难道还会继续将他二人关押？”王文道。

“是啊，眼下皇上忘却二人，或是幸事。”于谦赞同这一说法。

刑科给事中徐正被引入便殿时，所有在文华殿当值的内臣都吃一惊，因为皇帝单独召见一名给事中，不仅是他们见所未见，而且可以说是闻所未闻的。等他们知道，是徐正本人密请对策于便殿获准，皇帝按照他的要求，将一切近侍摒之于外，只留兴安一人侍驾，就更吃惊。

皇帝看一眼跪在下面的徐正，问：“徐卿是哪里人？”

“臣乡贯吴江。”徐正答道。

“出身呢？”皇帝问。

“甲科。”徐正答道。

“哪一年的进士？”皇帝问。

“正统七年。”徐正答道。

“朕听说姑苏人喜讼；但如你这般敢在禁中兴讼的，却不一定多。”皇帝有意让气氛变得轻松一些。

“臣所奏之事，于社稷关系极大、于陛下关系极大，不然，臣有天大的胆子，也不敢奏请。”徐正说。

“好，现在除朕，只有兴大伴。你说吧！”皇帝命道。

“臣遵旨。”徐正叩道，“臣欲言者，南宫事也。”

“等等！”皇帝止住他，“你奏请的，不会是年节日及上皇圣诞日，要朕率众臣前去南宫恭贺吧？这是礼卿例行的公事，用不着密奏；朕也不想为此事再用什么心思。”

"臣并非奏请朝拜南宫；但臣以为，礼卿及科、道屡屡奏请朝拜南宫，皇上对此事不可不用心思。"徐正说。

"为何要用心思？"皇帝问。

"上皇临朝久，礼卿及科、道屡奏请朝拜，是有非分之望。"徐正说。

皇帝有所触动，看兴安一眼。兴安把头垂得很低，显然不想让皇帝看出自己的表情。看来他也有所触动。

"那你说说，朕该怎么用心思？"皇帝问徐正。

"近两年来，廷臣中不乏言复沂王储位者。臣以为，于沂王有非分之望，即于上皇有非分之望。"徐正说。

"于沂王有非分之望，即于上皇有非分之望？"这句话让皇帝受到更大的触动。他不相信自己命中再不能得子，可他也说不上什么时候才能再得一子。他说不出为什么对复沂王储位的言论厌恶至深，或许就是因为想到沂王就想到上皇吧。皇帝一不留神，把心里话说出一半："即便非分之望，朕不能不让人家想，不能不让人家说呀！"

"臣献一策，可断绝廷臣非分之望。"徐正说。

"你说！"皇帝命道。

"使沂王就藩。"徐正说。

皇帝心里一动，这真是个最简便可能也最行之有效的法子。沂王远离京师，远离宫中，和其他藩王一般无二。有非分之想的臣子们，就不会再打他的主意。不过，让沂王就藩，有让沂王就藩的顾虑。

"沂王不足十龄，幼王就藩，本朝无先例呀！"皇帝说。

"事有轻重，微臣以为，断绝廷臣非分之望事重。虽无先例，不妨便宜行事。"徐正说。

皇帝没有被完全说服，但又不想马上放弃这个听起来不错的主意。他问兴安："兴大伴，你看呢？"

"奴才想，可让他说说，有无别法。"兴安道。

"对呀，使人断绝非分之想，卿有没有想到什么其他的法子？"皇帝问徐正。

"还有些琐事可做：崇质殿外墙不够高，宜增高之；崇质殿门锁不够固，宜注铁固之；南宫内外树木曾加砍伐，但旧树砍伐未尽，新树又起，宜彻底斫去。"徐正一连举三件琐事。

皇帝既惊且怒，呼道："兴大伴，他这是何意？"

惊，是真的受到惊吓。宫墙加高，门钥注铁，谁都知道，这是囚禁要犯才用的手段。皇帝想也不曾想过，上皇是要犯。怒，除宫墙加高，门钥注铁，他想也不曾想过，却让徐正想出来；还因为这两件事和砍伐南宫内外树木是一起说的。不错，皇帝曾下令砍伐南宫内外树木，但那只是为安全计，只是为避免有人阴谋作乱。徐正把砍伐树木和宫墙加高、门钥注铁等同视之，岂不是说，皇帝一开始就把上皇当成要犯!

“奴才想，他的意思，是要把崇质殿变成第二个逍遥城。”兴安说。逍遥城在三十年前是很有名的，现在则成为很少有人提及的典故。兴安敢打这样一个比喻，当然不仅仅是因为对上皇抱有同情之心；更重要的是，徐正提及的琐事太过分，皇帝绝不会采纳。

“他把上皇当成什么人，把朕看成什么人！”皇帝把手一挥，命道，“兴大伴，着人将他逐出，着吏部议处，谪外使用。”

两天以后，皇帝于午门接受朝觐官叩拜后，返回大内。行至文华门外，皇帝命停舆，并问近侍：“兴大伴跟来没有？”

兴安快走两步赶上来，道：“奴才在。”

“来，陪朕走走。”皇帝说着，独自往前走去，兴安紧跟在后面。离大队侍从足够远时，皇帝问，“那个徐正，是如何处置的？”

“吏部拟议，谪云南临安卫经历。”兴安禀奏。

皇帝不知道临安卫有多远，但知道云南在西南边陲。他说：“恐怕再也找不到更远的地方，再也不能贬更低的职官吧？”

“爷的意思是——”兴安希望皇帝把意思说得更明确些。

“经历还罢，不必贬去那么远。”皇帝说。

“是，奴才也担心，他去不成临安卫。”兴安说。

都是不去临安，含义却不同。皇帝问：“怎么？”

“徐正得知处分，既未分辩，亦未即行，这一两日却在京师嫖娼，为御史弹劾。”兴安说。

“朕以为处分得重，原来却是处分得轻。”徐正不是因为言南宫事被弹劾，而是因为行为不检被弹劾，皇帝是绝不会为他说话的，“这回用不着吏部议处，让都察院议处吧。”

“是。”兴安应道。

“还有件事，你一起去办。”皇帝命道。

“爷吩咐。”兴安躬身肃立，听皇帝下文。

“今日朝觐诸臣，有个廖庄，兴大伴，你还记得他吗？”皇帝问。

“奴才记得。”兴安应道。

“你都记得些什么？”皇帝问。

“廖庄是宣德五年进士，曾任刑科给事中，后迁大理寺左寺丞、南京大理寺少卿。今因丧母，告假守制，回京领取勘合。”兴安说。

“你着实记得不少，连他曾任刑科给事中都记得；知道不少，连他回京的缘由都知道。不过，最要紧的一件事，你似不记得。”皇帝说。

“爷指的是他在刑科的事，还是在大理寺的事？”兴安问。

“朕指的若是他在刑科的事，刑科真可改作奸科。”皇帝虽在说笑，但显而易见，说的是廖庄离开刑科以后的事，且对此事是全盘否定的。

“经爷提醒，奴才顿悟。”兴安忙说。

“朕指的何事，你说说看。”皇帝命道。

“去年大约也在这月份，廖庄在南京，曾上一疏。”兴安说。

“记得他上疏，一定也记得他所言吧？”皇帝问。

“奴才记得。”兴安应道。

“所言何事？”皇帝问。

廖庄疏议的，是让皇帝最烦心的事。兴安心想，与其直述他奏疏的内容，不如找一个不让皇帝烦心的回答方式；或者说，找一个皇帝所希望的回答方式。这并不太难，静下心略一思忖，他想好如何回答。

“廖庄所言者，和徐正所言是同一件事。”兴安说。

“是吗？”皇帝没想到他会这样回答。

虽过去一年，但皇帝记得清清楚楚，廖疏大略曰：臣昔在朝，见上皇遣使册封陛下；每遇庆节，必令群臣朝谒东庑，恩礼隆洽。群臣皆感叹，谓上皇兄弟友爱如此。今陛下奉天下以事上皇，愿时时朝见南宫，或讲明家法，或商略治道；岁时令节，俾群臣朝见，以慰上皇之心。则祖宗在天之神安，天地之心亦安矣。太子者，天下之本。上皇之子，陛下之犹子也。宜令亲儒臣，习书策，以待皇嗣之生，使天下臣民晓然知陛下有公天下之心，岂不美欤！

一个是献计，如何对付上皇；一个是进言，如何礼敬上皇。二者怎么能说是同一件事呢！但皇帝很快就领悟到把这两件事混为一谈的好处：徐正议上皇事，被处分；廖庄议上皇事，该不该处分？

“朕看，廖庄所言者，不仅与徐正所言是同一件事，且与钟同、章纶所言是同一件事。”他说。

“诚如圣谕。”兴安应道。

“或许，廖庄所言者，与钟同、章纶所言更相雷同。”皇帝又说。

“诚如圣谕。”兴安应道。

“或许，廖庄是在为钟同、章纶鸣不平。”皇帝说。钟同、章纶五月上疏，廖庄七月上疏。从时间上来看，钟同、章纶因上疏而被下狱的消息传到南京，廖庄因而上疏，是完全可能的；虽然这只是皇帝的猜测。

“诚如圣谕。”兴安第三次应道。

“钟同、章纶言其事，下狱；徐正言其事，处分；廖庄言其事，因他当时在南京，朕没理会。现在想想，真是后悔！”皇帝说着，问道，“兴大伴，你知朕为何后悔吗？”

“奴才不知。”兴安道。

“朕若去年处分廖庄，想来，倪敬、盛昶等六名御史，前些日子或许就不会再言其事，也就不会被处分。”皇帝说。

倪敬等六人，因灾异建言，涉及多项政务，包括皇帝本人的行为，皇帝都可以容忍；但有一项，说的是“章纶、钟同直言见忤，幽锢逾年，非所以昭圣德”，皇帝不能容忍。他谕令都察院考察，罢黜御史十六人，倪敬等六人悉在其列。

兴安觉得皇帝这话有些不妥，借处分廖庄警示言路，像是杀鸡给猴看，这可真是有碍圣德。他不敢直接批评皇帝，只好把话岔开：“去年若处分廖庄，不知徐正还会不会密奏其事？”

“这是两回事。”皇帝也觉得话说得太多，该就此收住。他问兴安，“朕要你办的另一件事，你有数吧？”

“当处分廖庄，奴才有数；但怎生处分，奴才仍无数。”兴安说。

“其一，不得轻于前者对徐正的处分。”皇帝先画个框框，再细说，“徐正贬经历，廖庄不贬经历，也要贬县丞、典史之类；徐正谪放西南边陲，廖庄不谪放西南边陲，也要谪放极远边地。”

“爷，廖庄是来朝廷告假，领取勘合的。”兴安提醒道。

“那也得先谪放，再准他假。”皇帝说。

“是，这一处分，奴才有数。”兴安道。

“其二，不得轻于今次对徐正的处分。”皇帝又画个框框。

“爷才说，今次交都察院议处，奴才尚未传旨。”兴安提醒道。

“那就对廖庄加以廷杖吧。”皇帝说，“都察院要杀徐正，对廖庄加以廷杖；都察院不体罚徐正，对廖庄也加以廷杖。”

“行杖若干？”兴安问。

“八十。”皇帝随口说道。廷杖数目，二十、三十、四十、六十、八十、一百不等，八十是很重的处罚。

“杖八十，是不是太重？”兴安壮起胆子说。

“兴大伴以为处罚得重？”皇帝摇着头说，“朕还觉着轻呢。不信你看，都察院议处徐正，绝不会打几板子了事的。廖庄在处分徐正前受杖刑，说起来，是得个大便宜。”

“爷说的是，奴才有数。”兴安争一句，被皇帝驳回，不会再争。稍等一会儿，听不到下文，他问道，“爷，还有其三吗？”

“没有是没有，但朕怎么觉得，话没说完呀？”皇帝道。

兴安知道皇帝还要说什么，但实在不愿意接过这个话头。因为他一开口，不但会受人唾骂，而且有损阴德。

“兴大伴，你也替朕想一想。”皇帝不肯放过他。

“是。”兴安不得不应，不得不说，“奴才想，所言是同一件事，对徐正的处分有，对廖庄的处分有，对倪敬、盛昶等的处分有，唯独章纶、钟同系狱，至今尚无处分。”

“不错，朕想的也是此事！”皇帝道，“钟同、章纶不仅和他等议的是同一件事，且是始作俑者，对别人都有处分，对他二人怎可不处分！”

王诚倒背双手，悠闲自得地走在前面；四个小宦者，两人抬着一根用黄锦包裹的长条状物，吃力地跟在后面。

“王叔，歇歇吧！”一小宦者叫道。

“累了？”王诚头也不回地问。

“你老两手空空，小的们抬着东西呢！”小宦者说。

“你还好意思说抬着东西，你可知道，抬到地方，人家不是两人抬着，是一人举着的。”王诚说。

“站着不动，小的也举得起来，这不是在走路吗？要不，叔也抬着试试看。”小宦者将他军。

“怎么着，想指挥我？告诉你，我从来就不怕累，这么个东西，别说两人抬着，一人扛着也不在话下。”王诚说着，站下来。等小宦者走近，他用肩膀接过其物，对前后说声“闪开”，扛起来就走。走几步，觉得确实有些重，他把长物放下，竖立在地，问后面两个空着手自以为占了便宜的小宦者：“你二人是扛着，还是抬着？”

“小的们怎敢比王叔，还是抬着吧。”那两个小宦者说。

另两个小宦者没被换肩，心中不平。其中一人叫道：“王叔，我怎么觉着，我二人抬的这根比他二人抬的那根重呀！”

“想让我试试？”王诚问。

“叔分辨出来，回去后也好论功行赏。”该小宦者说。

“这好办，我替你抬着，你回去给赏，怎么样？要是你二人都给赏，我一个人扛着它走。要是你四人都给赏，两件东西我一人扛着走。怎么样？”王诚一番话把四个小宦者镇住，谁也不敢再调皮。

走近锦衣卫狱，早有守门狱卒进去禀报，掌镇抚司事的锦衣卫同知毕旺匆匆迎出来，躬身行礼，称道：“参见公公。”

“我找的不是你。”王诚说。

“公公要找谁，但请吩咐。”毕旺道。

“有个叫门达的，在你这里吗？”王诚问。

“回公公话，他在卫衙，不在这里。”毕旺说。

“听大内总管王哥说，这个人挺能干，我要见见他。”王诚道。

“公公请进去坐，我差人找他来。”毕旺说。

“不进去，就在外面等吧。”王诚好像怕沾上晦气，一口拒绝。

他不进去，毕旺只得在外面陪他站着，陪他说话。见四个小宦者抬着两根长物，他没话找话地问：“公公这给我们送来什么好东西？”

“你不问，我差点儿忘了。”王诚说着，对小宦者们喝道，“怎么到地方又不怕累！放下来歇歇吧。”

“谁知道这就到地方。”一个小宦者边嘟囔，边和同伴把长物放下，立在锦衣卫狱门口。

“老毕，你掂量掂量。”王诚对毕旺说。

毕旺原想在王诚面前显示气力，用一只手去拎，但长物分量不轻，外面又裹着黄锦，不好用力，他改用两只手拎。

“如何？”王诚问。

“不轻。”毕旺说。

“我是问你，摸出是什么吗？”王诚道。

“摸出来了，是——”毕旺要说。

“好，别说出来。”王诚止住他。

二人正有一句没一句地说着闲话，门达被找来。他向毕旺行个礼，道：“卑职参见大人。”

“不是我找你，是王公公找你。”毕旺指着王诚说。

“卑职见过王公公。”门达转向王诚行礼。

“是条汉子。”王诚上下打量他一番，赞道。又指指立在地上的另一件长物，道，“但不知是不是徒有其表。”

门达看见毕旺两手拎一长物，还很吃力；他走过去，一手抓住另一长物的一端，一声不吭，把他高高举起。王诚、毕旺试过该物的重量，知道这样举起来需要多大的气力，不由齐声叫好。

“举起来，摸得出是何物吗？”王诚问。

“似是巨梃。”门达说。

“见过吗？”王诚问。

梃是廷杖用的刑具，门达当然见过。他说：“锦衣卫狱各种刑具皆备，卑职在毕大人处见过。”

“用过吗？”王诚问。

“却不曾用过。”门达说。

“别说他，我在镇抚司混这么多年，也不曾用过。”毕旺插话。

“那好，这次你等可试试它的威力。”王诚说着，又问，“巨梃你等是见过的，但可曾见过黄锦包裹的巨梃？”

“不曾见过。”毕旺、门达答道。

“知道此梃为何用黄锦包裹吗？”王诚指着门达，对毕旺说，“老毕，没你的事儿，我问他呢。”

“卑职不知。”门达答道。

“好，我告诉你。”王诚把门达拉到一边，在他耳边低声说两句话。

门达脸色大变，方才一手随随便便拎着的巨梃，好像一下子变重。他不得不改用两手，恭恭敬敬地捧着。

王诚拍拍他的肩膀，嘱咐：“老门，你得把它用好。”

“朝廷差遣，卑职敢不尽力！”门达应道。

“老毕，这梃的来头，我不便再说，让他告诉你。”王诚说着，向毕旺一扬手，带领四个小宦者离开。

毕旺目送他等去远，转身问门达：“门兄，这巨梃有何来历？”

“王公公说，是万岁爷亲自挑选的。”门达回答。

“还有呢？”毕旺问。

“王公公说，是特为章纶、钟同二人准备的。”门达回答。

当日，在诏狱对钟同、章纶用刑，门达使一巨梃，打钟同，另选一健壮狱卒，使另一巨梃，打章纶。按照皇帝的旨意，二人皆杖八十。但王诚授意门达，切不可留钟同这个活口，所以，门达每一梃打下去，都用足力气。不到四十下，钟同咽气。章纶被杖后，也奄奄一息。

都察院议处，徐正戍铁岭卫。廖庄则谪定羌驿丞。

第八十章

聂大年任教职近二十年，由浙江仁和而南直常州，由南直常州而浙江仁和，第一次在仁和县学任训导，第二次回到仁和任县学教谕。训导、教谕皆未入流，但教谕是县学的主管，好歹升一级。因此，当他奉召入朝时，对仁和还真产生一种难舍之情。如果是因为其他原因召他入朝，他可能会上表婉拒；但据说，朝廷有意召他入翰林，这个诱惑是他绝对无法抗拒的。如果说，入翰林对进士出身的读书人，是梦寐以求的理想；那么，对非进士出身的读书人，就是不可企及的梦想。哪怕只是做个从九品的待诏，也算在翰林院里走过一遭。

聂大年难舍仁和，还有一个原因，就是难舍他视为亦师亦友的画师戴进。戴进字文进，别号静庵，钱塘人。仁和、钱塘均属杭州，且县治均在杭州城内，这使得二人来往极为便利。

在下定奉召入京的决心后，聂大年马上去向戴进通报并辞行。在戴进显得破败的小院里，他的第一句话是："静翁，今日无论如何让晚生执弟子礼。"说完就要拜倒。

戴进拉住他，问道："就因你要进京？"

"这还不够吗？多年未能如愿，静翁今日休要拦我。"聂大年道。

当然不够。聂大年敬重戴进，以至欲师事之，至少还有三个原因：第一个原因，戴进比他年长十三四岁；第二个原因，戴进成名比他早；第三个原因，戴进善画，有浙画第一流美誉，他善书，虽不曾向戴进学画，但在和戴进的交往中增长不少这方面的知识。

当然，他要入京，也是个原因：他五十多岁，戴进年近七旬，这一别，谁知还有没有再见面的机会！

戴进很理解他的心情。但这么多年与他以友人相处，而不答应以师弟相处，今天当然也不会改变初衷。不过，他自有妙算，不会强行阻拦。

"好，我不拦你，但有一事，须得说在前面。"戴进道。

"何事？"聂大年问。

“先以师弟行礼，复以官民行礼。”戴进说。

亦即聂大年给他行过叩拜礼后，他要再给聂大年行叩拜礼。因为教谕未入流，也是官；他虽曾被宣宗皇帝召入朝中，但未授官即被放归。民见官，总是要磕头的。他知道，这一招定可制胜。

“静翁，不能通融吗？”聂大年问。

“你不与我通融，我也不与你通融。”戴进说。

“那只好行常礼。”聂大年说罢，一揖。

“理当如此。”戴进很高兴，招呼道，“寿卿兄，外面冷，屋里坐。”

聂大年字寿卿，江西临川人。他指指院外，道：“外面还有两个人，可不可以一起进屋？”

“寿卿兄带领何人同行？”戴进问。

“县学的两个生员。”聂大年说。

“寿卿兄自家来好，何必带弟子来！”戴进不知他的用意，责备道。

“晚生欲与静翁同醉，备些熟菜和村醪。自家拿不动，只得假公济私，让两名生员帮忙。”聂大年说。

“你这个假公济私说得妙极，最好对你两名弟子重复一遍，再让他二人一起进屋去坐。”戴进道，但聂大年要出院招呼时，他又改变主意，“寿卿兄，且不忙招呼他二人进屋。”

“静翁不愿与生客同饮，二人放下酒瓮即去，亦无不可。”聂大年说。

“不是这个意思。”戴进道，“饮酒人越多越热闹，有什么不好！我是说，有些话是只能对寿卿兄一人说的，我二人说够，再招呼他二人进来喝酒，则无妨碍。”

“客随主便，听静翁的。”聂大年道。

二人相互肃让，携手进屋。

腊月将临，这天是入冬以来最冷的一天。外面冷，屋里没生火，更觉得阴冷。聂大年一进去，不由得打个冷战。但他知道，戴进家境窘迫，有时入不敷出，更有时有出无进。他不能把冷意表现出来，那样戴进会很难堪；也不能完全不表现出来，那样会太做作。

“静翁这副骨架，仍耐得住寒？”他开玩笑地问。

“本亦担心今天这个日子怎么过，眼下有酒，就不怕。”戴进生性率真，并不掩饰家中的窘迫。二人一笑。戴进双臂在胸前抱合，两手塞进棉袍袖口，往椅子上一坐，说：“等等让下人开灶热菜，这会儿且不烧水煮茶，寿卿兄休怪。”

“好说。”聂大年应一句，本想咬咬牙，学他的样子坐下，忽见窗户纸上隔不多远一幅彩绘，看上去是戴进的手迹，想来是糊窗户时纸不够，只得用画过的纸充数。他走到窗前，逐幅看过去。这一走动，不再觉得冷，也更不愿坐下。

“老弟不坐吗？”戴进问。

“静翁训示，晚生还是站着聆听吧。”聂大年说着，踱到戴进面前。

“随你，”戴进不勉强他，“寿卿兄今日不来，这一两天我也要去造访。相别在即，不管话好听不好听，总得有几句送别的话。”

“话不好听，尤佳。”聂大年说。

“此话当真？”戴进马上问。看来，他想说的正是不好听的话。

“忠言逆耳，诤友难寻，这个道理我是懂的。”聂大年说。

“那好，今日我专拣不好听的话说。”戴进道，“古云：京师米贵，居大不易。寿卿老弟，这句话不好听吧？”

“不那么好听，却是句实在话。”聂大年说。

“你筹够买米的钱否？”戴进问。

“承蒙下问，晚生已筹措几笔。”聂大年说。

“是吗？说来听听。”戴进道。

“入京候旨，先得有个落脚处。”聂大年说。

“以寿卿兄的名气，会有不少官宦人家乐于开门揖道。”戴进哈哈大笑，解释说，“此道非彼盗，相府也说不定会为你大开。”

“比这要好。”聂大年没有理会他的玩笑话。

“怎么个好法？”戴进问。

“我自家会有一处宅舍。”聂大年说。

“自家会有宅舍？”戴进说什么也不信，“二十年教职，俸禄微薄，会有钱在京师购得一处宅舍？”

“俸禄之外，我不是还有点别的本事嘛。”聂大年说。

“你是说字？”戴进问。

“不错。”聂大年应道，“我乡里一位致仕京官，前些日子来游杭州。他对我说，在京师有一宅院，舍不得卖，空在那里。我若进京，尽管去住，房租全免，但求一字。我二人约定，一条幅，字数多寡不限，成幅即可，由得我住上一年。”

“这个约定，寿卿兄很划算呀！”戴进说。

“是啊，这话是在游湖时随便一说，谁知真派上用场。所以，我连夜写五帧条幅，差人给他送去。”聂大年不无得意地说。

“亦即五年的房钱筹出来。”戴进听得饶有兴致，问道，“还有呢？”

“贱躯多恙，离不开药。太医院里也有我的一位同乡，曾与我约，为我诊一次脉，以一字相酬，给我开一服药，以一字相酬。”聂大年说。

“你这位同乡忒精细，诊脉、开药，还要分开来算。”戴进道。

“静翁怪不得他，他喜爱的是小楷。”聂大年说。

戴进点点头，道：“那就好应付。”

“我抄写一章《黄帝内经》，残生看病吃药，足够用。”聂大年说。

“好！筹得这两笔钱，大可在京师安住。”戴进的担心消除一半，他开始说另一半，“不过，寿卿兄别以为我再没有不好听的话。”

“是，请静翁指教。”聂大年道。

“朝廷门槛多，任官大不易。”戴进说。

“何谓门槛？”聂大年问。

“选官有选官的门槛，授官有授官的门槛，一旦官到手，又有做官的门槛。”戴进有亲身体会，所以说得特别生动。

“选入翰林，也有那么多门槛吗？”聂大年问。

“入翰林乃读书人大欲，门槛更高更多；到寿卿兄身上，门槛又高一截。”戴进说。

“因为我非甲科出身吗？”聂大年问。

“不仅为此，寿卿兄别忘而今掌铨部者是谁！”戴进道。

“静公是说，王俭公索画之事？”聂大年一经提醒，猛然记起自己确实和吏部尚书王直曾有过节，而那件事和戴进也有牵连，“翰苑大门若因此而对我关闭，静翁，我可是被你拖累。不过，人人皆称王俭公大度，不会因小故而拒大贤吧？”

“大贤二字，该由我来说的。”戴进笑道。

“是，是，晚生有点儿等不及。”聂大年道。

“寿卿兄说也无妨，反正大贤二字，他或当之无愧；但是否小故，你我所说都算不得数。”戴进道。

是啊，那件事是不是小事，聂大年心里也没谱。戴进宣德年间被召入宫时，王直是个普通的翰林，二人有过一段交往；等戴进被放归，交往也就终止。王直升任吏部尚书后，凭借当年的一段交往，寄诗戴进索画。文人墨客之间，这本来是件很普通的事；但王直在赠诗前写的小序，引起聂大年的反感。王直写的是：昔与文进交时，尝戏作一联，至今十年始成。对这句话可以有许多解释：如怀念旧情，如不善诗词。聂大年却当着许多人的面，在他的赠诗上题写道：公爱文进之画，十年而不忘也；使公以十年不忘之心，待天下之贤，则天下岂复有遗才哉！

聂大年知道，这话早晚会传到王直耳朵里，而且一定已经传到王直耳朵里。他内心希望，王直不把这件事当作“小故”，那就会好好反省，自己的吏部尚书是否称职。当然，他也希望王直不要对他的话太在意；太在意，他入翰林的期待恐怕要落空。

“静翁，你看王俭公是否把那事当作小故？”聂大年问。

“他是你同乡，他的为人，你该比我看得清楚。”戴进不想评论王直。

“不清楚，静翁为何要说！”聂大年埋怨。

“我是因其不好听才说的，又不是因其清楚才说的。”戴进道。

“静翁也不清楚，我也不清楚，还说它作甚！”聂大年显得有些沮丧，他说，“门槛又高又多，我不去迈，在京师以诗文会友总可以吧？”

“可以是可以，但也不易。”戴进说。

“怎么，也有门槛？”聂大年问。

“不错，也有门槛。”戴进说。

“既有门槛，请静翁为我说说。”聂大年揖道。

“长洲刘原博，寿卿兄识否？”戴进问。

“不识，只知他以文学被征，却于太医院供职。”聂大年道。

“海宁苏秉衡、苏秉贞，识否？”戴进又问。

“他兄弟二人不是以布衣游京师吗？”聂大年道。

“富顺宴振之，识否？”戴进问。

“不但闻其名，且曾谋面。”聂大年说。

“寿卿兄怎会见过他？”戴进问。

“我在常州府学时，他恰巡按南畿。”聂大年说。

“真是凑巧。”戴进点点头，又问，“凤阳汤公让，识否？”

公让，是汤胤勣的字。聂大年道：“不是信国公的后人、以文武全才名扬天下的汤将军吗？”

“寿州王善甫，识否？”戴进问。

聂大年听着耳生，说：“此人却不知。”

问这么多人，聂大年总算有个不识的，对戴进是个安慰。他说：“王善甫者，名贞庆，怀庆公主驸马王宁之子。”

“咳，你说的是金粟公子，我怎会不识！”聂大年道。

戴进不和他斗嘴，但问：“我问几人？”

聂大年数了数，告诉他：“六人。”

“再把昆山沈通理、长洲邹克明、仪真蒋主忠、慈溪王柏源加上呢？”戴进问。

“正好十人。”聂大年道。

“此十人，或为布衣，或为下吏。上公之后，不过任指挥；驸马之子，不过称公子。然合在一处，却大有讲究。”戴进说。

“有何讲究？”聂大年问。

“寿卿兄没听过景泰十才子的称号吗？”戴进这才透露出逐一询问的用意，“老朽想，寿卿兄到京师，未必会被认作第十一才子吧？”

“难怪静翁要说不易。”聂大年似乎被他一系列难听的话吓住，说，“做官的门槛迈不过去，会友的门槛也筑得高高，京师去不得！”

“寿卿兄，我说这些，可不是不要你去京师。”戴进说。

“那是何意？”聂大年问。

“在京师住不下去，则早日南归。”戴进说。

“是，晚生受教！”聂大年揖道。

聂大年没有尝到京师米贵的滋味，没有试过门槛难迈的艰辛。景泰七年初，他一到京师，就大病不起，二月，卒于同乡借给他的宅舍。

王直是从本部左侍郎李贤的嘴里，听到这个消息的。

“聂先生过世？”他吃惊地问。

“就在昨晚。”李贤说。

“他到京师还不到一月呀，怎的就过世！”王直仍无法置信。

“听说，他是扶病赴京的。”李贤说。

“唉，早知如此，我该去看看他。”王直叹道。

听他这么说，李贤不知想起什么，笑起来。

“原德为何讪笑？”王直问。他是很注重礼数的。李贤官至佐贰，本不该直呼其字；但他初任吏部尚书时，李贤为吏部郎，有这一层关系，所以他把先生二字省却。

“晚生并未讪笑。”李贤也甘居晚辈。

王直的目光在他脸上停留一会儿，自己也忍不住要笑。

“俭公因何而笑？”李贤问。

“我看出来，你不是讪笑，是怪笑。”王直道。

“俭公休怪，”李贤对怪笑直认不讳，并解释缘由，“方才俭公以未见聂先生为憾，我想起一事，甚是怪诞。”

“与聂先生过世有关？”王直问。

“与俭公之感叹亦有关。”李贤道，“今早我去翰林院，翰林们聚在一起，谈论寿卿先生。有见过他的，则称他人品如何，学识如何；有与他旧识，今次未见到他的，则和俭公一样，引以为憾事；有与他从不相识者，更引以为大憾事。总之，纷纷扰扰，引以为憾事者居多。忽站起一翰林说：识者未必识，不识者未必不识。众人问他何意。他说：识者有数年前识他的，有十年前识他的，有二十年前识他的，甚而有三十年、四十年前识他的。数年前识他的，知他数年前之五十余年如何吗？三十年前、四十年前识他的，知他以后这三十年、四十年如何吗？”

“问的不是没有道理。”王直插话。

“是啊，翰林中识他者本来就少，听这一问，都不出声。”李贤道。

“但不识他者还有话说。”王直猜测。

李贤点点头，道：“有不识他者问：不识即不识，怎叫未必不识？该翰林说：我一说，你即识。他与常人不同，仅多一耳少一目而已。”

多一耳，是说他姓聂，为三耳；少一目，是说他一眼瞎。这话的确可笑，但王直笑不出来。他问：“原德，聂先生入京后，你是见过他的，他一目完全失明吗？”

“我问过他，是完全失明。”李贤说。

“读书靠的是眼睛，二目眇其一，对读书人来说，是件大悲之事。那位翰林以此取笑，有失厚道。”王直说。

“俭公说的是。”李贤应道。他不是翰林出身，不便像王直那样，直截了当地批评翰林官，但可以为王直直截了当的批评提供事例，“但有的翰林，比该翰林还要刻薄呢！”

“原德，你我说的是聂先生过世。”王直虽然可以直截了当地批评翰林，却不愿意过多批评。

“有一说，也是在寿卿先生去世后传出的。”李贤道。

“是怎说的？”王直问。

“称生老病死，史馆皆备矣。”李贤道。

“是指四人？”王直问。

“是指四名被召入翰林院修史的官员。”李贤说得更明确些。

“死者无疑指聂先生，其他三人说的是谁？”王直问。

“俭公真的要听？”李贤问。

“一日之内有这许多说法，听听何妨！”王直道。

“好，那我就一一为俭公言之。”李贤说着，用左手压下右手的拇指，“死者指聂先生。”再压下右手食指说，“老者指刘治中，他已年近七旬。”压下中指说，“病者指章主事，他比聂先生还要体弱，还要多病，许多人以为，他会死在聂先生前面。”

压下无名指说，“生者则指丁参议。”

刘治中名实，章主事名诹，丁参议名珵，都是和聂大年一同被召的。

“原德，这个生字作何解呀？”王直问。

“生者，不如老者、病者、死者好解，晚生不敢妄言。”李贤虽然这么说，还是给个解释，“或指性情生猛，少斯文之气。”

“真是有趣，四人由廷臣举荐，经吏部奏请，而召入翰林，竟成生老病死；其中，只有个生字，听起来还有生气，又成少斯文之气，”王直说着，问道，“原德，是哪位翰林嘴上这么不积德呀？”

“总之是翰林，至于是张三，是李四，有什么要紧！”李贤应付道。

“原德是不知道，还是不愿说？”王直问。

“俭公真的要知道？”李贤表明，他不是不知道。

“我而今不管翰林，知道何妨！”王直道。

“好，那我就得罪他吧。”李贤向王直一揖，意思是，连他也会一起得罪，“造此语者，公乡人刘宣化也。”

刘宣化名俨，江西吉水人，正统七年的状元。

“原来还是个状元！”听口气，王直的话不会好听，“原德以为，他是我乡人，我就不好说吗？他是西王先生得意弟子，东王先生就不好说吗？”正统七年会试的主考官王英，在朝时名声很响亮，和王直并称“二王”：王英居所在西，称西王；王直居所在东，称东王。王英已去世数年，王直今日大有代他训弟子的气势，“原德，你可去对刘宣化说，他有状元之才，却无状元之度！”

“这话须得俭公亲自对他说，才有分量。”李贤说。

“这是为何？”王直问。

“俭公亦翰林出身，且与彦公是同年好友呀！”李贤说。

“不对，不对！”王直反对他的说法，“径入翰林者，不把他官转入翰林者放在眼里，更不把非甲科出身召入翰林者放在眼里，这股风气，我看只有原德这等务实之人，才能煞得住。”

李贤还要推脱，听到外面有脚步声。他说：“应是九皋先生回来，他乃半个翰林出身，或能当此大任。”

王直还没对他的话做出反应，王翱已走进来。王翱字九皋，北直隶盐山人，永乐十三年进士。他虽选庶吉士，但散馆后授大理寺左寺丞，所以李贤说他半个翰林出身。景泰四年，佐王直署理吏部事的何文渊被科、道弹劾，致仕，王翱由掌院都御史改任吏部尚书。

“俭公，原德先生，”王翱与二人打过招呼，问，“二位要谁当大任？”

“原德才说，要你来当大任。”王直道。

“俭公以为呢？”王翱问。

“他的话不错。”王直道。

“俭公言不由衷吧？我来说句公道话。”王翱先指王直，后指李贤，“此前堪当大任者，俭公也；此后堪当大任者，原德先生也。”

“原德听听，他居然还说这话公道！”王直对李贤说。

“九皋先生这话是公道呀！”李贤道。

“公道？”王直本来想李贤和自己配合，拿王翱开个玩笑；听他这么说，不觉愣住，“此前已然过去，他说我堪当大任，说说而已；他说你此后堪当大任，你也当仁不让吗？”

“此后之事，不过是期许，同样可以说说而已。”李贤道。

“好吧，你我之事，都是说说而已；但他自家却在说说而已之下躲避起来，这也公道吗？”王直问。

“九皋先生并未躲避在说说而已之下呀！”李贤道。

“并未躲避？”王直更想不明白。

“并未躲避，”李贤很肯定地说，“此前俭公堪当大任，此后在下堪当大任，那么，此时呢？此时谁堪当大任？”

“你是说——”王直恍然大悟，“不错，此时正该九皋先生当大任。”

“俭公切莫上当！”王翱在一旁说。

“谁上当？”王直问。

“你上当，我上当！”王翱说，“原德先生脑筋灵活，你我都绕不过他，故而被他戏弄。”

“有这事？”王直沉吟。

“俭公还不信？”王翱问。

“不是不信，我原以为，只有我绕不过他，不想九皋先生也绕不过他。”王直说着，问道，“都绕不过这个后生，如何是好？”

“不如谈正事。”王翱说。

“对，对，原德，来谈正事。”王直附和道。

“是。被两位老前辈戏弄够，也该谈正事。我听着呢。”李贤说。

“只听不行，还要谈。”王直特别强调“谈”字。

"要谈，也是九皋先生先谈。"李贤说。

"正有事要与二位说，"王翱咳嗽一声，摆出谈正事的架势，"俭公，原德先生，我去看过聂先生。"

王直、李贤相互看一眼，都觉得他的话里有语病。

"九皋先生是说，去看过聂先生？"王直字斟句酌地问。

"是啊，我是去看过。"王翱没有改正原话的意思。

"九皋先生去，原德，你我是不是也该去呀？"王直与李贤商量。

"晚生但听俭公吩咐。"李贤说。

"我已代吏部堂上诸公致意，二位要去，也不急于一时。"王翱说。

"送别之事，怎可不急！"王直摇着头说。

"送别？我怎不知聂先生要远行呀？"王翱问。

李贤的确脑筋灵活，当王直还在琢磨王翱的话时，他已知问题所在。

"九皋先生几时去看聂先生的？"他问。

"昨晚。"王翱回到。

"这么说，并不知昨夜之事？"李贤问。

"昨夜又出事？"王翱反过来问他。

"是。昨夜聂先生病情忽重，没能熬到天亮。"李贤告诉他。

"原来如此。"王翱虽不知后来的变故，但并不吃惊。

王直注意到他的表情，问道："九皋先生已料到？"

"我没料到，是聂先生自家料到。"王翱说。

"此话怎讲？"王直问。

王翱没马上回答，却从怀里取出一张纸笺，递给他。

"这是——"王直问。

"昨晚我去看他时，他不听家人劝阻，挣扎着坐起来，手书一诗，托我呈与俭公。"王翱说。

李贤站在王直身后，本想一起阅读纸笺上的文字，听王翱这话，赶快离开王直身后，走到一旁去。王直读罢，把纸笺递给他。他两眼看着王直，没有即刻阅读，似乎在问：宜阅否？王直点头，示意无碍。

李贤读过后，又把纸笺还给王直。

"原德，有何高见？"王直问。

"好诗，好字。"李贤变得很吝啬，只说四个字。

“还有呢？”王直问。

“俭公真要我说？”李贤边问，边又说两个字，“难得！”

“是啊，难得！”王直显然被这两个字打动。他问，“原德，你说的是一个难得，还是两个难得？”

“晚生希望是两个难得，但这会儿只能说一个难得。”李贤道。

王直陷入沉思，连两眼涌出几滴泪水都没觉察。

“何事难得，竟使俭公如此动情？”王翱悄声问李贤。

“聂先生料到来日无多，九皋先生说得对；但九皋先生没想到，聂先生呈诗俭公为的何事。”李贤悄声回答他。

“为的何事？”王翱问。

“欲请俭公铭其墓。”李贤说。

“聂先生这番心思，怎看得出来？”王翱问。

“他这首长诗，九皋先生读过吧？”李贤吟其中二联，“镜中白发难饶我，湖上青山欲待谁？千里故人分草少，百年公论盖棺迟。他分明是要俭公来评说他一生。”

王翱边听边点头，理解了李贤说的那个“难得”的含义：聂大年曾批评王直未尽职守，不仅是口头的批评，而且是白纸黑字写下来的；不料临终前的一大愿望，却是王直能为他撰写墓志铭。可见他的性情率直，也可见他的批评无私。同时，李贤和王直如打哑谜般说的另一个“难得”就不难理解：王直若肯接受聂大年的托付，为他撰写墓志铭，更加难能可贵。人们对他二人关系的猜疑，将烟消云散。

“我看，一定是两个难得。”王翱说。

“何以见得？”李贤问。

“俭公端庄大度，休休有容。昔日曾为西杨先生所不容，但十数年来，从未听他对西杨先生有一字非议。他绝不会因为聂先生一两句狂妄之言，就心存成见，拒人所请。”王翱说。

“但愿如九皋先生所言；不过，这终归难得。是不是？”李贤道。

王直回过神来，用衣袖拭去眼角的泪珠。王翱、李贤二人的谈论，他好像一个字没听到，忽然说：“二位等我片刻，可否？”

“请俭公吩咐。”王翱、李贤齐声说。

“寿卿先生命我撰墓志铭，我想，此请任何人都拒绝不得；何况我曾受惠于他，更不能拒绝。我欲即刻撰写铭文，携之与二位同去寿卿先生灵堂，与他话别。”王直说。

“好，我为俭公研墨。”李贤忙说。

“那我只好为俭公洗笔。”王翱也说。

王直执笔，略家思忖，挥笔写道：吾以大年之才，必能自振，故久不拟荐，而乃止一校官耶！

王翱、李贤品出起始之句的不同寻常：第一，他对聂大年不以字呼，而以名呼，是把聂大年当成晚辈，让人感受到白发人送黑发人的哀痛；虽然聂大年也不是黑发人。第二，直截了当，开门见山，对人们的猜疑做出解释：他久不举荐聂大年，和聂大年直言不讳地批评他，没任何关系。其实，荐人极为慎重，正是王直一贯的作风。

不必看后面的文字，王翱、李贤都相信，这篇墓志铭一定会让人们议论很久。

第八十一章

五月初七日，陈循趁着其他四名阁臣都在的机会宣布：“《寰宇通志》已杀青，可上奏表。”然后对高谷说，“草拟奏表，可否烦劳世用兄？”

谁都知道，这是句客气话。因为高谷绝不会答应的，陈循也早做好自己执笔的准备。但高谷忽然口吐四字，不仅噎得陈循喘不过气来，也让其他阁臣目瞪口呆。他们绝不相信高谷会这样粗鲁。

这四个字是：岂有此理。高谷瞥见同事们诧异的目光，意识到自己说错话。他喃喃解释道：“我是说，岂有德遵兄在阁而由高某拟表之理。”

“世用兄这么说，我再加个岂有此理。”陈循嘴上从不服输，“岂有陈某在阁而世用兄不得拟表之理。”

二人僵持在那里时，经常出面打破僵局的是王文。他说：“二位所言岂有此理，照我看，都是岂有此理。”

“千之先生这话怎讲？”肖鎡问。

“他二位所言，针锋相对，一个是岂有此理，另一个就该是岂有彼理。但你问他二位，都会说自家才是岂有此理。争来争去，争的无非是岂有此理，这还不是岂有此理吗！”王文几句话绕来绕去，说得众人都笑，他又说，“我也来个岂有此理，奏表不如由弘载先生草拟。”

“这怎么可以！”商辂不好意思说“岂有此理”，换个说法。

“这怎么不可以？”肖鎡问。

“几位都是前辈，谁草拟奏表均可，反正轮不到我。”商辂说。

“商状元所言差矣，你知道德遵先生会怎样驳你？”王文学着陈循的腔调说，“几位都是后生，谁草拟奏表均可。”

“为何德遵先生驳他，世用先生却不驳他？”肖鎡问。

“德遵先生驳他好呀，”王文道，“商状元是状元，陈状元也是状元，状元驳状元，你我好看个热闹。若是世用先生也起而驳之，触霉头的就不是商状元，而是你我。”见肖鎡嘴张几下，他说，“孟勤先生要说‘岂有此理’，对吧？道理很简单。弘载先生所谓前辈是谁？除德遵先生、世用先生，还有你肖孟勤，还有我王千之；德遵先生所谓后生是谁？除弘载先生，还有我王千之，还有你肖孟勤。结果一定是，人家前辈也不草拟，后生也不草拟，却要既是前辈又是后生的人草拟。那一位世用先生也在阁时，前辈、后生加起来三人，既是前辈又是后生加起来也三人，尚可一搏，而今人家三人，我等两人，明摆着要吃亏的。”

江渊加太子少师兼工部尚书后不久，就专理工部事。阁中六人变为五人，最大的好处是，不用再为称呼一事费神。

“千之先生，几位都是后生，此言出自我口吗？”陈循听他说得头头是道，忍不住问一句。

“不是出自德遵先生之口？”王文忽然想起，这话是自己杜撰的，他强辩道，“一样的，我不替德遵先生说，德遵先生自家也要说的。”

“我看，是千之先生想草拟奏表吧。”高谷一定没听清楚王文的话，或者忘记王文的话，才会这么说。

王文立刻对肖鎡说：“孟勤先生，你看！”

“是，开始算计你我，如何是好？”肖鎡回应道。

“我也有个算计，”王文道，“德遵先生只说一篇奏表，其实还有篇文章要做：这么大部头的书，不要一个凡例吗？德遵先生草拟奏表，世用先生草拟凡例，就用不着相互推诿。各位看使得使不得？”

肖鎡、商辂都叫好。陈循只得说：“千之先生的算计向来出类拔萃，怎会使不得！”又对高谷说，“世用兄若要调文撰写，也使得。”

“不调，我那个岂有此理既说出口，岂有不算数之理！”高谷道。

“弘载先生，”陈循转向商辂说，“我这几日患手疾，不便执笔。此篇奏表，我述，烦你来记；有不当处，烦你修正。使得使不得？”

作为阁臣第一人，对其他阁臣稍稍发号施令是可以的。何况他态度极其诚恳，商辂无法拒绝。于是，高谷在阁中一端，独自去编纂凡例，陈循和商辂在阁中另一端，商量着草拟奏表。

陈循踱来踱去，尚未开口，见商辂端坐在那里，已经写满大半页纸。他心想：看来，千之先生说得不错，这个后生是想自己草拟奏表。他半开玩笑地问：“弘载先生不用我叙述吗？”

“这段是例行文字，德遵先生不叙述亦可。”商辂说。

陈循凑过去一看，他先把五名阁臣的职衔详细写下来：光禄大夫、少保兼太子太傅、户部尚书、文渊阁大学士、同知经筵事、臣陈循；光禄大夫、少保兼太子太傅、工部尚书、东阁大学士、同知经筵事、臣高谷；光禄大夫、少保兼吏部尚书、东阁大学士、经筵官、臣王文；资政大夫、太子少师兼户部右侍郎、翰林院学士、经筵官、臣肖镃；通议大夫、兵部左侍郎、翰林院学士兼左春坊大学士、经筵官、臣商辂。

“弘载先生不写出来，我还真不记得有这多职衔。”陈循说。

“是不是赘词？”商辂问。

“不，不，是要写全的。”陈循说着，接着他写的往下叙述，“伏蒙皇帝陛下命臣等充总裁官，修《寰宇通志》，兹者编辑已成，凡百一十有九卷，谨用缮写、装潢进呈。”

一页写完，趁着商辂换纸的工夫，陈循问：“弘载先生，有无不妥？”

“德公最好叙述得慢一点儿，太快，难免把字写错。”商辂说。

“写错字不怕，我和弘载先生总是要看一遍的，世用先生等也是要看的；我是问，所述有无不妥？”陈循道。

“德公，还没到正文呢，就担心出错？”商辂觉得他小心过分。

“千之先生提及两个状元，谁知是不是等着看笑话呢！我特意邀你同拟奏表，就是要让众人看看两个状元的文章风范。”陈循说。

这是写奏表，不是做文章，除诸葛亮的出师表，还没听说有谁把奏表写成不朽的文章呢。商辂尽管这样想，但在听陈循的叙述时还是加几分小心，也准备听到不妥当的叙述随时指出。

“臣循等诚惶诚恐，稽首顿首上言。”陈循不愧是永乐朝状元，对奏表核心部分的叙述，一气呵成，“伏以仰一人而定天下，作之君，作之师；睹万国之在目中，有其人，有其土。虽疆宇广大而无外，唯声教渐披之有余，诚旷古所罕逢，实今日之幸遇者也。粤稽虞廷五服五千，大禹任土而作贡；商家九围九有，成汤缵服以建中。与周礼之职方，暨秦皇之分郡，日月所照、霜露所坠之域，在圣世莫不尊亲。溥博如天，源泉如渊，仁绥万邦，均陶化育。唯古帝王之统御，咸资简册以考求。”

见商辂记得手忙脚乱，他不情愿地停下来，道：“仍快，歉甚。”

商辂长出一口气，说：“状元有无文章风范，不得而知；德公的文章风范，我总算领略。”

“还可用吗？”陈循谦虚地问一句。

“堪称大手笔！”商辂由衷地赞叹。

“弘载先生这么一说，下面的文章不知还做不做得下去。”这是客套话；下面一段，陈循已打好了腹稿，于人文风气、地理沿革、物产丰啬等，各略言数句。

商辂紧赶慢赶，手腕发酸。他干脆把笔一放，道："德公，歇口气吧。"

"是啊，也该由弘载先生品评一二。"陈循说。

"德公纵横捭阖，可归于《寰宇通志》矣。"商辂道。

"是，我也准备写回此番盛事。"陈循说。

他接着口述，商辂接着笔录。几句之后，商辂又叫停。

"这两句有些饶舌，请德公复述。"他说。

"弘载先生以为饶舌，换个写法吧。"陈循道。

"千万不可！"商辂连连摇头，"所谓饶舌者，实精彩之极也，德公复述一遍即可。"

"谓九山九川，以尽《禹贡》之九州；与四荒四裔，以至《尔雅》之四极。"陈循复述道。

"此句可传世也。"商辂边录边说。

陈循接着口述几句，见商辂嘴巴似乎在动，停下来问："弘载先生是否又要我复述？"

"不是要德公为我复述，是我要为德公复述。"商辂道，"比之前志，其文须省，其事须增；是乃全书，勿求为同，勿求为异。德公拟的这两句，也是可以传世的。"

当陈循口述完"此诚圣明知周乎万务，上符祖宗，高出于百王者也"一句后，大有一种江郎才尽的感觉。不，应该说比江郎才尽还要糟糕，因为他头脑里已经一片空白。

"弘载先生，是否可以作结？"他问。

"我看可以。"商辂说。

"也是例行文字，不必我叙述吧？"陈循道。

"我试行文；不妥，德公再改。"商辂应允，因为看出他累极。

陈循顿觉轻松，在室内踱着慢步，不时踱至商辂身后，看一眼疏稿。

"嗯，衔接得好，风格一致。"他称赞的是商辂接写的第一句：臣循等章句末学，樗散凡材，挟册登朝，本以任夫粗浅，按图应制，实未达于精深。

说着，不由把随后的两句念出声：以管窥蠡测之微，究天覆地载之大。并说："此文若得以传世，也是因为这两句。"

"我却以为，这两句更为扎实。"商辂却说。他指的是结尾处的联句：有社稷，有民人，万载永昭于图籍；得禄位，得名寿，四海溥戴于生成。

陈循、商辂在为奏表煞尾时，高谷已拟好凡例，正在和王文、肖镃推敲。他在第一款里拟的类别，如建置、沿革，如山川、形胜，如宫殿、宗庙，如学校、书院，竟有近四十项之多。王文、肖鎡难以确定，《寰宇通志》里是否涉及这么多的类别，只知道如果让他们草拟凡例的话，绝举不出这么多来。由此可见，高谷草拟凡例，在先下过极大的工夫；他下工夫的目的，除因为一向办事认真，还因为不想被别人发现有遗漏之处，特别不想被陈循发现有遗漏之处。就冲着他下的这番工夫，二人相信，一定再找不出什么遗漏。

御制序略曰：昔孟轲氏之意，以谓天之高也，星辰之远也，苟求其已然之迹，则其运有常；虽千岁之久，其日至之度，可坐而致。朕亦以为地之大也，山川之邈也，苟求其已然之迹，则其理有定；虽万邦之广，其事物之实，可坐而得。吁戏！《禹贡》不可尚矣，《周礼》职方氏亦成周致治之书。至于后世纪胜之类尤多，然皆述于偏方，成于一手，非详于古则略于今，非失于简便则伤于浩繁，不足以副可坐而得之意。此朕之于是编所为惓惓而不敢少缓也。间与二三儒臣商之，使或先后有一未备，不足以全其美，乃复遣人采足，其继俾辑成编，为卷凡百一十有九，名曰《寰宇通志》，藏之秘府，而颁行于天下。

阁臣将润色过的御制序呈进，皇帝粗粗浏览一遍，道："兴大伴，阁臣们几乎没改动嘛。"

"阁臣们称，字字珠玑，句句深邃，欲改而无从下笔。"兴安在叙述阁臣们的心情时，也表达自己的心情。

"他等以为，以此可颁之天下？"皇帝问。

"可颁之天下。"兴安道。

"可传之后世？"皇帝又问。

"可传之后世。"兴安道。

"但愿如尔等之言。"皇帝在沉闷一会儿之后说。

兴安猜不透，付出许多热忱并亲为之撰序的一部书，举朝大臣及天下文士付出极大努力的一部书，在即将付梓之际，皇帝为什么并无喜庆之色，反而思虑重重，连在这之前的那股盼望之情、渴望之情，也不见。这或许是因为他视为朝廷柱石的于谦，病情又加重；或许是因为皇后娘娘杭氏即将入葬；或许是因为他不辞辛劳，逐日耕耘，宫中迄今未传喜讯，而南宫那边，传闻万妃又要临产。数一数，这应该是太上皇帝的第七个儿子。

兴安觉得，自己也受到皇帝这种情绪的感染。

第八十二章

顺天府乡试才一张榜，黄谏就在府学里转来转去。刘俨才一露面，被他急匆匆地拉到没人的地方。他神情慌张地说："宣化兄，出了岔子！"

"舍下出的岔子，还是廷臣兄府上出的岔子？"刘俨问。

黄谏字廷臣，原籍南直隶高邮，后迁陕西兰州，是刘俨那一科的探花。今年，他以左春坊左中允兼翰林院编修，与刘俨一同主试顺天。刘俨全不在意的态度使他更急更气，他的话也因而显得很生硬："我家人都不在京城，会出什么事！宣化兄家里又会出什么事！"

"那是史馆出的岔子？"刘俨有点儿重视了。

"不是史馆出的岔子，是这里出的岔子！"黄谏指着脚下说。

"乡试出的岔子？"刘俨问。顺天府学和他二人有牵连的，只有今年的乡试，所以他不难联想到；而联想至此，他反而更加镇定，"廷臣兄，我等不是早料到今次乡试要出岔子吗？"

"那等岔子，你我绝对占理，故不必担心；要命的是，今次出的岔子，你我不一定占理呀！"黄谏道。

"取士唯公，便是占理。我等绝无私心，绝无收取不当取之士，怎么会不占理呢？"刘俨想不通。

"我不是说取没取不当取之士。"黄谏道。

"那是弃置可造之才？"刘俨问。

"也不是弃置可造之才。"黄谏道。

"非此非彼，不占理从何说起？"刘俨问。

"与试士子中，有个医官刘淳，宣化兄还记得吗？"黄谏这才说正事。

"记得，他是经翰林考中，准与顺天乡试的。"刘俨说。

"宣化兄记得这件事，怎么不记得经翰林考中，复与乡试，只是走个过场，乡试是一定要取的？"黄谏道。

"对呀，翰林考中，乡试焉得不取！"刘俨说着，脸色忽变，"廷臣兄是说，今次顺天试未取刘淳？”

“宣化兄自家好生想想，榜上有无刘淳之名！”黄谏道。

顺天乡试的取士定额在百名，不足百名的情形会有，那也在八九十名。刘俨不可能把八九十名至百名士子的姓名都记住；但刘淳是特殊情形，他应该有印象。不管怎么想，他也想不出榜上有刘淳的名字。

“糟糕，这个岔子真要命！”他拼命地搓着手，挠着头，设法补救，“廷臣兄，速补写其名，如何？”

“来不及！”黄谏说。

“怎么？”刘俨问。

“刘医官已上疏申诉。”黄谏说。

“这么迫不及待呀，我等又不是故意刁难他！”刘俨怨道。

“宣化兄不好责怪他。今年秋闱不中试，明年则无缘春闱，他不能不急。”黄谏设身处地地为刘淳着想。

“是啊，此事只能怪我，怪不得他。”刘俨很快恢复理智。

“还要怪我。”黄谏马上说。

“廷臣兄以为我要为你开脱吗？实言相告，朝廷怪罪下来，我跑不掉，你也跑不掉。”刘俨说着，忽问，“廷臣兄知道我在想什么吗？”

“宣化兄方才说，我等又不是故意刁难刘生。”黄谏从他说过的话里，挑出一句自己以为是重要的话。

“那你说，我等是不是故意刁难谁？”刘俨问。

“宣化兄问的是那两位公子吧？”黄谏想的也是这件事。

两位公子，一位是陈循之子陈瑛，一位是王文之子王伦。试前，陈循、王文各自分别向刘俨、黄谏打过招呼，当然有请他们关照之意。刘俨、黄谏彼此并未通气，但在处置时，竟是心照不宣：刘俨将一位公子的试卷列为中等，一位公子的试卷列为下等；黄谏阅过，也是一列中等，一列下等，只不过把位置掉过来。结果，两位公子均未中试。要不是因为这个缘故，仅仅漏写一人，算不得个大岔子。

“对二子，只能说特殊看待，算不得故意刁难。”黄谏说。

“怎么个特殊看待？”刘俨问。

“列为上等，必取之，在中等或中等之下，必不取。”黄谏说。

“哈，廷臣兄的心思恰和我一样！”刘俨应道。复问，“定下这么个标准，廷臣兄悔不悔？”

“有什么好悔！宣化兄不是说，取士唯公，便是占理吗？相公之子和一介寒士，你若总想着一视同仁，那绝做不到公正。”黄谏说。

“廷臣兄说得好！大者公道，小小的岔子，何须放在心上！该杀该剐，由得他去！”刘俨道。

陈循趁着阁中无第三人之际，和高谷谈起陈瑛。

“瑛儿那孩子，世用兄是知道的。要他在顺天试中个解元，无十分的把握；但要他考在前二十名之内，总不在话下吧？”陈循道。

高谷对他的说法不肯定，也不否定。

“世用兄不信？”陈循问。

“德遵兄说我知道令公子，我怎好不信！”高谷似乎是信，但说的话让人听了很别扭。

“取士约百名，考在二十名之内的，却不中试。这个道理，在哪里都说不通呀！世用兄既对瑛儿有所知，务必替他讨个公道。”陈循揖道。

“这个公道，如何讨法？”高谷问。

“认可名次，世用兄就主持了公道。”陈循说。

“二十名之内？”高谷的语气中讥刺的成分居多。

“二十名之内。”陈循并不觉得有什么可笑。

“别的还好说，只这一事，颇使人为难。”高谷说。

“有何为难，可从长计议。”陈循却认准，这一条不能改变。

“一个呢，千之先生也为他公子的事找过我，他的限制是三十名之内。把陈公子定在二十名之内，把王公子定在三十名之内，千之先生定会不满；不知情者，或会指我故意在二公间挑拨。”高谷说。

“不会，不会，千之先生也承认，他的公子为人敦厚，不善做官样文章。二十名之内和三十名之内的差别，他不会介意的。再者，三十名之内，也在必取之列呀！”陈循认真而温和地反驳道。

“此事虽无须顾虑，却还有别的顾虑。”高谷道，“再一个，令公子与王公子，即便我有所知，即便我认可其序在二十名之内和三十名之内，但奉旨重新阅卷的，不是我一个人。人家未必对两位公子有所知，未必认可其序在二十名之内和三十名之内。”

“世用兄一言九鼎，此事更无须顾虑。”陈循拣好听的说。

“不见得吧？”高谷道，“源公会看我的脸色行事吗？汝同先生会看我的脸色行事吗？逢原先生会看我的脸色行事吗？德遵兄难道能一一去找这几位游说不成？”

陈询字汝同，南直隶华亭人，永乐十九年进士，现官国子监祭酒；吕原字逢原，浙江秀水人，正统七年进士，现官翰林院侍讲学士。正授而非兼职的翰林学士称光学士，眼下翰林学士由几名阁臣兼着，没有光学士，而由侍讲、侍读学士署理日常翰林院事。顺天府试出问题，皇帝命高谷与胡濙等复核，而实际核阅试卷的是翰林官和国子监官。高谷提出的三个人，都是关键的人物。

“世用先生应允，再找他几位，事半而功倍。”陈循毫不隐讳，先找高谷，是为通过高谷影响其他几人。

“若是如此，我更不能应允。”高谷说。

“又怎么？”陈循问。

“我一人应允德遵兄，是我愧对朝廷；他几位因我而应允德遵兄，则我不但愧对朝廷，也愧对他几位。”高谷说。

“说到底，还是世用兄不愿应允我。”陈循甚是不悦，只是还没到发作的程度；而且知道，对高谷来说，发作也不起作用。

“说到底，还是我不能应允德遵兄。”高谷只改一个字。

“成人之美的事，世用兄怎么就不愿多做几件！”陈循很是无奈。

“何谓成人之美？”高谷就这句话大发议论，“站在你我的地位，成人之美，应是成朝廷之美；成朝廷之美，应是为朝廷延揽和爱惜人才。令公子或为人才，王公子或为人才，但我以为，刘宣化、黄廷臣亦为人才。为延揽令公子、王公子，而弃刘宣化、黄廷臣，非爱惜人才之道。今次顺天试，漏填刘淳姓名，确是刘宣化、黄廷臣之失。刘医官因而上疏，讨个说法，在情理之中；皇上命刘宣化、黄廷臣回话，以为是小过，因而宽宥，也在情理之中。德遵兄和千之先生却又上章论之，以为令公子、王公子不中试，是考官忽略；且称出题偏颇，犯宣宗皇帝之讳。这不是要置刘、黄二人于死地吗？德遵兄，此等作为，太过分吧！”

“二十名之内，三十名之内，弃而不取，不过分吗？若吾儿及千之先生公子是普通士子，世用兄能不为他等讨个公道吗！”陈循辩道。

“正因为两位公子不是普通士子，我才不得不慎重对待。”高谷说，“普通士子，刘宣化、黄廷臣弃之，我为其言之，至多是各具眼光而已。他以为中等者，我以为上等；他以为劣等者，我以为中等。今德遵兄与我同年、同僚，千之先生与我同僚，情形就不同。德遵兄、千之先生为两位公子言之，有挟私之嫌；我为两位公子言之，也有挟私之嫌。再者，二十名之内，是德遵兄估摸的，三十名之内，是千之先生估摸的，实则两位公子的文章如何，仁者见仁，智者见智，把它放在五十名开外的有之，把它放在百名开外的亦有之。德遵兄之言非圣人之言，千之先生之言非圣人之言，难道当真碰不得？”

“好一个仁者见仁，智者见者！世用兄与我所见不同，我深以为憾。好在世用兄之言亦非圣人之言，这场官司还可继续打下去。”陈循说着，连招呼都不打一声，快快而去。

吕原骑马从南往北而来，陈询乘轿，从北往南而来，恰好在府学胡同口外相遇。吕原下马，是想打个招呼，请陈询乘轿直接往府学而去。但陈询在轿子停下时，弯身跨出轿外。

“本想客套，却连累汝同先生。”吕原致歉。

“哪里的话！我正想与逢原学士说几句闲话，一进府学的门，恐怕就不得工夫。”陈询说着，指了指胡同里，邀吕原同行。

“是，晚生奉陪。”吕原应道。

走几步，陈询问：“今此复阅顺天试卷，逢原怎么看？”

“晚生不好说。”吕原不正面回答。

“怎的不好说？”陈询问过后，拍拍脑门，“我该明白。你与刘宣化、黄廷臣同年，所以不好说。对吧？”

“是有这个缘故。”吕原说。

“逢原用不着想那么多。”陈询开导他，“譬如刘医官经翰林考过，依惯例应中试，而被刘宣化、黄廷臣漏写。这分明是二人过失，逢原还能为他等申辩不成？”

“指黑为白的事，晚生绝不敢做。”吕原说。

“那还有什么不好说！”陈询以为，他已经打消吕原的顾虑。

吕原笑笑，道：“晚生觉得不好说，不只因为与刘、黄二兄同年。”

“还为何事？”陈询问。

“内阁三位老先生都是前辈。”吕原说。

“既以千之先生为前辈，我也堪称前辈吧？”陈询问。

“汝同先生自然是前辈。”吕原说。

“那好！我告诉你，别管哪个前辈，你只就事论事。”陈询说。

“既承圣命，只得禀公行事，得罪哪位前辈，也顾不得。晚生不好说，倒也不是为此。”吕原说。

“既称内阁三先生是前辈，又称不好说并不为此，逢原，你把我说得越来越糊涂。”陈询道。

“晚生有两件事想不通，又不好说。”吕原有点儿扭捏地告诉他。

“和我说，无妨！”陈询道。

“既然汝同先生要我说，我肯定要说。”吕原内心是想说的，因不好说，更加想说，“晚生记得，德遵先生是在正统九年入阁的，世用先生比他晚一年，在正统十年。入阁前，二公都在翰林院。晚生初入翰林，见二公情同骨肉，不禁与同僚们说，此乃我辈表率也。二公初入内阁，听说也相处得融洽，怎过几年，却形同冰炭？”

陈询微笑着，把话岔开：“逢原，你看我二人浑不留意，就从那边巷口走出这边巷口。”

府学胡同不长，边说边走，不知不觉到了和它交叉的剪子巷。

“汝同先生的意思，转回去？”吕原问。

“那不很快又到了那边巷口？逢原不乏，不如再往前走走。”陈询道。

吕原听出，陈询不但要回答他提的问题，而且要讲的话不短。他说：“汝同先生不乏，我能叫乏吗？”

陈询低头走一会儿，说：“逢原，我给你讲个酒令的故事吧。”

“那一定有趣得很，晚生恭听。”吕原说。

“某年我得罪权贵，出为安陆知州，同僚饯之。那时，德遵先生、世用先生都在翰林。不知谁出一令：以二字相分合，二字须协韵，第一字能以三字合为一字，第二字要引出古诗名句或古人名言。”

“如此繁杂，说得出酒令的没有几人吧？”吕原问。

“酒令倒是都说出来，但良莠不齐。其中有几个酒令甚是精彩，我至今还记得。”陈询说。

“包括德遵先生、世用先生所行酒令？”吕原猜到。

“特别是德遵先生、世用先生的酒令。”陈询道。

“德遵先生用的哪两个字？”吕原问。

“一个车字，一个斜字。”陈询说着，背诵陈循的酒令，“轰字三个车，余斗字成斜；车车车，远上寒山石径斜。”

“世用先生呢？”陈询问。

“他用了一个口字，一个酒字。”陈询说着，又诵高谷的酒令，“品字三个口，水酉字成酒；口口口，劝君更进一杯酒。”

两个字除协韵，还有必然的联系，如驱车上寒山，如以口饮酒，陈询称陈循、高谷的酒令精彩，便是指此。

“汝同先生又是如何行令的，想必更精彩吧？”吕原道。

“逢原方才不是问德遵先生、世用先生为何后来不合吗？这下该知道吧？”陈询把话题拉回吕原所问之事。

“恕晚生愚钝，仍是不知。”吕原说。

“德遵先生性情，就如轰字，好大言，好自用，好专擅；世用先生性情，又如品字，好品藻，好持议，好儒雅。二公性情相差若此，当中隔着其他阁臣，或许还好说；一旦位在首、次，免不了要生芥蒂。”陈询说。

吕原听这话，先是微笑，然后微微摇头。

“逢原不以为然？”陈询问。

“不，不！”吕原摇着头说，“汝同先生的阐释，绝妙非常，我听不少人议论过二公的过节，汝同先生借酒令议论性情，由性情议论过节，可谓别出心裁。不过——”他顿了顿，没说下去。

“不过，阐释仍有不足。”陈询替他补充完整。

“不是这个意思。我是说，为汝同先生饯行的是同僚，千之先生就不会行这个酒令。”吕原说。

“正说着德遵先生、世用先生的不合，怎又说到千之先生？”问话才一出口，陈询忽然醒悟，“逢原有两件事想不通，第二件事大概就是围绕千之先生的吧？这位年兄的性情，我再熟悉不过，不一定要在他行的酒令上做文章。”

“那晚生就直问。”吕原道，他提的问题，其实是传闻已久、几乎人人皆知的事情，“千之先生入阁，是世用先生极力举荐，对吧？”

“对呀，世用先生举荐王千之先生，德遵先生举荐萧维祯先生，而皇上选用千之先生，此事人人皆知。”陈询说。萧维祯名肇，江西庐陵人，其时任大理寺卿。景泰三年，内阁六员，先是江渊奔丧，继之王一宁病逝，这才有增补阁员之议。

“闻得世用先生举荐千之先生，看中的是千之先生干练，为的是与德遵先生抗衡。确否？”吕原既开口问，自然要问到底。

“此事断无可疑。”陈询道。

“为何断无可疑？”吕原问。

“是千之先生亲口告诉我的。”陈询道。

“既是千之先生亲口所言，那就不会错。”吕原对这一点是认同的，他的疑惑在于另一点，“千之先生是世用先生举荐，内阁议事时他却每附德遵先生，这是为何？”

“逢原怎知他每附德遵先生？”陈询问。

“听不止一人说过，难道皆是讹传？”吕原本来就拿不准，陈询一问，他更加含糊。

“此事是有的，并非讹传。逢原，你亏得问我，若是问别人，多半答不出个所以。”陈询说。

吕原并不以机敏见长，但和陈询说了许久的话，彼此的思路和说话方式，都已摸清。因此他说：“因为汝同先生熟悉他的性情吗？”

“不错！”陈询点头，“千之先生之干练，在我那一科进士中，是首屈一指的；在当今廷臣中，也是首屈一指的。而德遵先生做事果断，世用先生为人凝重。所谓同气相求，千之先生是和德遵先生更合得来，还是和世用先生更合得来？是更欣赏德遵先生，还是更欣赏世用先生？”

“听汝同先生剖析，我可明白一大半。”吕原说。

“还有一小半呢？”陈询问。

“千之先生每附德遵先生，似乎不仅在于性情。”吕原说。

“你又说对！”陈询道，“千之先生干练，少有匹敌者；千之先生急功近利，亦少匹敌者。近德遵先生而疏世用先生，或在于此。”

言外之意，陈循也急功近利。

“难怪今次顺天试，陈、王二公与高公持议不同。”吕原说。

“那么，今次复阅顺天试卷，逢原好说了吧？”陈询笑问。

“诸人诸事，汝同先生看得如此透彻，晚生自当亦步亦趋。”吕原说。

“这也是同气相求。”听陈询的口气，说话说出这么一个结果，他很满意，“逢原，我二人是不是该去府学办差？”

“是该去，源公和世用先生等比我二人离开衙门晚，但说不定早已坐在府学里。”吕原说。

往回走，二人不约而同地加快脚步。快到府学门前时，陈询忽问：“我行的酒令，逢原不想听吗？”

“怎不想听？但汝同先生不说，晚生不好催问。”吕原道。

“好，我现在说与你听。”陈询说着，背诵道，“矗字三个直，黑出字成黜；直直直，焉往而不三黜。”

陈循、高谷最后引出的是古人一句诗，他引出的是古人一句话。

“对汝同先生那桩遭遇，焉往而不三黜，实在情景交融。”吕原说。

“我却更中意拆解的那个字。”陈询道，“若论性情，别的都好说，只有这个‘直’字，我是无论如何也不肯丢弃的。后人论今人，若能说一句此陈询非彼陈循，我就知足了。”

最后一句话既不是说得非常认真，也不完全是戏谑之言。他和陈循姓同字、名同音，今世之人叫起这个名字，九成是在说陈循；他希望，史册上也会记录下陈询这个名字。

“晚生谨受教！”吕原道。他指的主要是那个“直”字。

皇帝等兴安走近，强打起精神问：“高先生、胡尚书那里可有结论？”

差不多有十天，皇帝食欲不振，稍进荤腥就想吐。太医院使每日换个御医带来，为皇帝诊脉。御医们的说法不一，用药不同；但有一句话是相同的，就是要皇帝静养。

兴安用尽量平常的口吻说：“回爷的话，已有结果。”

他的用意，是想让皇帝不要为这件事操心。但他也估计到，皇帝不可能不操心。

果然，皇帝问：“顺天试的差错，梳理出几款？”

“四款。”兴安回话，能多简单，就多简单。

“说与朕听听。”皇帝命道。

“顺天试而已，不是多大的事，爷不如交给礼部去办。”兴安说。

“内阁五人，有三人介入，怎么不是大事！有人把此案与国初南、北榜案并列，怎么不是大事！”皇帝道。

南、北榜案是洪武末年的一桩考试案：由于春闱取士，全部是长江以南各省的读书人，江北各省举子指控主考官刘三吾有私，又指控复核的翰林等官包庇刘三吾。太祖皇帝大怒，兴狱严办，诛杀多人，然后亲自阅卷取士。这次所取的都是北方的士人。

兴安心想，将两案并列之人，自己也不知道在说什么。首先一条，南、北榜案是春闱，今次是秋闱，怎么能相提并论？如果说，今次对顺天试的处置，和南、北榜案有一点相似，那就是差派大臣，审阅试卷；而且，差派大臣的规格，比南、北榜案时要高得多。但总没人希望，今次也和南、北榜案时一样，杀许多人吧？

这些话，他只能在心里想，不敢说出来：皇帝有心把案子办大，谁也阻拦不了；皇帝无心把案子办大，你这不是在撺掇吗！反正他已经劝过皇帝，皇帝一定要操这个心，他只有如实禀奏。

“爷，礼部具奏，今次顺天试差错，一共四事。”他先重复一遍。

“你一事一事地说。”皇帝道。

“第一事，刘淳卷经翰林考中，送入场中，不及填榜。”兴安说。

“朕知道，顺天试风波由此而起。朕看，刘俨、黄谏二人，免不了要为此事被处分。”皇帝道。

“爷圣明！”兴安称颂一句，接着往下说，“第二事，试题中有‘虽欲自绝，有无正统’句，犯上皇年号。”兴安说。

“这我就不懂，历来年号都要避讳吗？”皇帝问。

“奴才以为，能回避者，以回避为好。”兴安说。

“朕却以为，用不着强行回避。譬如，江西的景德镇，不就是宋景德年间取的名字吗？”皇帝道。

“诚如圣谕，犯年号算不得大错。”兴安迎合道。皇帝说的是用不着强行回避，而不是用不着回避；所以他说算不得大错，而不说算不得错。

“第三事呢？”皇帝问。

“第三事，取中试举子徐泰等文卷查阅，有立意、文字均优于陈瑛、王伦文卷者，有立意或文字一项优于陈瑛、王伦文卷者，有两项均相当者，有立意或文字一项不如陈瑛、王伦文卷者，有立意、文字均不如陈瑛、王伦文卷者。”兴安自以为禀奏得很详细。

“哪一类多呢？”皇帝仍有问题。

“这个，礼部未奏明。”兴安说。

“朕想，一定是前两类居多，而且不是多一星半点儿。要是后两类居多，后两类与前两类相当，哪怕后两类虽少，但少得并不太多，礼部一定会赞同重新开科考试的。”皇帝说。

“爷圣明！”兴安颂道。

“不过，只要有一卷不如陈瑛、王伦文卷，总是差错。”皇帝又说。

“可一卷不如与多卷不妥，朝廷的处置是不同的。”兴安说。

“还说不到处置呢。”皇帝说。

“是，奴才说第四。”兴安道，“第四款，经查阅，今次顺天试取中第六名林挺，硃卷无批语。”

“此等情形，以前有过吗？”皇帝问。

“据奴才所知，偶尔有之。”兴安说。

“这个差错却大！”皇帝坐不住了，起身踱步，思忖对此事的处置。走累了，处置也想好：“兴大伴，你为朕拟旨：其一，刘俨等考试不精，罪不容逃，但无私弊，俱宥之；其二，林挺并该房考官下锦衣卫狱，鞫问情实以闻；其三，王伦、陈瑛明年准与会试。”

“奴才领旨！”兴安应道。

他体会到皇帝命他拟旨而不交内阁拟旨的良苦用心：一则不降罪刘俨、黄谏，一则准许陈瑛、王伦参加明年的会试。陈循、王文为一方，高谷为一方，这两点都可以接受，但又都不会满意。

礼科给事中张宁等上疏，弹劾陈循、王文徇私讦奏考官，非大臣礼，当重惩。这并没有使王文担心。果然，皇帝降旨：览尔等所奏，诚为有理，但陈循、王文辅导有年，国之元老，岂可以一事之失，遽加之罪！姑贷之。让他担心的是，昨日早朝将散时，高谷出班，自称有事上奏。皇帝将他召至御榻前，君臣二人说了好一阵话。这是不是预示着将有一场变故呢？他一心要找在御榻后当值的王诚问个究竟。昨日一整天没找到王诚，今日一大清早，他就找到御马监房。

坐着打盹的王诚哈欠连天，埋怨道："爷昨晚留我说话，后半夜才把我放回来。千之先生就不能心疼心疼我，让我多睡一刻。"

"你到底还坐着睡半夜，我可是一夜不眠呀！"王文说。

"出了何事？"王诚一惊，困意顿无。

"还不是为你侄儿之事。"王文道。

"那事不是已有定论吗？管他考官取不取，爷已钦赐他举人名分，千之先生还有什么不放心的！"王诚不解。

"我怕的是，有人不愿承认这个定论。"王文说。

"你是说高先生？"王诚这才明白他赶在早朝前来找自己的原因，"千之先生但放宽心，复核顺天试，是高先生领衔主办的，皇帝据他等所奏，已明旨处分，他还会再纠缠其中吗？"

"那他昨日密奏何事？"王文问。

"为的是自家之事，与千之先生不放心的事无关。"王诚说。

"自家的事？他自家会有何事？"王文仍不放心。

"他身体欠佳，奏请皇上准他休致。"王诚说。

可以断定，高谷奏请致仕，和顺天试一案必有联系，他在内阁，在朝廷都为刘俨、黄谏申辩，结果二人真得到保全；但皇帝准陈瑛、王伦明年参加会试，给足陈循、王文面子，却使他脸上无光。此后在内阁，他更难与陈循、王文相处。所以，他奏请致仕，既是对皇帝两全其美的处置略表不满，也是无奈之举。

但不管怎么说，他不公开反对陈瑛、王伦明年参加会试，使王文多少感到安心。

"皇上准其所奏？"王文问。

"爷当然不会准。"王诚倒显得有点儿不放心，"爷的圣谕似乎话里有话。爷面谕高先生：卿持正之心，疑虑之情，朕已具悉。但馆阁之职，正当用贤，不允所请。今后尚望秉忠直以全名节。千之先生，爷所称‘持正之心，疑虑之情’，是不是指的就是顺天试一案呀？”

“一定是的。”王文点头，“我今日散朝时也要密奏，王哥看如何？”

“是密奏顺天试一案，还是和高先生一样奏请致仕？”王诚问。

“当然是为顺天试再进一言。”王文说。

“那我要劝千之先生免了吧。”王诚道，“爷昨晚和我说过这样一句话：再敢打扰，以大臣擅法论。千之先生再进言，能得到好吗？”

王文暗自庆幸。要不是从王诚嘴里听到这句话，再去与皇帝理论，可真的要自讨没趣。

第八十三章

景泰八年正月十一日，左副都御史徐有贞一人在灯市闲逛。北京的灯市，在东华门外以东稍北，初八日起市，其后一天比一天热闹，十三日极盛，十七日罢市。十三日极盛之前一两日逛灯市，是徐有贞的习惯。在他看来，初开市时，许多好东西还没摆出来，到十三日，几乎倾城拥向灯市。游逛之人，摩肩接踵，有好东西也无心挑选；挑选出来，也索价极为昂贵。故极盛前一两日是游逛及购物并佳的日子。

他是去年接近年尾时，被召回朝廷，并晋升为左副都御史的。据他的算计，一两年里自己有可能升为正卿。本朝制度，内臣的秉笔太监及以上，朝臣的内阁大臣、部院正卿及以上，不得过市。一旦升为正卿，他就再没机会享受这一快乐。所以，今次逛灯市，他看得格外仔细。

走进一间卖古董和古字画的门面时，店主笑容可掬地迎上来，抱拳道："元玉先生真乃信人，说每年光顾敝店一次，果然年年不落。"

"贵字号有好玩意儿，我才来嘛。"徐有贞随便还个礼，问道，"掌柜的，今年店里何物件好销？"

他和别人不一样。别人问何物好销，多半是为省事，店里说什么好销，就买什么；他问什么好销，是为不花工夫看店里推介的物品。在他看来，此即人弃我取，人取我予之意。

"怪事，延至今日，销得好的是帖子。"店主说。

"古帖？"徐有贞问。

"说不上古帖，是本旧帖，被人翻印。"店主告诉他。

这绝不是有意推销。试想，一本翻印的字帖，能卖几个钱？店主原以为，徐有贞不会感兴趣，不料，徐有贞却向他伸出手。

"元玉先生要看？"因为是供启蒙孩童临帖用的，店主连通常使用的"赏玩"两个字都不愿说。他从放置在最外面、不需要人特别照管的柜子里取一本字帖，递给徐有贞。

徐有贞不经意地翻看着，前面几页几乎是一扫而过。这不奇怪，帖上的句子，大概都是他从小读过耳熟能详的。但翻过几页之后，他有好久没翻动，目光盯在一处字面上。

店主顺着他的目光看去，觉得他注意的两句应该是：雨露有恩沾万物，乾坤无处不三阳。这也是很普通的句子，普通的句子却吸引徐有贞，这使得店主也被吸引。他想，或许还有更吸引你的句子呢。

似乎为回应他的这个想法，徐有贞当真被一句话牢牢地吸引住。当店主发现，他读的两句是“金台千古地，正统万年春”时，说道：“方才有位官人也是读到这两句时，目不转睛，竟然买一本帖子去。”

“是吗？你可认得他？”徐有贞问。

“在下不识，但听隔壁掌柜的讲，他是吏部主事万大人。”店主说。

“是万维寿吗？”吏部只有一个姓万的主事，名祺，字维寿，江西南昌人，善占卜；也是因此而为吏，而升至主事。所以徐有贞一下就想到他，“此君从不在写字上下功夫，他买帖子，正好应验一句古人的名言。”

“是哪句名言？”店主问。

“醉翁之意不在酒。”徐有贞说。

“不在酒，却在何事？”店主问。

“那你得去问他本人。”徐有贞说着，从怀里掏出银子，道，“我是肯在写字上下功夫的，也要一本！”

“帖子不值钱，元玉先生喜欢，拿走就是。”店主不肯收钱。

“那怎么成！我是来购物的，不是来索物的；你不收这银子，我去别的店买。”徐有贞很认真地说。

店主犟不过他，只得照价收银。

徐有贞游逛灯市的原则是，购得一物，即不虚此行。因此，怀里揣着一本字帖后，他兴趣锐减，早早离开灯市。

走到灯市西口，他仍没选择好向北拐，还是向南拐。向北拐，是回家的路；向南拐，是奔朝房。按说，今日放假，他该直接回家；但不知为什么，他总觉得应该向南拐。他是个很相信直觉的人，既然觉得应该向南拐，最终选择向南拐。

走不多远，对面一马驰来，骑者在他面前勒住缰绳，显然是因为才看清他是谁。徐有贞却吓一跳，定睛看去，从马上跳下来的是御史杨瑄。

“廷献，是你呀。”徐有贞拍拍胸口，招呼道。

杨瑄字廷献，江西丰城人，景泰五年进士。他向徐有贞行礼，开口言道：“元玉先生，肖都堂着晚生来相请。”

“维祯先生请我？去哪里？”徐有贞问。

“约在左顺门朝房相会。”杨瑄说。

如果萧维祯约他去家中，去他人家中，去某处酒家，均不足为怪，因为这属于同僚间的正常交往；萧维祯约他去朝房，就让人想不通。

“今日朝廷不是恩准放假吗？”徐有贞问。

“放假是放假，但萧都堂说，内阁德遵先生、世用先生、千之先生等，六部佥公、源公、于少保等与他约定，今日齐集左顺门外，恭请圣安。”杨瑄陈述事情原委后，又重复萧维祯的一句话，“萧都堂说，别人不到尚可，元玉先生一定不能缺席。”

“可是皇上病情加重？”徐有贞忙问。

“这倒没听说；但连日不朝，老先生们皆惴惴不安。”杨瑄说。

“那好，你先去回复维祯先生，我换身衣服，马上赶去。”徐有贞说。

杨瑄看他穿一身便服，问道：“元玉先生回家去换？”

“廷献问的荒唐，不回家换，却去哪里换？”徐有贞道。

“依晚生看，又不是正式朝会，不换亦可。”杨瑄说。

徐有贞想想也是；何况他才选南行，没理由走一段，反而要翻转回去。杨瑄请他骑自己的马，他不肯。杨瑄只得牵着马，与他同行。

兴安出左顺门，一眼瞥去，见门外聚集文武群臣不下百人，且陆续有人在往这里赶来。他略动心思，觉得和颜悦色，把众人劝退，未必是上策；倒不如说几句严厉的话，让众人了解目前情势的严重。但严厉的话，不是对任何人都可以说的。这不仅关乎朝廷体统，而且对一些人，他自己也拉不下脸来。

因此，他在陈循、高谷等招手示意时，装作没看见，在王直、于谦等招手示意时，也装作没看见，却径直向萧维祯、徐有贞等一伙人走去。

“尔等何官？”他明明识得萧维祯、徐有贞，却生硬地问一句。

萧维祯不由愣住。在他旁边的徐有贞躬身道：“臣左都御史萧维祯、左副都御史徐有贞。”

“他等呢？”兴安指指近旁，问道。

“为六科给事中、十三道御史。”徐有贞说。

“那边呢？”兴安指指稍远处，问道。

“为五府六部堂上官。”徐有贞说。

“尔等齐集于此，所为何事？”兴安问。

“臣等因圣体不宁，谨来问安。”徐有贞说。

兴安很想喝问一声“尔等由何而知圣体不宁”，但那等于否认皇帝有病，这个弥天大谎他是不敢撒的。但当众承认圣体不宁，更是大忌。于是，他把两手食指交叉成十字，举在头顶。过一会儿，估计众人都看到这个动作，他把手放下来，严厉地说：“尔等皆朝廷大臣，为何不理会社稷大计，却日日只来此处问安！”

说罢，不管大臣们怎么理解他的话，转身要走。

“兴公。”忽有人呼唤。

兴安听出是陈循在唤，不得不勉强转过身来。他问道：“该说的我已说，德遵先生还有何事？”

“兴公，明日当郊祀。”陈循说。兴安称该说的都说，意即皇帝的病情没什么好说的；因此，他只能以这种迂回的方式，把众人最关心的问题提出来。

“皇上有旨，明日亲祀。”兴安道。

一句简单的回答，使许多人悬着的一颗心落下来。皇帝能亲自郊祀，看来圣体无大碍。也有人觉得不会这么简单，圣体真无大碍，兴安为什么不如实说呢？当然，这样的想法只能藏在心里。

群臣散去，有的回衙门，有的回家。萧维祯、徐有贞和御史樊英、杨瑄等数人，选择在朝房里坐一会儿，说说话。

“元玉先生，这是何意？”萧维祯边问，边学兴安的样子，把两手食指交叉成十字。

“口中难言，他便做个动作给我等看。”徐有贞说。

“何事听不得，却看得？”萧维祯问。

“今日是十一日，他二指交叉，意谓十日。我想，兴公公在告诉我等。”徐有贞压低声音说，“皇上昨日病重。”

“是这样！”萧维祯开始还怀疑，但仔细想想，兴安要告诉他们的，除此事，不会有别的事，“亏得元玉先生善于琢磨，若是人人似我，兴公公把胳膊举得再高，举在空中再久，又有何用！”

“我琢磨的，其实还不是兴公公的举止。”徐有贞说。

“那你在琢磨何事？”萧维祯问。

“兴公公的话。”徐有贞说着，问樊英，“世杰，你还记得兴公公责备众人的话吗？”

樊英字世杰，陕西临潼人，和杨瑄同是景泰五年进士。他记忆力极强，有的人过目不忘，他不仅过目不忘，且过耳不忘。所以，徐有贞才专门问他。他一字不差地重复着兴安的话：尔等皆朝廷大臣，为何不理会社稷大计，却日日只来此处问安！

“维祯先生，你看兴公公说的大计指何事？”徐有贞问。

本来是两位堂上官在谈话，其他人不好插嘴。徐有贞让樊英背诵兴安的话，谈话超出两个人的范围。萧维祯对御史们招招手，让他们坐近些，道:“你等也说说看。”

“兴公公不只说句责备众人的话，还有句别的话。晚生以为，把责备众人的话和那句话连在一起，兴公公的用意昭然若揭！”樊英说。

“你是不是指皇上明日亲祀于郊呀？”萧维祯问。

“是。”樊英应道。除这句话，兴安再没说别的。

“元玉先生，你以为皇上亲祀于郊与兴公公所谓社稷大计有关联吗？”萧维祯问徐有贞。

“且听世杰的说法。”徐有贞道。

“郊祀是大事，皇上圣体康泰更是大事；郊祀有碍皇上圣体康泰，则应从权。兴公公的意思，是要我等谏阻皇上亲祀。”樊英说。

不能说他的推论毫无道理，但在萧维祯听来，总觉得牵强。

“元玉先生，你看呢？”他问。

“我看，廷献有话。”徐有贞指着杨瑄说。

“是。”杨瑄应道，“兴公公若想我等谏阻皇上亲祀，为何要责怪我等齐集问安呢？如元玉先生所言，兴公公告诉我等，皇上昨日病笃；但我等须确定此事，才好进言劝阻。”

“依廷献之见呢？”萧维祯问。

“当此之际，社稷大计莫过于立储；皇储一立，别无他虑。兴公公的意思，是要我等进言立储。”杨瑄说。

此言一出，萧维祯、徐有贞及其他御史皆为之一震。萧维祯率先表明态度：“我看，兴公公是这个意思。元玉先生，你说呢？”

“不错，兴公公果真在社稷大计上用心，想的必是此事。”徐有贞说。

“走，元玉先生，我等即回衙门；你等分别传告同僚，速返衙门，趁着今日，议一议疏稿。”萧维祯即刻做出安排。

在都察院衙门，萧维祯、徐有贞集十三道御史，计议立储事。众人你一句，我一句，不多时拟好疏稿。大意是：圣躬不宁，五日未朝，内外忧惧，军民震恐，盖为皇储未立，以致如此。伏望皇上早建元良，正位东宫，以安抚人心。

十二日，驾舆出城，宿于圜丘斋宫，准备第二天郊祀。皇帝践诺，使廷臣深感欣慰。不料，第二天临坛祭天的，不是皇帝本人，而是武清侯石亨。廷臣事后得知，十二日夜、十三日晨，皇帝曾数次呕血。这又使得他们深感忧虑。

石亨十三日晨被召入斋宫，奉旨摄行郊祀事。交代过后，皇帝在无人知晓的情形下返回大内。石亨是这些天来唯一近处见过皇帝的大臣。因此，郊祀一结束，不知有多少大臣等着和他见面，问一问皇帝的身体状况。但石亨只说句“回宫复旨，不敢停留”，即纵马而去。

有人打算回城后去武清侯府拜望，但不论多高的官职，都被石府家人用“老爷不在”或“老爷累了”等理由挡驾。

其实，石亨就在府中，身边只有一个客人，不是闯进来的，而是他差人从后门迎进来的。此人是吏部主事万祺。

“我还以为，爵爷今日不见客呢。”万祺见面就说。他和石亨结识于石亨未显赫时，所以虽然地位相差悬殊，他在石府却一点儿也不拘谨。

“我琢磨着，得先见见维寿，再见其他人。”石亨道。

“那可是受宠若惊。”万祺一揖，问道，“但不知爵爷匆匆将下官唤来，为的何事？”

“维寿，今日于斋宫中所见，我不敢对别人说，但一定要对你说。”石亨往万祺坐的地方凑凑，嘴几乎要碰到他耳朵，“我被引起寝殿，偷瞥一眼，见皇上精神委顿。坐于御榻，几不能成形；开口传谕，几不能成句。我这一颗心顿时凉了半截。”

“爵爷一颗心当真凉了半截吗？”万祺话里有话地问。

“维寿此言何意？”石亨问。

“爵爷斋宫中所见，不说亦可。”万祺道。

“不说亦可？”石亨不由冷笑，“今日我门前公卿大夫往来不绝，为的就是听我述说斋宫所见。我谁也不见，对谁也不说，只对维寿一人说，维寿却道不说亦可！”

“皇上驾临斋宫，而不能亲临祀事，公卿大夫中，十成中有八成，都猜想得到斋宫中的情景。他等所以还要听爵爷亲口说出，为的是估摸估摸，有件事还来不来得及做。我早知道，已经来不及做，又何必再听斋宫中的情景！”万祺道。

“维寿说的是哪件事？”石亨问。

“爵爷说呢？”万祺觉得根本无须回答。

“立储？”石亨问，见万祺点头，他接着问，“维寿怎知来不及做？”

“议立储者，十成中有八成，要复沂王储位。这是皇上最忌惮的，爵爷试想，怎么做得成呢？”万祺只有一个最简单、最明显的理由。

“好，说到点子上！”石亨一拳擂在桌案上，兴奋地说，“议立储，而不言复沂王储位，维寿看如何？”

“爵爷才说到点子上呢！但不知不复沂王，却立哪位？”万祺问。

“传闻内阁中有人欲奏立襄王世子。我想，这件大功与其让秀才们得去，不如我把它抢过来。”石亨一副跃跃欲试的表情。

襄王是仁宗皇帝第五子，和宣宗皇帝以及越王，都是太皇太后所出。越王薨于正统四年，无子，藩除。而今太皇太后所出，只有太上皇帝、皇帝一支，襄王一支。虽说仁宗十子，其他藩府之子，也是皇帝堂侄，但从太皇太后的角度看，襄王之子无疑更为亲近。

“咳！”万祺则很失望，“我以为爵爷说到点子上，谁知擦肩而过。”

“维寿是说，奏立襄王世子并非上策？”石亨问。

“中策我都不会选它。”万祺道。

“那么，在维寿看来，何为上策？”石亨请教。

万祺把他右手拉过来，用手指一笔一画地写两个字。写出第一个字时，石亨随口念出个“南”字；第二个字写出来，他连忙用左手捂住嘴，生怕自己把那个“宫”字也念出来。

“对，非共其事者，不能言。”万祺说。

“维寿，你得先让我相信，此事行得通。”石亨喃喃言道。

“这不难。”万祺说着，从怀里取出一本在灯市上买的字帖。翻到一页，他指着一行字，让石亨看。那一行字是：金台千古地，正统万年春。

“此何意也？”石亨问。

“此乃天意所在，人心所在。”万祺说，“不知哪年的一本旧帖，几十年来无人翻印过，上皇在位时无人翻印，今上登极时无人翻印，今日却有人把它翻印出来。爵爷想，只是凑巧吗？下官还听说，有人对这两句话很留意。”他把字帖翻到另一页，指着一行字念道，“雨露有恩沾万物，乾坤无处不三阳。”

“为何留意这两句？”石亨问。

“据下官想来，三阳者，三杨也。正统年间，三杨辅弼，扬名天下。思正统，不能不思三杨。”也许解释得有些勉强，万祺归纳道，“总之，‘正统万年春’也好，‘乾坤无处不三阳’也好，皆寄托思念。”

“照你这么说，此事行得通？”石亨又问。

他虽然怦然心动，但仍在犹豫。这很正常。一则，他或许会有很多想法，但就是没想过太上皇帝还能复位。突然提及此事，突然让他看一些太上皇帝要复位的征兆，对他来说是个很大的冲击。二则，复沂王储位也好，立襄王世子也好，都可以奏言；拥太上皇帝复位，是绝不可以奏言的。不可以奏言，除举行兵变，造成既成事实，强迫皇帝承认，还能有什么别的办法呢？拥太上皇帝复位，即背叛皇帝。三则，他虽曾是太上皇帝臣子，但得到重用和骤升，是在皇帝登极之后。选择拥立太上皇帝、背叛皇帝，是不是应该呢？四则，赞成复沂王储位的大臣不在少数，赞成太上皇帝复位的却不一定很多。此事即便是天意所在，却未必是人心所在。贸然行事，能有几分成功的把握？

万祺理解他的复杂心情，说：“大主意爵爷自己拿，我只一句话：天意不可违。太上皇帝迎还，是天意；怀献太子早薨，是天意；皇上病情危殆，是天意；皇上以爵爷代摄郊祀，也是天意。”

如果石亨内心曾有过对皇帝报恩的念头，这也不是他唯一的念头；在万祺的鼓动下，这个念头很快就打消。他天性中的豪爽和果敢，很快占据上风。建立不世之功，这是个千载难逢的机会，他绝不放过！

“维寿，你说非共其事者不能言，可否举几个堪共事者？”他问。

“爵爷身边有两个现成的堪共事者，何必问我！”万祺道。

“你是说一曹一张？”一提身边，石亨自然会想到这两个人。曹即曹吉祥，现为监京营太监；张即张軏，现以前府右都督，署理京营。他二人不仅与石亨同事，而且，在正统年间即得重用。如果说，对太上皇帝这几年的境况，石亨还不太留意；那么，这两个人则看在眼里，心有怨气而不敢言。

“曹于内臣中，张于武臣中，都是出乎其类，拔乎其萃的。爵爷得此二人相助，可保成功。”万祺说。

“军师呢？维寿自忖，当得此军师否？”事关重大，彼此熟知，石亨问起来，一点儿也不客气。

“下官当不得。”万祺的回答也很坦率。

“那总得推举个秀才给我吧。”石亨道。

“文班大臣中，我看许太常堪与爵爷等共事。”万祺即举一人。

许彬字道中，山东宁阳人，永乐十三年进士，官太常寺卿。

“道中先生？维寿怎知他堪为同事者？”石亨问。

“上皇还朝时，道中先生以太常少卿提督四夷馆，奉旨赴宣府迎驾。上皇的罪己诏书、谕群臣敕书及祭奠土木官军书，都是他草拟的，因而受知于上皇。他私下里曾对人说，上皇于他有知遇之恩。”万祺讲的是一件鲜为人知的故事。

“但愿如维寿所言，道中先生心系上皇。”石亨道。

听家仆禀报，有一身着便服、不肯报名、不肯投刺的客人造访，徐有贞才要说不见，家仆又补充一句，该客人称是回访。

难道是他？徐有贞心一动，道声“有请”，自己也迎出去。

在院中，借着月光，看清来者，他不由叫道："哎呀，果是爵爷！"

访客是一身秀才装的石亨。他哈哈一笑，问："元玉先生怎知是我？"

"家人报，是回访。白日里，我只去过武清侯府，所以想到是爵爷。"徐有贞解释过后，肃让道，"爵爷是贵客，请屋里坐。"

"不客气，我是来赔礼的。"石亨边往屋里走，边说。

"赔礼？这怎么敢当，怎么敢当！"徐有贞连声道。

"白日把元玉先生挡在门外，晚间不该来赔礼吗？"石亨进屋后，一点儿也不含糊地行个揖礼。

徐有贞还一揖，道："爵爷，白日被挡在侯府外的不止我一人。"

"元玉先生的意思，我当一一赔礼？"石亨问。

"不，我是不知爵爷给几人赔过礼。"徐有贞说。

"元玉先生是第二人，我先去的是道中先生府上。"石亨告诉他。

"然后呢？"徐有贞问。

"然后回去找石某人算账。我为他出去赔礼，他总得赏我一壶酒喝吧？"石亨说罢，又一阵大笑。

要是先去看过陈循或于谦，再来看他，或者先去看过许彬，再来看他，然后再去看陈循或于谦，都属于正常；而只看他和许彬二人，却非同寻常。徐有贞头脑中一下闪过许多念头。但他是个很讲究实际的人，石亨既在面前，他用不着胡乱猜疑。

"爵爷此来，必有非常之事，请明示。"他说。

"好，我也这么想。"石亨不但答应得爽快，说起来也爽快，"不瞒元玉先生，今晚我原本只想拜访一人的。"

"是道中先生？"徐有贞问。

"正是。"石亨应道。

"怎么又转来舍下？"徐有贞不是见怪，而是不太习惯他的直率。

"听我申明造访之意，道中先生称：此乃不世之功；但他老矣，做不成什么，元玉先生善奇策，可与图之。"石亨在复述许彬的话时，也把自己造访之意说明一大半。

徐有贞立刻明白何谓"不世之功"。他用不着多想，就可以确定这是一件"不世之功"；因为除此而外，再没别的办法可以解决眼下的危机。他并且确定，现在要显示出自己的聪明才智，才能在完成这件"不世之功"时，取得和石亨对等的地位。

"恕我直言，爵爷要做这件大事，还得加以启蒙。"他故作大言。

"元玉先生说的启蒙是——"石亨问。

"一要知天命。"徐有贞说。

“无须元玉先生劳心，已有人启蒙过。”石亨说。

“是吗？”徐有贞示疑。

“金台千古地。”石亨诵道。

“正统万年春。”徐有贞笑着接诵。并且说，“我知道，启蒙的是万维寿，向爵爷推荐道中先生共事的也是万维寿。”

“元玉先生怎知？”石亨惊问。

他越惊诧，徐有贞谈论的兴致越高：“万维寿但知数术，不知天文，等一会儿我引爵爷去院子里看天象。这两日，帝星忽明忽晦，但不离紫垣，可见真命天子就在京城，不在他处。”

“都道元玉先生上识天文，下识地理，今晚亲聆谈吐，才知果是大才。”石亨对他大加称赏。

徐有贞对他的称赏不置一句谦辞，而是按照自己的思路，把谈话深入进行下去。他要告诉石亨，他的聪明才智还在后面呢。

“二要结同道。”他说个开头，忽问，“爵爷不是一人来的吧？”

“元玉先生连这也料到？”石亨对他的料事如神已经不那么吃惊，“与元玉先生议的是天大的事，为保缜密，我在府外布置两个游哨，一是曹太监，一是张都督。规格够高吧？”

“他二位皆有用之人，何不请进来一同议之？”徐有贞道。

石亨揖了揖，说：“那就有劳贵介出去招呼一声。”

不多时，徐仆把曹吉祥、张軏引进，二人与徐有贞揖手致意。

“老曹，老张。”石亨招呼二人道，“不是我有意泄露你二位，实在是元玉先生太聪明，瞒不住他。”

“承爵爷和元玉先生不弃，引为同道，实我二人之幸。愿拼将性命，拥戴上皇复位。”曹吉祥、张軏说。

“二位来得正好，方才我与爵爷说，欲成事，须启蒙。启蒙之事，一知天命，二结同道。此二事已经具备。而今要说第三事，缺你二位，则成纸上谈兵。”徐有贞道。

“何为第三事？”三人齐问。

“三要有筹划，把事情一件一件做起来。”徐有贞说着，问道，“诸位计议此事一个时辰，还是两个时辰？都筹划出几件事要做呀？”

三人你看看我，我看看你，无话可说。还是曹吉祥灵巧，道：“这不等着元玉先生筹划吗！”

徐有贞点点头，说：“第一件事，拥立上皇复位，不能无一兵一卒。爵爷提督团营，曹公公、张帅管着京营，这事应该不难办到。”

“元玉先生要多少兵卒？五万？十万？”张軏问。

“用不了那么多。千人亦可，五百亦可，但一定要是心腹；无论做的何事，但知服从将令。”徐有贞说。

“这好办，我有五百大同儿郎，只认石字帅旗。”石亨说。

“我可召集三百军士，都曾从我西南征。”张軏说。

“我门下亦有死士二百。”曹吉祥说。

“这就够用。三位爷可暗中发下话去，就说这几日将有大变，让他等守在营中候命。”徐有贞道。

“元玉先生要做的第二件事是什么？”石亨问。

“第二件事却有些麻烦。”徐有贞说。

“元玉先生别管麻烦不麻烦，只管说与我等听。”曹吉祥道。

“此等大变，须得上达圣聪。”徐有贞说。

“上达圣聪！”三人惊呼。

“我说的是上皇，不是皇上。”徐有贞解释。

“哎呀，此乃第一件该做的事，我等怎么没想到！”石亨跺着脚说。

“是啊，骤然行事，惊爷大驾，那可是死罪呀！”曹吉祥附和道。

“联络南宫，哪位可承担？”徐有贞问。

“我来承担吧，守南宫者，有我旧日部属。”张軏说。

“只须奏明上皇，不日将有大变，不要说得太明白。”徐有贞嘱咐。

“是，我心里有数。”张軏应道。

“第三件事，恐怕只有曹公公办得成。”徐有贞说。

“元玉先生吩咐吧！”曹吉祥道。

“请皇太后懿旨。”徐有贞说。

“是上圣皇太后吧？元玉先生看，她老人家会颁旨吗？”曹吉祥问。

“不必颁旨，曹公公千万不要密藏懿旨出宫，以防不测。但此等大事，一定要事先让上圣皇太后知道，事后才能痛痛快快请得懿旨。我想，皇太后打心眼里是愿意上皇复位的。”徐有贞说。

“有皇太后荫庇，可万无一失。”石亨等三人都说。

三件事部属完毕，徐有贞邀三人出外观看天象。他给三人讲解，哪颗是北斗，哪颗是帝星，哪处是紫垣。有人问他宜于哪日行事，他观天象良久，说：三日之内吧。

第八十四章

正月十四日一大早，各衙门大小官员拥向左掖门。门廊下放张桌子，上面笔墨纸砚齐备，纸是抄写奏疏用的纸的附页，是署名用的。昨日都察院拟出请立储君的奏章，抄写多份，分送内阁、吏部、礼部、兵部等衙门，请朝中举足轻重的大臣们阅读、修改，并邀集廷臣今日一早在左掖门署名呈进。

萧维祯到得极早。徐有贞稍后也到，才要开口，被他拉到一旁。

“元玉先生，昨晚做得好事！”萧维祯道。

徐有贞的惊恐，稍现即逝。他镇静地问：“在下做得什么好事？”

“听说，武清侯昨晚去过你家？”萧维祯反问。

“没有的事！”徐有贞矢口否认，“他若为白日里闭门拒客，心生愧疚，首先应去看望德遵先生，其次应去看望维祯先生，怎会去看望在下一个佐卿？他若为商议朝廷大事，有一位与他同时显赫，休戚与共，怎么也不会轮到我吧？”

“你说的是廷益先生？”萧维祯问。

“是啊，维祯先生听说他去于府吗？”徐有贞反问。

“这却不曾听说。”萧维祯摇头。

“不去于府，会去徐家吗！”徐有贞道。

萧维祯不知是确无其事，还是徐有贞在搪塞，反正人家不愿意说，他不能再逼问。

接近左掖门时，于谦、王文相遇。

“千之兄有迎入襄王世子之意吗？”于谦问。

“廷益兄听谁说的！”王文没辩诬，只是说，“连日来，不下十余人问我，问得我自家都觉得曾郑重倡议过。”

“千之兄并无此意就好。”于谦道。

“不曾郑重倡议，未必是并无此意。”王文说。

“千之兄的确有此念头？千之兄怎会有此念头！”于谦很诧异。

“怎的不能有此念头？”王文侃侃而辩，“昔日，我有三说，曾与源公议及：其一，与其今日倡言立储，不如待以时日，皇上自言立储；其二，今日不宜言立储，尤不宜言复沂王储位；其三，今日不宜言复沂王储位，尤不宜言及太上皇。源公以为箴言。算起来，这差不多是两年半以前的事。今日皇上仍未自言立储，我等臣子却不能再说不宜倡言立储。但第二说、第三说仍如旧。若言复沂王储位，若言及上皇，皇上必驳回。故而，奏迎襄世子并非不可为。”

“不然，此事还须从长计议。”于谦说。

“廷益兄怎么个从长计议？”王文问。

“言立储君，而不宜言及上皇，千之兄此说，我甚是赞同。但言立储君，而不言复沂王储位，不言及上皇，不一定要迎立其他支系呀！”于谦说。

“廷益兄还有什么更高明的法子？”于谦问。

“沂王曾册立皇太子，故皇上有所忌讳；但上皇不仅沂王一位皇子，册立其他皇子为储君，皇上或可采纳。”于谦说。

“廷益兄为何不称皇上必会采纳呢？”王文嘲笑道，“可见廷益兄也知道，此策并非良策。廷益兄以为皇上忌讳沂王，此言差矣。皇上忌讳的是上皇，而非沂王。廷益兄以为册立上皇他子，可以不言及上皇，又错。说句实在话，复沂王储位，尚可含糊其词，不言及上皇；册立上皇他子，则一定要言及上皇。”

“那也没到一定要迎立外藩的地步吧？”于谦承认自己的主意不好，但对迎襄世子一着棋更是疑虑重重。比较而言，一动不如一静，他说句避免争论的话：“我看，千之兄所谓‘待以时日’仍是正论。”

“廷益兄当真这么看？”王文态度认真地问。于谦是否同意他的说法并不重要，他担心的是，老天爷还会给皇帝多少日子。

“是，”于谦也态度认真地说，“宫里传出消息，皇上这一两日已见好转。我昨日上道密本，恳乞皇上择日临朝，以慰天下臣民之心。”

“皇上批复否？”王文忙问。

“尚未。”于谦道。

陈循出内阁，和从宫里出来的御医董速打个照面。董速揖揖手，站立道旁，请陈循先走。陈循却站下来，和他说话。

“董先生从哪里来？”陈循问。

“乾清宫。”董速说。

“圣躬如何？”陈循问。

董速前后左右看看，不见他人，才说："遇到别人，在下不敢乱说；遇到德公，说说无妨。"

"是，是，快说，快说！"陈循连声催促。

"今晨皇上命我诊脉，我两指轻触圣脉，不觉愕然。"董速说。

"怎么？"陈循不禁愕然。连声音都在发颤。

"皇上脉络融通，全无窒碍，在下当即奏道：圣体安矣！"董速说。

"董先生，你要吓死我！"陈循长出一口气，复问，"皇上有何谕旨？"

"在下想，皇上要受朝。"董速说。

"你怎知道？"陈循问。

"在下奏言'圣体安矣'后，皇上问：可坐朝否？在下奏言：歇息得好，即可受朝。皇上说：知道了。"董速复述过他和皇帝之间几句简单的对话后，说，"十余日来，皇上从未问及朝拜事。今日忽然问及，在下又禀奏可受朝，所以在下想，皇上明日或要受朝。"

陈循差不多是最后一个赶到左掖门的。萧维祯朝他一揖，呼声"德公"，即对众人说："非我和元玉先生猖狂，不知身份，敢邀诸公共署奏章。实是数日前在左顺门外被兴公公将一军，不得不勉力而为。奏章是御史们拟的，我和元玉先生读过、改过，内阁德公、世用先生、千之先生等，六部俭公、源公、廷益先生等，也都读过，但尚未来得及改正。疏稿在此，有须改正处，诸公言之，我执笔改之。"

他原以为会出现竞相谈论的场面，不想，等了等，并没有人站出来说话。他当然不知道，于谦和王文才议论过立储事，意见不合；陈循才从董御医那里得知皇帝病状，有自己的想法；而徐有贞等在连夜密谋后，心思根本不在这篇奏章上。

"元玉先生。"萧维祯招呼一声，希望他开个头；哪怕提不出修改之处，也要把众人的情绪鼓动起来。

"尚有不知疏文者，不如再读一遍。"徐有贞应付道。

"也好。"萧维祯只得同意。

"下官来读。"樊英自告奋勇。都察院疏稿出笼，他和杨瑄等都出不少力，所以劲头特别大。

他读奏章时，下面有人窃窃私语，等他读完，又是一片寂静。

"诸公是碍于情面吧？我倒觉得有一字应改：早建元良的建字，宜改为择字。诸公看如何？"萧维祯道。

对这一字的修改，他是经过深思熟虑的。本想作为压轴大戏，最后再说，但一直无人开口，他不得不抛砖引玉，以期打破僵局。

这个字的改动也引起相当的反响，有人在低头思索，有人在三三两两地议论。于谦向王文看去，许多人向王文看去，似乎“早择元良”和“迎立襄世子”是同义语，他应该站出来做进一步的说明。但他双唇紧闭，一点要加以阐明的意思也没有。

陈循觉得，再不说点儿什么，萧维祯太过难堪。

“疏稿是都察院所拟，维祯先生觉得需要改一字，那就改一字吧；反正是否署名，由各位自行决定。有人原本欲署名。或因一字更改而拒绝署名；也有人原本不欲署名，或因一字更改而欣然署名。”他说。

“德公是前者，抑或后者？”不知谁在问。

“都不是。”陈循说，“我原本就打算署名，更改一字后，仍要署名。”

“那就请德公领衔吧。”御史中有人说。

“领衔的不该是我。”陈循在人群里找到石亨，揖手将他请出，道，“武清侯领袖勋臣，今日宜领衔。”

群臣中不少人叫好，有的是真心，有的是起哄。

石亨不被人注意地扫徐有贞一眼，徐有贞不被人注意地颔首，“好，德公把面子给我，我先署名。”石亨说着，大笔一挥，写上自己的名字。然后，陈循等公卿大夫依次署名。

睡到半夜，皇帝被饿醒。他翻个身，问倚御榻而立的近侍有没有吃的。近侍又惊又喜，问声“爷要进膳”，然后一声一声传出去。很快，在外当值的王恒、王诚一路小跑，进入寝宫。

“爷要进膳，可见大好！”王恒欣喜不已，话自然多，“老董真乃神医！他说爷夜里可能要进膳，谁知爷真的要进膳。他叮嘱说，爷要进膳，可先进些粳米粥。爷看如何？”

“粥呢？”皇帝问。

“已着人去御膳房取。”王恒说。

“那好，你二人侍朕更衣吧。”皇帝说。

“爷，吃一碗粥，不用更衣吧？”王诚道。

“谁说只吃一碗粥，朕今日要去坐朝。”皇帝说。

“早呢，爷吃粥后，还可以再睡一大觉。”王诚说。

“还早？几更天？”皇帝问。

“才过子时。”王诚说。

“那也不睡。”皇帝道，“吃粥后，你二人陪着朕说会儿话。朕答应于尚书今日举行早朝，不能失信于他。”

王恒、王诚开始以为，皇帝无非是表示，一言既出，绝不更改；听到后来，才知道是应承于谦。皇帝有不能失信于谦的念头。劝他不必更衣，劝他吃粥后再睡一觉，都是枉费口舌；还不如遵照圣谕，服侍皇帝更换龙袍，免得吃粥都定不下心来。

衣服换好了，御膳也送来，除一小钵粳米粥，还有几样清淡的小菜。王恒把粥盛到小瓷碗里，说：“奴才服侍爷进膳吧。”

他的意思，是用小调羹喂皇帝吃粥。

“不用，朕自己来。”皇帝说。

话音未落，他早拿起筷子。吃一口粥，他叫声好香，吃一口菜，他说声好味。王恒、王诚二人看得发呆，以至在想，能换取这么好的胃口，大病一场也值得。

吃完粥，皇帝为防止入眠，端坐在御榻上，和二人说话。但到底是大病之后，坐一会儿，觉得疲乏。于是，他半卧于御榻，和二人说话。开始，皇帝的话多，问这些日子宫里有什么特别的事，京城里有什么特别的事，大臣们有什么议论。二人你一句，我一句，拣要紧的说。渐渐的，皇帝的话变少。王恒、王诚只拣要紧的说，说过之后，会有很长的间隙，皇帝才说下一句话。他二人不得不想方设法多说几句，好填补上空白。最后，二人发现，只是他们在说话，皇帝不知有多久没出声。一看，皇帝和衣而卧，已然酣睡。

王恒不知该如何处置，在王诚耳边问：“怎生是好？”

“老董说，爷身子弱，得好生歇着，让爷睡吧。”王诚说。

王恒点头赞成。二人轻轻移动皇帝，让他躺得舒服些，并在他头下塞进一个玉枕，然后在他身上搭上一条蚕丝被。摆弄好皇帝，二人各管一边，把寝殿里的烛火捻小，让微光恢复到平常皇帝睡觉时的程度。于是，皇帝睡得更加踏实。

“恒哥，还熬得住吗？”王诚问。陪皇帝说话，他们高度紧张，还不觉得瞌睡；一旦没皇帝的声音，他们开始在困倦中苦苦挣扎。

“熬得住，得熬；熬不住，也得熬。”王恒说。

“恒哥，我教你个熬夜的法子。”王诚说，“你看，外面墙角还有残雪，你去抓一把，往脸上拼命地擦，就不困。”

王恒照着他的法子试试。冰冷的雪渣往脸上一擦，浑身一机灵，倦意好像真的消失。他回到寝殿里，向王诚竖起大拇指。

“恒哥不困，我却熬不下去。”王诚说。

“你教的法子，你也去试试呀！”王恒说。

“这法子只能用在一人身上，你用灵，我再用就不灵。”王诚说着，也不管王恒乐意不乐意，往地下一坐，打起盹来。

等他被王恒推醒时，感觉得到，外面已现晨曦。

“几更？”他揉着眼睛问。

“四更已过。”王恒说。

王诚见他要往御榻方向去，一把拉住，问道：“恒哥去做什么？”

“爷该起身。”王恒说。

“去不得，爷命我二人陪着说话，没命我二人叫起。”王诚说。

“可爷说，今日要早朝；还说，不能失信于尚书。”王恒道。

“是早朝要紧，取信于尚书要紧，还是爷大安要紧？”王诚反驳，“前些日子，爷滴水不得进，夜不成眠，恒哥不急吗？好不容易能吃粥，能睡囫囵觉，恒哥忍心把爷惊醒！”

“依着诚哥，该当如何？”王恒说。

“让爷自家醒过来。”王诚说。

王恒没大主意，凡事听从于他。

皇帝自己醒来，日头已经老高。他想坐起来，但才睡个好觉，身上软软的，一动也不想动。于是他叫声“王恒”。

“奴才在。”王恒应着，三两步到御榻前，躬身肃立。

“王诚！”皇帝又叫一声。

“奴才在。”王诚站到御榻另一侧。

“朕不小心睡着，你二人是不是也去偷懒？朕说今日要早朝，你等看看，这都什么时辰！”皇帝道。

“爷恕罪。”王恒、王诚一起跪倒。王诚说：“奴才等见爷难得酣睡，都想，爷醒得早，就早坐朝；醒得晚，就晚坐朝。这无甚大碍，爷龙体康泰才是天下最大的一件事。奴才等这就服侍爷起驾上朝。”

“这时还上得什么朝，算了吧！”皇帝在二人搀扶下坐起来，问道，“兴大伴来没来？”

“在外面候旨呢。”王恒说。

“着他进来。”皇帝命道。

兴安在外边已经听说昨夜的事，进殿叩道：“奴才恭贺爷大安。”

“这些日子你里里外外张罗，难为你。”皇帝说，随即吩咐，“以前的奏章朕慢慢地看，今日有何要紧的奏章，先说与朕听。”

“举朝大臣合上一疏，恳乞立储。”兴安奏道。

“拿给朕看。”皇帝伸手接过廷臣奏疏。读过后，他略加思索，命道：“兴大伴，你这就去传旨：廷臣散吧，各回衙门办事。明日不朝，凡有举奏之事，可于十七日早朝奏闻。请择元良一节难准。”

十六日夜，徐有贞倒背两手，在院子里走来走去。曹吉祥、张軏先到，他不往屋里让，他们只得陪他站在院子里。

“今夜好冷！”曹吉祥不住地往手上呵气，头往衣领里缩。

徐有贞知道他想进屋驱驱寒气，却说：“等武清侯到，只一两句话即散去；一进屋，一奉茶，怕要耽搁。”

于是，曹吉祥、张軏学他的样子，在院里走来走去。

石亨进院，首先撞到曹吉祥，他顾不上客套，拉着就问：“元玉先生急切将我等唤来，为的何事？”

“爵爷不来，元玉先生怎会说！”曹吉祥道。

徐有贞向二人走过来，张軏紧随在后。

“爵爷。”徐有贞和石亨打个招呼，问道，“诸位可知，商阁老、姚侍郎等又草一疏，请皇上立储；并计议，明日一大早要率百官伏阙奏请？”

他说的姚侍郎，是礼部右侍郎姚夔。

“他等是在礼部议的，不曾避人，各衙门早传遍。”张軏说。

“此事有妨碍吗？”石亨问。

“有，”徐有贞道，“虽说廷臣奏言立储事，不是一次两次；但伏阙奏请，阵势不同。皇上为之心动，下决心立储，不是不可能。”

“会不会复沂王皇太子位？”石亨问。

“绝不会！”徐有贞回答得很干脆，“皇上宁可从外藩迎入一位世子，也不会复沂王储位的。”

“要是这样，我等一片忠心岂不付之东流？”曹吉祥道。

“所以，我急着要和诸公合计。”徐有贞说。

“元玉先生的意思，因书生作祟，我等须急于行事？”石亨问。

“不仅如此，我这两日观看天象，合当于今夜行事。”徐有贞说。

“今夜！”石亨等人齐呼。

徐有贞点点头，说：“天象如此，不允我等再迟疑；朝中人事如此，不允我等再迟疑。爵爷，曹公公，张帅。”他向三人一一揖过，“先发制人，生死悬于一线，我等于今夜迅即行事吧。”

“好，我等于今夜行事！”三人应道。

“爵爷，那就请你来调度。”徐有贞说。

“不，不，合当元玉先生调度。”石亨说。

“就请元玉先生调度。”曹吉祥、张軏也说。

“恭敬不若从命。”徐有贞不再谦让，简单扼要地询问，简单扼要地部署，“爵爷的五百亲军现在何处？”

“已在城中。”石亨答道。

“曹公公二百死士现在何处？”徐有贞问。

“已在城中。”曹吉祥答道。

“张帅三百军士现在何处？”徐有贞问。

“已在城中。”张軏答道。

“请三位速回营中，各率所部，于一个时辰后——”徐有贞拿出发号施令的派头，仔细算计着时间，“不，一个时辰太紧，可于两个时辰后，在长安门外并为一军，准备闯宫。”

“长安左门还是右门？”张軏问。

“左门近南宫，自是左门。”曹吉祥自作聪明地说。

“不，先到者止于右门下，三军会合后再发至左门。我在左门下等候各位。”徐有贞说。

“如何入得长安门？”石亨问。

“昨日探报，北虏将临都城；爵爷奉旨，调兵以备非常之变。”徐有贞说罢，又交代，“沿途过来，无论遇到逻卒，遇到巡城御史，公等但如此答复，彼必不生疑。”

送走石亨等三人，他仍不愿进屋，或者是不敢进屋。除不停地观看星象，他不知还能做些什么。

徐夫人走到他身后，他丝毫没有觉察。直到夫人给他加件外袍，他才回过神来，说句“多谢夫人”。

“相公还不歇息吗？”徐夫人问。

“今日恐怕不得歇，”徐有贞说，“不但我不得歇，夫人也不得歇。”

“相公须出外干一番大事，我须坐等消息？”徐夫人问。

“不错，夫人须坐待天明，若是天明仍不得消息，夫人便可——”徐有贞斟酌着该用哪两个字。

“便可怎样？”徐夫人问。

“便可自裁！”徐有贞狠狠心，说出那两个字来。

由于石亨京军总兵官的身份和“调兵以备非常”的说词，守长安左门的内臣和官校，没起任何疑心，开门放人。一千人的队伍算不得一支大军，但从一座旁门进入，还是显得颇具声威。队伍入门后，徐有贞命将大门关闭上锁，不准任何人出入，并从守城官校和守城内臣手里各获得一把锁钥。这个命令是不合常情的，使守城官校和内臣感觉到一丝不宁，但对方显赫的身份让他们不敢质疑。

在徐有贞示意下，石亨等指挥队伍沿金水河向东行进。在走一二百步后，徐有贞把两把锁钥扔进水里。

听到声响，石亨问：“何物？”

“锁钥。”徐有贞说。

“元玉先生为何把它扔进水里？”石亨问。

“城中禁卫尚多，宫中又有守军，若中外合击，则危矣。我锁门弃钥，以隔阻中外之军。”徐有贞说。

“还是元玉先生想得周全。”石亨赞道。

队伍一路行去，没受到任何拦截，顺利到达南宫正门。守南宫的官校是张軏的部将，事先获得消息，在门外恭候。

“里面有无守军？”张軏问。

“只有几名内使，别无守军。”该官校说。

“外面呢？”张軏又问。

“外面的逻卒已被卑职收拾。”该官校说。

没什么再要问的，张軏目示徐有贞，请他号令。

“开门哪！”徐有贞道。

“对，快开门！”张軏命该官校。

“是。”该官校应一声，往大门走去；但走两步，叫起苦来。

“怎的？”张軏问。

“大门里面上锁，锁钥每日黄昏时交入宫中。”该官校说。

“元玉先生，我去宫里想想办法。”曹吉祥请命。

“来不及了。”徐有贞说着，推开众人，大步迈向大门前。他捶捶门面，听得出极是厚重；推推两扇门，纹丝不动。

“附近有无大木？”他问守南城的官校。

“有，当年砍伐树木，没派上用场的，都堆放在那边。”该官校说。

“张帅，你带人去，取两根极大之木来。”徐有贞对张軏说。

张軏应声而去。不一会儿，他的部下二十人抬一根大木，抬来两根。

“手举可否？”徐有贞问。

“二十人举不起，须四十人。”张軏说。

“那就四十人。”徐有贞应道。

他安排四十名军士一伙，高举大木，从二十步外冲将过来，撞击大门。只听轰然一声巨响，不但门面、门框震动，连大门两边厚厚的墙壁都有欲摧之势。一木撞击后，滚过一旁，另外四十名军士又高举大木冲将过来。经两根大木反复撞击，门没撞开，两旁墙壁各震塌一角。

徐有贞命军士停下来，开始考虑下一步的行动。他问守南城的官校：“此处可有轿子？”

“有是有，但已残破，”该官校说。

“残破不怕，天子一登，即为御辇。你快去准备！”徐有贞打发走他，对石亨等说，“爵爷，我等就越垣而入吧。”

从墙壁坍塌处进入院内，张軏一面派军士去对付大铁锁，一面点燃早就准备好的火烛。石亨、徐有贞等各举一烛，探索前行。绕过崇质殿正殿，站在院子当中，只见一人从后殿出来，也举着一支火烛。那人看见院子里黑压压的人群，远远地停住脚步。

“尔等何人？欲何为？”他问话的声音，略带惊恐，又具威严。

曹吉祥是熟悉这声音的。他立刻匍匐在地，号啕大哭，并以头叩地，生生作响，嘴里说着：“奴才曹吉祥给爷磕头。”

出来的正是太上皇帝本人，他往前举举火烛，问：“你是老曹？”

“奴才是。”曹吉祥仍在磕着头。

徐有贞是见过皇帝的，他做个手势，凡进入院子里的人一起跪倒。他和石亨等口呼：“臣等参见上皇陛下，吾皇万岁万岁万万岁！”

“卿等欲何为？”太上皇帝问。

“臣等恭迎上皇复位。”徐有贞奏道。

“好吧，尔等起来说话。”太上皇帝命道。

“臣等谢恩！”跪在前面的数人应一声，起身肃立。徐有贞并向后面问，“辇舆备否？”

“辇舆在此。”守南城的官校应着，与另几名官校举起一顶破旧的轿子往前走。由于天黑看不清路面，由于从未抬过轿子，更由于心神不安，一迈腿，不是这个的步子大，就是那个的步子小，走上两步，不是这个失手，就是那个举高。

“走好！”徐有贞低喝一声，退后几步，一手搭在轿杆上。这一搭似有千钧之力，官校们走稳，轿子也抬稳。

轿子抬到皇帝面前停放在地，官校们跪于轿杆旁。

“请陛下登辇！”徐有贞奏道。

皇帝稍一犹豫，在曹吉祥搀扶下坐进轿子。曹吉祥最懂这时该做什么，他喝声“起驾”，自己护在轿子一旁。石亨、徐有贞、张軏学着他，夹轿而立。官校们抬起轿子往外走，他们一步不落地跟着。

南宫的大门已经被打开。太上皇帝一行在殿宇间绕来绕去，大的方向是向北，目的地是东华门。

一夜都笼罩着的乌云，眼看一点一点散开，星月朗朗。一行人到达东华门前，星月也见不到了，因为天色将晓。守门内臣和官校见一支大军径直行来，大惊失色，纷纷张嘴，喝令停下，喝问是谁。

“上皇銮舆在此，还不速开宫门！”曹吉祥用更大的声音喝道。

城楼上顿时静下来。守门内臣识得曹吉祥，问：“曹叔，真是上皇？”

曹吉祥正想叫骂几句，太上皇帝已命落轿，起身而出。他往轿前一站，道：“你等看朕是不是上皇！”

守门内臣也见过太上皇帝，当即跪道，口称：“奴才给爷叩头。”

守门官校忙指挥军士开启宫门，一顶残破的轿子，载着太上皇帝，在石亨、徐有贞等簇拥下，进入大内。

廷臣记得十七日是要早朝的，天不亮就陆陆续续赶往左顺门朝房候旨。他们相互打听是不是真要上朝，但无一人得到确实的消息。朝房内外人越聚越多、议论声越来越嘈杂。忽然，从宫里传来钟鼓声和欢呼声，耳朵尖的人还能隐隐听出，欢呼的是“吾皇万岁”。众人惊诧不已。很快，有内臣前来告知，太上皇帝复位，要他等去奉天门朝拜。

皇帝在寝殿里睡得迷迷糊糊，被钟鼓声和欢呼声惊醒，他的第一个念头是今日要上早朝，第二个念头是这不像为上早朝而唤醒他。

“何事？”他问。

在寝殿外侍驾的王恒、王诚及近侍比皇帝早一刻听到外面的声音，但谁也不知道有什么事情发生。

“爷，奴才已差人去打探。”王诚奏道。

带来确切消息的是奉旨管理南宫的舒良。他衣冠不整，脸色惨白，闯进寝殿后叫道：“爷，上皇复辟！”

“他说的什么！”皇帝问身边的侍从们，好像无法理解这句话的真实含义。得不到回答，看到的是一张张呆滞的面孔。他惊醒过来，脸上闪过一丝惨淡的笑容，说：“皇兄又做皇帝，好啊！”

当日正午，太上皇帝复位，仍称皇帝。

二月初一日，上圣皇太后颁懿诏，废朱祁钰仍为郕王。随即复皇太后吴氏仍为宣宗贤妃，皇后汪氏仍为郕王妃，怀献太子为怀献世子。

二月十九日，有人见宦者蒋安手持黄帛走进郕王居所。当日，郕王薨，以亲王礼葬于京西金山。

成化十一年，复帝号，谥恭仁康定景皇帝。